01 │ 민음의
비평

젠더
프리즘

민음의
비평

01

젠더
프리즘

김미현 비평집

민음사

이 책은 2007년 정부(교육과학기술부)의 재원으로 한국학술진흥재단의 지원을 받아 수행된 연구임.
(KRF-2007-361-AL0015)

젠더의 커튼, 젠더라는 커튼

post – 김미현, 『여성 문학을 넘어서』

『여성 문학을 넘어서』(2002)를 출간한 지 6년이 지났다. 지금의 '나'가 그때의 '나'를 본다. 페미니즘도 이전의 페미니즘을 본다. 보던 것을 보면 '다시' 보는 것이다. 그리고 '다시 – 보기(re-vision)'는 '교정(revison)'을 동반한다. 내가 그때 넘어서려던 여성 문학은 (남성) 문학과 대립되는 문학, 불행이나 상처만을 강조하는 '상상의' 여성 문학이었다. 때문에 (무)의식적으로 여성과 남성, 중심과 주변, 외부와 내부를 이분법적으로 대립시키는 환원주의와 본질주의에 빠지기 쉬웠을 것이다. 그 당시에는 "여성 문학이냐 아니냐가 아니라 진짜 여성 문학이냐 가짜 여성 문학이냐가 더 중요한 문제"처럼 느껴졌다. 그러니 여성은 움직이지 않았고, 변하지 않았다. 행복하거나 불행했다. 그때 여성은 단수이고 대문자였다. 그런 여성을 넘어서려는 것은 당연한 것이었지만, 당연한 것이어서 도그마나 딜레마가 되기도 했다.

cf. 주디스 버틀러, 『안티고네의 주장』

포스트페미니즘은 여성의 '안'에서 '바깥'을 본다. 그래서 어느 한쪽으로 경도되지 않는다. 내부와 외부의 대립 구도를 넘어서기에 체계 안에 있으나 체계로 환원되지 않는 이질성을 확보한다. 이런 '구성적 외부(constitutive outside)'를 형성하면서 포스트페미니즘적 여성 주체는 움직이고 변한다. 행복하기도 하고 불행하기도 하다. 고정되고 유일한 여성은 없다. 포스트페미니즘에서는 어떤 실체나 본질을 전제로 하는 고정된 정체성이 아니라 가변적으로 구성되는 환상적 인공물로서의 여성 주체를 강조한다. 안티고네가 대표적인 예이다.

주디스 버틀러에 의하면 안티고네는 오빠에 대한 사랑 때문에 국가법으로 금지된 시체 매장을 감행함으로써 친족법을 대표하는 저항적 여성 영웅이 아니다. 안티고네 자신이 오빠이면서 아빠이기도 한 남성을 사랑하는 딸이자 동생이라는 위치를 벗어날 수 없으므로 친족법을 대표할 수 없기 때문이다. 또한 안티고네는 남성의 언어를 잘 활용하는 여전사이자 아들 노릇을 하는 딸이고 보면, 오히려 여성이 아닌 남성에 가깝다. 더욱이 안티고네는 오빠 중에서도 에테오클레스가 아니라 폴리네이케스라는 특정 남성만을 사랑하고, 그에 대한 합당한 애도에 실패해서 그를 자신의 자아에 부분적으로 합체한 우울증적 주체이기도 하다. 그래서 안티고네는 친족 교란과 젠더 역전을 통해 모호하고 이질적인 젠더 정체성을 보여 주는 대표적인 포스트페미니즘적 여성 주체라고 할 수 있다.

이처럼 포스트페미니즘은 보편적인 여성(women)이 아니라 개별적인 여성(woman)의 차이와 다양성을 확보하기 위해 수행적이고 전복적인 정체성을 강조한다. 젠더 개념 자체가 허구적이고 유동적이어서 '원본 없는 패러디'를 통해 해체되고 재구성된다. 권력에 복종하면서도 자신의 내부에 자기 부정성을 가지고 있는 모호하고 불확실한 잉여물로서의 젠더 정체성을 강조하는 것이다. 때문에 젠더를 없애기 위해 젠더를 말한다. 이것이 바로 젠더의 패러독스이다.

ex. 김미현, 『젠더 프리즘』

『젠더 프리즘』은 페미니즘과 포스트페미니즘, 여성성과 남성성, 주변과 중심, 의식과 무의식, 이론과 작품, 현실과 환상, 자연과 근대, 동물성과 식물성, 이성애와 동성애 등을 모두 문제 삼는다. 그리고 그런 작업을 위해 몸·환상·가족·대중성·섹슈얼리티·동성애·근대성·여성이미지·성장·남성성·동물성·윤리 등의 열두 가지 키워드를 통해 한국 젠더 문학을 되비춰 본다. 페미니즘 자체가 여성성을 시뮬레이션하는 '상상의 허구물'일 수 있기에(「'상상의' 페미니즘 문학」), 페미니즘이 끝났다는 의미가 아니라 페미니즘에 균열과 변화가 생겼다는 의미에서 포스트페미니즘을 중점적으로 문제 삼는다.(「페미니즘이 포스트페미니즘에게」)

그 구체적인 예로 여성의 몸을 다룰 때도 여성의 몸에서만 가능한 성적인 즐거움이나 생산성을 기존 논의처럼 만병통치약으로 격상시키거나 동물적인 본능으로 격하시키는 양극단의 평가를 모두 거부한다.(「이브의 몸, 부재의 변증법」) 서영은 소설 또한 여성적이어도 비판받고 남성적이어도 비판받는 여성의 성이 지닌 이중 소외를 통해 위반의 양면성을 보여 주는 대표적인 섹스트(sext: sex와 text의 합성어)로서 고찰된다.(「위반의 타자성」) 비슷한 맥락에서 동성애자이기에 앞서 여성이기에 더욱 차별받아 온 레즈비언들의 전복성과 저항성을 강조함으로써 소극적인 '타자'로서의 레즈비어니즘이 아니라 적극적인 '패러디'로서의 레즈비어니즘 또한 새롭게 조명하고 있다.(「타자의 정치학, 레즈비어니즘」) 이런 과정을 통해 여성의 몸은 남성과 다르지만 그래도 이 세상에 존재하는 그 어떤 것보다도 남성의 몸과 가장 닮았다는 것을 역설적으로 확인하게 된다.

그렇다면 여성성과 남성성이라는 젠더는 살아 있는 '생물'이라고 할 수 있다. 그래서 남성 속의 여성, 여성 속의 남성, 여성이기도 하고 남성이기도 한 중성 혹은 양성으로서의 젠더 정체성을 통해 여성성과 남성성 사이의 경계 자체를 무화시키거나 해체시키며 재구성하는 수행적인 젠더 정체성이 더욱 중요하다. 박화성 소설이 보여 주듯이 아니무스(animus)적 여성성을 통해 민족 · 계급 · 여성 문제에 적극적으로 개입하는 여성 문학이 'Pseudo Feminism(의사(擬似) 페미니즘)'이 아니라 'Shadow Feminism(그림자 페미니즘)'임을 인정하는 것(「박화성 소설의 '섀도 페미니즘(Shadow Feminism)'」), 김승옥 소설 속에 내재한 '전근대적 자연으로서의 여성'이 아닌 '근대적인 문명으로서의 여성'의 의미를 고찰하는 것(「근대성과 여성성」), 남성 중심적 작가로 알려진 황석영 소설이 의식적인 면에서는 여성을 타자화시키는 측면이 강하지만 무의식적인 면에서는 여성의 주체성을 인정하는 불연속적인 모순의 서사임을 강조하는 것(「젠더 (무)의식의 역설」) 등은 모두 고정된 페미니즘적 시각에서 벗어나 개방적인 젠더 영역으로 나아간 시도들이라고 할 수 있다. 젠더는 페미니즘의 시작이자 끝이고, 남성과 여성은 '가장 친밀한 적(敵)'이기 때문이다.

이런 '젠더 트러블', 즉 여성성이나 남성성이라는 기존의 젠더 정체성의 이분법적이고 고정된 의미에 일어난 혼란과 교차, 해체 양상은 여성 소설 속의 환상이 반(反)현실 · 초(超)현실 · 탈(脫)현실의 욕망을 반영하면서(「현실적 환상, 환상적 현실」), 그러한 현실과 환상의 관계 형성에 중요한 요소가 되는 성장(「여성 성장 소설의 위치」)과 질병(「동물성의 수사학」), 윤리(「변온(變溫)의 소설」) 등의 문제에 대한 새로운 시각과 연결되고 있다. 특히 베스트셀러 소설에 나타난 '아버지 담론' 속 동시대 독자들의 불안 의식과 살부 의식은 그 자체로 현실의 반복이자 변형이다.(「베스트셀러 소설에 나타난 오이디푸스 서사」) 이런 아버지 담론의 양면성이 급기야 1990년대 이후의 '탈가족주의'로도 발전한다. 1990년대 이후 소설 속 오이디푸스들은 가족이 위기에 처했음을, 그래서 '가족의 병'이 아니라 '가족이라는 병', '나쁜' 가족이 아니라 '모든' 가족이 문제될 수 있음을 오이디푸스 서사가 아니라 안티고네의 서사를 중심으로 보여 준다.(「가족 이데올로기의 종언」)

Re: 밀란 쿤데라, 『커튼』

다시, 이 책 속의 글들을 포함하여 젠더에 대해 말하는 것은 '잘못' 말하는 것이다. 모든 젠더에는 커튼이 처져 있기 때문이다. 커튼은 치장을 마친 상태, 가면을 쓴 상태, 선(先)해석이 가해진 상태를 말한다. 그래서 마치 서정주의 '신부(新婦)'처럼 얼굴이 반쯤 가려진 상태로 우리에게 다가온다. 진실이나 본질에 도달하려면 그 커튼을 찢어야 한다. 하지만 문제는 우리가 '젠더의 커튼', '젠더라는 커튼'을 완전히 찢을 수 없다는 것이다. 젠더는 실체가 없기 때문이다. 가면이 얼굴이다. 그러니 젠더는 언제나 새로운 질문과 번역을 필요로 한다. '젠더는 대답한다. 고로 실패한다.'

그럼에도 불구하고 소크라테스의 일화를 빌려서 이야기해 보자. 소크라테스는 자신이 먹을 독약이 준비되고 있는 동안에도 피리로 음악 한 소절을 연습하고 있었다. "대체 지금 그게 무슨 소용이오?"라고 누군가가 묻자 소크라테스는 "그래도 죽기 전에 음악 한 소절은 배울 수 있지 않은가."라고 대답했다. 실패한 대답은 잘못된 대답이 아니다. 실패 자체가 젠더의 역사이자 가치이기 때문이다. 젠더는 언제나 실패하면서 형성된다. 본질이나 진실을 시뮬레이션하면서 복사한다. 젠더의 원본은 없다. 복사물을 복사한다. 누구도 젠더의 맨얼굴을 본 적이 없으니 가능한 작업이다. 그래서 '젠더 프리즘'은 굴절이기도 하지만 창조이기도 하다. '젠더는 실패한다. 고로 존재한다.'

  P. S. 폴 발레리, "생각한 대로 살지 않으면 사는 대로 생각할 것이다."

  젠더에 대한 생각이 젠더의 삶을 구성할 것이다.

2008년 11월

김미현

|차 례|

'상상의' 페미니즘 문학
── 페미니즘 문학 연구의 현황과 한계

> 결국 문제는 있는 것일까. 만약 문제가 있다면 그건 어떤 것일까?
> 정말 여자라는 것이 있는 것일까?
> ── 시몬 드 보부아르

> 나는 20년 동안 도둑이고 창녀고 거지였어요.
> 이제는 그것보다 더 못해요.
> ── 배수아

1 페미니즘 문학의 환상

지나간 과거는 늘 아름답다. 현재가 아니기 때문이다. 1990년대까지의 페미니즘 문학이 그렇다. 1930년대에 이어 '제2의 르네상스'로 명명되었던 1990년대 페미니즘 문학은 그에 대한 금칠을 허용할 정도로 찬란했다. 페미니즘 문학에 대한 논의를 통해 여성 문제에 대한 인식이 고취되었고, 정전으로 취급되었던 남성 중심의 문학사에 대한 도전을 위해 여성 작가나 여성 작품의 '다시 보기(re-vision)'가 이루어졌으며, 여성적 글쓰기에 대한 시학적 규명 또한 활발하게 이루어졌기 때문이다. 현재 페미니즘 문학에 대한 논의가 전무하거나 줄어든 것은 아니지만, 그 파급력은 현저히 약화되었고, 페미니즘 문학 내부에서도 분열 혹은 분화가 이루어지고 있다. 어찌 보면 그동안 페미니즘 문학 혹은 그에 대한 연구에 내재했던 거품이나 특혜가 사라진 것인지도 모른다. 일제 강점기 최초의 여성 평론가인 임순득의 말처럼 여성 문학에 베푸는 남성 혹은 사회의 친절한 태도 자체가 '특별히 시설한 자선석(慈善席)'에만 여성 문학을 가두어 두려는 '왜곡된' 페미니즘일 수 있기 때문이다.

좀 더 구체적으로 지적해 보면, 지금까지의 페미니즘 문학 혹은 페미니즘 문학에 대한 논의 자체가 과연 문학의 주변부에서 소외되어 왔는가에 대해 진지하게 의심해 보아야 한다. 페미니즘 문학의 부흥이 오히려 페미니즘 문학에 한정된 특권만을 주면서 그 '게토' 내에서만 자유를 구가하도록 한 것이기에 오히려 효과적인 통제를 위한 수단이었을 수 있기 때문이다. 페미니즘 문학에 대한 주목을 통해 더욱 효과적인 배제가 일어난다면, 그 카니발은 환상에 불과하다. 바흐친(Mikhail Mikhailovich Bakhtin)의 카니발 이론이 비판받는 것과 같은 맥락에서 여성 문학의 카니발화도 위험할 수 있다. 이런 맥락에서 이제는 페미니즘 문학이냐 아니냐가 중요한 것이 아니라 진짜 페미니즘 문학이냐 아니냐가 더욱더 중요하다고 할 수 있다. 보다 철저한 부정과 거부를 통해 페미니즘 문학을 바라보는 우리의 자세를 다시 생각해 보자는 것이다. 기존의 페미니즘 문학에서 이룬 것은 엄청난 승리를 유예시키는 하찮은 승리에 불과할지도 모르기 때문이다.

이처럼 우리가 알고 있었던 지금까지의 페미니즘 문학은 사실 환상에 불과했고, 지금부터 전개될 페미니즘 문학이 실체에 더 가깝다면 어찌할 것인가. 그래서 페미니즘 문학이 쇠퇴했다는 엄살조차 환상사지(幻想四肢)에 대한 환상통에 다름 아니라면 어찌할 것인가. 때문에 존재하지도 않는 것에 대한 아픔을 토로하는 허무함 혹은 허황됨을 막기 위해 우리는 지금부터 페미니즘 문학의 과거와 현재, 허와 실, 창작과 비평, 이론과 실제 등을 모두 고려해야 한다. 전자는 후자의 원인이 되고, 후자는 전자의 결과가 되기에 밀접한 관련을 보이면서 페미니즘 문학의 영역과 수준을 결정하기 때문이다. 그리고 페미니즘 문학에서 결론이나 해답은 그 자체로 환상에 다름 아니다. 그러니 다음의 논의들은 그 자체로 현실적인 고민이나 문제 제기에 해당한다.

2 페미니즘 문학과 여성 작가

행복한 페미니즘, 불행한 작가

페미니즘은 성 차별주의에 근거한 착취와 억압을 종식시키려는 운동이다. 그러다 보니 '결함 있는 남성'으로서의 여성에게 가해지는 착취와 억압을 강조하면서 여성 그 자체로서 누릴 수 있는 자유와 평등을 추구하게 된다. 때문에 페미니즘 운동은 근본적으로 급진적이면서 진보적인 운동이다. 여성이 행복해지는 미래를 위해 페미니즘은 앞을 보며 힘차게 달려간다. 이처럼 미래 지향적인 페미니즘의 목표는 모든 여성들의 운명을 변화시켜 여성들의 힘을 최대한 고양시킬 수 있는 전략을 창출하는 일이다.

페미니즘의 이런 목표가 '문학'과 결합할 때 '피해자'로서의 여성이 겪는 '차별'을 강조할 수밖에 없게 된다. 문학은 본래 만족이나 평등보다는 결핍이나 불평등에 예민하게 반응하면서 사회의 결손이나 빈약함에 대해 보완적이고 수정적인 기능을 담당하려 하기 때문이다. 더욱이 페미니즘의 원리 혹은 이념에 입각하여 여성의 '힘'과 '차이'를 강조하기에는 현실이 너무 부정적일 때 문학은 페미니즘의 유효한 토대가 된다. 여기에 페미니즘 문학의 아이러니 혹은 딜레마가 있다. 행복을 추구하는 페미니즘을 달성하기 위해 더욱더 불행을 강조할 수밖에 없는 것이 페미니즘 문학이기 때문이다. 지금까지 전투적이고 분리주의적인 페미니즘 문학이 주류를 이룰 수밖에 없었던 것도 이 때문이다. 남성에게는 죄의식을, 여성에게는 분노를 강요하는 것이 지금까지의 페미니즘 문학이었다.

하지만 더 이상 페미니즘 문학을 통해 작가들이 자아의 상실이나 불편함만을 요구한다면 페미니즘 문학의 미래는 밝지 못하다. 페미니즘 문학이 교훈적이거나 권위적인 페미니즘적 요구에 쉽게 복종한다면 그 자체로 억압으로 작용할 수 있기 때문이다. 여성들이 '가지지 못한 것'에 초점을 맞출 것이 아니라 '가진 것'을 강조할 수 있다면 페미니즘 문학도 즐겁고 유쾌할 수 있다. 과거를 부정적으로 소비하는 것이 아니라 미래를 긍정적으로 생산하기 위해서는 더욱더 페미니즘과 문학의 행복한 만남을 주선해야 한다. 페미니즘 문학에서도 이제 아폴론적인 이성이나 엄숙함에서 벗어나 디오니소스적인 축제나 즐거움이 중심이 되는 '긍정'의 문화를 창출할 필요가 있다는 것이다. 페미니즘 문학에도 '상처뿐인 영광'이 아니라 '영광의 상처'가 필요하다. 그래야 '피해자 페미니즘(Victim Feminism)'에서 벗어나 '파워 페미니즘(Power Feminism)'을 실현할 수 있다.

여성의 부정적 현실을 강조하는 데 주력해 온 여성 작가들로부터 '섬세한 분기'(delicate divergency)를 보여 주는 작품의 한 예가 바로 김별아의 소설 『미실』(2005)이다. 이 소설을 전경린의 소설 『황진이』(2004)와 대비해 보면 그 미묘한 차이를 확인할 수 있다. 두 소설 모두 사실(fact)과 허구(fiction)의 결합인 팩션(faction)의 입장에서 역사 속의 여성을 재구성해 내고 있다. 하지만 두 소설에서 두 여성 작가가 호명하는 여성 인물의 가치관이나 여성적 가치는 서로 다르다.

먼저 전경린의 '황진이'는 신분 위주, 남성 위주의 유교적 가부장제 질서 속에서 자유롭고 주체적인 여성상을 대표한다. 억압적이고 차별적인 조선 사회에서 '늑대와 함께 달리는 여인'이 되어 억압이나 제도로부터 탈주한 적극적이고 주체적인 여성 자아로 설정된 것이 바로 황진이다. 그러나 이런 열정과 일탈을 대변하는 황진이를 통해 작가가 궁극적으로 문제 삼고 싶었던 것은 여성이자 기생의 딸로서, 그리고 기생으로서 살아가야 했던 제도 밖의 여성에게 불합리하게 강요되는 남성 중심적 규율이다. 황진이를 통해 억압적인 여성 현실을 드러내려는 것이 작가의 의도이기 때문이다. "실종된 여성상의 긴 공백을 단번에 메울 수 있는 존재론적 자유혼"의 상징으로서의 황진이가 결국에는 자해적 혹은 자애적 사랑에 의해 다시 유교적 질서나 생활윤리로 복귀하는 것도 이런 현실적 규율의 영향이나 개입으로 해석할 수 있다.

　반면 『화랑 세기』에 전하는 신라 여인 '미실'을 통해 작가 김별아는 6세기 후반의 고대사나 여성적 가치의 기원을 문제 삼는다. 유교 중심적인 체제나 가부장제가 확립되기 이전, 현대처럼 이중적이고 억압적인 성 윤리가 고착화되기 이전인 신라 시대를 배경으로 아름다움 자체가 권력이었던 여성을 통해 작가는 '팜 파탈(Femme Fatale)'의 의미를 재구성한다. 자기 자신이고자 하는 욕망이 강했던 능동적이고 진취적인 미실을 통해 작가는 도덕이나 정치, 명분, 논리로 이어져 온 남성 중심적 역사의 이면을 드러낸다. 그리고 모성적 원리나 육체의 법칙, 부드러운 무기가 중심이 되는 여성의 역사에 주목하도록 이끈다. 관계성과 허여성(許與性)에 토대를 둔 여성적 가치를 재평가하게 함으로써 기존의 남성 중심적 역사를 다시 보게 하는 것이다.

　황진이는 도덕 '이후'를 중시하기에 후대의 여성들에게 '경계'의 의미로 작용하기 쉽다. 그러나 미실은 도덕 '이전'을 문제 삼기에 '전범'으로서 후대의 여성들에게 작용할 수 있다. 황진이는 가부장제의 피해자이지만, 미실은 여성주의의 발현자이다. 미실은 도덕적으로 열등한 것이 아니라 미적으로 우월하다. 물론 이런 여성상은 남성들이 원하는 육체적 여성으로 여성들을 다시 대상화하거나 상품화시킬 우려가 있다. 이런 우려가 이 소설을 단순한 성애 소설이나 대중 소설로 평가 절하시킬 수도 있게 한다. 그러나 이 소설은 여성이 가진 여성만의 장점으로 간주한 장 보드리야르의 '유혹'의 기술을 활용하면서 기존의 전투적이거나 분리주의적인 페미니즘을 극복하고 있다. 솔직하고 외설적이며 부드러운 무기이자 전략에 해당하는 유혹을 통해 여성은 '여성인 척하기'나 '한 술 더 뜨기'의 전략으로 남성을 지배할 수 있다. 여성은 자신에게 없는 것도 그것을 원하는 남성에게 줄 수 있다. 이처럼 본래는 없는 여성성을 시뮬레이션한다는 면에서 유혹은 기호이자 유희이며 가면이다. 이런 유혹을 여성성의 퇴행이자 타락으로만 보는 것은 오히려 페미니즘 문학을 다시 계몽적이고 교조적으로 만들 위험이 크다.

여성인가, 중성인가

지금까지 여성 작가들은 자신이 여성임을 (무)의식적으로 내세웠다. 그래서 여성임을 은폐시키는 것조차 여성 작가의 조건임을 역설적으로 알려 주었다. '영향의 불안'이 아니라 '창조의 불안'을 보여 준 '양피지(palimpsest)' 위의 글쓰기를 통해 여성 작가로서의 자의식이나 정체성을 보여 준 것이 기존의 여성 작가들이었다. 이전의 남성 중심적 문학사 속에서 소외되었던 여성 작가들의 작품을 발굴해 내는 것이 여성 문학사 서술을 위한 기본적인 전제 조건이 되는 것도 여성 작가에 대한 복원과 평가가 중요하기 때문이다.

하지만 어느 순간부터 여성 작가라는 것이 여성 문제만을 여성적 글쓰기라는 모호한 방법으로 문제 삼는 온전하지 못한 '절반의' 문학으로 취급되면서 여성 작가들은 '여성(작가)의 불안'을 보이게 된다. 페미니즘은 휴머니즘으로 확대되어야 한다는 논의가 이와 연관된다. 여성'만' 억압받는 것이 아니라 여성'도' 억압받는다고 말해야 한다는 것, 여성은 여성 자체가 아니라 소외인이나 소수자의 대변인이라는 논리를 강요함으로써 페미니즘 문학의 범위를 확대시키는 것 같지만 오히려 여성 작가의 특성을 약화시키는 경향을 보인 것이다.

박완서나 오정희, 박경리 이후 김형경, 공지영, 신경숙, 최윤, 이혜경, 김인숙, 공선옥, 은희경, 전경린 등으로 대표되는 1990년대 여성 작가들보다 좀 더 늦게 등단한 후 최근까지 활발하게 활동하는 한강, 배수아, 조경란, 하성란, 윤성희, 천운영 등의 신세대 여성 작가들은 이전의 여성 작가들보다 자신들이 여성(작가)이기에 경험했던 희생이나 상처로부터 상대적으로 자유로운 글쓰기를 한다. '어머니'나 '아내'로서 느끼는 '의

무'보다는 '딸'로서 느끼는 '권리'를 더 많이 누린 세대의 여성 문학으로 볼 수 있다. 즉 남성과 여성이라는 이분법적인 대립 구도에서 벗어나 긍정적인 여성성의 계발이나 공적인 자아의 실현에 더욱 중심을 둔다. 그래서 21세기의 여성 작가들은 이전의 여성 작가들처럼 '여성적'인 주제를 '여성적'으로 쓰지 않고, '인간적'인 주제를 '인간적'으로 쓰는 것이 가능할지도 모른다.

이런 차이를 상징적으로 보여 주는 것이 다음과 같은 여성 작가들의 말이다.

내가 되기를 원하는 것은 권능을 가진 작가 노릇이다. 창조의 권능을 얻기 위해서 나는 중성적인 글쓰기를 지향하는 것이다. 그것은 한편으로 내 속에 자리 잡은 여성성의 제거 작업이라는 일면을 띨 수도 있다. 상투적인 여성성이라는 '작용'으로부터 이탈하려는 '반작용', 여성적 모럴에 대한 반목, 그것이 역설적으로 내 소설의 여성성을 드러내 보인다고 할 수 있다.(은희경, 「역설의 여성성」, 『21세기 문학이란 무엇인가』, 민음사, 1999)

나는 여자다. 그래서 작가 앞에 여성이라는 말머리가 붙는다. 여성 작가. 여성 작가의 시대가 있었다, 고 한다. 그리고 이제는 여성 작가의 소설에 신물이 났다고도 한다. 새로울 것이 없기 때문이란다. (중략) 나는 여성 작가가 아니라 그냥 작가였으면 좋겠다. 글 속에서 여자의 냄새가 맡아지는 것이 아니라 인간의 냄새가 맡아지는 소설이어야 하지 않겠는가. 그것이 내가 애초부터 갖고 있던 반성이자 전략이었다. 내가 쓴 작품 속에 등장하는 인물들을 두고 사람들은 말한다. 여성 작가가 쓴 새로운 여성이라고. 새롭다는 이유는 추하고 공격적이고 불구이고 육식성이라는 것. 그것이 왜 새로운가. 이전의 여성 주인공들은 소극적이고 아름답고 초식성이기 때문이란다. 그것은 편견이다. 여성에 대한 편견이고 아름다움에 대한 편견이고 식성에 대한 편견이다. 그러니 그 여성들은 새로운 여성이 아니라 편견에서 비껴 선 여성일 뿐이다.(천운영, 「특이함과 새로움에 대한 편견」, 《대산문화》, 2004 여름호)

두 여성 작가 모두 자신이 여성 작가로 불리는 것을 원치 않는다. 그런 거부에는 상투적이고 자기 복제적이며 절반의 진실만을 담은 기존의 페미니즘 문학에 대한 불신과 거부가 자리 잡고 있다. 그러나 이런 표면적인 공통점에도 불구하고 그 이면에는 서로 다른 세대 의식 혹은 여성 작가로서의 정체성을 보여 주고 있기에 주목을 요한다.

은희경은 겉으로 보아서는 여성이 쓴 것인지 남성이 쓴 것인지 구별이 가지 않는 '중성'의 소설 쓰기를 지향한다. 그렇기에 그녀는 자신의 여성성을 정면에 내세우지 않으려고 한다. 자신이 관심 있는 것은 여성 자체가 아닌 인간이고, 남성 자체가 아닌 부조리한 세계의 하수인으로서의 남성일 뿐이라고 강변한다. 하지만 이런 태도가 여성성을 부정하려는 것이 아니라 의도적으로 의식하지 않으려는 것일 뿐임을, 그래서 이런 여성성에 대항 탄력적 반작용을 통해 오히려 여성성을 강하게 환기시키는 '역설적 여성성'임을 인정하기도 한다. 아무리 작가가 「짐작과는 다른 일들」이 '한 여성의 인생 유전이 아닌 우리는 각자 자신의 말만 한다.'라는 주제의식을 담고 있다고 말해도, 또 「먼지 속의 나비」가 '성 해방을 부르짖는 개방적인 여성의 권리 장전'이 아닌 '집단적 편견과 폭력 속의 허위의식'을 보여 주는 소설이라고 강조해도 독자들은 페미니즘 소설로 은희경의 소설을 읽으려는 강한 오독의 욕망을 보인다. 은희경 소설 속의 여성성에 대한 긍정과 매력 때문이다.

반면 천운영은 「바늘」, 「숨」, 「월경」, 「늑대가 왔다」, 「세 번째 유방」 등 자신의 소설 속의 "추하고 공격적이고 불구이고 육식성"인 여성 인물들이 의미하는 것이 '새로운 여성성'이 아니라 '편견에서 비껴 선 여성'일 뿐임을 강조한다. 이를 통해 기존의 여성에 대한 관념을 비판할 뿐만 아니라 정해진 고정관념에 대해서도 비판을 가하고 있다. 비체화 (abjection)된 여성을 통해 주변화되고 통합되지 않으며 유동적인 주체 개념을 확립하려 한다. 상식, 윤리, 법률 등의 상징적 질서를 거부함으로써 기존 질서를 교란하고 전복하려는 것이다. 천운영은 문화가 아닌 자연, 결핍이 아닌 잉여, 더러움이 아닌 불편함을 통해 기존의 섹슈얼리티나 젠더 의식을 분열시킨다. 이럴 때의 여성성은 제자리에서 벗어남으로써 두려움을 유발시키는 비제도적인 모든 것을 의미한다. 여성'만' 비천한 것이 아니라 여성'도' 비천한 것이다. 그래서 천운영 소설의 여성 주체는 주디스 버틀러(Judith Butler)가 강조하는 안티고네처럼 유동적이고 형성 중인 모호한 주체, 즉 딸이면서 여동생이고 여성이면서 남성인 비순수의 우울한 젠더 주체에 가깝다. 혹은 다나 해러웨이(Donna J. Haraway)의 혼종적인 사이보그처럼 자연/문화, 여성/남성, 젠더/섹스, 유기체/기계, 곤충/인간 등의 단단한 모든 경계를 허물어 버린다.

이처럼 여성성의 거부도 '역반영'으로서의 의미(은희경)와 '경계 해체'로서의 의미(천운영)로 나누어 생각해야 한다. 그리고 여성성 자체를 거부하거나 여성 작가이기를 원하지 않는 (여성) 문학을 어떻게 볼 것인가에 대한 고민을 해야 할 것이다. 은희경과 같은 중성적 입장은 진정한 페미니즘 문학으로 가는 과도기나 과정으로 자리매김할 수 있다. 차이가 다시 구조화됨으로써 성 차별을 받는 불이익으로부터 여성 작가가 자신을 보호하려는 '방법적 부정'일 수 있기 때문이다. 그러나 천운영처럼 근본적인 차이를 거부함으로써 여성성을 상실한다면 페미니즘 문학은 많은 것을 잃게 되는 것도 사실이다. 만약 여성성이 변화할 수는 있지만 부재할 수는 없는 개념이라면 더욱 그렇다. 또한 만약 천운영 소설 속의 여성 인물들이 여성이 아니라면 과연 신선해 보일까라는 질문은 아직도 유효하다.

3 페미니즘 문학과 페미니즘 문학 연구

빠른 이론, 늦는 연구

한국에서는 페미니즘 이론에 대한 경험도 근대 체험처럼 짧은 시간 내에 많은 것들을 흡수해야 했기에 비동시적인 것들이 동시적으로 나타나는 난맥상을 보이고 있다. 현재 한국 페미니즘 담론에서는 자유주의 페미니즘에서부터 사이보그 페미니즘에 이르기까지 다양한 시기와 종류의 페미니즘 이론이 동시다발적으로 논의된다. 그러나 이것은 단지 이론의 소개일 뿐이다. 실제 페미니즘 문학 연구에서는 에코 페미니즘 정도가 텍스트 분석과 이론 소개가 동시에 이루어진다고 할 수 있다.(박경리, 최명희, 이남희, 한정희, 한강 등의 소설) 최근 들어 동성애 담론에 대한 관심과 실제 창작이 수면 위로 올라오려고 한다.(윤대녕, 신경숙, 서영은, 이남희, 이나미, 정이현 등의 소설) 하지만 작가들이 말하지 않은 것은 연구할 수 없다. 그리고 작가들이 이야기하지 않는 것을 왜 이야기하지 않았느냐고 비난할 수도 없다. 그런데도 페미니즘 이론의 소개는 너무 빠르고, 그에 비해 소설의 창작이나 실제 적용은 너무 느리다. 그리고 이론 자체도 서양 중심으로 소개되고 있다. 그렇다면 '서양' 중심적인 '이론' 소개에 치중했기에 이런 지체 혹은 균열이 일어났을까.

페미니즘 문학 이론의 서양 지향성은 근대와 페미니즘이 만나는 방식에서도 확인된다. 한국에서 전개된 근대의 틀 속에서 여성의 지위나 현실을 문제 삼기 위해서 페미니즘 문학은 내셔널리즘이나 파시즘, 탈식민주의나 제국주의의 논의를 빌려 온다. '상상의 공동체(imagined community)'로서의 국가가 거론되기 시작하면서 여성들도 국민이 만들어지는 방식에 주목하기 시작했다. 한국의 근대화 또한 '국(國)'을 '가(家)'와 중첩시키면서 '국가=아버지', '국민=아들'이라는 등식을 통해 전개되었고, 국민성과 남성성을 일치시키면서 발전했다. 따라서 국민 생산

프로젝트에서 '이등 국민'으로 참여할 수밖에 없는 것이 여성 혹은 모성이었다. 그리고 근대의 형성에 이바지한 민족주의가 오히려 가부장제를 내면화하거나 성 차별주의를 정착시키는 데 일조하기도 했다. 근대 국가의 형성에서 여성은 천박함과 경박함으로 단죄되면서도 동시에 전통적이거나 공적인 질서의 수호자로 이상화되었다. 근대를 '여성이 가지 않은 길'이라는 비유로 표현할 수 있는 것도 이런 여성 배제나 소외의 역사 때문이다. 여성다운 참여든 남성과 동등한 참여든 국민 국가에 참여하는 것은 결국 '이룰 수 없는 약속'으로 끝난다는 것이다. 그래서 페미니즘은 민족주의와의 결별을 원하기도 한다.

이런 근대를 둘러싼 담론들을 통해 페미니즘 이론은 문화적 제국주의나 탈역사적 보편주의로부터 벗어나게 된다. 아직 분단 체제 아래 있고, 미완의 근대성을 보여 주면서 유교적 가부장제의 전통이 강한 한국에서 근대나 민족, 국가와 연결되지 않는 여성 담론은 공허해지기 쉽다. 그런데 이런 근대성의 담론들이 도입되면서 한국적 특수성에 대한 고려가 소홀했다는 문제가 제기될 수 있다.

민족주의가 페미니즘과 결합하는 양상에는 두 가지 방식이 있다. 민족의 이익을 위해 여성의 이익이 희생당하는 경우와, 민족주의 운동 내에서 여성의 중요성을 강조하거나 환기시키는 경우이다. 전자는 영국과 미국, 프랑스와 같은 선진 자본주의 국가의 경우이고, 후자는 노르웨이나 핀란드와 같은 유럽 주변국의 경우이다. 때문에 일괄적으로 페미니즘 입장에서 민족주의를 비판하는 것은 그 자체로 서양 중심적인 기준을 적용한 것에 불과하다. 민족주의는 건강한 동시에 병적이다. 그런데도 흔히 서양 페미니스트 저술에서 제3세계 여성은 민족주의의 부정성과 연결되면서 생식기 훼손을 위시한 다양한 남성 폭력에 시달리는 원초적인 희생자로 냉동됨으로써 서양 중심적 시각을 견지한다.

하지만 한국에서의 민족주의는 여성 대중들과의 연합이나 민족 자결주의의 형성에 긍정적인 역할을 담당했다. 대중 동원력이나 제국주의적 도전에 대한 방파제로서의 역할을 생각할 때 한국의 민족주의는 페미니즘에 순기능을 담당했다고 볼 수 있다. 민족주의와 결합함으로써 페미니즘 운동은 여성들을 빨리 정치화하거나 조직화할 수 있었으며, 도덕 개혁과 여성 참정권의 확보에도 촉매 역할을 할 수 있었다. 이를 통해 약소국으로 갈수록 민족주의와 페미니즘의 결합은 긍정적 요소가 많음을 확인할 수 있다. 만약 여성 운동이 민족주의 운동과 결별한다면 여성들은 격리된 채 자족적으로 여성만의 문화에 머물게 될 것이다.

이런 한국 민족주의와 페미니즘의 특수성을 고찰하기 위해 필요한 것이 최근 유행하고 있는 가야트리 스피박(Gayatri Spivak)의 '젠더화된 하위 주체(gendered subaltern)'의 개념이나 동아시아 담론이다. 두 이론 모두 서양을 전범으로 하는 모델에 대한 반론을 위해 성·인종·계급을 동시에 고려할 것을 주장하거나 동아시아의 특수성을 강조한다. 한국 여성들은 『제인 에어』에서 백인인 제인이 아니라 크레올(Creole), 즉 서인도 제도 출신의 혼혈아인 버사 메이슨에 더 가깝다고 할 수 있다. 제인이 합법적인 중심으로 부상하는 데에는 버사의 희생이 필요하다. 그리고 여성을 정신·과거·전통·동양을 위한 은유로 사용하는 데에는 가부장적인 권력이 작동하고 있다. 이에 대한 비판적 인식을 위해 동아시아 여성으로서의 근대화 경험을 다각도로 조명해 보아야 한다. 근대를 주도한 서양의 자본이나 기술의 논리에 대한 대항 담론 혹은 제어 담론으로서 동아시아 여성이라는 하위 주체의 시각이 필요한 것이다.

물론 일본 페미니즘 이론가인 우에노 치즈코는 제국주의 국가의 민족주의는 악이지만 민족 해방 투쟁의 민족주의는 선이라는 구분에 반대한다. 대항적 민족주의이기 때문에 존재 이유가 있다는 것도 위험한 생각이라는 것이다. 일본의 근대 초기 민족주의 또한 대항적인 성격을 지녔지만 전쟁을 치르면서 변질되었음을 그 예로 든다. 그리고 대항적 민족주의에서도 여성과 같은 마이너리티는 여전히 마이너리티로 존재할 수 밖에 없음을 강조한다. 하지만 침묵 속에 빠져 있는 하위 주체도 말할 수 있게 하기 위해서 혹은 서양중심주의라는 덫을 피하려다가 오히려 동아시아보편주의에 빠지는 오류를 범하지 않기 위해서 우리는 끊임없이 중국이나 일본이 아닌 한국 여성의 특수성에 말을 걸어야 한다.

문제는 이런 담론을 견딜 텍스트가 부족하다는 것이다. 강경애나 박화성의 여성 소설에 나타난 민족주의나 계급주의를 설명하기 위해 과연 동아시아 담론이나 서발턴의 논리가 필요한가에는 회의적일 수밖에 없다. 이론이라는 외투는 너무 앞섰는데, 그것을 입어 줄 몸체로서의 텍스트들은 너무 과거의 것이다. 왜 요즘의 여성 작가들에게서 제3세계의 유색 인종 문학, 주변부 문학이나 지방 문학으로서의 특수성이나 자의식을 발견하기 힘든가. 연구자들의 게으름이나 안목의 부족 때문인가.

작은 이론, 큰 연구

요즘 인문학 연구에서 가장 인기 있는 방법론은 풍속사 연구이다. 풍속사 연구는 사회학이나 역사학, 인류학이나 문화 연구와의 학제 간 교섭을 통해 문학을 "대상이나 결론이 아니라 과정이자 실천"(이경훈)으로 살려 낸다. 미시적 접근법이나 비(非)문자 텍스트의 활용을 통해 일상을 강조하면서 기존 문학 연구의 추상성이나 보편성, 전문성을 극복하려고 한다. 풍속사가 지향하는 문학성의 초월을 문학의 경계 해체를 통한 풍부함의 확보로 볼 것이냐 문학의 축소나 문학의 자율성에 대한 위협으로 볼 것이냐에 대해서는 아직 의견이 분분하다. 하지만 이런 풍속사 연구가 현재까지는 '근대' 연구에 집중되어 있고, "미시사·일상생활사를 아우르는 문화사의 본격적인 발전보다 소주제를 중심으로 한 부분적인 풍속사 유행이 두드러지는"(권보드래) 특징을 보인다.

페미니즘 문학 연구에서도 이런 풍속사 연구를 원용하여 지금까지 거대 담론 중심으로 논의되면서 원론적인 의식의 확인이나 각성에 머문 한계를 극복하려고 한다. 혹은 심리적·내면적·개인적으로 논의되었던 텍스트들에 대한 논증적이고 실증적인 정교화가 이루어지고 있다. 기존의 거대 담론 중심의 논의가 미시 담론 중심으로 변화하면서 여성 혹은 여성 텍스트를 눈으로 보거나 만질 수 있는 감각적 텍스트로 되살려 내려는 것이다. 이럴 때 여성의 삶은 관념이 아닌 실체로 다가온다.

하지만 문제는 이런 여성의 일상 혹은 생활에 대한 관심이 다시 여성을 관음증의 대상으로 재구성한다는 사실이다. 여성 자체가 또다시 풍속 연구의 대상이 됨으로써 보여지는 여성, 상품으로서의 여성이 되기 때문이다. 근대의 풍속 자체가 '에로 그로 난센스'였다면, 그런 풍속에 대한 연구에서 주로 '에로 그로 난센스'의 대상이 되는 것은 신여성이나 모던 걸이다. 가령 '신여성들은 어떻게 살았을까'나 '신여성들은 무엇을 꿈꾸었는가'를 알기 위해 그들의 여우목도리, 십팔금 손목시계, 다이아몬드 반지, 낭지머리(pompadour), 칠피 구두 등에 눈 줄 수밖에 없다면, 거기에서 발견하는 것은 기형화된 자본주의 아래서의 허영과 사치이다. 그런 문화적 상징 기호들을 일제 강점기의 자본주의 도시에서 전개된 근대적 자극으로 강조하기에는 다소 위험해 보이기도 한다. 따라서 신여성들이 사치스럽고 향락적이며 부도덕하다는 일반인의 인식이나 선입견을 교정하면서 그녀들이 가졌던 기존 질서에 대한 저항이나 근대 체험의 선구자로서의 의의를 발견하기가 더욱 힘들어진다. 신여성들의 상품에 대한 낭만적·감상적 동경이 근대의 소비문화를 작동시키는 핵심 요소로 작용했다는 순기능 또한 약화된다.

무엇보다도 심각한 것은 이처럼 '탐욕스러운 소비자'나 '구매 기계'로서의 여성들을 강조함으로써 신여성을 남성 자체를 소비하고 파괴시키는 자본주의 이데올로기의 대변자로 몰아세운다는 것이다. 이럴 때 여성은 근대의 주체로서 거리를 배회하는 남성 산책자가 아니라 할 일 없이 백화점을 거니는 여성 산책자로 낙인찍힌다. 여성에 대한 풍속사적 접근이 확인시켜 주는 것이, 구시대를 거부하는 청년의 형식으로서의 '오빠'의 탄생에는 동지가 아닌 애인이나 어머니로 치환될 수밖에 없는 '누이'의 희생이 요구되었다는 사실만이라면, 기존 논의의 고착이나 주(註) 달기에 불과할 수도 있다는 것이 풍속사 연구의 최대 한계이다. 풍속사 연구가 단순한 세태가 아닌 '모럴의 육체화'(김남천)를 명실상부하게 보여주어야 하는 이유도 여기에 있다.

4 포스트페미니즘의 미래

흔히 싸워야 할 적이 분명한 시대가 행복하다고 말한다. 실체가 없는, 그래서 환상 속에서만 존재하는 페미니즘 문학을 현실화하기 위해 싸워야 할 적은 너무 많거나 너무 적다. 하지만 '상상의 공동체'로서의 국가가 허구이면서도 현실인 것처럼, 페미니즘 문학 또한 실체는 없지만 엄연히 존재한다. 단지 끊임없이 싸워야 할 적을 바꾸면서 자리바꿈을 해야 한다는 점에서 그 미래가 낙관적이지만은 않다. 우리가 페미니즘 문학 자체보다는 여성 작가에, 페미니즘 문학 자체보다는 페미니즘 문학 이론에 더 경도되었다 해도 그것 자체가 바로 우리의 환상이자 현실이다. 때문에 여기서 사용하는 '포스트페미니즘(Post-feminism)'은 그런 페미니즘이 끝났다는 말이 아니라 페미니즘에 변화가 생겼음을, 혹은 생겨야 함을 나타난다.

이제 더 이상 불행만을 강조하는 페미니즘 문학에서 벗어나야 한다, 여성 작가로서의 자의식이나 정체성이 강한 여성 작가의 출현을 기다려야 한다, 이론이 아닌 작품이 중심이 되어야 한다, 외국 이론 중심의 논의에서 벗어나 자생적인 문학 전통을 내세워야 한다, 여성과 남성을 지나치게 대립적으로 파악하지 말아야 한다. 남성에서 여성으로 그 주체만 바뀐 성 차별주의를 경계하자는 등등의 원론적인 지적을 해결책으로 제시하지 말자. 그렇게 말하기는 쉽다. 때문에 그렇게 말해 버리는 순간 페미니즘 문학 담론은 현실의 프레임 바깥에 있는, 존재하지만 보이지 않는 '스페이스 오프(space off)'의 공간, 일종의 유토피아이자 '만약(if)'의 공간, '또 다른 곳(elsewhere)'의 공간에 머무를 수밖에 없게 된다. 페미니즘 문학은 행운의 열쇠도 아니지만 만능 키는 더더욱 아니다. 그러니 경계선상에서의 긴장과 균열을 인정하거나 즐기는 태도가 필요할 뿐이다. 페미니즘 문학이 완전할 수 있다고 생각한다면, 그 자체가 페미니즘 문학에 대한 환상인 것이다.

몸

이브의 몸, 부재의 변증법

여성과 종이는 무엇이든 잘 참아 내는
두 개의 하얀 물건이다.
── 발자크

차이의 기호가 될 때 여성은 끔찍해진다.
── 로지 브레이도티

1 공간으로서의 몸, 기호로서의 여성

이제 확실히 문명/자연, 이성/감성, 빛/어둠, 마음/몸 등의 이분법은 그 경계가 흔들리고 있다. 이런 이분법적인 사고 자체가 후자(後者)를 전자(前者)의 부인이나 부정, 박탈에 불과한 것으로 간주했음이 드러났기 때문이다.[1] 그래서 억압되었던 후자의 귀환이 일어남으로써 둘 사이의 위계질서에 의문이 제기되는 것이다. 특히 마음/몸의 관계는 이성/정열, 분별력/감수성, 자아/타자, 깊이/표면, 실재/현상, 초월/내재, 시간성/공간성, 심리학/생리학, 형식/질료 사이의 대립과 위계를 포함하면서 더욱 근본적인 문제를 제기한다.[2] 이런 맥락에서 기호로서의 몸은 결코 백지 상태가 아니다. 오히려 구체적인 사회성이나 역사성, 문화적 차이가 드러나는 공간이 바로 몸이라고 할 수 있다. 몸 그 자체가 아니라 '살아 본 몸'이 지니는 의미에 따라 그 공간의 모양이나 가치가 달라지기 때문이

---

1) 미셸 푸코, 이규현 옮김, 『성의 역사 1: 앎의 의지』(나남, 1990) 참조.
2) 정화열, 박현모 옮김, 『몸의 정치』(민음사, 1999), 9~10쪽 참조.

다. 그래서 이 세상에는 순수하게 자연적인 몸이란 없다.[3] 그러므로 인간의 삶과 관련된 모든 기호를 연구하는 기호학의 핵심이 해석과 소통에 있다면, 몸이 처한 이러한 콘텍스트를 무시할 수 없게 된다.[4]

여성 문학적인 관점에서 주목할 때 여성의 몸은 '여성'이라는 것과 '몸'이라는 것 때문에 이중으로 소외되고 억압받는다.[5] 이원론적 입장에서 마음과 몸을 대비할 경우에는 주로 남성을 '마음'으로, 여성을 '몸'으로 설정한다.[6] 혹은 일원론적 입장에서 몸을 마음의 기반으로 삼는 경우에도 몸은 일반적으로 남성의 몸만을 의미한다. 오이디푸스 콤플렉스의 개념에서도 확인되듯이 여성의 몸은 페니스가 없는 몸, 그래서 결핍된 몸이나 결함 있는 몸으로 간주된다. 이런 이유로 여성 문학은 지금처럼 몸이 전성시대일 때에도 몸의 부재를 말하게 된다. 남성 중심적 시각이 여성의 몸을 무화시키고 있기 때문이다. 그러고는 사라진 여성의 몸에 남성의 몸을 이식시키면서 자신들의 욕망을 투영하려 한다. 이럴 때 여성의 몸은 남성의 몸이 더 중요하다는 알리바이로서만 존재하기에 여성의 몸은 있어도 없는 것이다. 부재가 존재의 증명이 된다. 그렇다면 어떻게 여성의 몸은 있어도 없는 것이 되고, 없어도 있는 것이 되는가.

2 더러운 몸, 월경(越境)의 기호

흔히 여성들 자신도 자기 몸을 더럽다고 느끼기 쉽다. 남성과는 '다른'

---

3) 이거룡 외, 『몸 또는 욕망의 사다리』(한길사, 1999), 23쪽 참조.

4) 미와 마사시, 서동은 옮김, 『몸의 철학』(해와 달, 1993), 11, 44쪽 참조.

5) 이숙인, 「유가의 몸 담론과 여성」, 한국여성철학회 엮음, 『여성의 몸에 관한 철학적 성찰』(철학과 현실사, 2000), 130쪽 참조.

6) Elain Hoffman Baruch, "The Female Body and the Male Mind", *Woman, Love, Power*(New York U. P., 1991) 참조.

자신의 몸을 비정상적이라고 생각하기 때문이다. 여성들은 사춘기 때 자기 몸에서 일어난 2차 성징으로서의 월경(月經)을 감추어야 하거나 부끄러운 것으로 인식하면서 혼란을 느낀다. 물론 모든 체액 자체가 인간의 마음대로 통제되는 것이 아니기에 의지나 의식의 우월성을 공격하는 것으로 격하되기도 한다. 그래서 체액은 품위 없고 시적이지 않으며 일상적이거나 세속적인 것을 의미하기 쉽다.[7] 그런데 그중에서도 특히 남성들의 정액에 비해 여성의 월경혈은 특히 금기시되거나 격하된다. '하얀 체액'인 모유와 비교해도 더 심하게 거부되고 은폐되는 것이 바로 '빨간 체액'인 월경혈이다.

하지만 여성의 몸을 더럽다고 생각하는 것은 여성의 몸이 제자리에 있지 않을 때나 그로 인해 질서를 교란하고 전복할 때 초래되는 현상이다. 즉 남성 중심적인 체계에 위험을 초래할 때 그것은 더럽다고 간주된다.[8] 가부장적 인식에 의하면 월경기에 있는 여성과 섹스를 하면 성병을 얻는다거나, 이 시기에 임신한 아이는 불구자가 되거나 악령이 들린다는 속설도 있다.[9] 그리고 여성의 월경혈은 임신 실패의 증거물이지만 남성의 정액은 수정(受精) 가능성의 증거물이기에 더 생산적이라고 간주된다. 그래서 월경은 "아이를 갖지 못한 것에 대해 자궁이 우는 것"이라는 비유까지 등장한다. 이런 오해와 편견 때문에 여성은 스스로도 자신의 몸을 더럽다고 인식하기 쉽다.[10]

공선옥의 소설 「몸을 위하여」[11]에서 여주인공 난주는 다른 아이들보다 빨리 '여성의 몸'이 된다. 열세 살에 월경을 시작했기 때문이다. 그래

---

7) 엘리자베스 그로츠, 임옥희 옮김, 『뫼비우스 띠로서 몸』(여이연, 2001), 26쪽 참조.

8) 같은 책, 25, 371쪽 참조.

9) 강선미, 「여성의 몸, 월경에 대한 점성학적 은유」, 『여성의 몸, 여성의 나이』(또 하나의 문화, 2001), 215쪽 참조.

10) 케티 콘보이 외, 조애리 외 옮김, 『여성의 몸 어떻게 읽을 것인가』(한울, 2001), 45쪽 참조.

11) 공선옥, 『내 생의 알리바이』(창작과비평사, 1996).

서 남들보다 더 많은 피를 흘려야 하기 때문에 자신의 몸이 더 많이 더럽혀질 것이라고 생각한다. "부끄러운 것 그것이 멘스였다."라는 난주의 말에 드러나듯이 여성에게 월경은 더러움이나 부끄러움을 유발하는 원죄처럼 인식된다. 월경이란 진정한 여성이 되어 가는 자랑스러운 징표가 아니라 남성과 '다른' 몸이 되어 가는 기호에 더 가깝기 때문이다. 월경과 더불어 시작되는 여성 호르몬의 발달로 인해 굴곡이 생긴 몸은 성적인 욕망의 대상이 될 뿐이고, 임신이 가능해진 몸은 재생산을 위한 기계가 될 뿐이다.

이런 '더러운 몸'을 지녔기에 난주의 인생은 수난의 연속이다. 여학교 때 세 명의 남성에게 윤간을 당한 후부터 그녀는 같이 잔 남자와 언제나 헤어진다. 그때마다 난주는 "첫 멘스의 참담함"을 떠올린다. 그리고 같이 자 버렸기 때문에 사랑하는 남자와도 헤어질 수밖에 없다고 생각한다. 더러운 몸을 지녔기 때문에 더럽게 살 수밖에 없고, 그토록 더러운 몸을 다시 더럽혔기 때문에 더욱더 비극적인 여성의 삶을 살아야 한다는 것이다.

하지만 난주는 거듭되는 경험 속에서 차차 그런 '더러움'을 오히려 삶의 용기와 연결시킨다. "하늘에서 쏟아지는 비가 거침없듯이 멘스 피도지 마음껏 쏟아지게 내버려 두는 것"에서 기쁨을 느끼려는 것이다. 그래서 그녀는 자신을 부끄럽게 만들거나 움츠러들게 했던 몸을 새롭게 인식하려고 한다. 소설의 결말에서 난주가 애인과의 이별로 인한 허전함 때문에 시도했던 낯선 남자와의 성교를 거부하는 것도 자신의 몸을 그대로 인정하려고 하기 때문이다. 거절당한 낯선 남자가 욕을 하고 떠난 후 혼자 남은 난주는 다리를 양껏 벌린다. 그리고 자신의 자궁 속으로 비와 바람과 산비둘기 울음소리를 스며들게 한다. 이때 그녀의 몸으로 들어온 비와 바람과 산비둘기 울음소리가 그녀의 새로운 피가 되어 그녀의 몸을 깨끗하게 해 준다. 자신의 정당한 가치를 되찾았기에 더럽게 생각되던 몸이 더럽지 않게 되는 순간이다. 여기서 작가는 여성의 몸도 남성의 몸처럼 똑같이 존중받아야 할 몸임을 강조하고 있다.

이 소설을 통해 볼 때 확실히 여성은 월경으로 인해 고통받기도 하고 위로받기도 한다. 여성에게 있어 월경이 시작된다는 것은 자신의 섹슈얼리티의 발달을 의미하는 것이 아니라 오직 앞으로 여성으로 된다는 것, 때문에 성적인 쾌락이나 성숙이 아니라 상처나 손상으로 연결된다. 자신의 몸 밖으로 나온 분비물이자 배설물이지만, 아직도 자신의 몸의 연장으로 생각되는 것, 그래서 부끄러움을 유발시키게 되는 것이 바로 월경혈이라는 것이다. 그런데 그런 현실적이고도 심리적인 억압으로부터 도망칠 수도 없다. 여성에게 있어서 월경이란 진정한 어머니가 되기 위해서는 마땅히 감내해야 할 '주홍 글씨'로 간주되기 때문이다.

이런 맥락에서 폐경기에 들어선 늙은 노파의 몸은 여성으로서 폐기 처분되었다는 의미이기에 흔히 그로테스크하게 묘사된다.[12] 이 소설 속에서도 정신이상인 난주의 할머니는 머리를 풀어헤치고 이상한 신음 소리를 내면서 방에 갇혀 있다. 큰아버지는 여름인데도 그 방에 군불을 땐다. 언제나 아랫도리가 습했던 할머니는 그래서인지 큰어머니가 입혀 준 치마를 벗어 던진다. 어렸던 난주는 그런 할머니를 큰아버지가 불에 데워 죽이려는 것이라고 생각한다. 너무 늦게까지 그리고 아무 쓸모없이 분비되는 여성의 체액은 생식력과 생명력을 상실했다는 증거이기에 남성들에게는 더 혐오스럽게 간주되었기 때문이다.

그러나 월경이란 용어 자체가 여성의 몸을 '달'에 은유하여 만들어진 것이므로 시간의 흐름에 따라 변하는 여성의 몸과도 연결된다. 여성들의 몸은 차면 기울고, 기울면 다시 차오를 수 있다. 그리고 그런 움직임은 마치 달 모양의 변화처럼 자생과 자립, 재생을 의미한다. 이 소설의 결말

---

12) 에두아르트 푹스, 이기웅·박종만 옮김, 『풍속의 역사 Ⅱ: 르네상스』(까치, 1986), 26쪽 참조.

에서도 난주는 마치 제의를 치르듯이 자신의 몸을 인정한다. 월경하는
여성만이 변화할 수 있고 변형될 수 있기 때문이다. 그렇다면 여성의 몸
에서 나온 월경혈 속에는 영적이고 치유적인 힘이 들어 있다고 볼 수 있
다. 이런 힘으로 월경하는 여성들은 자신들의 한계나 고통을 월경(越境)
할 수 있게 된다.[13] 그리고 이것이 오이디푸스적인 깨끗하고 고상한 몸
에 대한 저항과 거부를 의미한다는 점에서 크리스테바가 '어브젝션
(abjection)'[14] 이론에서 강조하는 '폭력적이고 어두운 저항', 즉 더러운 것
의 자유로움과 전복성과도 연결될 수 있다.

3 훼손된 몸, 해체(海體)의 기호

여성의 몸이 월경을 할 수 있고 임신과 출산을 할 수 있는 이유는 성
기와 자궁이 있기 때문이다. 그리고 여성이 성기와 자궁을 가질 수 있었
던 것은 그녀들의 피부가 갈라졌기 때문이다. 즉 「인어 공주」 이야기에
나타나듯이 하나의 다리만 지녔던 여성이 자신의 목소리를 잃어버리고
그 대신 얻은 것이 바로 두 개의 다리이다. 하나였던 다리가 두 개가 되

---

13) 강선미, 앞의 글, 231쪽 참조.

14) '어브젝션'은 흔히 '비천함'으로 번역하는 것에서 알 수 있듯이 눈물, 침, 똥, 오줌, 토사물, 질 분
비물 등을 칭하는 것이다. 크리스테바에 의하면 어브젝션은 모성적인 것, 코라, 기호계와 함께 상징
계적 주체, 초월적 주체에 의해 억압당한다. 그래서 더욱더 여성적인 것과 쉽게 연결되면서 금지된
욕망이 일어나는 원형적 모성의 비객관성이나 매력과 증오가 일어나는 장소가 된다. 과거에는 주체
의 일부였지만 주체의 통일된 경계를 세우기 위해 거부될 수밖에 없는 것, 주체 안에 존재하는 친숙
한 것이지만 어느 순간 주체의 정체성에 위협을 가하는 이방적인 것, 자아 분열, 쪼개짐, 갈라짐을 통
해 자아와 타자 사이의 공간적 경계를 희미하게 흐려 놓는 것이 바로 어브젝션이다.

   Julia Kristeva, *Power of Horror: An Essay on Abjection*, trans. Leon Roudiez(New York:
   Colubia U. P., 1982) 참조.

   고갑희, 「시적 언어의 혁명과 사랑의 정신분석 ─ 쥘리아 크리스테바」, 한국영미문학페미니즘학회,
   『페미니즘: 어제와 오늘』(민음사, 2000), 202~214쪽 참조.

기 위해서는 피부가 갈라져야 한다. 이처럼 '갈라진 피부(fissured flesh)' 사이에 생긴 성기와 자궁으로 인해 인어 공주는 비로소 성교 가능한 여성이 된다. 이런 허스토리(herstory) 때문인지 여성들은 자주 자신의 몸이 훼손되어 있는 듯한 느낌을 가진다. 남성에 의해 침범당하고 점령당한 공동(空洞)처럼 자신의 몸의 하부를 느끼는 것이다.[15]

인간의 몸은 피부로 둘러싸여 있기 때문에 서로 껴안아도 합쳐질 수 없는 분리의 벽이 존재한다. 따라서 인간의 피부는 부드럽지만 견고한 벽이다. 그런데 이처럼 폐쇄적이고 고립된 피부가 성교를 통해서 열리는 피부로 변한다. 이때 여성들은 남성들에 의해 접촉을 더 많이 당하면서도 남성들을 만질 수 있는 자유는 훨씬 제한된다. 특히 성교를 통한 피부의 상실은 여성들의 몸이 모든 사람의 공유물인 것처럼 생각하도록 만드는 데에도 유용한 수단이 된다. 몸의 안과 밖을 구분시키면서 몸 밖의 침투로부터 몸 안을 보호해 주는 것이 바로 피부이다. 그러나 강요된 접촉은 피부를 피부 같지 않게 만들어 버린다. 원하지 않는 성교는 여성들의 피부를 상실하게 하기 때문이다. 그래서 안과 밖의 경계를 상실하게 하는 피부는 여성의 억압을 나타내는 젠더 공간이 된다.[16]

권지예의 소설 「뱀장어 스튜」[17]는 여성의 피부가 겪는 이런 훼손을 그린 소설이다. 소설 제목은 피카소가 자신의 마지막 연인이었던 자클린을 위해 그린 그림의 제목에서 따온 것이다. 작가는 뱀장어 스튜와 동위태지만 좀 더 일상적이고 생활화된 '삼계탕'을 끌어와 여성의 몸에 대한 기호로 삼는다. 즉 뱀장어 스튜의 한국적 버전이 바로 삼계탕이라고 할 수 있다. 이 두 가지 모두 자신의 몸이 그 형체 혹은 본질을 잃어버려야 만들어질 수 있는 음식이다. 그리고 고체가 아닌 액체를 지향하는 음식이

---

15) 안드레아 도킨, 홍영의 옮김, 『여자는 무엇으로 사는가』(문학관, 2000), 126~152쪽 참조.
16) 같은 책, 220~225쪽 참조.
17) 권지예, 『꽃게무덤』(문학동네, 2005).

기도 하다. 뱀장어와 닭이 '해체(解體)'되어서 국물이 중심이 되는 '해체(海體)'가 완성되는 것이다. 또한 이럴 때의 형태 파괴가 흡수나 합일을 통한 화해와 재생을 의미한다는 측면에서도 '바다'와 같은 여성의 몸과 연결될 수 있다.

　이 소설 속 아내의 몸에는 두 개의 흉터가 있다. 아랫배에 있는 철사줄 모양의 것과 오른 손목에 있는 자벌레 모양의 것이 그것이다. 아랫배의 흉터는 제왕절개로 출산을 한 수술 자국이고, 손목의 흉터는 자신의 아이를 출산하자마자 외국으로 입양시켜 떠나보냈기 때문에 일으킨 자살 미수의 흔적이다. 지금의 남편은 에고이스트였던 옛 애인과는 달리 아내의 이런 상처를 정성스레 핥아 준다. 그런데도 남편과 파리에 살고 있는 아내는 몇 년에 한 번씩 서울에 나올 때마다 옛 애인을 만나 격렬한 섹스를 나눈다. 3년 만에 다시 서울로 오면서 아내는 이번에는 남남처럼 살았던 남편과 드디어 헤어지려고 한다. 그러나 여전히 아내를 구속하지 않는 옛 애인이 자신의 자유도 구속받기 싫어함을 확인하고는 다시 파리의 남편에게 돌아온다. 이렇게 다시 돌아온 아내를 위해 남편은 삼계탕을 끓여 주려 한다.

　그런데 이런 상황 자체가 성적인 것과 연관된다. 두 다리를 한껏 가슴 쪽으로 치켜든 채 누워 있는 닭의 모습은 곧 여성의 몸이나 성기의 은유이고, 그 속에 채워 넣어질 대추나 인삼 뿌리는 남성 성기의 은유이다. 하지만 아내의 성기는 남편의 성기를 받아들여도 채워지지 않는 허전함과 결핍감을 느낀다. 이런 아내의 몸은 "어린 날 해변에서 파 놓은 두꺼비집"이나 "언젠가 허물어질 위태로운 검은 구멍"으로 비유된다. 그래서 속의 구멍을 넓히느라 남성들은 손을 넣어 모래를 파내면서 속을 비우려 하지만, 그 찰나 여성의 몸은 무너져 내린다는 것이다. 시공간적으로 너무 많이 그리고 오래 비어 있었기 때문이다. 그리고 남성의 몸을 많이 받아들이기 위해서는 자신을 좀 더 오랫동안 비워야 하기 때문이다.

이럴 때 남성의 '정자(精子)'는 '정자(亭子)'에 해당된다고 볼 수 있다. 문이 따로 없어서 항상 열려 있고, 그러기에 열쇠나 자물쇠가 필요 없는 공간이 바로 정자이다. 그래서 누구나 들어갈 수 있고, 누구나 쉽게 나갈 수 있는 곳이다. 그러나 아내가 원했던 것은 '튼튼한 감옥' 즉 '꽉 차 있는 하부'이다. 갇히고 싶은데 벽이 없다. 그러므로 문도 없다. 그러니 여성의 몸은 언제나 텅 비어 있다.

하지만 이처럼 '훼손된 몸'으로라도 남편에게 다시 돌아왔듯이, 그리고 남편으로부터 삼계탕을 대접받듯이 아내는 인생이란 자신의 몸을 버리거나 잃어버리는 행위임을 인정하게 된다. "살아서 펄떡이는 것들을 모두 스튜 냄비에 안치고 서서히 고아 내는 일, 살의나 열정보다는 평화로움에 길들여지는 일"이 바로 인생이라는 것이다. 세지 않은 불로 조용하고 은근하게 뱀장어(닭)의 몸부림이나 격정을 해체시켜야만 새로운 삶을 살 수 있다는 메시지가 담겨 있는 음식 기호가 바로 뱀장어 스튜나 삼계탕이다. 해체(deconstruction)가 파괴(destruction)를 통해 새로운 것을 구성(construction)하기 위한 행위임을 알 수 있는 음식들인 것이다.[18]

이때 여성의 몸은 그런 해체(海體)를 지향하는 해체(解體)의 공간이다. 마치 '환상사지(幻想四肢)'를 앓고 있는 환자처럼 여성의 몸은 환부가 없어도 통증을 느낀다.[19] 이런 환상지통(幻想肢痛)은 여성의 몸이 훼손된 것임을 알려 주는 가시적 기호이자 심인성 질병의 징후에 다름 아니다. 그리고 완전한 몸에 대한 향수나 애도의 현장이라는 점에서 여성의 몸에 대한 자의식을 일깨워 주는 기호라고도 할 수 있다. 무엇보다도 이런 여성의 몸을 통해 피부와 자궁의 상실이나 침범에서 오는 상처를 '환상 페니스'의 일종으로 보는 프로이트식 해석을 거부할 수 있다. 여성은 페니스를 원해서가 아니라 페니스를 원하지 않아서 고통당하는 것이기 때문

---

18) 정화열, 앞의 책, 266쪽 참조.
19) 엘리자베스 그로츠, 앞의 책, 8~20쪽 참조.

이다. 자궁을 뜻하는 그리스어 히스테라(hystera)에 어원을 두는 히스테리(hysteria)를 없애기 위해서는 자궁 적출을 시도해야 한다는 믿음도 바로 여성의 몸에 대한 오해와 억압을 나타낸다.[20] 여성은 몸이 아프기 때문에 마음이 아픈 것이 아니라 마음이 아프기 때문에 몸이 아픈 것이다. 그러니 아무리 자궁을 떼어 내도 여성들의 히스테리는 사라지지 않을 것이다.

4 덧붙여진 몸, 이중(二重)의 기호

흔히 여성의 성기는 두 겹이면서 항상 붙어 있기 때문에 '하나가 아닌 성'을 나타낸다. 그리고 여기서 더 발전하여 여성의 성기는 그 구조와 의미에 있어서 어떤 논리나 일관성을 지니지 않는 모순과 합일, 복합성 그 자체를 의미하게 된다.[21] 이러한 여성의 성기를 닮은 여성의 입술 또한 하나도 아니고 둘도 아닌, '하나 속의 둘'의 상징성을 지닌다.[22] 그리고 입술(입)은 얼굴 부분에서는 이마, 눈, 코에 대응하여 하부 공간을 나타내는 기호에 해당하면서 성기와 동일한 의미를 지닌다. 관상학적 기호 체계에서도 입술은 성기와 마찬가지로 정신성과 반대되는 관능성을 나타낸다.

이처럼 '하나가 아닌 둘', '하나 속의 둘', '하나이면서 둘'인 입술은 여성에 대한 남성들의 이분법적 분리가 지니는 억압성을 시각적으로 제시하는 데 효과적이다. 맨입술과 비교해 볼 때 특히 연지를 바른 여성들의 입술이 지니는 특성은 여성의 복합적이고도 다중적인 특성을 잘 나타내

20) 케티 콘보이 외, 앞의 책, 111쪽 참조.

21) 뤼스 이라가라이, 이은민 옮김, 『하나이지 않은 성』(동문선, 2000), 29~44쪽 참조.

22) 박정오, 「새로운 상징 질서를 찾아서 — 뤼스 이리가라이」, 한국영미문학페미니즘학회(2000), 189~190쪽 참조.

기 때문이다. 즉 연지 바른 입술은 여성의 고유성을 상징하면서 그들이 지니는 가변성의 진폭을 나타내기에 적절한 젠더 공간이 된다.

이런 연지 바른 여성의 입술은 이성(異性)인 남성들의 맨입술과 비교될 때와 동성(同性)인 여성들의 맨입술과 비교될 때 그 의미가 다르다. 즉 연지 바른 입술은 여성과 남성 사이의 관계를 나타내 주는 기표일 뿐만 아니라 여성들끼리의 관계에 대한 기표이기도 하다는 것이다. 입술의 층위에서 생각할 때 남성들은 연지를 바르지 않은 맨입술의 '여성'들에 해당하면서 연지 바른 입술의 여성과 대립되고, 연지 바른 입술을 지닌 여성은 여성들 내에서도 연지를 바르지 않은 맨입술의 여성들과 대립된다.

남성 중심적 시각으로 정립된 이분법에 따르면, 여성은 다음의 두 가지 역할 중 하나만을 할 수 있을 뿐이다. 하나는 '어머니'에 해당하는 정숙한 여성, 가정주부, 애를 많이 낳는 여성, 좋은 살림꾼으로서의 역할이다. 다른 하나는 '창녀', 즉 소비의 대상으로서의 역할이다. '어머니'는 감싸 주고 이해해 주며 순종적인 여성으로서 더없이 아름답지만 굴종과 무기력의 상징인 개념이다. 반면 '창녀'는 매력적이고 자유로우며 유혹하는 여성으로서 한 번도 아름답다고 취급된 적이 없지만 남성들이 원하는 여성의 개념이다. 그리고 어머니의 경우는 예수의 어머니인 동정녀 '마리아'로, 창녀의 경우는 모든 죄악의 근원인 '이브'로 대표된다.[23]

그런데 본래 여성의 두 입술이 하나였던 것처럼 여성들은 마리아적인 특성과 이브적인 특성을 모두 가지고 있을 수 있다. 그런데도 남성 중심적인 가치 평가에 의해 마리아와 이브는 '하나 속의 둘'이 되지 못하고 서로 분리되어 대립적으로 존재하게 된다. EVA(에바=이브)와 AVE(아베 마리아)는 문자의 철자법이 서로 전도된 것이다. 즉 AVE로 시작되는 천

---

23) 이재선, 「여성의 양면성과 요부형 인간」, 『한국문학주제론』(서강대학교 출판부, 1989), 374~375쪽 참조.

사의 이미지와 EVA의 죄 깊은 이름은 서로 반대의 의미를 갖는다.[24] 때문에 이런 두 여성성 사이의 분리와 갈등을 '입술'의 이중성을 통해 고찰해 볼 수 있다.

은희경의 소설 「먼지 속의 나비」[25]는 흔히 '걸레'로 지칭되는 여성에 관한 소설이다. 남성을 적극적으로 유혹하면서 성적인 방종을 일삼는 여성의 기호가 '걸레'이다. 창녀적인 이미지를 지니고 이브적인 속성을 대변하면서 연지 바른 입술로 가시화되는 여성이라고 할 수 있다. 이 소설 속의 여주인공 선희는 실력을 인정받는 자유 기고가이다. 하지만 그런 그녀의 실력도 섹스 잠언집을 내려고 할 정도로 성적인 경험이 풍부하다는 무성한 "뒷소문" 때문에 빛을 잃는다. 그런데 이런 소문에도 불구하고 보수적 남성인 '나'는 선희의 매력에 이끌려 '감히' 그녀와 사귀지만 심한 갈등을 겪는다.

남성들이 이런 여성들에게 느끼는 감정은 우선 공포심이라고 할 수 있다. "암사마귀"처럼 자신을 잡아먹을 것 같은 두려움을 느끼면서도 거부할 수 없는 매력을 느끼기 때문에 더욱 위험한 것이다. 그래서 남성들은 이런 여성을 더욱 심하게 공격하고 비난한다. 이때 여성의 몸은 '이빨 달린 질'로 기호화된다. 질에 이빨이 첨가됨으로써 동물적이고 야수적인 공격성을 지니게 된다. 그래서 남성들에게는 거세 콤플렉스를 일으키게 하는 메두사 같은 여성보다 더 두려운 대상은 없다.[26] 메두사처럼 머리가 많이 달린 괴물은 곧 똑똑한 여성이다. 그런 여성을 똑바로 바라보아서는 안 된다. 거기에 승복할 수도 있기 때문이다. 그러니 간접적인 도구(거울 같은 방패)로 처치해야 한다. 이때의 메두사는 너무 똑똑하기 때문

---

24) 노르마 브루드, 메리 D. 개러드, 호승희 옮김, 『미술과 페미니즘 ─ 굴절된 여성의 이미지』(동문선, 1994), 147쪽 참조.

25) 은희경, 『타인에게 말걸기』(문학동네, 1996).

26) 리타 펠스키, 김영찬 · 심진경 옮김, 『근대성과 페미니즘』(거름, 1998), 219쪽 참조.

에 없애야 할 괴물로 취급받는 여성의 기호이다.

그런데 문제는 선희의 외모나 성 관념이 이런 평판과는 차이가 난다는 데에 있다. 선희의 외모는 귀염성 있는 흔한 얼굴이고 젖가슴도 작다. 오히려 수수한 편이라서 유혹적이거나 성적이지 않다. 이런 평범한 외모에서 그나마 특징을 찾자면 선이 섬세하고 "비너스 석상"처럼 단아한 입술을 지니고 있다는 것이다. 이처럼 이 소설에서 선희는 외모적으로 청순하고 중성적이기까지 하다. 그런데도 남성들은 그런 여성의 몸을 자신이 원하는 대로 오독하고 오해한다. 즉 성적인 매력과는 아무런 상관없는 그녀의 입술에도 일부러 빨간 연지를 발라 주는 것이 그녀 주변의 남성들이다. 남성들에게는 자신들에 의해 '연지 발려진 입술'이 여성들 스스로 '연지 바른 입술'과 다름없는 것이기 때문이다. 이런 행위에는 마리아 속의 이브, 이브 속의 마리아를 원하는 남성들의 이중성이 그대로 투영되어 있다.[27]

실제로 선희가 원하는 것은 성적인 '방종'이 아니라 '자유'이다. 그녀는 "섹스를 하는 것이 아니라 섹스를 하지 않는 것으로부터 자유롭기 위해" 섹스를 한다. 섹스에서 느끼는 강박과 억압을 극복하고 싶기 때문이다. 그래서 진실하다면 누구나 섹스로부터 자유롭다고 생각한다. 그리고 그녀가 원하는 것은 오히려 "어색하고 조심스럽고, 그래서 감동을 줄 수 있는 섹스"이다. '나'와의 섹스에서 그녀는 의외로 수줍어한다. 하지만 '나'가 여성의 몸을 소유한 뒤의 정복욕을 보이려 하자 강하게 반발한다. '나'가 이런 선희의 모습에서 더러운 세상의 관습을 의미하는 '먼지'를 거슬러 올라가려고 애쓰는 '나비'의 모습을 발견하는 것도 그녀가 지닌 이런 저항과 부정 정신을 보았기 때문이다. "자유로워지고 싶은 것이

---

27) "누군지 몰라도 걔 데려가면 밤마다 서서 외친 다음 자리를 깔아야 할 거야. 하긴 그런 애들이 대개 밤에는 또 완전히 달라지는 법이지만 말야.", "원래 똑똑한 여자들은 내숭도 잘 떨지만 밝히기도 되게 밝힌다더라."라는 이 소설 속 남성들의 말이 여성에 대한 이런 이중적 잣대를 그대로 보여 준다.

삶에 저항하는 것처럼 보인다면 내 잘못이 아니다. 틀을 만든 세상이 잘못이다."라는 선희의 말이 그녀가 처한 여성적 현실을 환기시킨다.

　결국 은희경의 소설은 의무·희생·책임을 강요당하는 마리아적인 여성과 권리·자유·사랑을 추구하는 이브적인 여성 사이의 갈등을 본격적으로 문제 삼는다. 그리고 그러한 갈등을 '연지 발려진 입술'이나 '이빨 달린 질'이라는 여성의 젠더 공간을 통해서 형상화한다. 즉 이처럼 연지나 이빨이 첨가된 여성의 몸은 마리아적 여성과 이브적 여성이라는 이분법적인 여성관이 여성에게 얼마나 억압적인가를 알려 주고 있다. 마리아적인 여성은 천사·성녀·아내의 축으로 연결되면서 순종·의무·희생·순수성 등의 의미를 형성한다. 반면 이브적인 여성은 마녀·악녀·애인의 축으로 연결되면서 반항·권리·독립·관능성 등의 의미를 형성한다. 이러한 여성의 이분법적 구분에 의한 여성의 분리가 사실은 교묘한 여성 억압의 기제임이, 합일성·모순성·이중성을 담보했던 입술과 여성 성기가 분리성·일관성·단일성을 의미하는 몸으로 변화되어 서로 대립하게 되었다는 사실을 통해 가시화된다. 여성은 마리아이기도 하고 이브이기도 한 존재이지 마리아 아니면 이브여야 하는 존재는 아니라는 것이다.[28]

5 바뀌는 몸, 배신(倍身)의 기호

　흔히 에코페미니즘(eco-feminism)[29]에서는 '남성＝문명＝자본＝소비', '여성＝자연＝생명＝생산'의 의미로 성차를 파악한다. 그리고 남성 중심

28) 김미현, 『한국 여성 소설과 페미니즘』(신구문화사, 1996), 123~124쪽 참조.

29) 에코페미니즘이란 용어는 프랑수아 드본의 『여성 해방인가 아니면 죽음인가』(1994)에서 처음 등장했다. 그녀는 자연 파괴와 여성 억압적 남성 중심 사회를 연결 지어 우리의 삶에 직접적 위험을 가하는 두 가지는 인구 과잉과 지구 자원의 파괴이고, 이는 남성 중심적 체제 때문이라고 지적했다.
　문순홍, 「에코페미니즘이란 무엇인가」, 《여성과 사회》, 6호, 1995, 17쪽 참조.

의 문명이 이룩한 서양의 물질문명이나 자본주의의 문제를 해결하는 데 자연에 가까운 여성이 대안으로 제시될 수 있다고 본다. 여성과 자연은 동일한 '몸의 달력'을 갖고 있다는 점에서 본질적으로 유사하다는 것이다. 동서양을 막론하고 하늘은 남성에, 땅은 여성에 비유된다. 그래서 땅의 생산성이 여성의 생산성과 연결되는데, 이런 여성과 땅이 메마르고 고갈되었기 때문에 인간과 자연과의 분리가 일어났음을 강조한다.[30] 그리스 신화에 나오는 대지의 여신 가이아(Gaia)에 비유되는 지구는 곧 여성이고, 병든 가이아는 바로 병든 여성의 현실과 동일하게 취급된다. 이런 맥락에서 자연을 인간의 지배로부터 해방시키는 일은 여성을 남성의 지배로부터 해방시키는 일과 불가분의 관계로 파악한다.[31] 지금까지 지속된 문명·진보·발전 중심의 남성적 사고 때문에 기술이 발전하고 물질은 풍부해졌을지 모르지만 자연에 더 가까운 여성의 희생과 훼손을 강화시켰다는 것이다.[32]

이처럼 에코페미니스트들이 상호 연관적·탈중심적·반위계적·비폭력적 문화를 통해 가부장제를 무장 해제 시키려고 하듯이 여성 작가들도 그동안 억압받는 위치에 있었던 여성의 풍요롭고 관용적인 여성성을 강조한다. 자아와 타자를 구분하고 독립성과 독자성, 분열과 분리를 강조했던 문화로부터 벗어나기 위해서는 여성의 여성다운 시각이 중요하게 부각될 수 있다는 것이다. 남성들을 닮아 이성적이고 폭력적인 발전 논리에 빠질 것이 아니라 그동안 폄하되었던 상호 의존적이고 비폭력적인 여성들의 공존 윤리를 재건설하자는 것이 에코페미니스트들의 생각이

---

30) 고갑희, 「에코페미니즘: 페미니즘의 생태학과 생태학적 페미니즘」, 《외국문학》, 1995년 여름호, 97쪽 참조.
31) 정화열, 「생태철학과 보살핌의 윤리」, 《녹색평론》, 1996년 7·8월호, 16쪽 참조.
   가이아(佳珥我), 「새로운 문명의 이름, 에코페미니즘」, 《이프(if)》, 1997년 가을호, 258쪽 참조.
32) 김욱동, 『문학생태학을 위하여』(민음사, 1998), 347~413쪽 참조.

다.[33] 그러므로 자연을 닮으려는 여성들은 초월(transcendence)이 아닌 내재(immanence)의 원리를 중시하거나 모성성, 기호계, 전 오이디푸스적인 단계에 대한 재평가를 통해 가부장제의 법과 문화에 도전하려고 한다. 이런 맥락에서 그동안 억압되었던 사랑·베풂·부드러움·따뜻함·동정심·애정·연민 등의 감정이 다시 귀환하게 된다.[34]

이에 어울리는 몸을 갖기 위해 여성들은 변신을 꿈꾼다. 일반적으로 인간은 자신이 아닌 다른 존재가 되고 싶다는 원망(願望)을 몽고점처럼 지니고 있다. 하지만 특히 '지금 이곳'의 현실이 부정적이고 억압적일 때 이런 원망이 강화되면서 변화·변형·탈출에의 욕망은 커진다. 자신이 아닌 다른 존재로 전환되는 변신을 통해서 폐색(閉塞)된 현실을 극복할 수 있다고 믿기 때문이다.[35] 이런 이유로 남성보다는 여성에게 존재론적 변신에의 욕망이 더욱 간절하다고 할 수 있다. 여성들의 현실에는 실존적인 결핍감이나 사회적인 상황의 억압 이외에 가부장적 이데올로기라는 요소가 더 가세하고 있기 때문이다. 그래서 여성들은 변신을 통해 현재의 몸을 버리고 다른 몸을 취함으로써 존재론적인 전환을 이루려는 꿈을 꾸게 된다. 자신이 지니고 있는 몸은 '덫'이기에 거기서 벗어나는 길은 지금의 몸을 버리고 새로운 형태의 몸을 '닻'으로 삼는 것밖에는 해결책이 없다는 것이다. 자신이 원하는 몸을 가지고 싶은 꿈을 이룰 수 있는 방법이 바로 변신이다. 이런 변신 과정을 통해 여성들은 자신을 억압하는 식민지로부터 벗어나 자신만의 새로운 영토를 찾으려 한다. 일상성이나 무력감을 극복하면서 지금과는 다르게 살고 싶다는 여성들의 욕망이

---

33) 마리아 미스·반다나 시바, 손덕수·이난아 옮김, 『에코페미니즘』(창작과비평사, 2000), 150~168쪽 참조.
34) 캐럴 길리건, 허란주 옮김, 『심리 이론과 여성의 발달』(철학과 현실사, 1994).
  낸시 초도로, 「여성의 성장과 모녀 관계」, 이화여자대학교 한국여성연구소 편역, 『여성사회철학』(이화여자대학교 출판부, 1987) 등을 참고할 것.
35) 이재선, 「변신의 논리」, 『우리 문학은 어디서 왔는가』(소설문학사, 1986), 65쪽 참조.

변신을 낳는 것이다.[36]

한강의 소설 「내 여자의 열매」[37]에서 아내의 몸이 나무가 되는 것도 이런 변신에 대한 욕망 때문이다. 그리고 아내가 몸을 바꿀 수밖에 없었던 것은 도시 속에서의 삶을 견딜 수 없었기 때문이다. 도시에서는 살 수 없는 민감한 몸을 소유한 것이 바로 여성이다. 그래서 소설 속의 아내는 온몸에 피멍이 생긴다. 이 피멍은 연푸른색에서 짙은 녹색으로 변하면서 아내의 몸을 나무처럼 만든다. 이와 걸맞게 아내는 자꾸 옷을 벗고 알몸으로 햇볕을 쪼이고 싶어 하거나 물만 먹으려 한다. 그러다가 급기야 출장에서 돌아온 남편 앞에 아내는 베란다에서 나무로 변한 모습으로 나타난다. "그녀의 몸은 진초록색이었다. 푸르스름하던 얼굴은 상록 활엽수의 잎처럼 반들반들했다. 시래기 같던 머리카락에는 싱그러운 들풀줄기의 윤기가 흘렀다." 이렇게 변한 아내의 몸에 물을 주면서 남편은 아내가 이만큼 아름다웠던 적은 없었다고 생각한다.

이런 아내의 변신 혹은 변성(變性)은 원래 자신의 몸을 버리고 싶은 배신(背身) 욕망에 기인한 것이다. 결혼 전에 자신의 '나쁜 피'를 갈아 치우기 위해 지구 반대편까지 여행을 떠나려 했던 아내, 하지만 결혼 후에 인구 70만이 모여 사는 도시 속의 닭장 같은 아파트에 살면서 질식할 것만 같았던 아내, 문명의 속도로 달리는 자동차나 오토바이 소리에 깜짝깜짝 놀랐던 아내였지만 세상을 바꾸지 못했기 때문에 자신의 몸이나마 바꾼 것이다. 아내의 몸이 치유되는 길은 그녀 자신이 나무가 되어 "바람과 햇빛과 물"만으로 살 수 있는 몸이 되는 것이다. 그리고 나무처럼 자라나서 벗어날 수 없었던 집으로부터 벗어나는 것이다.

"나는 평생을 정착하지 않고 살고 싶어요."라는 아내의 소망은 바로

---

36) 김미현, 「존재론적 변신과 초월의 수사학」, 『여성 문학을 넘어서』(민음사, 2002), 174~175쪽 참조.
37) 한강, 『내 여자의 열매』(창작과비평사, 1997).

탈주나 유목을 추구하는 탈근대인의 초상이라고 할 수 있다. 아내의 몸은 비록 겨울이 되면 잎을 떨어뜨리고 색깔도 다갈색으로 변하지만 그 자리에서 한 움큼의 연두색 열매를 토해 낸다. 이 열매로 인해 아내의 몸은 봄이 오면 다시 피어나고 자랄 것이다. '두 발 달린 동물'에서 '뿌리 달린 식물'로 변한 여성의 몸만이 지닐 수 있는 재생력이나 생명력 때문이다.

이처럼 여성의 몸이 변성과 생성을 통해 부정적인 현실로부터의 탈주가 가능할 때 그 의미나 가치도 반전될 수 있다. 이 소설에 나타나듯이 식물이 된 여성의 몸은 한곳에 있으면서도 움직이고 있다. 자라나고 죽고 다시 태어난다. 다른 것이 되고 또 다른 것이 됨으로써 자신이 된다. 여성의 몸은 존재(being)가 아닌 생성(becoming)에 더 어울리기 때문이다.[38] 들뢰즈와 가타리식으로 말해서 유목민적인 자유는 리좀(rhizome)적인 몸을 지녔을 때만이 가능하기 때문이다. 리좀처럼 어디든지 뿌리를 내리고 뻗어 나가는 것이 참된 자유라는 것, 그래야 어디든 집으로 삼으면서도 거기에 갇히지 않는다는 것이 바로 아내의 변신(變身)과 배신(背身)이 알려 주는 의미이다. 이처럼 한곳에 고정된 몸이 아니라 언제나 움직이고 이동 중인 몸은 여성의 자아를 확장시켜 준다. 그래서 마치 몸이 늘어나는 것처럼 생각된다. 바꾼 몸을 통해 배신(倍身)이 일어난 것이라고 할 수 있다.[39]

6 괴물의 기호학, 부/재(不/在)의 공간

지금까지 살펴보았듯이 여성의 몸은 대개 더럽고(공선옥) 훼손되고(권

---

38) 박미선, 「로지 브라이도티의 존재론적 차이의 정치학과 유목적 페미니즘」, 《여/성 이론》, 5호, 2001년 겨울호, 181쪽 참조.
39) 이진경, 『노마디즘 1』(휴머니스트, 2002), 108~120쪽 참조.

지예) 덧붙여지고(은희경) 바뀌는(한강) 것으로 인식된다. 그래서 정상이 아닌 비정상이기에 기형적인 괴물로 취급된다.[40] 오염, 박탈, 첨가, 전위가 일어난 몸은 상궤를 벗어난 것이며 변칙적인 것이기 때문이다. 심지어 아리스토텔레스는 생식 과정에서 모든 일이 표준에 따라 진행된다면 남자 아이가 생기고, 무엇인가가 잘못되었을 때에만 여자 아이가 생긴다고 보았다. 이렇게 비정상적이고 열등한 존재로 취급된다면 여성은 괴물로 존재할 수밖에 없다.[41]

그런데 여성을 이런 괴물로 만드는 것은 바로 남성의 시선이다. 기형적인 여성은 여성의 몸이 남성의 시선에 의해 늘 보여지는 대상으로만 존재했기에 만들어진 것이다. 남성은 너무 많이 혹은 너무 적게 여성을 본다. 남성은 여성만 빼놓고 모든 것을 다 본다. 그래서 여성을 여성으로 보지 못한다. 이럴 때 여성은 존재하면서 동시에 부재하며, 보이면서 동시에 보이지 않는다.[42]

하지만 여성의 몸은 다성적(多性的)이다. 뤼스 이리가라이(Luce Iri-garay)가 비유하듯이 여성의 성기는 늘 마주 붙어 있는 두 개의 입술로 이루어져 있기 때문이다. 그래서 여성은 이미 서로를 애무하고 있는 둘, 하나(들)로 분리될 수 없는 둘이기에 일원론적이거나 이분법적인 시각에서는 파악될 수 없는 것이다. 다양하지만 분리될 수 없고, 복합적이지만 자율적인 것이다.[43] 이런 맥락에서 여성의 몸을 '뫼비우스의 띠'에 비유하기도 한다. 옆으로 눕힌 8자 모양의 뫼비우스의 띠처럼 안과 밖, 내부와 외부의 경계가 해체된다는 것이다.[44] 이로써 여성의 몸은 영토화, 양극

40) 피터 브룩스, 이봉지 · 한애경 옮김, 『육체와 예술』(문학과지성사, 2000), 404~409쪽 참조.
41) 케티 콘보이 외, 앞의 책, 82~84쪽 참조.
42) 김주현, 「여자들의 몸과 눈」, 한국여성철학회 엮음, 『여성의 몸에 관한 철학적 성찰』(철학과 현실사, 2000), 208~210쪽 참조.
43) 조셉 브리스토우, 이연정 · 공선희 옮김, 『섹슈얼리티』(한나래, 2000), 157~158쪽 참조.
44) 엘리자베스 그로츠, 앞의 책, 14쪽 참조.

화, 이분화를 거부하는 공간이 된다. 그리고 동전의 양면처럼 정적이고 평면적인 도형이 아니라 동적이고 입체적인 도형이 된다. 움직이고, 변하고, 이어져야 뫼비우스의 띠처럼 복합성과 유동성을 지닌 몸이 되기 때문이다.

물론 여성의 몸에 대한 이런 인식이 고유한 여성 정체성을 인정하는 것 같으면서도 그 개방성과 가변성, 유동성으로 인해 여성의 몸을 모호하고 불안정한 관념적 기호에 머무르게 할 위험성도 있다. 그리고 기존의 이분법을 거부했음에도 불구하고 여성의 몸에 저항과 해방이라는 긍정적 이데올로기를 부여함으로써 또다시 남성의 몸을 소외시키는 측면도 있다. 월경(越境)하고, 해체(海體)가 되고, 이중(二重)적이 되고, 배신(倍身)이 되는 몸은 그토록 여성들이 거부하고 싶어 했던 가부장적인 여성의 몸으로 다시 퇴행하는 것일 수 있기 때문이다.

하지만 이런 위험성에도 불구하고 여성의 몸이 지닌 모순성과 전환성, 이동성, 창조성은 여성의 주체성을 위협하는 것이 아니라 확장시켜 주는 것임에는 틀림이 없다. 여성의 몸에서만 가능한 성적인 즐거움이나 생산력을 거부하겠다는 것이 아니라 그것을 만병통치약으로 격상시키거나 동물적인 본능으로 격하시키는 양극단의 평가를 모두 거부하는 것이다. 여성의 몸은 남성과 다르지만 그래도 이 세상에 존재하는 그 어떤 것보다도 남성의 몸과 서로 비슷하다는 것을 인정하려는 것이 바로 여성의 몸이 추구하는 진정한 의미이기 때문이다.[45] 그래서 더 이상 있어도 없는 것, 없어도 있는 것이 아니라 있어야만 할 것, 그러나 다르게 있는 것, 있을 것이 있는 것으로 간주되기를 바라는 것이 바로 여성의 몸이라고 할 수 있다. 아무것이나 될 수 있기에 여성의 몸은 보이지 않는 것일 수도 있다. 혹은 모든 것으로 채울 수 있기에 여성의 몸은 비어 있는 것일

---

45) 토머스 라커, 이현정 옮김, 『섹스의 역사』(황금가지, 2000), 13쪽 참조.

수 있다. 때문에 여성의 몸은 부재하거나 존재하는 것이 아니라 부재하면서 동시에 존재하는, 저주이자 축복의 기호에 다름 아니다.

환상

현실적 환상, 환상적 현실
─ 여성 소설의 환상성

1 환상성과 여성성

환상성[1]은 라틴어 '판타스티쿠스(phantasticus)'에서 유래한 말로, 어원 상 '나타나 보이게 하다', '착각을 주다', '기이한 현상이 드러나다' 등의 뜻을 내포하고 있다.[2] 보이지 않는 것을 보이도록 만들어 주는 것, 말해 질 수 없는 것을 말해지도록 만드는 것이 환상이라는 것이다. 이런 어원 에서 유래한 특성 때문에 기존의 문학 논의에서는 환상성을 현실 세계와 는 무관한 동화적 퇴행의 세계나 기괴하고 장난스러운 문학적 치기, 황

---

1) 이 글에서는 '환상(fantasy)'을 욕망 충족이나 환영, 착시, 망설임 등을 포함한 구체적이고도 경험 적인 측면을 의미할 때 사용한다. 때문에 '환상'은 거짓, 속임수, 현혹 등과 관련되는 부정적 환상 인 '환영(illusion)'과, 가능성, 낮꿈, 미래 등과 관련되는 긍정적 환상인 '상상(vision)'을 모두 포함 한다. 반면 '환상성(the fantastic)'은 보다 포괄적이고 보편적인 입장에서 환상을 지칭할 때나, 서사 의 기본 원칙까지 포괄하는 문학적 용어를 의미할 때 사용할 것이다. 즉 환상성이란 초자연적·불가 시적·비실재적 현상을 마치 사실처럼 묘사하는 소설 양식을 일컫는 용어를 지칭한다. 또한 '판타지 (Fantasy)'는 환상성이 중심을 차지하는 서사의 하부 장르를 일컫는 말로 구분해서 사용할 것이다.
   황병하, 『반리얼리즘문학론』(열음사, 1992), 92쪽.
   심진경, 「환상 문학 소론」, 서강여성문학회, 『한국 문학과 환상성』(예림기획, 2001), 14쪽.
   박설호, 「문학과 환상에 관한 12개의 테제」, 《실천문학》, 2000년 겨울호, 14쪽 참조.
2) 이재실, 「환상 문학이란 무엇인가」, 《오늘의 문예비평》, 1996년 겨울호, 20쪽.

당무계한 저급의 취미 등으로 평가 절하되었다.[3] 특히 '괴력난신(怪力亂神)'을 거부하고 '술이부작(述而不作)'의 전통을 존중해 왔던 유교 문화의 영향으로 한국에서는 오랫동안 환상 문학이 서자 취급을 받았다.[4] 근대 문학기에 들어와서도 리얼리즘 문학의 우세한 흐름 속에서 환상 문학은 주변 장르에 머물러 있었다. 일제 강점기, 남북 분단, 6·25전쟁 군부 독재 등과 같은 사회적 수난 속에서 환상 문학에 대한 관심은 주로 도피나 사치, 부르주아적이거나 반사회적인 행위로 비난받았기 때문이다.[5]

그러나 1980년대 말부터 주변부에서 소외되었던 것들이 부상한 포스트모더니즘적 흐름과 맞물려 문학적 재현을 중시했던 미메시스(mimesis) 개념에 대한 회의가 일면서 환상성 개념에 대한 재고(再考)가 일어났다.[6] 전통적 리얼리즘이 표방하는 객관적 진리나 재현 가능성에 대한 신뢰가 의심과 공격의 대상이 된 것이다.[7] 이런 맥락에서 환상성과 미메시스가 서로 대립되는 개념이 아니라 상호 보완적인 개념이라는 확장된 정의까지 일반화되었다. 환상성을 통해 '또 다른 현실'이나 '현실과 좌우만 바뀐 등가물'을 문제 삼을 수 있었기 때문이다.[8] 이런 환상성의 급부상에는 상투화된 현실 개념에 대한 회의나 비판을 통해 현실의 전복을 꿈꾸려는 의도 또한 담겨 있다.[9] 환상성을 통해 '억압된 것의 귀환'이 이루어

---

3) 최기숙, 『환상』(연세대학교 출판부, 2003), 1~2쪽.

4) 같은 책, 45~46쪽.

5) 황병하, 「환상 문학과 한국 문학」, 《세계의 문학》, 1997년 여름호, 154쪽.

6) 문학 잡지의 특집으로 환상 문학이 많이 다루어진 것이 그 증거라고 할 수 있다. 구체적으로 열거해 보면 다음과 같다. 《상상》, 1996년 가을호; 《오늘의 문예비평》, 1996년 겨울호; 《세계의 문학》, 1997년 여름호; 《외국문학》, 1997년 가을호; 《문학사상》, 1998년 11월호, 2004년 5월호; 《실천문학》, 2000년 겨울호; 《문학수첩》, 2003년 봄호; 2003년 겨울호.

7) 유철상, 「최근 소설의 환상적 경향과 그 의미」, 《현대소설연구》, 12호, 2000년 6월호.
박정수, 『현대 소설과 환상』(새미, 2002), 9~10쪽.

8) 김성곤, 「리얼리티와 판타지 사이의 환상 문학」, 《문학사상》, 1998년 11월호.
장경렬, 「현실의 환상성과 환상 문학」, 《문학수첩》, 2003년 봄호.
장석주, 「환상의 제국」, 《상상》, 1996년 가을호.

9) 김현균, 「중남미 문학의 판타지 전통」, 《문학사상》, 2004년 5월호, 208쪽.

지고, 그로 인해 제도적 질서에 대한 도전이나 '위반으로의 은밀한 초대'가 가능해진다는 것이다.[10]

문제는 환상 문학의 이러한 복권에도 불구하고 여전히 기존의 논의에서는 주로 남성의 '여성에 대한' 환상에만 주목하고 있다는 점이다. 때문에 마녀나 귀신, 창녀 등으로 공포화되거나 성녀나 요정, 천사 등으로 이상화되는 이분법적 여성 이미지에 대한 비평과 환상성에 대한 일반적인 연구 자체가 거의 구분되지 않는 기현상을 보여 왔다.[11] 환상성과 남성성이 결합되어 만들어 내는 환상의 '객체'나 '소비자'로서의 여성에만 초점을 맞추었기 때문이다. 하지만 이런 '절반의' 연구에서 벗어나 보다 생산적인 태도에서 환상성과 여성성의 결합을 문제 삼기 위해서는 환상의 '주체'나 '생산자'로서의 여성에 주목해야 한다는 것이 이 글의 입장이다. '환상 소설 속의 여성'이 아니라 '여성 소설 속의 환상'을 규명함으로써 여성의 정체성이나 주체성을 형성하는 여성 문학적 요소로서의 환상성을 제대로 부각시키자는 것이다. 여성들이 환상성을 통해 자신들의 경험이나 의식을 잘 표현할 수 있다면 환상 문학은 충분히 '여성의, 여성에 의한, 여성을 위한' 문학이 될 수 있다.

아무런 특권을 가지지 못한 여성이 환상을 갖기가 더 쉬울 수 있다. 다른 사람들에 의해 구성되는 자아에 대한 불만족 자체가 여성들로 하여금 '대안적 자아(alternative selves)'나 '다른 자아(alter ego)'를 설정하게 하고, 꿈·기억·광기 등의 형태로 나타나는 환상을 추구하게 만들기 때문이다.[12] 그리고 환상성과 여성성의 공통점은 불가해성, 비사회성, 일시

---

10) 로즈메리 잭슨, 서강여성문학연구회 옮김, 『환상성 ── 전복의 문학』(문학동네, 2001), 94, 122쪽.
11) 임옥희, 「환상, 그 위반의 시학」, 여성문화이론연구소, 『페미니즘과 정신분석』(여이연, 2003), 111쪽.
12) Nancy A. Walker, *Feminist Alternatives: Irony and Fantasy in the Contemporary Novel by Women*(Mississippi U. P., Jackson and London, 1990), 4~13쪽.

성 등으로 간주되었던 타자성의 영역에 속해 있었다는 것이다.[13] 하지만 바로 그렇게 때문에 여성적 환상성은 정상적이라고 생각된 기존의 남성 중심적 현실 세계에 대한 위반과 일탈을 통해 현실이 누락시키고 있는 이면을 첨예하게 가시화할 수 있다. 즉 환상성이 부재나 상실로 경험되는 여성의 욕망을 반영하면서 그 극복을 지향한다면 오히려 가장 현실적인 문학 양식으로 여성 문학 내에 자리 매김 될 수 있다는 것이다. 특히 직접적이고 현실적인 담론으로는 표현할 수 없거나 비효율적일 때 환상성은 여성들의 (무)의식을 재현해 주는 효과적인 장치일 수 있다.

물론 이때 주의해야 할 것은 환상성이 여성 소설'에만' 나타나는 것이 아니라 여성 소설'에도' 드러난다는 사실이다. 때문에 여성 소설 속에서의 환상성이 지닌 고유성이나 차이점을 밝혀내기 위해서는 환상성 자체가 아니라 그 목적이나 기능을 문제 삼아야 할 것이다. 남성도 여성처럼 환상을 느낀다. 그러나 '다르게' 느낀다. 남성과 여성은 각기 처한 현실이 다르기 때문에 서로 느끼는 환상도 다른 것이 당연하다. 특히 이성이나 합리성을 중시하는 남성 중심적 질서나 가부장적 문화 자체가 너무나 강력해서 차라리 비현실적으로 느껴지는 억압을 보여 준다면 여성들에게는 환상이 오히려 더 현실적일 수 있다.

이를 위해 이 글에서는 환상성의 원칙이나 의미 자체보다 그 목적과 기능을 중심으로 환상성이 여성들의 현실이나 정체성 형성에 어떤 영향을 미치는가에 주목하고자 한다.[14] '무엇이 환상성인가'보다 '왜 환상

---

13) 이승수, 「서사에서 환상과 여성의 인접성과 그 의미」, 《한국고전여성문학연구》, 2집, 2001, 136, 156쪽 참조.

14) 환상 문학에 대해 장르론적인 접근을 보이는 츠베탕 토도로프나 이데올로기적인 접근을 보이는 로즈메리 잭슨과 달리 캐서린 흄은 환상을 미메시스와 함께 문학의 주요 속성이나 본질로 간주한다. 그리고 그 기능에 따라 환상 문학의 종류를 ①환영 문학(현실로부터의 도피), ②성찰 문학(새로운 리얼리티의 창조), ③교정 문학(리얼리티의 개선), ④탈환영 문학(리얼리티의 거부) 등의 네 가지로 나누고 있다.

캐서린 흄, 한창엽 옮김, 『환상과 미메시스』(푸른나무, 2000), 103~237쪽 참조.

성인가'를 중심으로 파악할 때 여성들의 실제적 삶이나 현실적인 조건을 더 잘 파악할 수 있기 때문이다.[15] 그리고 여성 문학에서는 여성 억압적 현실에 대한 인식이나 비판, 남성 중심적인 이데올로기와의 충돌, 새로운 세계에 대한 비전을 제시하기 위해서 현실보다 더 현실 같은 '심인성 현실(psychical reality)'[16]로서의 환상성을 필요로 하기 때문이기도 하다.

이에 대한 구체적 파악을 위해 본 연구에서는 여성 작가가 여성 문학적 주제를 드러내기 위해 각기 다르게 환상성을 사용하고 있는 대표적 예들에 주목하고자 한다. 그러므로 개별적인 작가론이나 작품론의 입장이 아니라 환상성과 여성성이 관계 맺는 방식에 따른 유형론적 접근이나 여성 시학적 입장에서의 규명 자체가 중심이 될 것이다. 그리고 여성 문학 속의 환상성을 규명하기 위해서는 의식이나 무의식과 연관되는 억압이나 욕망의 발현 양상을 문제 삼아야 하므로 정신 분석학적인 관점에서의 분석도 병행될 것이다. 이를 위해 환상성이 부각되기 시작한 1980~1990년대의 대표적 여성 작가들이 쓴 여성 소설 중에서 환상성이 두드러지게 드러나면서도 상이한 양상을 보여 주고 있는 오정희의 「전갈」과 김채원의 「겨울의 환」, 양귀자의 『천년의 사랑』을 주요 텍스트로 삼아 그 속에 드러나는 환상성과 여성성의 관계에 주목하려 한다. 각각의 작품에 드러나는 각기 다른 환상성의 양상을 통해 여성 문학에서의 환상의 역할이나 기능을 유형적으로 살펴볼 수 있기 때문이다.[17]

---

15) 심진경, 앞의 글, 15쪽.

16) Jean Laplanche, Jean-Bertrand Pontalis, *The Formation of Fantasy*(New York, Methane, 1986), 8쪽.

17) 오정희의 「전갈」은 『바람의 넋』(문학과지성사, 1986)에 실린 것을, 김채원의 「겨울의 환」은 『가을의 환』(환(幻) 연작소설집, 열림원, 2003)에 실린 것을, 양귀자의 『천년의 사랑』은 『천년의 사랑』(상·하, 살림, 1995)을 텍스트로 삼는다.

2 반현실(反現實)의 환상성과 여성성의 억압

기괴함과 이상(異常) 현실

오정희의 「전갈」은 여성의 무의식 속에 잠재해 있는 욕망을 형상화한 작품이다. 마흔 살 동갑내기인 남편과 사내아이 둘을 둔 평범한 가정주부가 있다. 그러나 주인공 여자는 점점 권태나 무력감을 느낀다. 기존의 모든 의미나 가치가 무의미해지는 상황에 처한 것이다. 그 돌파구로 남편은 보다 나은 대우와 승진을 보장받고 1년 동안 아프리카 오지로 파견 근무를 떠난다. 그리고 남편이 떠난 직후 주인공 여자는 남편이 쓰던 방에서 전갈을 발견한다. 수렵을 즐기던 남편의 옷에 묻어서 집 안으로 들어온 것이다. 주인공 여자는 "맹독성, 야행성, 잠행(潛行), 비밀스럽고 잔혹한 생존 방식"의 상징인 전갈을 보며 혐오와 두려움을 느낀다. 그래서 그런 전갈이 눈에 보이지 않을 때도 언제나 자신을 옭아매고 있다는 환상에 시달린다. 이 소설에서는 이처럼 초자연적 존재인 전갈을 통해 디스토피아나 역(逆)유토피아가 된 가정의 모습을 적나라하게 보여 준다.

주인공 여자는 전갈을 보고 "지나치게 복합적이고 부정확한 느낌"을 갖는다. 그래서 전갈이라는 구체적 대상이나 실체를 보고서도 환상을 본 듯한 고통에 시달린다. 주인공 여자는 전갈을 없애기 위해 마른 쑥을 태우면서 그런 자신의 행위를 "제독(除毒)이나 살충을 목적으로 한 것이 아닌, 일종의 주술적 행위"라고 생각한다. 욕망의 실현이나 금기의 극복을 위해 행하는 종교적 제의가 바로 주술적 행위이다. 때문에 전갈을 대하는 주인공 여자의 태도에는 감추어져 있었던 욕망의 발현을 억제하려는 염원이 도사리고 있다고 할 수 있다. 현실이 이상(異常)할 때 출몰하는 전갈은 '공포로 변형된 무의식적 욕망'이나 '억제된 무의식의 복귀'[18]에

---

18) 엘리자베스 라이트 편, 박찬부·정정호 외 옮김, 『페미니즘과 정신분석학 사전』(한신문화사, 1997), 608쪽.

다름 아니기 때문이다.

이와 연관되어 이 소설에서는 또 다른 전갈이 등장한다. 남편이 1년간의 파견 근무를 마치고 귀국하기로 한 예정일 하루 전에 아이들과 함께 산책을 나갔을 때도 주인공 여자는 고사목(枯死木) 속에 있던 전갈을 발견한다. 그 전갈을 보며 주인공 여자는 낯설지 않은 느낌을 받는다. 남편의 방에서 본 전갈로 인해 이미 거기에 익숙해져 있었기 때문이다. 그리고 전갈이 내뿜는 "자신은 결코 의도하지 않았을 생기" 속에서 자신의 "채워지지 않는 갈망과 억눌린 욕정"을 발견한다. 전갈이 이처럼 주인공 여자의 무의식 속에 억압되었던 욕망과 관련되어 있다는 것은 여자의 별자리가 전갈좌라거나, 전갈좌인 사람은 "어둡고 잔인한 열정과 성적 환상"에 사로잡히기 쉽다는 정보에서도 드러난다. 이러한 사실은 주인공 여자가 자신의 욕망이 가정을 무너뜨릴 수도 있다는 환상에 시달리고 있는 것에서도 확인된다.

전갈에 대한 이런 환상은 프로이트가 말한 '기괴함(uncanny)'[19]에 연유하는 환상성과 연결될 수 있다. 기괴함은 한편으로는 '가정적인, 친숙한, 다정한, 쾌활한, 편안한, 친밀한' 등의 의미를 나타내지만, 다른 한편으로는 '집과 같지 않은, 친숙하지 않은, 불편한, 낯선, 이질적인' 등의 의미를 갖는다. 때문에 기괴함은 전혀 새롭고 이질적인 것이 아니라 친숙하고 익숙했던 것에 대해 섬뜩한 느낌을 가질 때 발생한다.[20] 내밀하고 숨겨진 상태로 남겨져야 하지만 밝혀지거나 표면화된 것, 혹은 친숙한 것이었으나 억압된 것을 볼 때 기괴함을 느끼게 된다는 것이다.[21] 이 소

---

19) 'uncanny'를 기이함, 기괴한 것, 두려운 낯섦, 섬뜩함 등 여러 가지로 번역하지만, 본 연구에서는 '기괴함'으로 번역한다. 임옥희, 「기괴함(Unheil i ch): 친숙한 그러나 낯선」, 여성문화이론연구소, 앞의 책, 147쪽 참조.

20) 지그문트 프로이트, 「두려운 낯섦」, 정장진 옮김, 『창조적인 작가와 몽상』(열린책들, 1996), 100~106쪽 참조,

21) 엘리자베스 라이트, 앞의 책, 689쪽.

설에서도 전갈로 가시화된 주인공 여자의 욕망은 어둠 속에 갇혀 있어야 하는 것인데도 불구하고 밖으로 드러난 것이다. 그래서 주인공 여자로 하여금 번민과 야릇함, 죄책감을 갖게 한다. 금기와 그것에 대한 욕망을 동시에 표출하고 있기 때문이다.[22] 주인공 여자는 자신의 숨겨진 욕망을 완전히 제거할 수 없다. 그런데 그런 욕망을 드러내면 자신과 아이들, 남편이 위험해진다. 즉 욕망의 억압은 현실을 유지하게 하고, 욕망의 발현은 현실을 위태롭게 한다. 그래서 억압시켰던 무의식적 욕망이 일상의 틈이나 내면의 분열 속에서 수시로 의식 위로 튀어 오른다.

때문에 이 소설 속의 환상성은 츠베탕 토도로프(Tzvetan Todorov)가 환상 문학의 본질이라고 말한 '망설임'의 감정을 잘 보여 준다. 토도로프에 의하면 환상이란 "자연의 법칙밖에는 모르는 사람이 초자연적 양상을 가진 사건에 직면해서 체험하는 망설임"[23]이다. 그러므로 환상을 체험한 인간은 자신의 눈앞에서 벌어진 믿을 수 없는 일이 과연 현실인지 아닌지 결정해야 하는 갈등에 빠진다.[24] 그리고 이런 망설임을 통해 현실과 비현실 사이의 경계나 대립에 의문을 제기하게 된다. 이 소설에서 주인공 여자의 존재론적 불안이나 무의식적 욕망은 억압되어 왔지만 거부할 수는 없는 것이다. 인정하고 싶지 않지만 속일 수 없는 것이기도 하다. 이럴 때 인간은 망설일 수밖에 없고, 현실과 비현실 사이에서 헤맬 수밖에 없게 된다. 전갈을 부정하면 부끄럽고, 전갈을 인정하면 두렵다. 부끄러움은 현실을 인정할 때 발생하고, 두려움은 비현실을 인정할 때 발생한다. 그리고 망설임은 그 '사이'에서 발생한다.

때문에 이 소설의 시간은 프랑스 사람들이 '개와 늑대 사이의 시간(heure entre chien et loup)'이라고 부르는 때와 연관 지을 수 있다. 그것은

---

22) 막스 밀네르, 「불안하게 하는 야릇함」, 이규현 옮김, 『프로이트와 문학의 이해』(문학과지성사, 1997), 247~248쪽.

23) 츠베탕 토도로프, 이기우 옮김, 『환상 문학 서설』(한국문화사, 1996), 124쪽.

24) 같은 책, 283쪽.

해가 설핏 기울기 시작하고 땅거미가 내리면서 저만큼 보이는 짐승이 개인지 늑대인지 잘 분간이 가지 않는 미묘한 시간, 집에서 기르는 친숙한 가축이 문득 어두운 숲에서 내려오는 야생의 짐승처럼 낯설어 보이는 섬뜩한 시간을 의미한다.[25] 이 소설 속의 주인공 여자 또한 일상적인 '개'의 시간과 비일상적인 '전갈'의 시간 사이에서 망설이고 있다. 그녀에게 이런 망설임의 시간은 삶에 대한 각성을 불러오는 실존적 시간이기도 하다.

공포의 여성성

앞에서 살펴보았듯이 「전갈」의 주인공 여자는 일상 속에서 느끼는 권태의 무력감을 극복하기 위해 현실로부터 일탈하려는 욕망을 지니고 있다. 그렇다면 왜 주인공 여자에게 이토록 일상은 위험을 무릅쓰고서라도 탈출하고 싶은 것인지 그 이유가 중요할 것이다. 무엇이 그토록 주인공 여자를 혼란스럽고 두렵게 하는지를 밝혀내야 환상의 원인 또한 규명될 수 있기 때문이다. 주인공 여자는 1년 동안 떨어져 있던 남편이 돌아온다는 소식에 불안과 긴장을 느낀다. 남편의 귀국은 오래전에 예정되어 있었던 일이기에 일주일 전부터 집안 청소나 음식 장만을 하느라 분주히 보내기도 한다. 그런데도 "오시게 되어 기뻐요."라며 남편과 전화 통화에서 나누는 말이나, "모든 것이 잘될 거다."라며 자신에게 최면을 거는 듯한 말, 바자회에서 만난 학부형이나 과일 장수에게 남편이 돌아온다고 자랑하는 말 등에서 오히려 불온한 냄새가 난다. 이런 의심은 남편의 귀국 예정일 전날에 오히려 긴치 않은 외출이나 산책을 도모하면서 시간을 허비하는 데서 더욱 짙어진다. 남편의 귀국이 반가운 일만은 아니라는, 그래서 그녀가 "막바지로 몰린 듯한 절박감"을 느끼고 있다는 암시를 주

---

25) 김화영, 「개와 늑대 사이의 시간 ─ 오정희론」, 《문학동네》, 1996년 가을호, 469~503쪽 참조.

고 있기 때문이다. 여기서 주인공 여자에게는 남편 자체가 가장 친근하면서도 가장 '기괴한' 존재임을 알 수 있다.

남편의 귀국에 대한 이런 공포는 주인공 여자 자신도 인정하거나 발설해서는 안 될 위험한 감정이다. 즉 억압되어야 할 욕망이기에 소설 속에서도 간접적이고 상징적으로 처리되고 있다. 가령 아이들을 데리고 해가 기울기 시작한 시간에 산책을 나가서 발견하는 것이 모두 살풍경(殺風景)하다. 뿌옇게 서리는 햇살은 불투명한 막을 그녀의 가슴에 드리우며, 황량하고 텅 빈 강가에는 폐선이 을씨년스럽게 서 있다. 그것을 바라보고 있는 주인공 여자의 주변을 늙은 개가 죽은 쥐를 물고 지나간다. 이모든 것들이 남편의 귀환을 즐겁게 기다리는 행복한 아내의 초상과는 어울리지 않는다. 그래서인지 주인공 여자는 산책에서 돌아오는 길에 자신의 존재가 "지나간 시대의 음영"이나 "옛 주화의 마모된 양각 무늬"처럼 무화된 듯한 환상에 빠진다. 그런 환상에 빠진 이유는 자신이 어머니나 아내로서의 정체성에 만족하지 못하고 있기 때문이다.[26] 그래서 그녀는 남편과 헤어져 있는 1년 동안을 자신의 전 생애와 맞먹는 시간으로 삼아서 권태와 무위로부터 벗어나려고 한다. 그리고 이런 일상적 삶에 대한 파괴 충동과 일탈 욕망이 가시화된 것이 바로 전갈인 것이다.

비정상적인 현실에서 여성 자아는 부분적이고 파편화된 채로 남아 있을 수밖에 없다. 이런 현실과의 불화 때문에 여성 자아는 고립과 소외, 해체와 분열을 경험하게 되는 것이다. 하지만 이런 여성 자아의 경험이 오히려 여성 정체성에 대한 인식을 강화시켜 주고, 그런 과정 속에서 그동안 은폐되었던 현실의 모순이나 억압을 비판하게 만든다. 그래서 작가는 '휴화산(休火山)의 내부'[27]처럼 안정된 삶의 이면에 감추어진 삶의 혼

26) 성민엽, 「존재의 심연에의 응시」, 『바람의 넋』(해설)(문학과 지성사, 1986), 277쪽 참조.
    하응백, 「자기 정체성의 확인과 모성적 지평」, 《작가세계》, 1995년 여름호, 54~68쪽 참조.
27) 이남호, 「휴화산의 내부 — 오정희론」, 『문학의 위족 2』(민음사, 1990), 123~131쪽 참조.

돈과 어둠을 들춰낸다. 사화산(死火山)일 수 없다는 저항이 현실 속에서 끊임없이 현실적인 환상을 만들어 내는 것이다. 그래서 오정희의 「전갈」에 드러나는 환상성은 자신이 여성적 욕망을 포기하지 못한다는 사실에 대한 '인식'에서 연유하는 것이기도 하다.

하지만 이처럼 잃어버린 자아를 찾고자 하는 주인공 여자의 욕망은 죽어서 껍질조차 마른 채 발견된 전갈이나, 베란다를 통해 자신의 집으로 들어가려다 추락한 윗집 남자의 모습에서 확인되듯이 또다시 좌절되고 만다. 가정주부의 주체적 욕망은 메피스토펠레스와 같은 악마와의 거래를 통해서만 얻을 수 있는 것이기 때문이다. 자기 자신을 위해서는 필요하지만 가족을 위해서는 불필요한 여성으로서의 욕망은, 때문에 남편으로 대변되는 가족 이데올로기의 귀환과 더불어 다시 억압된다.[28] 이것이 바로 오정희 소설의 환상성이 긍정적 여성성을 억압하는 현실에 저항하는 반(反)현실적 행위와 연결되는 이유이다. 현실에 대한 강한 부정 정신이 현실 속에서 환상을 불러내고 있기 때문이다.

흔히 오정희 소설의 특징으로 간주되는 그로테스크나 섬뜩함, 전율, 광기, 살기[29] 등도 이런 '환상 아닌 환상'에서 연유한 여성 인물들의 반응 혹은 상처라고 할 수 있다. 공포는 억압에 대한 인식에서 온다. 불명확하지만 거부하거나 제거할 수 없는 불안이나 불만이 공포를 불러오기 때문이다. 환상성이 비논리적이고 그로테스크한 것으로 표현되어 우리

---

28) 김영미, 김은하, 「중산층 여성의 정체성 탐구 ── 오정희와 김채원 소설을 중심으로」, 《오늘의 문예비평》, 1991년 가을호, 73~74쪽 참조.

29) 김현, 「살의의 섬뜩한 아름다움」, 『불의 강』(해설)(문학과지성사, 1997).
김치수, 「전율, 그리고 사랑」, 『유년의 뜰』(해설)(문학과지성사, 1981).
김병익, 「세계에의 비극적 비전」, 《월간조선》, 1982년 7월호.
김경수, 「여성적 광기와 그 심리적 원천」, 《작가세계》, 1995년 여름호.
황도경, 「뒤틀린 성, 부서진 육체」, 《작가세계》, 1995년 여름호.
김복순, 「여성 광기의 귀결, 모성혐오증」, 한국문학연구회, 『페미니즘은 휴머니즘이다』(한길사, 2000).

에게 공포를 준다는 것은 그것이 지배적 문화 속에서 은폐되고 억압된 야성적이거나 타자적인 요소이기 때문이다.[30] 특히 가정과 사회 질서가 강요하는 관습 안에서 충족될 수 없는 여성의 욕망은 더욱더 공포의 대상이 된다.

이처럼 현실 비판적이거나 현실 전복적인 공포는 바로 그런 이유로 인해 오히려 현존 질서가 강화되는 역작용이 일어날 수 있다. 이 소설의 결말이 가정으로의 회귀로 인한 여성성의 좌절로 끝나는 것도 이 때문일 것이다.[31] 여성에 대한 억압은 인식했지만 초라한 현실이 얼마나 강력한가를 알게 됨으로써 환상조차 환상이 되는 역설이 발생하는 것이다. 남성 중심적 지배 이데올로기는 기존의 가치를 교란시키는 가치를 위협적인 타자로 간주하면서 더욱더 강하게 억압한다. 때문에 무엇을 타자로 설정하느냐에 따라 그 사회의 집단적 편견이 드러날 수 있다. 초기의 환상 문학에서는 자아 외부의 사악한 괴물이나 악마가 타자로 설정되었다. 그러나 19세기 이후로 타자의 모습은 자아 스스로 대면하고 극복해야 할 은밀하고 내면적인 자아 내부의 '어두운 자아'로 제시된다.[32] 여성은 여성으로서의 욕망을 지님과 동시에 공포스러운 존재가 되기에 스스로 그 욕망을 추방해야 한다. 그래서 여성들에게 공포스러운 것은 부적절하거나 건강하지 않은 것이라기보다 체계나 질서를 교란시키는 것에 더 가깝게 된다.[33] 오정희의 소설은 여성이 느끼는 이런 공포의 변증법을 섬뜩하게 보여 주고 있다.

---

30) 오생근, 「환상 문학과 문학의 환상성」, 『문학의 숲에서 느리게 걷기』(문학과지성사, 2003), 14쪽 참조.

31) 프랑코 모레티는 그 예로서 고딕 소설을 들고 있다. 드라큘라 같은 절대적 타자를 등장시켜 전복적인 욕망을 표출하면서도 곧바로 이를 좌절시킴으로써 오히려 부르주아 이데올로기를 강화시킨 것이 고딕 소설이라고 보았다.
　　프랑코 모레티, 「공포의 변증법」, 《세계의 문학》, 1997년 여름호.

32) 김성곤, 앞의 글, 215쪽.

33) 쥘리아 크리스테바, 서민원 옮김, 『공포의 권력』(동문선, 2001), 23, 25쪽.

3 초현실(超現實)의 환상성과 여성성의 긍정

백일몽(白日夢)과 이상(以上) 현실

김채원의 「겨울의 환」은 '꿈꾸기'로서의 '사랑하기'나 '글쓰기'가 존재의 구원과 연결되는 소설이다. 이 소설에서는 현실의 부재와 결핍이 사랑하기나 글쓰기를 통해 극복됨으로써 진정한 자아나 온전한 여성으로서 거듭 태어나는 과정이 섬세하고 감각적인 필치로 묘사되고 있기 때문이다. '모든 인간은 꿈이라는 고향을 잃은 실향민이다.'라는 운명을 극복하게 해 주는 것이 바로 인간의 원망(怨望, 願望)임을 강조하는 것이 이 소설이다. 그리고 그것이 '당신'이라는 존재와의 만남과 사랑을 통해 형상화되고 있다.

이 소설에서 여주인공 '나'는 서른두 살에 "구겨진 버선"처럼 친정으로 돌아온다. 초라한 결혼 예단과 불임이 표면적 이유였지만, "어머니가 남편을 섬기며 사는 여자이지 못했듯" 자신도 어머니의 운명을 닮아서 그런 것이라고 '나'는 생각한다. 그래서 '나'는 마흔세 살이 된 현재까지 어머니와의 단조로운 일상에서 오히려 편안함과 안락함을 느끼기도 한다. 그러나 '나'는 점점 그런 생활 속에서 왠지 모를 갈증과 답답증을 느끼게 된다. 자신이 검버섯이 피어나는 칠순 노인과 같을 수는 없다는 위기의식 때문이다.

이처럼 여성 아닌 여성이 되어 나이 들어 가는 '나'를 진정한 여성으로 바꾸어 준 것이 바로 어릴 때 옆집에 살았던 '당신'과의 만남이다. '나'도 '당신'을 통해 비로소 여성으로서의 '떨림'을 경험한다. 죽어 있던 여성성이 되살아난 것이다. 그래서 '나'는 '당신'을 "상상의 산물"인 비현실적인 존재로 생각한다. '당신'이라는 존재 자체가 이 소설에서는 '나'의 꿈꾸기를 위해 호출된 부호에 다름 아니기 때문이다.[34] 하지만 '나'는

---

34) 김윤식, 「동치미가 불러낸 허깨비」, 《문학사상》, 1989년 10월호, 217쪽.

'당신'과의 만남을 통해 이전의 자신과는 달리 "나보다 더 멀리, 나보다 더 창조적으로" 살고 싶다는 욕망을 실현함으로써 비현실을 현실로 만든다. '당신'에게서 느끼는 "비현실적인 실체감"이 바로 존재의 본질임을 알게 된 것이다. 때문에 "아무것도 잡히지 않으며 그러나 없는 것이 아닌, 거기에 뚜렷이 있는 바로 이것이 우리 모두의 존재"인 '당신'은 곧 '떨림'으로 나타난 환상의 또 다른 모습이라고 할 수 있다. '나'가 이런 환상을 추구하는 것은 분열된 정체성에서 벗어나 새로운 정체성을 찾으려는 일종의 자아 찾기 방식이기 때문이다.[35]

이처럼 "이 세상과 다른 세상이 잠시 열린 것 같은" 비현실감을 주는 '당신'과의 만남을 통해 '나'는 오히려 현실에서의 삶을 제대로 꾸려 갈 수 있게 된다. 비현실을 통해 현실이 더욱 강화된 것이다. '당신'으로 가시화된 환상 자체가 "인생에 있어서 어떤 것, 인생이라고 하는 것 속에서 우리가 뽑아낼 수 있는 가장 최선이 것"이나 "순간이 영원으로 변하는 그 가능성, 아니 무엇인가를 만들어 나갈 수 있는, 열리고 더욱 열리며 아름다운 자유의 개념 같은 것"을 의미하기 때문이다. 이런 이유로 '당신'은 '나'에게 현실 이상의 것, 즉 이상(以上) 현실을 가능하게 해 주는 존재가 된다. 현실에서 최상이자 최선의 것을 끌어낼 수 있는 것이 바로 이 소설 속 환상성의 구체성이자 실천성이라고 할 수 있다.

이런 이상 현실의 '현실적' 특성으로 인해 이때의 환상성은 프로이트의 '백일몽'과 연결된다고 할 수 있다. 밤 꿈은 무의식적이고 억압적이다. 그러나 '낮에 눈을 뜨고 꾼 꿈'인 백일몽은 의식적이고 해방적이다.[36] 그래서 현실로부터 도피하지 않고 오히려 극복하게 해 준다. 꿈을 꾸는 줄 알고 꿈을 꾸는 자의 환상, 눈을 뜨고 낮에 꾸는 꿈으로서의 환상, 꿈으로부터 도피하도록 하는 것이 아니라 꿈을 끝까지 추구할 수 있

---

35) 변신원, 「환멸에서 환상으로」, 한국문학연구회, 앞의 책, 126쪽.
36) 지그문트 프로이트, 정장진 옮김, 『창조적인 작가와 몽상』(열린책들, 1996), 86~87쪽.

게 하는 것으로서의 환상이 드러나고 있기 때문이다. 이런 백일몽으로서의 환상은 '필요한 오류'나 '전략적 오류'로서의 의미를 가진다고 할 수 있다. 환상을 통해 이상적인 자아상을 형성하거나 현실을 수정 혹은 교정하는 기능까지 담당할 수 있기 때문이다.

이로써 이 소설 속의 환상성은 현실로부터 벗어나거나 현실을 거부하는 것이 아니라 현실 속에서 현실을 확장시킴으로써 현실 안에서도 현실을 초월할 수 있게 해 준다. 이럴 때 환상성은 삶의 숨은 힘이 된다. 그리고 삶이 불안하고 허약하기에 오히려 꿈을 계속 꿀 수 있다는 인식을 통해 꿈과 현실 모두에 눈 주는 이중성을 갖게 된다. 환상 속에서 우리는 우리가 잃어버린 것이 될 수 있기 때문이다. 즉 고향의 상실, 전쟁의 고통, 부성(父性)의 부재 등을 극복하기 위한 '떨림'으로서 '환(幻)'에 해당하는 '당신'과의 만남이 등장하고 있다는 것이다. 이때 실체 없음, 불확실성, 무정형성이라는 '환'의 부정적 속성은 고양감이나 황홀감 등의 긍정적 속성으로 전환된다.

승화의 여성성

지금까지 살펴보았듯이 「겨울의 환」에서 '나'는 '당신'에게 보내는 서간체 형식을 통해 적극적이고 긍정적인 입장에서 환상의 필요성을 역설하고 있다. 하지만 '당신'과의 만남을 통해 고양되었던 삶의 순간도 시간이 지날수록 또 다른 갈증과 허전함, 불안을 야기시킨다. 3년여 동안 계속된 '당신'과의 관계를 지속시키는 동안 좀 더 사랑할 수 없다는 한계에 부딪혔기 때문이다. 그리고 그 원인이 무엇보다도 "그라는 대상보다 나라는 존재의 문제가 우선"이라는 생각 때문임을 안 '나'는 자신의 삶을 다시 되돌아본다.

이때 다가오는 것이 어머니에서 할머니 대까지 거슬러 올라가는 자신의 가족사이자 여성사이다. 그리고 그 구체적인 계기가 된 것이 할머니의 묘가 있는 산에서 난 산불 때문이다. '나'는 자신이 그 산에 성묘하러 갔다가 산불을 낸 것으로 오해한다. 그래서 언젠가 '당신'이 "나이 들어가는 여자의 떨림"에 대해 써 보라고 했던 말을 떠올리며, "불이 타고 있는 동안만" 그 기운에 힘입어 자신의 삶을 글로 풀어내려고 한다. 삶을 쓴다는 것은 삶이 아닌 것의 고쳐쓰기를 의미한다.[37] 그래서 '나'는 자신의 결핍과 부재, 고통까지 모두 풀어낸다. 이때 산불이 나고 있는 동안은 곧 바슐라르의 '촛불이 타고 있는 시간'[38]처럼 자아의 본질과 대면할 수 있는 존재론적 시간을 의미한다. 바슐라르에 의하면 불꽃은 가장 강한 몽상 작용을 일으키는 것이다. 자신의 존재가 수직적으로 일어서는 경험을 할 수 있기 때문이다. 그리고 위로 타오르는 촛불처럼 현실을 초월하려는 상승적 움직임을 보여 줄 수 있게 된다. 불꽃 자체가 현실(존재)과 비현실(비존재) 사이에 놓여 있는 '불의 다리' 혹은 '불로 만든 새'이기 때문이다.[39]

이처럼 촛불이 타는 시간 앞에서 자아와 대면하려는 '나'에게 삶의 열쇠처럼 다가오면서 문득 떠오르는 두 개의 영상이 있다. 그것은 바로 외삼촌과 연관된 할머니의 영상으로서, 혹시 돌아올지도 모르는 외삼촌을 기다리기 위해 피난조차 가지 않고 "밥상을 차리는" 모습과 "싸리문 여잡고 기다리는" 모습이다. 이때 '나'가 본 것은 어린 시절부터 느낀 "따뜻한 밥상"에 대한 갈증과 앞으로 다가올 기다림에 대한 예감이다. 자신도 어머니의 운명을 닮아 "밥상을 깨부수는 힘"을 운명처럼 타고났다고 생각했지만, 이제는 "할머니와 할머니의 어머니, 까마득한 그 너머 어머니들"의 염원과 한이 창조적이고 풍요로운 여성성으로 승화되는 광경을

---

37) 레나 린트호프, 이란표 옮김, 『페미니즘 문학 이론』(인간사랑, 1998), 119쪽.
38) G. 바슐라르, 「초의 불꽃」, 민희식 옮김, 『불의 정신 분석, 초의 불꽃, 대지와 의지의 몽상』(삼성출판사, 1982), 123쪽 참조.
39) 같은 책, 121~182쪽 참조.

목도하게 된 것이다. 또한 폐쇄적이고 개인적인 공간에서 개방적이고 이타적인 공간으로의 이동을 경험한 것이기도 하다.[40]

때문에 '나'는 누군가가 자신에게 밥상을 차려 주기를 바라는 수동적인 자세가 아니라 자신이 누군가에게 밥상을 차려 줄 수 있는 능동적인 자세를 지닌 진정한 여성이 되려고 한다. 그리고 이처럼 전통적인 과거의 여성상 속에서 새로운 의미를 찾아낼 때 '초월'이 아닌 '승화'의 여성성은 가능해진다. 승화는 현실로부터 벗어나려는 초월과는 다르다. 초월이 비현실적이고 이상적이며 관념적인 행위인 데 반해 승화는 현실적이고 경험적이며 구체적인 행위이기 때문이다. 즉 승화는 현실의 '밖'이나 '위'로 날아가려는 행위가 아니라 현실 '안'이나 '속'에서 현실을 극복하려는 행위를 말한다. 특히 여성에게 있어서 승화는 전(前) 오이디푸스 시기로의 회귀를 통해 모성과의 합일을 지향하는 움직임과도 연결된다.[41] 아버지의 질서나 법, 언어를 알기 이전으로 돌아가 본래의 여성 정체성을 확인하려는 움직임이기 때문이다. 이럴 때는 특히 자아의 기능이 활발해지므로 나르시시즘적 충동도 강해진다.[42]

이런 승화의 구체적 실천으로서 이 소설에서는 글 쓰는 행위가 등장하고 있다. 자신의 억압과 결핍을 '당신'에게 적극적으로 풀어낼 때 발생한 에너지를 통해 '나'는 현실을 극복할 수 있는 힘을 얻었기 때문이다. 그동안의 침묵 상태에서 벗어나 자신의 존재와 경험을 표현하는 자기 진술 양식을 통해 여성은 그 자체로 가부장적인 지배 질서에 저항하는 전략을 확보하게 된다. 바로 이 소설 속의 '나'처럼 여성에게는 산다는 것이 바로 말하는 것이고 쓰는 것이다. 그래서 여성의 글쓰기는 여성적 자아의 발견이라는 점에서 성찰적 행위가 된다. 그리고 삶에 형식을 부여하거나

---

40) 박철화, 「의지의 떨림」, 『봄의 환』(해설)(미학사, 1990), 269쪽.
41) 엘리자베스 라이트, 앞의 책, 658쪽 참조.
42) 같은 책, 659쪽 참조.

주체적이고 독자적인 세계를 창조하는 적극적 행위에 다름 아니기도 하다.[43] 그러므로 종이 위에서의 글쓰기로 환원되는 환상성 또한 자아의 분열을 극복하고 자아의 구원에 이르게 하는 실천적 행위를 위한 것이라고 할 수 있다.[44]

4 탈현실(脫現實)의 환상성과 여성성의 강화

대중적 숭고와 이상(理想) 현실

양귀자의 『천년의 사랑』은 1990년대 들어와 본격화된 환상성에 대한 논쟁의 중심에 서 있었던 작품이다. 리얼리즘의 전통이 강했던 한국 근대 소설의 문법에 정식으로 도전한 작품이기 때문이다.[45] 성하상과 오인희라는 현실 세계 속의 연인들의 사랑 이야기를 전생(前生)에서의 아휘사와 수하치라는 환상 세계 속 연인들의 사랑 이야기와 겹쳐서 서술하고 있는 이 소설의 주제는 죽음마저 극복한 영원한 사랑이다. 이 소설은 이러한 사랑 이야기를 위해 전생 설화나 이인전(異人傳) 등의 동양적 전통을 끌어와 환상성 자체가 현대적인 소재가 될 수 있다는 사실을 보여 주고 있다.

이 소설에서 누구보다도 합리적이고 이성적이었던 고시 준비생 성하상이 섭리(攝理)나 기공(氣功), 도술, 명상, 수력(手力), 광안(光眼) 등의 공부에 의존하는 '다른 세계'에 있는 인물이 된 것은 오인희에 대한 사랑 때문이다. 그래서인지 이 소설에서 가장 커다란 환상성은 전생이나 도술

---

43) 김성례, 「여성의 자기 진술의 양식과 문체의 발견을 위하여」, 김경수 외 지음, 『페미니즘과 문학 비평』(고려원, 1994), 11~33쪽 참조.

44) 김인환, 『질리아 크리스테바의 문학 탐색』(이화여자대학교 출판부, 2003), 85쪽 참조.

45) 장석주, 『환상의 제국』, 《오늘의 문예비평》, 1996년 겨울호.
　정재서, 「간절한 사랑을 새롭게 읽기」, 『천년의 사랑』(하)(해설)(살림, 1995).

과 같은 동양적이고도 신비주의적인 요소가 아니라 성하상이 오인희에게 보여 주는 맹목적이고 헌신적인 사랑에서 기인하는 듯하다.[46] 그리고 이런 사랑에 대한 옹호를 통해 정신성과 내면성의 극치에 도달한 이상(理想) 현실을 구현하려고 한다. '등치적 리얼리티로부터의 일탈'[47]이라는 환상성의 본질적 속성을 가장 적극적으로 구현한 것이 바로 이 소설일 수 있다.

물론 "짖는 개는 물지 않는다."[48] 그래서 이런 낭만적 사랑이나 절대적인 사랑에서 느끼는 환상성 때문에 현실이 더욱더 추상화되거나 무력해질 수 있다. 그리고 환상적 사랑에서 느끼는 비일상적 경험이 제도적 질서를 재확인시키거나 강화시킬 수도 있다. 따라서 이런 영원한 사랑 이야기가 지닌 황당함이나 도피 심리, 대리 만족과 보상 심리에만 초점을 맞추면, 여기서 사용된 환상성은 통속적이고 저급한 문학적 장치나 도구일 뿐이다.[49] 하지만 이 소설 속의 환상적인 사랑 이야기를 그런 사랑을 좌절시키는 현실 원칙에 대한 저항으로 본다면, 이때의 환상성은 '뒤집어진 현실'을 통해 현실 세계에서의 욕망을 거울처럼 되비춰 준다고 할 수 있다.[50] 사랑이 불가능한 시대에 오히려 역설적으로 꿈꾸게 되는 사랑을 그리고 있기 때문이다. 그렇다면 여기서 우리가 문제 삼아야 할 것은 이런 사랑이 가능한지 아닌지의 여부가 아니라 왜 이런 사랑 이

---

46) 송명희, 「천년의 사랑, 이타적 헌신과 무주체적 의존」, 『타자의 서사학』(푸른 사상, 2004), 147쪽.
47) 캐서린 흄, 앞의 책, 57쪽.
48) 박설호, 앞의 글, 221쪽.
49) 고미숙, 「대중문학론의 위상과 '전통성'에 대한 비판적 검토」, 《문학동네》, 1996년 여름호, 62~64쪽.
　　황병하, 앞의 글, 156쪽 참조.
50) 이와 연관되어 작가의 "이 소설을 읽는 사람들도 나처럼 숨쉬기가 편해졌으면 좋겠다. 갇혀 있는 사람들, 한계를 느끼고 있는 사람들, 그런 사람들한테 혹시 산소를 공급하는 구멍이 되지 않을까, 하고 말한다면 변명으로 들릴런지도 모르겠다. 그러나 변명도 알고 보면 모두 진실인 것을."("작가의 말", 상, 14쪽)과 같은 말을 통해 '뒤집어진 현실'을 통한 결핍을 충족이라는 측면을 다시 한번 직접 확인할 수 있다.

야기가 지금도 여전히 소비되는지일 것이다. 그리고 이럴 때의 환상성은 우리에게 '무엇이 보이는가'가 아니라 '무엇이 보이지 않는가'가 더 중요함을 알려 주기도 한다.[51]

이런 맥락에서 이 소설은 '대중적 숭고(popular sublime)'[52]의 발현을 통해 이기적이고 물질적인 현대인의 사랑을 비판한다고 볼 수 있다. 도피적이고 유아적일 수 있는 비현실적 사랑을 통해 그런 사랑이 현실에서는 불가능하다는 사실에 불만을 갖게 만든다는 것이다. 그리고 그처럼 비현실적 사랑을 현실에서도 '감히' 욕망하게 만듦으로써 자기애적 자아의식이나 여성 의식을 강화시키는 순기능도 한다.[53] 이럴 때의 환상성은 부정적 현실을 긍정적 비현실로 전도시켜 준다. 대중적 숭고의 추구 자체가 초월적인 것, 고양된 것, 형언할 수 없는 것에 대한 열망을 보여 주기 때문이다. 특히 이 소설의 멜로드라마적 성격은 신성함이라는 지배적 관념이 부재하는 상황에서 재신성화(resacrilization)를 통해 정신적 의미를 극화하려는 노력으로 볼 수도 있다.[54] 그리고 이런 재신성화를 위해 낭만적 사랑이라는 환상이 필요한 것이라고 할 수 있다.

보다 구체적으로 이 소설에서 작가가 이토록 비현실적이고도 감상적인, 그러면서도 완벽한 사랑을 그린 이유는 부정적인 현실로부터 벗어나고 싶기 때문이다. 이때 부정적인 현실이란 사랑이라는 말 자체가 "금 간 종소리처럼 울림도 없는 말"이 된 시대, "결혼을 사업으로 생각"하는 시대, "정신의 공황" 상태에 빠져 있는 시대를 말한다. 그래서 작가는 비현실적으로 느껴지는 진정한 사랑 이야기를 통해 진정한 사랑 자체가 환상이 된 시대를 비판하려 한 것이다.[55] 작가가 사법 고시를 준비했던 법

---

51) 김성기, 「멋진 신세계의 즐거운 악몽」, 《세계의 문학》, 2000년 가을호, 16, 20쪽.

52) 리타 펠스키, 김영찬·심진경 옮김, 『근대성과 페미니즘』(거름, 1998), 189쪽 참조.

53) 같은 책, 186~189쪽 참조.

54) 같은 책, 197쪽.

55) 정재서, 앞의 글, 참조.

대생을 "구석기 시대의 사람"이나 "환상주의자"로 만들면서까지 의고적이고 모범적인 사랑 이야기를 펼쳐 나간 목적도 여기에 있을 것이다. 이럴 때 이 소설에서 얻을 수 있는 환상성의 강도는 '얼마나 비현실적인가'가 아니라 '얼마나 믿는가'에 의해 결정된다.

탈주의 여성성

양귀자의 『천년의 사랑』은 남녀 간의 영원한 사랑을 다루는 '연애 소설'이지만, 여성 인물인 오인희의 혼사 장애나 인생 유전을 통해 "꿈으로부터 추방당한 자"나 "삶의 망명객", "호명당하지 않은 자"로서의 여성의 삶을 그렸다는 점에서 '여성 소설'로도 읽힌다. 사랑에 있어서도 약자이자 피해자일 수밖에 없는 여성의 고난과 상처를 부각시킴으로써 그에 대한 보상과 충족 또한 최대화시키고 있기 때문이다. 그리고 그런 절대적인 사랑의 완성을 통해 또 다른 의미에서의 여성적 환상을 창조하고 있기 때문이기도 하다. 사랑받고 싶거나 보호받고 싶은 여성의 욕망을 정확하게 건드리고 있다는 것이다.[56]

오인희에게 있어서 성하상이라는 존재는 거의 신에 가까운 존재다. 수백 킬로미터 떨어진 산에 살고 있으면서도 그녀에게 일어나는 좋지 못한 일을 막아 준다. 그녀가 아프면 약초를 가지고 찾아오며, 그녀가 화재나 폭발 사고 때문에 목숨을 잃을 뻔한 것을 구해 주기도 한다. 김진우라는 남자에게 고아 출신이라는 이유로 임신한 채 버림받아도 그 아이까지 거두며 헌신한다. 이 모든 것이 성하상의 비범한 사랑 때문이다. 하지만 성하상에게 그런 사랑의 능력을 부여한 것은 오인희와 같은 처지에 있는 여성들의 잠재된 욕망이기도 하다. 결핍은 필연적으로 충족을 원한다. 진짜를 짚는 순간 삶이 끝나고 헛것을 짚기 때문에 삶이 지속된다면, 환

---

56) 권택영, 「판타지의 주체」, 『감각의 제국』(민음사, 2001), 104쪽.

상은 우리를 살게 하는 미망일 수 있다.[57] 이럴 때 성하상의 비현실적 사랑을 허황한 신비주의라고 비판할 수만은 없게 된다.

이처럼 절대적이고 낭만적인 사랑 이야기를 그리고 있는 『천년의 사랑』은 '페미니스트 유토피아 소설'로서의 면모를 갖추었다고 할 수 있다. 기존의 남성 중심적 유토피아 소설에서는 정치적 목적에 의해 현실 사회로부터 완전히 격리되고 고립된 상상의 시공간을 점유하던 사회를 주로 그렸다. 그러나 페미니스트 유토피아 소설은 한 작품 안에 현실과 이상, 악몽과 꿈이 뒤섞여 있고, 그중에서 가장 바람직한 사회를 우리의 사회로 만들기 위해 노력해야 한다는 강한 도덕적 메시지를 담고 있다.[58] 이럴 때의 여성적 유토피아는 장소나 시간이 아니라 세상을 새롭게 바라보는 능력이나 자아를 확장시키고 변화시키는 시각 등을 의미하게 된다.[59]

물론 성하상을 자신의 "보호자"로 생각하면서 의지하려는 오인희의 태도에서 남성의 보호를 받으려는 퇴행적인 여성상을 발견하고 그 전근대성을 비판할 수 있다.[60] "성하상이라면 어떤 짓을 해서라도 그녀를 위험에서 구해 줄 것이며, 그 사람이면 끝끝내 위험에서 그녀를 지켜 줄 것"이라거나 "그의 섬세한 배려를 의혹 없이 누리는 것, 바로 그것만이 그에게 해 줄 수 있는 보답의 전부였다."라는 서술에 나타난 여성상은 페미니즘 운동에서 그토록 비판하면서 벗어나려고 했던 여성상을 대변한다. 그리고 이처럼 소극적이고 연약한 여성이 갈구하는 사랑은 "모든 면에서 자기보다 월등한 남성으로부터 사랑받고 싶다는 현대 여성들의

---

57) Kay Mussel, *Fantasy and Reconciliation: Contemporary formulas of Women's Romane Fiction*(Greenwood Press, Westport, Connecticut London, England, 1984), 4~10쪽.

58) 손영미, 「페미니스트 유토피아 소설의 수사학」, 석경징·전승혜·김종갑 편, 『서술 이론과 문학 비평』(서울대학교 출판부, 1999), 338~343쪽 참조.

59) Thelma J. Shinn, *Worlds Within Women: Myth and Mythmaking in Fantastic Literature by Women*(Greenwood Press, New York, Westport, 1986), XIII쪽.

60) 송명희, 앞의 글, 138~142쪽 참조.

속물근성의 투영"[61]이거나 "도착된 페미니즘의 피해 의식, 또는 이기적 사랑의 환상을 조장한 결과"[62]일 수도 있다. 그러나 성하상을 연인이거나 남성이기보다는 '남성 – 어머니'로 생각한다면 이런 비판으로부터 다소 자유로울 수 있다. 오인희의 친모가 해 주지 못한 모든 것을 대리모의 입장에서 성하상이 대신 해 주고 있는 것으로 볼 수 있기 때문이다. 즉 성하상이 대표하는 가치는 긍정적이고도 여성적인 모성성일 수 있다는 것이다. 이로 인해 여성성은 더욱더 강화된다. 여성을 위한 환상성의 기능이 더 부각되고 있기 때문이다.

하지만 고아였다가 미혼모가 된 오인희에게 있어 현실은 철저하게 희망을 가질 수 없는 공간이다. 그래서 그녀의 희망은 오히려 그런 현실에서 탈주함으로써만 가능하다. 이때의 탈주는 현재의 세계를 질서화하거나 그 내부와 외부를 가르고 있는 경계선을 허무는 것이다. 그럼으로써 탈주는 지배적인 질서나 가치의 벽을 깨부수려 한다. 이처럼 벽을 깰 때마다 만들어지는 새로운 가치와 삶의 방식에 의해 현실의 영역이 더 확장된다고도 볼 수 있다.[63]

이 소설의 서사가 대부분 비현실 공간인 '노루봉'이 아니라 현실 공간인 서울을 공간적 배경으로 진행된다거나, 오인희의 행복하고 짧았던 말년의 시간이 아니라 거기에 이르기까지의 고난에 찬 길고 긴 과정의 시간이 주로 묘사되고 있는 것도 이런 맥락에서 이해될 수 있다. 그녀도 현실에서 해볼 수 있는 노력을 모두 해보았으나, 그것이 소용없었기에 현실로부터 벗어날 수밖에 없었다는 것이다. 이럴 때는 '도피도 거부의 한 형식'[64]이 된다. 감옥에 갇혀 있을 때 탈옥하려고 하지 않으면 오히려 그것

61) 고미숙, 앞의 글, 63쪽.
62) 한기, 「지옥의 소설 읽기 — 허구의 '환상 소설'」, 《세계의 문학》, 1996년 여름호, 354쪽.
63) 이진경, 『필로시네마 혹은 탈주의 철학에 대한 7편의 영화』(새길, 1995), 13~39쪽 참조.
64) 롤랑 부르뇌프 · 르알 웰레, 김화영 옮김, 『현대소설론』(현대문학사, 1996), 357쪽.

이 자아 방기가 된다는 논리이다. 오인회에게는 현실이 곧 감옥이다. 이런 현실로부터 탈주하기 위해 성하상의 사랑이라는 극약 처방적 환상이 필요했다는 것이다. 현실이 '나쁜 꿈'이라면 거기서부터 벗어나야 한다.

'이상(理想)'과 '이상(理想) 현실'은 다르다. 이상이 현실에서 분리된 원형으로서 설정되고 담보된 것이라면, 이상 현실은 그것과 섞여 있고 그것을 포함하는 현실, 즉 이상이 현실적으로 존재하는 것이다.[65] 양귀자의 『천년의 사랑』은 이런 이상 현실을 그리면서 1990년대 들어와 발언권과 영향력이 강해진 환상 문학의 위력을 확인시켜 주는 소설이라고 할 수 있다. 여성의 현실이 더 악화되었다기보다는 여성의 의식이 더 강화되어서 현실로부터 벗어나려는 '탈현실'의 욕망이 더 커진 것으로 볼 수 있기 때문이다. 그리고 여성들이 기존의 여성 소설이나 환상 문학에서처럼 '마녀'가 되어서만 현실로부터 탈출하거나 일탈할 수 있는 것이 아니라 '소녀'가 되어서도 그것이 가능하다는 것을 새롭게 보여 준다고 할 수 있다. 어차피 마녀나 소녀 모두 정상적인 여성으로서는 현실을 살아갈 수 없다는 현실의 반증(反證)이기는 하다. 하지만 마녀보다는 소녀가 되는 것이 덜 고통스럽다는 사실을 보여 준다는 것 자체가 이 소설의 닻이기도 하고 덫이기도 하다.

5 '여성 언어'로서의 환상성

쥘리아 크리스테바(Julia Kristeva)는 현대인들이 앓고 있는 새로운 영혼의 병 중 하나로 '환상의 억제'를 들고 있다. 환상을 거부함으로써 히스테리나 거식증, 정서 불안에 시달리게 된다는 것이다. 그런데도 자신들

65) 김진석, 『이상 현실 · 가상 현실 · 환상 현실』(문학과지성사, 2001), 75~76쪽.

의 욕망이나 영혼이 빼앗기고 있다는 사실조차 모르고 있는 것이 가장 심각한 병임을 경고하고 있다.[66] 이럴 때 환상 문학은 현실이 특정한 형태나 가치로 고착화되는 것을 막는 항체의 역할을 담당할 수 있다.[67] 즉 '부재의 문학', '결핍의 문학', '타자의 문학'과 연관되는 환상 문학은 지배 문화나 제도적 질서에 의문을 제기하며 거기에 도전한다.[68] 환상성에 내재한 이런 대안적이거나 대항적인 특성과 결합할 때 여성 문학은 현실과 이상, 경험과 의식의 괴리를 보다 확실하게 문제 삼을 수 있게 된다.

지금까지 살펴보았듯이 오정희, 김채원, 양귀자의 소설에서 각각 드러나는 반현실·초현실·탈현실이 강조하는 것은 모두 현실의 억압과 결핍이다. 그래서 각각 현실의 이면이나 틈새로서 이상(異常, 以上, 理想) 현실을 문제 삼으면서 그것들과 현실과의 관계에 관심을 가지는 것이다. 여성들의 꿈이 현실의 세계와 등가가 되지 않는다면, 그렇게 되지 못하게 만드는 현실적 요인이 있게 마련이다. 여성 소설 속의 환상성은 바로 이 지점에 개입한다. 그래서 미메시스와는 다른 방법으로 현실을 탐구하는 것이 오히려 가장 현실적일 수도 있음을 보여 준다. 이를 위한 구체적 방법이 바로 오정희(괴물의 환상성), 김채원(영혼의 환상성), 양귀자(유령의 환상성)의 소설 속에 각기 다른 양상으로 나타나고 있다.

이를 통해 여성 문학은 환상성을 문제 삼을 때에도 상대적으로 현실로부터 더 자유롭지 못함을 확인할 수 있다. 흔히 여성적 글쓰기의 특징으로 제시되는 '양피지(羊皮紙) 위의 언어'[69]가 여성적 환상을 논의하는 데 유의미한 것도 이 때문이다. 양피지 위의 글쓰기는 지배적인 이야기와 침묵하는 이야기를 동시에 보여 주는 이중의 목소리로 된 언술을 의미한

---

66) 쥘리아 크리스테바, 유재명 옮김, 『새로운 영혼의 병』(시각과 언어, 2001), 319쪽 참조.

67) 황국명, 「90년대 소설의 환상성, 그 상상력의 모험」, 《외국문학》, 1997년 가을호, 35쪽.

68) 김욱동, 「환상적 상상력과 소설」, 《상상》, 1996년 가을호, 19쪽.

69) G. Gilbert, S. Gubar, The Madwoman in the Attic(Yale U. P., New Haven and London, 1979), 73쪽.

다.[70] 여성(작가)들은 지배적인 이야기인 환상성 위에 침묵하는 이야기인 현실을 덧씌우기 때문에 아무리 환상성과 현실을 분리시키려 해도 현실의 흔적이 환상성의 텍스트에 남는다. 그래서 여성들은 환상성을 통해서도 현실을 이야기하는 복화술을 보이게 된다고 할 수 있다.

또한 여성 문학 속의 환상성은 (남성) 문학의 환상성을 전유(appropriation)한다. 즉 남성 작가들이 사용했던 환상성을 끌어와 거기에 의문을 제기함으로써 여성 작가들은 그녀들 나름대로의 고유한 의미를 재창조한다.[71] 이럴 때의 여성 문학 속 환상성은 엘렌 식수(Hélène Cixous)가 말한 여성적 언어로서의 '두더지의 언어'[72]가 된다. 두더지의 언어란 기존 질서의 토대 속으로 파고들어 가 그것을 훼손시키는 언어이자 안정된 의미 체계를 와해시키는 언어이다. 여성적 환상성의 언어는 현실이라는 두꺼운 지층을 두더지처럼 뚫고 들어가 남성이 아닌 여성이 느끼는 현실을 형상화한다.

이런 맥락에서 환상성과 여성성의 결합은 무의식과 의식, 억압과 해방, 부재와 존재, 결핍과 욕망, 실패와 성공을 동시에 그리려고 할 때에 요구된다고 할 수 있다. 현실을 통해서도 현실을 이야기하고, 비현실을 통해서도 현실을 이야기할 때, 그리고 남성과 같으면서도 다르게 느끼는 여성의 환상을 이야기하려 할 때 환상성과 여성성은 행복하게 조우한다. 이럴 때 우리가 여성 문학 속의 환상성을 통해 확인할 수 있는 것은 '있는 그대로'의 현실과 '있어야 할' 현실 사이에서 왕복 운동을 하고 있는 여성들의 '두 겹의 목소리'일 수밖에 없을 것이다.

---

70) 김미현, 『한국 여성 소설과 페미니즘』(신구문화사, 1996), 385쪽 참조.
71) 팸 모리스, 강희원 옮김, 『문학과 페미니즘』(문예출판사, 1997), 258쪽.
72) 같은 책, 230쪽.

가족

가족 이데올로기의 종언
— 1990년대 이후 소설에 나타난 탈가족주의

1 가족의 해체: 오이디푸스의 후예들

김원일의 단편 소설 「물방울 하나 떨어지면」(『물방울 하나 떨어지면』, 2004)은 고아 출신 여성이 장애인 남성과 결혼한 후 장애인을 위한 보육원을 돌보며 살아가는 이야기다. 그녀에게 성적인 욕망을 교환하는 부부 관계나 혈연으로 맺어진 부모 자식 관계는 중요하지 않다. 그래서 그녀는 자발적으로 '혈연 공동체'가 아닌 '생활 공동체'로서의 새로운 가족을 구성하고 그 속에서 자신의 존재 의미를 찾는다. 물론 이 소설의 주제는 기존의 가족 제도에 대한 비판이 아니다. 한 방울의 물방울이 나중에는 커다란 바다를 이루듯이 기독교적인 박애 정신이나 대지적 모성을 통해 휴머니즘을 실현하고 확장하자는 것이다. 그러나 소설사적 측면에서 보았을 때, 식민지나 6·25전쟁, 산업화의 축소판으로서의 가족을 주로 문제 삼았던 작가 김원일이 당대적이고 보편적인 가족의 양상을 문학화했다는 점에서 특기할 만한 작품이라고 할 수 있다. 역사적 비극을 대변했던 과거의 자전적 가족을 주로 그린 작가 김원일마저도 연민과 헌신으로 거듭나는 미래 지향적이고 긍정적인 가족의 모습을 소설화하기 시작했다는 데 중요한 상징적 의미가 있는 것이다.

가족 제도의 변화 양상으로 보았을 때도 1990년대 이후는 근대의 '핵가족'은 영향력을 상실하면서 포스트모던한 '유연 가족(permeable family)'으로 대체되고 있다. 근대의 핵가족은 낭만적 사랑, 부부끼리의 유대, 모성적 사랑, 가정성 등을 중시하면서 생계 유지자로서의 아버지, 가사 담당자로서의 어머니, 유년자로서의 어린이와 10대 청소년으로 구성된다. 반면 포스트모던한 유연 가족은 합의적 사랑, 양육의 분담, 도시성을 중심으로 맞벌이 부부 가족, 편모나 편부 가족, 재혼 가족, 다세대 가족, 동성 가족, 결혼하지 않는 가족, 대리 가족 등의 다양한 형태로 구성된다. 또한 핵가족은 일체감을 중심으로 개인보다는 가족에 대한 헌신을 우선시하는 가치를 낳은 반면, 유연 가족은 개별성을 중심으로 개개인의 자아 성취와 자아 완성을 중시한다. 현재는 이 두 가지 가족 형태의 장점만을 취한 미래의 가족 형태로 '바이털 가족(vital family)'까지 논의되고 있는 실정이다. 바이털 가족은 책임 있는 사랑, 진지한 양육, 지역 공동체, 상호 의존성 등을 강조한다.[1]

하지만 실제의 가족 구성원들이 체감하고 있는 가족의 구체적 의미가 그토록 쉽게 진화 혹은 변화했는지에 대해서는 여전히 의문이 남는다. 1990년대 후반 『아버지』(김정현)나 『가시고기』(김하인)의 유행에서 보이듯이 조그마한 틈새만 있으면 언제나 부활하는 것이 '정상 가족', '완전한 가족', '신성 가족'에 대한 향수이다. 이럴 때 우리는 다시 가족과 민족, 국가가 '보로메오의 매듭(Borromean knot)'처럼 서로 얽혀서 자아 혹은 개인을 옥죄는 것은 아닐지 의심해 보게 된다. 가족, 민족, 국가라는 세 개의 고리가 하나처럼 서로 얽혀 있어 어느 한 고리만 불러내도 같이

---

1) 데이비드 엘킨드, 이동원·김모란·윤옥경 옮김, 『변화하는 가족』(이화여자대학교 출판부, 1999), 54~81쪽, 256~279쪽 참조.

따라 나오고, 어느 한 고리만 잘라 내도 서로 분리된다는 것이다.[2] 특히 사적 영역의 최전방이자 공적 영역의 최후방인 가족은 '가족의 통치'에서 '가족을 통한 통치'로 변질되면서 가족 자체가 지배를 위한 희생양이 되는 경향이 아직도 존재한다고 할 수 있다.

때문에 이 글에서는 사적이고 고립된 단일한 개념으로서의 가족이 아니라 관계적이고 유동적인 입장에서 1990년대 이후의 한국 소설이 문제 삼고 있는 가족의 모습을 규명해 보려 한다. 가족은 '심리적 실체'임과 동시에 '역사적 구성체'이기도 하다. 그래서 가족은 가족 자체로 존재하지 않는다. 낭만적 환상(fantasy)이건 인공적 환상(simulacre)이건 간에 가족을 구성하는 것은 가족의 '외부'라고 할 수 있다. 가족 이외의 모든 것이 가족 속에 침투해 있기 때문이다. 그런 가족을 이야기하기 위해서는 '가족(the family)'이 아닌 '가족들(families)'을 문제 삼아야 한다.[3] 그리고 '가족' 자체가 아니라 '가족 이데올로기'를 더욱 심각하게 문제 삼아야 한다.[4] 가족 자체가 가족 구성원에게는 아버지의 '법'이자 '이름'이기에 가족 구성원은 모두 '부풀어 오른 발'을 지닌 채 절뚝거리며 가족의 수수께끼를 푸는 오이디푸스들이기 때문이다.[5]

이런 맥락에서 앞으로 살펴볼 1990년대 이후 소설들 속의 오이디푸스들은 가족이 위기에 처했음을, 하지만 그 속에서도 새로운 가족의 모습을 힘겹게 추구하고 있음을 보여 준다. 그래서 '가족은 없다'라는 과격한

---

2) 이득재, 『가족주의는 야만이다』(소나무, 2001), 67쪽.

3) 다이애너 기틴스, 안호용 · 김흥주 · 배선희 옮김, 『가족은 없다』(일신사, 1997), 12, 22쪽.

4) 가족 이데올로기(familialism)는 가족은 마땅히 어찌어찌해야 한다는 가족 관련 가치에 준거한 이데올로기를 말한다. 모든 사람은 가족 속에서 살아야 하는 것으로 생각하는 경향이라든가 국가 정책의 기본 수혜 단위를 가족으로 생각하는 것 등을 말한다. 때문에 가족을 옹호하거나 가족을 강화하려는 보수적 입장의 가족(중심)주의(familism)와는 다르다.
  미셸 바렛 · 매리 매킨토시, 김혜경 옮김, 『가족은 반사회적인가』(여성사, 1988), 9~10쪽 참조.
  권명아, 『가족 이야기는 어떻게 만들어지는가』(책세상, 2000), 15쪽.

5) 크리스티앙 비에, 『오이디푸스』, 정장진 옮김(이룸, 2002), 9~17쪽.

주장으로까지 발전하기도 한다.[6] 기존의 세대 간의 갈등이나 역사적 배경을 중심으로 한 가족(사) 소설 연구[7]와, 불륜과 모성 담론 중심의 여성 문학적 접근[8]에서 좀 더 나아가 보다 포괄적이고도 체계적으로 가족 해체나 탈가족 양상을 살펴볼 필요가 있는 것도 이 때문이다.

이를 위해 이 글에서는 작가론이나 작품론이 아닌 제도나 이론적 입장에서 가족의 구체적 양상을 문제 삼는다. 즉 가부장제와 정신분석학, 자본주의처럼 가족의 형성과 오인, 해체와 연관된 제도나 이론들을 통해 가족의 기원과 변모 양상을 근본적으로 재점검해 보려는 것이다. 이 세

6) 이선옥 · 이정, 「가족, 그 영원한 안식처에 대한 도전」, 《여성과 사회》 7호, 1996.
   이광호, 「왜 지금 가족을 말하는가」, 《포에티카》 2호, 1997년 여름호.
   황도경, 「집은 무엇으로 짓는가」, 《포에티카》 2호, 1997년 여름호.
   송명희, 「가족사 소설에서 핵가족 해체로」, 《한국문학평론》, 1997년 가을호.
   이남호, 「최근 한국 소설에 나타난 가족의 해체」, 《한국문학평론》, 1997년 가을호.
   진수미, 「비어 있는 집, 떠도는 가족」, 『현대 사회와 가족』(정림사, 2001).
   김양선, 「기이하고 낯선 가족과 여성 이야기」, 《여성과 사회》 14호, 2002.
7) 김이숙, 「한국 가족 소설 연구」, 서강대학교 석사 논문, 1981.
   최시한, 『가정 소설 연구』(민음사, 1993).
   신상성, 『한국 가족사 소설 연구』(경운출판사, 1992).
   윤석달, 「한국 현대 가족사 소설의 서사 형식과 인물 유형 연구」, 고려대학교 박사 논문, 1991.
   류종렬, 『가족사 연대기 소설 연구』(국학자료원, 2002).
   양진오, 「가족 소설의 전개와 의미」, 《포에티카》, 1997년 여름호.
   최선희, 「한국 현대 소설의 가족 의식 연구」, 대구효성가톨릭대학교 박사 논문, 1998.
   류일옥, 「1990년대 가족 해체 소설에 나타난 가족 문제의 양상과 그 성격」, 영남대학교 석사 논문, 1998.
   황도경 · 나은진, 「한국 현대 문학에 나타난 가족 담론의 전개와 그 의미」, 《한국문학이론과 비평》, 22집, 2004년 3월호.
8) 박혜경, 「불륜, 그 일탈의 경계에 선 욕망의 불안한 자기정체성」, 《문학동네》, 1996년 겨울호.
   황종연, 「이졸데의 손녀들, 그들의 불륜 소설」, 《문학동네》, 1996년 겨울호.
   김미현, 「가족(假族), 천국보다 낯선 가족(家族)」, 《포에티카》, 1997년 여름호.
   류보선, 「불임의 사랑, 모성이라는 공포」, 《동서문학》, 1998년 봄호
   심진경, 「모성의 서사와 90년대 여성 소설의 새로운 길찾기」 《여성과 사회》 9호, 1998.
   이경, 「누이야, 대담하게 앞으로 나가라」, 《오늘의 문예비평》, 2000년 여름호.
   류은숙, 「여성 소설에 나타난 '집'의 의미 연구」, 한국교원대학교 석사 논문, 2002.
   김은정, 「여성 소설에 나타난 가족 해체 양상 연구」, 한국교원대학교 석사 논문, 2003.

가지 배경에는 전근대와 근대, 탈근대가 공존하기에 '비동시성의 동시성'을 발견할 수 있다. 따라서 '과거'나 '미래'가 혼재하는 가족의 '현재'를 제대로 확인하게 된다. 오래된 역사적 배경이나 이론이지만 지금도 가족에게 지속적인 영향을 미치는 것이 가부장제나 정신분석학, 자본주의 등이다. 아직도 가족은 이런 기제 속에서 태어나고 죽으며, 다시 태어난다. 무엇보다도 가족에 대한 억압이 시작된 곳에서 분열과 해체, 재구축의 양상 또한 동시에 일어나고 있기 때문에 이런 기제들은 여전히 가족에 대한 논의의 출발점이자 도착지로 유효할 것이다.

2 사라지는 가족: 가부장제와 어브젝션(Abjection)

왜 지금 가족은 위기에 처했는가. 억압적이었기 때문이다. 왜 억압적이었는가. 가부장에게 집중된 권력으로 인해 비인간적이고 야만적인 대접을 받은 가족 구성원들이 대다수였기 때문이다. 특히 '근대 속의 전근대'를 체현하는 유교적 가부장제[9]는 한국 가족의 특수성을 보여 주면서 가족의 식민성을 첨예하게 부각시킨다. 가부장제는 친자(親子)를 중심으로 한 수직 관계가 중심이 되거나 혈연 관계를 중심으로 한 배타적인 집단을 형성하면서 남성 중심적 지배 체제를 형성하기 위해 여성을 소외시키는 가족 형태를 말한다.[10] '가정이라는 천국', '집안의 천사'라는 가정과 여성의 신성화가 여성에게 족쇄로 작용하는 것이다.[11]

이런 의미에서 유교적 가부장제가 개인을 사회화하는 과정은 아버지

---

9) 가부장제(patriarchy)는 '아버지의 지배(rule of fathers)'라는 어원적 의미를 지니면서 가족 가운데서 나이 많은 남성이 권위를 장악하고 있는 제도를 말한다.
   사라 밀즈 외, 「페미니즘 용어 사전」, 《현대시사상》, 1991년 봄호, 144쪽.
10) 이재경, 『가족의 이름으로』(또 하나의 문화, 2003), 13~27쪽 참조.
11) 조은 · 이정옥 · 조주현, 『근대 가족의 변모와 여성 문제』(서울대학교 출판부, 1997), 24~25쪽.

의 성(姓)으로 표상되는 '혈통적 정체감'과 남녀를 구분하는 '성별 정체 감'을 핵심으로 한다.[12] 유교적 가부장제의 이런 특성이 국가주의와 민 족주의에 의해 '국민'의 생산이 주요 업무였던 근대 가족의 성립 이후에 도 여전히 전근대적인 잔여 문화로 건재하면서 그 위력을 발휘하고 있 다.[13] 가부장제는 오이디푸스화를 통해 실현되고 유지된다. 오이디푸스 화란 가족의 내부에 머문 채 아버지에서 아들로 이어지는 권력의 재생산 에 이바지하는 것이다.[14] 그러므로 억압적인 가족을 해체시키기 위해서 는 오이디푸스적 내면화를 거부해야 한다.

심윤경의 『달의 제단』(2004)은 유서 깊은 가문의 몰락을 통해 가부장 제와 결탁한 유교 문화가 해체될 수밖에 없는 원인을 규명하고 있는 장 편 소설이다. 후대손이 발견한 조상의 언찰(諺札)을 통해 조선조에 확립 된 성(姓) 불변의 원칙, 조상 숭배와 제사, 재산 상속과 소유권, 혼인 제 도와 재가 금지, 여성 노동 등 구체적인 가부장제의 실상이 그대로 복원 되고 있다.[15] 그 과정에서 가부장제가 여성, 어린이, 그리고 기타 열등한 사람의 종속과 봉사를 필요조건으로 하는 남성의 권위, 특히 아버지의 권위를 전제로 하는 불평등한 제도임을 확인하게 된다.[16]

이 소설에서 서안 조씨 가문의 17대 종손인 '나'가 겪어야 하는 고통은 가문의 영광을 보존하려는 할아버지의 통제와 관리 때문이다. 쇠락한 가 문을 다시 일으킨 할아버지의 눈에는 심약했던 아버지와 탕녀 기질이 있 었던 어머니 사이에서 태어난 '나' 자체가 가문의 후계자로서 부족한 것

---

12) 진재교 · 박의경 편, 「유교 가족 담론의 여성주의적 재구성」, 『동아시아와 근대, 여성의 발견』(청어 람 미디어, 2004), 111, 134쪽 참조.

13) 국민 생산이나 국민 개량의 프로젝트를 담당하는 기본 단위로서의 근대 계몽기 가족 담론과 전통 적인 가(家) 혹은 가족주의와의 갈등과 결합 양상에 대해서는 전미경의 『근대 계몽기 가족론과 국민 생산 프로젝트』(소명출판, 2004)의 1장 「근대적 가족은 어떻게 만들어지는가」를 참조할 것.

14) 우에노 치즈코, 이승희 옮김, 『가부장제와 자본주의』(녹두, 1994), 34쪽.

15) 이효재, 「한국 가부장제와 여성」, 《여성과 사회》, 9호, 1998, 161~166쪽.

16) 다이애너 기틴스, 앞의 책, 92쪽.

은 당연하다. 심지어 '절반의 적자(嫡子)'이기에 정통성마저 훼손되어 있는 상태이다. 집안에서 정해 준 해월당 어머니와 정식으로 결혼했지만 몇 달 만에 자살한 아버지의 인생도 할아버지의 명분을 꺾을 수는 없었다. 불천위제(不遷位祭)를 지내는 모습을 통해 소설 속에서 자세히 묘사되고 있는 조씨 가문의 전통문화는 그 자체로 고착된 가부장제의 모습을 보여 준다. 어찌 보면 이런 조씨 가문 자체도 근대 속의 전근대를 대표하는 가부장제의 희생양이라고 할 수 있다. 이렇게 피해자를 가해자처럼 보이게 하는 것이 가부장제가 행한 최대의 폭력이다.

심지어 이장(移葬)할 때 발견한 10대 조모의 언찰을 해독하는 과정에서 밝혀진 조씨 가문의 패륜은 할아버지가 그토록 지키고 싶어 했던 가문의 영광이 한낱 속임수이자 허구였음을 드러낸다. 손(孫)이 귀한 집안에서 딸을 낳자 양자(養子)와 몰래 바꿔치기 하기 위해 핏덩이 자손을 발로 밟아 죽이는 남성 중심의 역사로 유지된 것이 그들의 가문이었기 때문이다. '피는 물보다 진하다'라는 유교적 가부장제가 피의 순수성을 잃음으로써 그 뿌리가 흔들리고 있는 것이다. 더 심각한 것은 조상들의 이런 패악 자체가 집안에 화근이 될 씨앗을 없앤다는 명분으로 '나'의 아이를 임신한 부엌데기 '정실'을 유폐시킨 할아버지의 행위에 그대로 세습되어 있다는 점이다. 여기서 과거가 아닌 현재에도 지속되는 '오래된 미래'로서의 가부장제의 억압을 확인할 수 있다.

따라서 소설의 결말에서 가문의 수치를 폭로한 언찰을 불태우려다가 불이 붙어 타 버리는 종갓집의 모습은 가부장적인 가문의 종말을 고하는 상징으로 다가온다. 불타는 집에서 그대로 죽음을 맞는 할아버지나, 자발적으로 불구덩이 속으로 들어가는 '나'는 그동안 원한 속에서 억울하게 살았던 조씨 가문 여성들에게 바치는 제물일 수 있다. 수백 년 동안 거듭되었던 불운 자체가 대를 잇기 위해서는 살인과 같은 비인간적인 행위마저 마다하지 않았던 조상들의 업보에 연유하기 때문이다. 이럴 때

조씨 가문은 "저주와 신음을 토해 내는 점점 더 위험스러운 생명체"에 다름 아니게 된다. 이를 통해 사유 재산이나 계급 사회의 형성 이전에도 이미 여성의 성적 능력과 재생산 능력에 대한 가부장적 남성의 전유가 일어났었음을 확인할 수 있다.[17]

그리고 이런 결말을 통해 이 소설은 기존 논의들과 달리 사적이고 개인적인 차원이 아닌 사회적이고 정치적인 차원에서, 그리고 개인적 죄의식이나 불쾌감이 아닌 집단적이고 정치적인 분노의 차원에서 가부장적 이데올로기에 대한 비판을 보여 주기에 더욱 고무적이다. 이런 객관화와 보편화를 위해 이 소설에서는 가부장제의 희생자로서 가문의 여성들뿐만이 아니라 그 혜택을 누려 온 남성의 입장에서 서술해 가고 있다. 가부장제의 억압이 더 이상 여성만의 억압이 아니라 가장이나 장자인 남성도 희생양으로 삼고 있음을 강조하는 것이다. 가부장제의 존립 이유가 기득권적 제도의 유지이지 인간의 존엄성이나 자유에 대한 존중이 아니기 때문이다.

악귀 같은 놈. 할아버지의 쉰 목소리가 귀에 울렸다. 유언이나 다름없는 말씀이었다. 목이 메어 왔다. 할아버지가 꿈꾸던 것들은 그 무엇도 이루어지지 못했다. 사당을 이어받을 종손과 종부, 당신의 떨리는 목소리로 조상께 고유(告由)하고 싶었던 18대 종손의 탄생. 명절이면 황명산에 올라 할아버지 당신의 무덤 앞에 넙죽넙죽 엎드릴 작은 아이들. 전통문화가 절멸되고 이 땅에 제사라는 의식이 모두 사라진 뒤라도 효계당에서만은 피어오르기를 소원했던 한 줄기 은은한 향연(香煙). 할아버지가 꿈꾸었던 예학(禮學)의 교(敎)에 일생을 바칠 사제로 만 3세에 조상께 고유되었던 나, 조상룡은 모든 것을 짓밟은 패륜의 난마로 전락했고 조상의 비원으로 수백 년 이어진 유서 깊은 가문은 하루아침에 문을 닫게 되었다.

---

17) 거다 러너, 강세영 옮김, 『가부장제의 창조』(당대, 2004), 1~2장 참조.

여기서 중요한 것은 가부장제의 해체에 있어 상징적인 기능을 담당하는 정실의 존재이다. 그녀는 다리병신인 부엌데기이자 친부로부터도 버림받은 딸이다. 외모 또한 "오감을 불쾌감으로 채우기에 충분할 만큼 추비(醜卑)"하다. 하지만 이처럼 조씨 가문의 우아함이나 고요를 손상시키는 더럽고 추한 존재인 정실로 인해 '나'는 오히려 가문의 허위를 깨닫게 된다. 처음에는 '나' 또한 욕망의 배설구나 쓰레기통으로서 그녀의 뚱뚱하고 기름진 육체를 탐한다. 그러나 그녀의 따뜻하고 안온한 몸속에서 원천적으로 봉쇄당했던 모성을 재발견한다. '나'에게 정실은 어머니이자 누이이고, 아내였기 때문이다. 오이디푸스화된 깨끗하고 고상한 '나'의 몸은 이처럼 여성화되고 모성화된 정실의 몸을 통해 진정한 주체와 만난다. 문화적인 것이나 신성한 것으로서의 가부장적 질서가 분리되고 추방되기 때문이다. 즉 '나'는 정실의 몸을 통해 '나'를 '나'로부터 밀어낸다. 그리고 자신을 밀어냄으로써 오히려 진정한 자신을 발견한다.[18]

이런 정실의 몸은 '어브젝션(abjection)'[19]된 여성의 몸과 연결된다. 정실의 몸은 접근하고 싶지 않을 정도로 더럽고 추하다. 때문에 기존의 대지적 모성이나 숭고한 여성 이미지와는 다르다. 이런 정실에게 다가가지 않으면 가부장제는 지켜질 수 있다. 때문에 정실에게 '나'가 느끼는 초기의 혐오감은 오이디푸스적인 아들이 자신을 위협하는 여성적 질서에 대해 저항하는 것이라고 할 수 있다. 즉 비체화(卑體化)된 대상으로서의 정실의 몸은 오물이나 시궁창 같은 더러운 것, 부적절한 것이기에 혐오감이나 욕지기를 불러일으킴으로써 '나'로 하여금 그것으로부터 멀어지게 한다.[20]

---

18) 고갑희, 「시적 혁명과 경계선의 철학」, 한국영미문학페미니즘학회, 『페미니즘: 어제와 오늘』(민음사, 2000), 212~214쪽.

19) 엘리자베스 라이트 편, 박찬부·정정호 외 옮김, 『페미니즘과 정신분석학 사전』(한신문화사, 1997), 316~317쪽.

20) 쥘리아 크리스테바, 서민원 옮김, 『공포의 권력』(동문선, 2002), 23쪽.

하지만 모욕을 주기 위해 접근한 그녀의 '검은 구멍' 같은 몸은 '나'를 오염시키기도 하지만 승화시키기도 한다. '나'는 정실의 몸에서 상실에 대한 환상을 느끼기 때문이다. 혹은 그녀의 몸속에서 일어난 자아 분열을 통해 '나'는 남성들이 더럽힌 후 내다 버린 여성의 몸을 보게 되고, 그 속에서 자아를 되비춰 봄으로써 진실을 자각하게 되기 때문이다. 정실과 같은 여성의 몸을 만든 것이 바로 남성들이기에 자신과 정실의 몸이 별 다를 바 없다는 사실을 자각하는 것이다. 그래서 '나'는 정실의 어브젝션 된 몸에 점령당함으로써 기존의 지배 이데올로기에서 밀려나고 분리되고 방황하는 '매혹당한 희생자'가 된다.[21]

따라서 어브젝션된 정실의 몸은 부적절하거나 건강하지 않은 것이라 기보다는 체계나 질서를 교란시키는 것에 더 가깝다.[22] '나'가 정실을 통해 가부장제로부터 분리되면서 방황하는 주체가 되고, 결국에는 오이디 푸스적인 질서에 저항하는 신성함의 경지에까지 이르게 되는 것도 이 때문이다. 이처럼 정실은 타자화된 여성으로서의 기능을 수행하면서 가부장제로 대표되는 상징계의 결핍을 대변한다. 순수한 욕망이나 충동 (drive), 희열(jouissance)의 축을 형성하면서 가부장제의 몰락과 해체를 불러오는 동인(動因)으로 존재하는 것이다. 혹은 오이디푸스적인 남성을 정화해 주는 비의적인 존재로 등극하게 된다. 가부장제가 지닌 폭력이나 필연성을 가장한 부조리함을 입증해 주기 때문이다.

이처럼 심윤경은 『달의 제단』에서 가족이 붕괴될 수밖에 없는 근본적인 이유에 해당하는 가부장제를 전면적으로 비판하고 있다. 이를 통해 남성 중심적인 가부장제가 발전 가능성이 있는 미완의 프로젝트가 아니라 이미 시효가 만료된 결함 있는 제도임을, 그런데도 아직까지 사라지지 않은 '망령'의 제도임을 강조하고 있다. 때문에 『달의 제단』은 사실

---

21) 같은 책, 29~32쪽.
22) 같은 책, 25쪽.

문제의식의 측면에서 볼 때 신선한 소설이 아니다. 근대 초기의 신소설에서부터 문제시되었던 가부장제에 대한 비판이 이루어지고 있기 때문이다. 이것은 가부장제 자체가 페미니즘에서 중요한 비판 대상이고, 특별한 설명이 필요치 않을 만큼 보편화된 개념이기 때문이기도 하다. 문제는 21세기에도 여전히, 그리고 아직도 가부장제의 망령이 사라지지 않고 있다는 점이다. 그래서 이 소설은 낡았기에 오히려 충격적으로 다가온다. 적어도 가족 문제에 있어서는 뒤에 살펴볼 정신분석학이나 자본주의와는 겹쳐지지 않는 고유한 문제점과 해결점을 '아직도 그리고 여전히' 보여 주고 있기 때문이다.[23]

3 상상하는 가족: 정신분석학과 가족 로망스

왜 가족은 유지되는가. 프로이트의 정신분석학에 의하면 가족 안에서 아들들이 오이디푸스 콤플렉스를 잘 극복하기 때문이다. 오이디푸스 콤플렉스란 아들이 부모에 대해 느끼는 사랑의 욕망과 적대적 욕망의 총체이다. 때문에 오이디푸스화란 가족을 형성하는 주요 기제이다. 그리고 종교, 사회, 윤리, 예술 등과 관련된 문명의 모든 산물 또한 오이디푸스로부터 발원한 것이다.[24] 오이디푸스는 거세 불안으로 인해 어머니를 버리고 아버지를 선택한다. 이처럼 아버지를 선택함으로써 아들은 아버지로 대표되는 상징계적 질서 속에 편입된다. 그리고 이런 허구화 과정이나 상상적인 해결 과정을 통해 아들은 아버지가 된다.[25] 때문에 오이디

---

23) 강석경, 공선옥, 김채원, 김형경, 신경숙, 이혜경 등 1990년대 다른 여성 작가의 소설들에 나타난 가부장제 이데올로기의 흔적 및 그에 대한 비판에 대한 논의는 임옥희의 「가부장제 신화의 탈신비화를 위하여」(《포에티카》, 창간호, 1997년 봄호)를 참조할 것.

24) 지그문트 프로이트, 김종엽 옮김, 『토템과 타부』(문예마당, 1995), 224쪽.

25) 이창재, 『프로이트와의 대화』(민음사, 2003), 206쪽.

푸스 콤플렉스가 해소되었다는 것은 이제 아버지의 집을 벗어나 세상을 향해 나아갈 때가 도래했음을 의미한다. 언제까지나 아들로 남아 있을 수는 없기 때문이다.[26]

하성란의 『식사의 즐거움』(현대문학, 1998)은 프로이트의 '가족 로망스 (family romance)' 개념에서 드러나듯이[27] 가족으로부터 벗어나고 싶은 아들의 서사이다. 그래서 자신을 바꿔치기 된 남의 집 아들이라고 생각하는 아들의 처절한 생존기에 해당한다. 현실의 아버지는 언제나 밥상을 뒤엎는다. 그런 폭력적인 아버지를 견디기 위해 어머니는 부엌에서 술을 마시는 '키친 드링커'가 되었다. 그래서 남자는 아버지를 아버지가 소독하러 다니는 바퀴벌레보다도 못한 인간이라고 생각한다. 그러나 바퀴벌레는 어디에나 있고, 인간보다 강하다. 사실 아버지에 대한 반감은 "식탐이 많고 이기주의자인 수컷"에게 약자가 느끼는 감정이기도 하다.

이런 가족의 중력으로부터 남자가 벗어나는 방법은 '상상' 속에서 또 다른 가족을 만드는 것이다. 가족 로망스 개념에서 드러나듯이 자신이 부정 혹은 거부된다고 느끼는 아이는 현실의 부모를 가짜라고 생각하면서 진짜 아버지는 따로 있을 것이라고 상상한다. 그것은 실제적이고 비참한 아버지에 대한 인정이 아닌, 허구적이고 완벽한 아버지에 대한 조작이라는 점에서 매혹적이지만 위험한 상상이라고 할 수 있다. 온전하고 따뜻하며 정상적인 가족, 그래서 즐겁게 식사할 수 있는 가족을 위해 거짓 꿈을 꾸는 것이다. 어차피 가족 자체가 허구적인 상상의 공동체라면, 고통이나 결핍의 상상적 해결을 위해 자기 마음대로 가족을 '발명'하지 말란 법은 없다. 그래서 소설 속 남자가 시립 도서관에서 빌려 오는 책은 도스토예프스키의 『카라마조프가의 형제들』이다. 아버지를 죽여야만 새

---

26) 크리스티앙 비에, 앞의 책, 119~120쪽.

27) 지그문트 프로이트, 「가족 로망스」, 김정일 옮김, 『성욕에 관한 세 편의 에세이』(열린책들, 2003), 199~202쪽.

로운 가족을 만들 수 있기 때문이다. "지금 내 부모님은 진짜 내 부모님이 아니야."라고 생각해 보지 않은 자식들은 아무도 없다.

남자는 아가씨 대신 자신이 저 집 안의 피아노 앞에 앉아 「달빛」을 연주하고 있는 장면을 떠올렸다. 담장 위에 얹은 열 손가락이 꿈틀거렸다. 새벽 두 시에 깨어 있을 때마다 남자는 창을 열고 밖을 내다보고는 했다. 새벽 2시에 깨어 있는 사람만이 「달빛」을 칠 수 있다. 담은 힘을 들이지 않고도 손쉽게 뛰어넘을 수 있었다. 발만 올려놓으면 되었다. 담장을 뛰어넘어 집 안으로 뛰어들어가 거기 피아노 앞에 왕자 옷을 입고 있는 거지를 향해 소리칠 것이다. 왕자는 바로 나다.

예문에서 드러나듯이 소설 속 남자도 자신이 친부모라고 생각하는 사람들이 기르고 있는 여자에게 "왕자는 바로 나다."라며 외치고 싶은 욕망을 느낀다. 거지가 왕자 노릇을 하고 있기에 진짜 왕자인 자신이 거지처럼 산다고 생각하기 때문이다. 다소 모호하기는 하지만 소설 속 남자의 이런 환상이 사실일 리는 없다. 여자애와 여자애, 남자애와 남자애라면 모를까 여자애와 남자애가 바뀔 리는 없다. 그리고 남자의 고등학교 동창 홍재경의 경우가 좀 더 확실한 증거가 된다. 준재벌의 딸이라는 소문과 달리 보잘것없는 쌀가겟집 주인의 딸이었던 재경은 입학 상담차 학부모가 학교에 올 일이 생기자 자살하고 만다. 그러고는 남자에게 "난 아직도 어딘가에서 내 부모님이 날 찾고 있을 거라고 생각해."라는 유언을 남긴다. 하지만 재경은 그녀의 아버지처럼 외보조개를 지녔다. 마치 「메밀꽃 필 무렵」에서 허생원과 동이가 똑같이 왼손잡이인 것과 같은 상징적 역할을 그녀의 외보조개가 담당하고 있다.

여기서 남자나 재경의 부모가 친부모인지 아닌지는 중요하지 않다. 문제는 자식들이 부모를 오인한다는 점이 아니라 왜 오인하고 싶은 욕망이 생겼는가라는 점이다. 오인은 욕망에서 온다. 그리고 욕망은 결핍에서 온다. "힘이 들거나 기분이 나쁘거나 하면 사람이 기계 속에 들어가 재충전돼서 나오는" "사람용 충전기"의 역할을 하는 것이 바로 '가족 바꾸기'라면, 이 모든 것의 원인은 "귀가 떨어지지 않은 반듯하고 윤기가 흐르는 포마이커 밥상", 즉 온전한 가족에 대한 남자의 욕망에서 찾을 수 있다.

그래서 남자는 소설의 결말에서 재경이 믿었던 것처럼 실제로도 동물원에 버려진 여자 아이를 데려와 기르려 한다. 그리고 남자가 공장에 취직했을 때 맞은편 기숙사에 살았던 최미옥과도 데이트를 한다. 자신을 바라보며 사랑에 빠졌다고 착각했다가 그것이 아님을 알고 자살하려 했었던 그녀의 원망(願望)을 남자가 인정했기 때문이다. 그래서 이 소설 속의 가족은 두 겹으로 구성되고 있다. '원하는 가족'과 '실제의 가족'이 그것이다. 이럴 때 바뀌는 것은 가족이 아니라 남자 자신이다. 다른 가족이 되어 다른 삶을 살고 싶었던 남자의 환생(幻生, 換生) 욕망은 왜소한 자아를 극복하려는 극기의 욕망이자, 부조리한 아버지를 넘어서려는 초월의 욕망에 다름 아닌 것이다. 이를 통해 하성란은 우리 모두가 그런 꿈을 꾸는, 다리 밑에서 주워 온 오이디푸스들임을 강조하고 있다. 그리고 가족이란 이미 주어진 선천적 형질이 아니라 자신이 만들어 가는 후천적 형질로 구성됨을 알려 주고 있다.

그러나 하성란의 소설은 기존의 가족 로망스와 비슷하면서도 다르다. '아버지를 죽이고 싶다'라는 오이디푸스적 적대감 혹은 살부 충동은 있어도 '아버지를 닮고 싶다'라는 오이디푸스적 동일시는 없는 '반쪽'의 오이디푸스 서사이기 때문이다. 이미 아버지는 권위와 권력을 상실했다. 그래서 거세 콤플렉스조차 느낄 수 없다. 혹은 죄의식도 불러일으키지 않는다. '원래 우리 아버지는 그런 사람이 아니었어'라는 연민이 느껴지지 않기 때문이다. 그래서 아버지에게 용서를 비는 토템과 터부도 필요 없다. 자크 라캉(Jaques Lacan)에 따르면 술에 취해 벌거벗은 채로 잠든 아버지의 모습을 본 노아의 아들은 오이디푸스가 될 수 없다. 그런 아버지의 모습을 외투로 가리면서 그 실체를 보지 않는 아들만이 아버지와의 동일시를 이룰 수 있다. 이런 맥락에서 라캉은 정신분석학의 대상이 아버지 자체가 아니라 노아의 외투, 즉 아버지를 가리는 베일이 되어야 한다고 지적한다.[28]

때문에 아버지와의 동일시가 일어나지 않는 하성란의 소설은 아버지를 제거하려는 듯 보이지만 실상은 아버지를 높이려는 프로이트 정신분석학에서의 가족 로망스와 갈라선다. 거짓말하기를 통해 자신을 고아나 업둥이로 규정함으로써 상상적으로 자아 정체성을 형성한다는 점에서는 가족 로망스와 닮았지만, 허구적이고 상상적인 아버지에 대한 또 다른 추구가 일어나지 않는다는 점에서 차이가 나기 때문이다. 아버지를 높이기 위해서가 아니라 제거하기 위한 것이기 때문이기도 하다. 아버지의 허약함과 초라함을 본 아들은 아버지를 다시 살릴 수 있지만, 아버지의 억압성과 폭력성을 본 아들은 아버지를 다시 필요로 하지 않는다.

또한 하성란의 소설은 성장을 거부하는 퇴행적 서사가 아니기에 성장의 거부가 오히려 성숙의 지표가 된다는 점에서도 기존의 가족 로망스를 극복한다. '주워 온 자식'이라는 미성숙한 사고가 오히려 '또 다른 아버지'가 아닌 '새로운 아들'의 서사를 가능하게 하기 때문이다. 즉 닮아서는 안 되는 아버지라면 닮지 않는 것이 성숙한 선택이라는 인식이 이루어지고 있기 때문이다.[29] 혹은 노아에게 외투를 입혀 주는 아들처럼 아버지의 실체를 보지 않으려는 아들이 더 성숙한 인간임을 인정하는 것이

---

28) 필리프 쥘리앵, 홍준기 옮김, 『노아의 외투: 아버지에 관한 라캉의 세 가지 견해』(한길사, 2000), 89쪽.

29) 이런 점에서 '형제애'라는 횡적 관계를 바탕으로 아들들이 아버지(왕)를 죽이려고 한 프랑스 혁명의 반문화적·남성적·민중적인 '형제애 로망스'와도 연결될 수 있다. 이렇게 프랑스인들은 정치적으로 고아가 됨으로써 서로를 형제로 받아들인다. 이에 대해서는 린 헌트의 『프랑스 혁명의 가족 로망스』(조한욱 옮김, 새물결, 1999)를 참조할 것.

기도 하다. 흔히 아버지의 외투를 벗긴 자가, 그래서 아버지의 치부를 인정한 후 그것을 극복하는 자만이 사회에 편입될 수 있다는 기존 관념을 뒤집은 것이다. 작가는 그런 기존의 성장 개념을 거부해야 억압적이지 않고 부드러운 아버지화가 가능하다는 사실을 강조하고 있다.[30]

새로운 가족을 만들기 위해서는 다른 피를 섞어야 한다. 하지만 피를 전부 바꾸면 죽는다. 그래서 하성란의『식사의 즐거움』은 환상 속의 가족, 오인된 가족, 인공 가족이 실제 가족과 더불어 절실하게 필요함을 알려 주고 있다. '이곳'에서 행복할 수 없으면 '저곳'에서도 행복할 수 없다. 동일한 이유로 '이곳'에서 가족을 만들지 못하면 '저곳'에서도 가족은 없다. 작가는 세상 어디에도 완벽한 가족이 없음을 누구보다도 잘 안다. 그래서 가족에게도 외투가 필요함을 강조하고 있다. 이를 위해 심윤경의 소설에서 어브젝션된 여성의 몸이 담당했던 역할을 하성란의 소설에서는 현실의 아버지가 담당한다. 모든 현실 속 아버지는 사실 비천하기 때문이다.

4 탈주하는 가족: 자본주의와 노마디즘

가족의 권력은 어디에서 나오는가. 이 질문은 가족의 기원을 문제 삼는 것이다. 즉 가족의 힘은 어디에서 발휘되는가를 추적하면 아버지의 경제력으로 소급됨을 알려 주는 질문이다. 가족의 기원은 사유 재산 제도나 재생산 노동 문제와 상관 있다는 것이다.[31] 자본주의는 가족 구성원들로 하여금 좋고 싫음을 떠나 가족을 위해 일하게 하거나 주어진 자

---

30) 배수아의 소설에서도 하성란 소설에서처럼 부모를 고귀한 신분의 사람으로 바꿔 버리는 가족 로맨스를 발견할 수 있다. 하지만 배수아 소설의 소녀들은 스스로 공주라고 착각하는 공주들이 아니라 이미 아버지들의 가족 로맨스에 의해 공주로 오인된 존재들이라는 점에서 차이가 난다.
　권명아, 앞의 책, 108~118쪽.
31) 미셸 바렛, 매리 매킨토시, 앞의 책, 48쪽.

리를 지키게 한다.[32] 따라서 프리드리히 엥겔스의 "남성이 부르주아지라면 그의 아내는 프롤레타리아다."를 패러디하면 "국가가 부르주아지라면 가족은 프롤레타리아다."가 될 것이다. 질 들뢰즈(Gilles Deleuze)와 펠릭스 가타리(Felix Guattari)에 의하면 자본주의는 가족이란 영토에 가족들의 욕망을 묶어 놓음으로써 모든 가족들을 자신의 체제 아래 포섭하고 길들인다. 그래서 자본주의 아래서는 가족이 신성화되면 될수록 사기업화(privatisation)되면서 '과세 대상'으로 전락할 수밖에 없다. 자본주의는 가족을 단지 물건을 소비하는 '입〔口〕'이나 '항문(肛門)'으로 간주하기 때문이다.[33]

조경란의 『가족의 기원』(1999)에서는 이미 무찔러야 할 아버지조차 없다. 부도로 인해 경제적 능력을 상실한 아버지는 더 이상 강력한 가족의 울타리가 아니기 때문이다. 언제 경매로 넘어갈지 모르는 집을 간신히 누르고 있는 것은 무거운 체중의 어머니이다. 딸 셋은 모두 그런 집으로부터 벗어날 궁리만 한다. 이럴 때 우리가 생각하는 운명 공동체로서의 가족은 없다. 가족이 죄수들과 다른 점은 서로를 구속하지 않으면서 도약할 수 있도록 도와주는 것이다. 그러나 이 소설에서 가족들은 서로가 서로에게 죄수이다. 그러니 이 소설의 결론은 "나는 다시 집으로 돌아가지 않는다."이다. 흡혈귀나 악마 같은 가족은 더 이상 가족이 아니라 그 자체로 식민지이기 때문이다.

문제는 이처럼 아버지를 아버지 노릇 못 하게 하는 것, 어머니를 어머니 노릇 못 하게 하는 것, 딸들로 하여금 딸들 노릇 못 하게 하는 것 모두 경제적 가난 때문이라는 것이다. 만약 그들에게 빚으로부터 집을 지킬 수 있는 최소한의 돈이 있었다면 그들 가족은 뿔뿔이 흩어지지는 않았

---

32) 이진경, 「길버트 그레이프, 가족의 근대적 평면과 유목적 자유의 공간」, 『필로시네마 혹은 탈주의 철학에 대한 7편의 영화』(새길, 1995), 231쪽.

33) 질 들뢰즈, 펠릭스 가타리, 홍준기 옮김, 『앙띠 오이디푸스』(민음사, 1997), 193쪽.

을 것이다. 이런 맥락에서 가족을 가족답게 만들어 주거나 집을 집처럼 만들어 주었던 것은 바로 돈이었음이 간접 증명된다. 그래서 더욱더 가열되는 자본주의의 욕망이 가족을 희생양으로 만들면서 가족을 해체시키거나 가족 이기주의로 몰아넣고 있다. 조경란의 소설 전반에서 가족의 억압이나 해체의 원인으로 경제적 가난이 문면에 두드러지게 강조되지 않으면서도 지속적이고도 무시할 수 없는 상수(常數)로 제시되는 것도 이 때문일 것이다. 자본주의 사회에서 한 개인이 자율적이고 독립적인 성인으로 인정받기 위해서는 경제적 자립이 필요조건이기 때문이다. 자아실현을 위한 최저 조건인 경제 문제가 우선 해결되어야 한다는 것이다.

이런 맥락에서 거북이나 고래, 꿀벌, 무지개 송어처럼 귀소 본능이 강한 동물들마저 혐오하는 여주인공 '나'에게 유부남인 '그'와의 불륜적인 사랑 또한 거부해야 할 것이다. 두 아이의 아버지이기도 한 '그'는 이혼한 후 '나'와 또 다른 가족을 만들려고 한다. '그'에게는 완벽한 가족에 대한 낭만적인 꿈이 아직도 남아 있기 때문이다. 하지만 '나'는 냉철하게 '그'와의 결혼을 거부하면서 '그'와 결별한다. "나는 삼십 년 동안 나를 옭아매고 있던 가족을 버렸다. 이제 나에게 있어 가족은 세상의 그 많은 고유 명사 중 하나에 지나지 않는다."라고 말하는 것도 이 때문이다.

「잘자요 엄마」(『국자이야기』, 2004)에서도 집이 채권단에 넘어갈 위기 상황이기에 가족은 뿔뿔이 흩어진다. 환상적인 마술로 식구들에게 위안을 주던 어머니도 가출하고, 그 후 아버지마저 집을 나가 노숙자가 된다. 눈이 없는 아이를 낳은 동생 부부마저도 장애자에 대한 편견이 없는 외국으로 이민을 간다. 그래서 홀로 남겨진 '나'는 이런 가족으로 인한 공포를 이겨 내기 위해 가족에 대한 '분명한 회피'가 아닌 '미묘한 회피'를 시도한다. '분명한 회피'는 가족을 완전히 삭제 혹은 거부하는 것이다. 하지만 '미묘한 회피'는 가족과 부대끼면서 가족에 대한 두려움을 없애는 것이다. 공포를 없애는 데에는 미묘한 회피가 더 효과적이다. 그래서 '나' 또한 달아나는 가족을 있는 그대로 인정하면서 다음과 같은 깨달음에 도달한다.

예전에 알고 지내던 사람 중에서 자기 부인을 남들 앞에서 꼭 '가족'이라고 호칭하던 이가 있었다. 누군가를 다시 만나게 되면 나도 그 단 한 사람을 가족이라고 부르고 싶다. 하지만 나는 혼자 있어도 이미 가족이다. 가고 없어도 이미 내 안에 있기 때문이다.

보다 공간화된 개념으로 가족의 해체와 그 극복을 형상화하고 있는 소설이 「나는 봉천동에 산다」(앞의 책)이다. 이 소설에서도 여전히 무능한 아버지는 가족들을 "궁핍을 날것 그대로 드러내 버리는" 봉천동에 살게 한다. 그래서 도시 빈민층이 되어 판자촌에 꽁꽁 묶여 살고 있기에 주인공 '나'는 끊임없이 봉천동에서 벗어나려 한다. 하지만 '나'는 아버지와의 화해를 통해 E. 애니 프롤스의 소설 『쉬핑 뉴스』에 나오는 집을 끌고 다니는 사람들처럼 봉천동을 자신이 끌고 다니는 '제2의 고향'이자 '하늘과 가장 가까운 동네'로 삼으려고 한다. 봉천동에 사느냐 아니냐가 아니라 봉천동을 어떻게 생각하느냐가 더 중요한 문제임을 자각했기 때문이다. 이것은 가족과 더불어 사느냐 아니냐가 중요한 것이 아니라 가족을 극복했느냐 아니냐가 더 중요하다는 말과 동일하다. 봉천동에 살아도 정신적으로 가족으로부터 독립할 수 있기 때문이다. 여기서 바로 가족을 '분명한 회피' 중심의 '초월성(transcendance)'이 아닌 '미묘한 회피' 중심의 '내재성(immanence)'의 관점에서 살펴보아야 함을 알 수 있다.[34]

이처럼 가족에 대한 '미묘한 회피'와 '움직이는 집'에 대한 인정을 통

---

34) 이진경, 『노마디즘』(휴머니스트, 2002), 111~120쪽.

해 조경란은 가족 속에서 가족을 극복한다. 정주(定住) 속에서도 가능한 유목의 방법을 터득한 것이다. 가족으로부터의 이런 탈주를 통해 개인화의 양식을 이루려는 것이 바로 '노마디즘(nomadism)'[35]이다. 도피와 탈주가 다르듯이 가출과 출가는 다르다. '집을 떠나 봐야 집이 고마운 줄 안다.'를 '집을 떠나 봐야 집이 나의 욕망을 어떻게 억압했는지 안다.'로 바꾸는 작업이기 때문이다.[36] 그리고 이것은 가족에 대한 횡단성,[37] 즉 가족 '가로지르기'를 보여 주기에 '걸으면서 꿈꾸는' '호모 노마드'[38]적인 가족의 재구성을 이루고 있다고 할 수 있다. 가족을 두고 떠나지 않기, 가족 안에서 가족의 외부를 경험하기, 가족과 함께 살아가기, 그래서 가족을 떠나지 않아도 기존의 가족으로부터 벗어나 있기 등을 제대로 구현하고 있기 때문이다.

들뢰즈와 가타리는 자본주의로부터 탈주하기 위해서는 '편집증'이 아닌 '분열증'에 걸려야 한다고 본다. 분열증을 통해서만 가족적인 정주에서 벗어나 유목적인 개인화가 이루어진다는 것이다.[39] 개인의 욕망을 통제하려는 자본주의로부터의 탈주가 가족에서부터 시작되는 이유도 여기

---

35) 들뢰즈와 가타리에 따르면 노마드(nomad)는 마이그런트(migrant)와 다르다. 마이그런트, 즉 이주가 원칙적으로 한 점에서 또 다른 한 점으로 이동해 가는 것이라면, 노마드 즉 유목은 한 궤도를 따라 점들이 계주(繼走)하는 상태를 가리킨다.

36) 이득재, 앞의 책, 106쪽.

37) 횡단이란 경계 지어진 하나의 영토에서 다른 영토로 이동하는 것이 아니라 하나의 영토에서 벗어나 새로운 영토를 만드는 것이고, 횡단적 문학이란 기존의 것과 다른 어떤 삶의 방식, 부재하는 삶의 방식을 만드는 것이고, 그것을 향해 나아가는 것이다.
   이진경, 「문학 기계와 횡단적 문학」, 고미숙 외, 『들뢰즈와 문학 기계』(소명출판, 2002), 31쪽.

38) 자크 아탈리, 이효숙 옮김, 『호모 노마드 유목하는 인간』(웅진닷컴, 2005), 230쪽.

39) 질 들뢰즈, 펠릭스 가타리, 앞의 책, 58쪽, 85~90쪽.
   그래서 노마드는 스키조(schizo), 즉 분열증자에 다름 아니게 된다. 스키조는 '미친 사람'이라는 뜻을 가지고 있는데, 미친 사람이라는 것은 사람들이 미쳐 매진하는 방향과 다른 곳으로 가는 사람이며, 다른 사람들의 경험이나 사회에 속박되지 않는 사람이며, 이런 뜻에서 해방의 한 형태이다. 그러므로 스키조가 된다는 것은 미친 사람이 되자는 것이 아니라 욕망을 해방시키자는 것이다.
   이득재, 앞의 책, 191쪽.

에 있다. 편집증은 가정을 이루고 정주하면서 영토의 확대를 도모하는 반면 분열증은 가정이라는 중심을 갖지 않고 끊임없이 경계선에 몸을 두게 한다.[40] 하지만 가족을 거부하면 낙인이 찍힌다. 그래서 노마드적인 주체는 '나쁜' 주체들이다. 욕망을 식민지화하는 영토인 가족이나 가족 이데올로기를 그대로 따르지 않고 억압적인 가족이 요구하는 정체성을 거부하기 때문이다. 가족을 낳은 것은 가족이다. 그러니 자리만 바뀌거나 새로운 가족을 만들려는 편집증적 사고로는 가족이 해체되지 않기에 가족에 대한 분열증적 접근은 필요하다.

단독자(리좀)로서의 고독이나 자유, 개성을 원천 봉쇄한다는 점에서 조경란의 소설 속 가족은 그 자체로 이데올로기적인 억압 장치이다. 무조건적인 희생이나 자기 헌신을 강요하는 가족, 그렇지 않을 때는 죄의식을 유발시키는 가족은 거부되어야 한다는 것이 조경란의 소설 속 정신적 고아들이 집으로 귀가하지 않은 이유이다. 그래서 조경란 소설 속 가족들은 집과 다른 방향으로 탈주 중이다. '너의 아버지를 부정하고 너의 이름을 거부하라.'는 세익스피어의 말에 드러나듯이 자본주의 아래서 오이디푸스화된 정체성을 거부하면서 가족으로부터의 정신적 이유(離乳)를 감행하고 있기 때문이다.[41]

---

40) 아사다 아키라, 문아영 옮김, 『도주론』(1999, 민음사), 10쪽.

41) 공선옥의 소설에서도 가족으로부터의 분리 체험이 나타나고 있다. 하지만 최근의 연작 소설집인 『유랑 가족』(실천문학, 2005)에서 드러나듯이 공선옥 소설은 자발적이고 긍정적인 '유목'이 아닌, 부정적이고 훼손된 의미로서의 '유랑'이 중심이 된다. 그래서 가족은 벗어나야 할 억압적인 것이 아니라 회복되고 복구되어야 할 것으로 그려진다. 완전 가족이나 정상 가족에 대한 역반영으로 유랑 가족이 제시되고 있기에 조경란의 소설들과는 다르다.

5 가족의 재구성: 오이디푸스에서 안티고네로

지금까지 살펴본 바대로 1990년대 이후의 한국 소설들은 서양의 가족학에서도 인정되듯이 가족 자체가 해체 위기를 맞은 것이 아니라 기존의 가족 개념이나 관점이 해체되기 시작했음을 알려 주는지도 모른다.[42] '누가' 말하는 '어떤' 가족인가에 따라 가족의 그림은 다르게 그려질 것이기 때문이다. 이를 통해 어쩌면 '그래야만 하는 가족'의 모습 자체가 처음부터 부재했던 것은 아닌지 의심하게 된다. 만약 지금 이 시대가 앓고 있는 것이 '가족의 병'이 아니라 '가족이라는 병'이라면 더욱 그렇다. 즉 나쁜 가족이 따로 있는 것이 아니라 모든 가족이 나쁘다면 어떻게 할 것인가. 만약 가족 또한 국가처럼 '상상의 공동체'라면 어떻게 할 것인가.

그와 연관되어 심윤경, 하성란, 조경란의 소설은 가족을 재영토화하려는 반전 없이 온전히 가족을 탈영토화하려 한다. 가족이 가장 재영토화하기 쉬운 영역임을 인식하고 있기 때문이다. 그리고 그 원인이 가부장제나 정신분석학, 자본주의 등에 뿌리를 두고 있음을 확인시켜 준다. 이들은 공고하게 유지되거나 새롭게 변주되면서 가족을 해체시킨다. 아직도 그 원인들이 문제인가라는 의심이 들 만큼 구태의연하지만, 아직도 그 원인들이 해결되지 않았을 만큼 가족이 지닌 문제 또한 집요하다는 뜻이기도 하다. 하지만 문제를 해결하기 위해서는 문제 속으로 들어가야 한다. 때문에 이런 원인들에 대한 규명이나 점검은 가족의 '과거'가 아닌 '미래'를 위해 필요한 '현재'의 작업이 된다.

김영하의 소설 「오빠가 돌아왔다」(『오빠가 돌아왔다』, 2004)에서 보이듯이 이제 더 이상 아버지의 시대는 아니다. 아버지보다 합리적이고 덜 억압적인 오빠들이 귀환했기 때문이다. '아비 죽이기'를 통해 부모 세대를

---

42) 조은, 「서구 가족 사회학 이론의 패러다임 변화」, 『가족과 성의 사회학』(사회비평사, 1995).

완고한 전근대로 돌려 버리며 근대를 선도했던 근대적 주체이자 '청년'으로서의 오빠[43]가 귀환한 셈이다. 그래서 집안의 새로운 기둥으로 자리 매김한 오빠는 "나쁜 아빠 종합 선물 세트" 같았던 아버지보다 훨씬 낫다. 하지만 이런 오빠를 중심으로 한 가족의 재구성에 불만을 표하는 것은 중1짜리 소녀인 '나'밖에 없다. "가족이 그렇게 좋으면 왜 지금껏 그렇게 살아왔는지 한마디 설명이라도 해야 되는 거 아닌가?"라는 '나'의 말은 가족 자체에 대한 거부를 나타낸다. 오빠를 중심으로 한 새로운 가족도 결국에는 성적인 욕망이나 경제적 책임의 소재만 바뀐 것에 불과하다는 것이다. 그 사실을 간파한 영리한 딸은 그런 가족이 아니라 고양이를 가족으로 선택한다. 그리고 그 고양이의 '언니'가 된다. 오빠가 되돌아오면, 언니가 나갈 수밖에 없다는 것이다. 그래서 이 소설의 맨 처음은 "오빠가 돌아왔다."이지만, 맨 끝은 "야옹아, 하루만 기다려라. 언니가 간다."이다. 여기서 또 다시 기존의 가족 개념은 거부된다.

때문에 새로운 가족은 오이디푸스가 아닌 안티고네를 중심으로 재구성되어야 할지도 모른다. 안티고네는 오이디푸스의 딸이자 누이로서, 친척 관계라는 상징적 질서를 교란시키는 문제적 개인이다. 그리고 맹인이된 아버지 오이디푸스를 혼자 돌보는 착한 딸이지만, 생매장당할 위험을 무릅쓰고 왕이자 자신의 아버지인 크레온과 겨루었던 사촌오빠 하이몬의 시체를 묻어 줌으로써 국가법을 위반하는 위험한 국민이다. 왕이자 안티고네의 삼촌인 크레온이 대표하는 원리는 국가의 법률이 혈연관계보다 우월하며, 권위에 대한 복종이 인간애나 자연법에 복종하는 것보다 더 우월하다는 것이다. 반면 안티고네는 권위나 계급 원리 때문에 피의 법칙이나 인간애를 저버리는 것을 거부한다. 그리고 집단의 이익보다 개인의 욕망이 더 우선함을 보여 준다.[44]

---

43) 이경훈, 『오빠의 탄생』(문학과지성사, 2003), 42~55쪽.
44) 에리히 프롬, 김영종 옮김, 「오이디푸스의 신화」, 『프로이트 예술 미학 분석』(글벗사, 1995), 269쪽.

이런 안티고네는 어머니에게 살해당한 아버지 아가멤논의 원수를 갚고자 오빠인 오레스테스를 기다리는 '아버지의 딸'이자 '오빠의 동생'인 엘렉트라와는 다르다.[45] 그리고 헤겔에 의하면 안티고네로 대표되는 형제·자매 간의 사랑은 상호간에 인정을 하거나 인정을 받는 개별자로서 자신의 권리를 주장하고 있기에 가장 인륜적인 형태에 근접한 것이다.[46] 이처럼 정면 충돌이 아닌 일탈적 순종을 통해 안티고네는 가족을 가로질러 다닌다.[47] 이럴 때의 안티고네는 단순히 생물학적인 여성이나 딸, 여동생이 아니라 가족의 '타자'에 해당한다. 끝까지 자신의 욕망을 주장함으로써 가족이 은폐하려고 했던 가족 체계의 결여를 드러내는 '가족 안의 가족'이자, 자신을 죽음으로 몰아가면서까지 기존의 확립된 법의 외부에서 그 법의 부당함을 알리는 '가족 밖의 가족'이기 때문이다.[48]

어차피 아버지를 죽인 아들이 아버지가 된다면 가족은 종언된 것이 아니라 재구성된 것일 뿐이다. 그리고 가족의 거부가 자발적인 선택에 의한 것이 아니라 상황적 논리에 의해 강요된 것이라면 가족은 여전히 '있다'. 아직까지는 '대안적인 가족(alternative family)'이기보다는 '가족에 대한 대안(alternative to the family)'의 성격이 더 강한 것도 이 때문이다.[49] 하지만 더 이상 가족은 만병통치약이 아니다. 때문에 가족으로의 맹목적인 회귀나 집착을 보이지 않는 것이 중요하다. 현재의 우리에게 중요한 것은 가족에 대한 '억센' 회의주의를 통해 가족에 대한 신비를 없애는 것이기 때문이다. 가족을 거부하기 힘들다면 가족 이데올로기라도 거부해

---

45) 이경훈, 앞의 책, 53쪽.

46) 김정희, 「객관적 관념론과 성·사랑·가족」, 강선미 외, 『가족 철학』(이화여자대학교 출판부, 1997), 208쪽.

47) 신명아, 「라캉과 버틀러」, 김상환·홍준기 엮음, 『라캉의 재탄생』(창작과비평사, 2002), 591~596쪽.

48) 김미연, 「주이상스: 남성의 쾌락을 넘어서」, 여성문화이론연구소 편, 『페미니즘과 정신분석』(여이연, 2003), 186~191쪽.

49) 이박혜경, 「가족 대안의 모색」, 《경제와 사회》, 2001년 여름호, 109쪽.

야 한다. 맹목적이고도 강박적인 가족 이데올로기가 없다면 차라리 사람들은 가족에게 많은 것을 기대하지 않게 될 것이며, 환멸도 덜 느끼게 될 것이다.[50] 그래서 있는 그대로의 가족을 더욱더 이해하고 사랑할 수 있을 것이다. 이를 위해 1990년대 이후의 한국 소설들은 가족과 가족 이데올로기 사이에서 시소게임을 하면서 가족은 종언되지 않았지만 가족 이데올로기는 종언되고 있음을 힘들게 알려 주고 있다.

---

50) 다이애너 기틴스, 앞의 책, 244쪽.

대중성

베스트셀러 소설에 나타난 오이디푸스 서사
— 1980~1990년대 소설의 아버지 담론을 중심으로

1 베스트셀러 소설과 '아버지' 담론

베스트셀러 소설[1]에 대한 기존 논의의 대부분은 그것이 지닌 통속성이나 상업성, 화제성 등의 대중 소설적 면모가 강조되면서 부정적으로 이루어졌다. 대리 만족적이거나 오락적인 요소로 인한 현실 유지적 혹은 현실 도피적인 특성에 초점을 맞추었기 때문이다. 즉 베스트셀러 소설은 현실을 비판하기보다는 현실에 대한 순응을 통해 '허위적 해결'[2]이나

---

1) '베스트셀러 소설'이라는 용어는 시기나 장소, 독자층, 문학성 등에 따라 절대적이기보다는 상대적으로 정의될 수 있다. 언제부터 얼마만큼 팔려야 베스트셀러 소설인지에 대한 객관적인 기준이 없기 때문이다. '평균 이상으로 팔린 성공한 책', '짧은 기간에 센세이션을 일으키는 데 성공한 책', '출간 직후 비교적 단시간 내에 현실적으로 관심을 끌 만하거나 유행, 취향, 필요, 선전 등에 의해 많이 팔리는 책' 등으로 정의되는 데서도 개념상의 주관성이나 불명확성을 확인할 수 있다. 이 글에서는 보다 가치 중립적이고 객관적인 입장에서 '사회적 의미나 독자의 독서 심리를 파악할 수 있는 당대의 대표적인 대중 소설'의 개념으로 사용할 것이다. 그리고 연구 대상 선정의 객관성이나 신뢰성을 위해 '대한민국 건국 이후 베스트셀러 50선'을 선정한 《조선일보》의 목록(1998. 7. 18)과 이임자의 『한국 출판과 베스트셀러』(경인문화사, 1998)에서 제시된 목록, 대한출판문화협회 발간·베스트셀러 목록(1980~1997)을 토대로 한 베스트셀러 목록을 참조하였다.
2) 조명기, 「한국 현대 대중 소설 연구」, 부산대학교 박사 논문, 2002, 1쪽 참조.

'값싼 행복'[3]만을 제공하면서 지배 이데올로기의 재생산에 이바지하는 '마취제'나 '백일몽', '대용품'으로 작용한다는 것이다.[4] 마치 흩어져 있는 모래알들이 시멘트에 응고되어 고정된 형태를 유지하듯이 고립되고 분산되어 있는 사람들을 제자리에 붙잡아 둠으로써 사회 전체를 유지시키는 일종의 '사회적 시멘트'와 같은 역할을 하는 것이 베스트셀러 소설이라는 인식이 지배적이었기 때문이다.[5] 따라서 현실에 존재하는 모든 비합리적인 것에 대한 '위대한 거부'나 '근원적 불복종성'의 기능을 주로 담당하는 본격 문학이나 순수 소설에 비해 평가 절하되는 측면이 강했다.[6]

그러나 베스트셀러 소설은 동시대인의 공동 체험이나 집단적 심층 심리를 대변하는 사회적 산물로서의 의미를 지닌다.[7] 즉 소설 장르에서는 베스트셀러가 되는 요인 중 하나인 '적시성' 혹은 '시사적인 관심'이 잘 반영될 수 있기에 베스트셀러 소설은 그 사회적 의미나 가치가 배가된다.[8] 그리고 자본주의 사회에서 '소비재'나 '상품'으로 존재하는 문학 작품의 존재를 고려한다면 생산자인 작가뿐만 아니라 소비자인 독자의 수용 문제도 중요해진다. 피에르 부르디외(Pierre Bourdieu)에 의하면 '문학의 장(場)'은 작가들로만 이루어진 세계가 아니라, 각종 중개자들(비평가, 출판업자, 경매업자, 교육자 등)이 문학을 하나의 '사회적 제도'로 정립하고

---

3) 아널드 하우저, 최성만·이병진 역, 『예술의 사회학』(한길사, 1983), 286쪽.

4) 임성래, 「대중 문학을 어떻게 이해할 것인가」, 대중문학연구회 편, 『대중 문학이란 무엇인가』(평민사, 1995), 28~30쪽 참조.

5) 김창남, 『대중문화의 이해』(한울아카데미, 2003), 74쪽.

6) 같은 책, 74~75쪽.

7) 이임자, 『한국 출판과 베스트셀러: 1883~1996』(경인문화사, 1998), 3쪽.

8) 프랑크 루터 모트는 베스트셀러를 만드는 내용상의 요인으로 종교적 호소력, 선정주의, 자기 향상의 동기, 개인의 모험, 발랄성, 민주주의, 적시성 또는 시사적인 관심, 유머, 환상, 성에 대한 강조, 이국적인 배경, 청소년물 등 열두 가지를 들었다.
   프랑크 루터 모트, 이임자 편역, 「베스트셀러의 요인」, 『베스트셀러의 진실』(경인문화사, 1998), 93~103쪽 참조.

유지하는 세계이다. 이럴 때는 '문학작품' 자체가 아닌 '문학적 현상'이 더 중시되어야 한다. 여러 욕망과 이데올로기들의 상징적인 투쟁이 이루어지면서 헤게모니[9] 쟁탈전이 이루어지는 곳이 바로 베스트셀러 소설이기 때문이다.[10] 이렇듯 베스트셀러 소설은 이제 하나의 '문학 제도'가 될 만큼 수량적 의미를 넘어서는 질적 개념으로 변하고 있다. 또한 베스트셀러 소설은 작가나 작품이 아닌 독자가 중심이 되는 수용 미학과 긴밀하게 연결될 수 있다. 수용 미학은 작품 이해의 현장을 독자의 독서 과정으로 보고, 수용자의 작품 체험이 이루어지는 독서 행위를 수용 미학적으로 해명함으로써 작품 이해에 임하고자 한다. "작품은 독자의 독서 행위를 통해서 완성된다."라는 볼프강 이저(Wolfgang Iser)의 주장에서 확인되듯이 작품 내재적인 의미 중심의 텍스트(text)가 아니라 독자가 재생산한 의미 중심의 작품(work)을 중시하는 것이 수용 미학이기 때문이다.[11] 이런 수용 미학적 입장을 고려하면 독자가 지니고 있는 선입견이나 선지식, 취향, 의식, 입장 등에 의해 결정되는 '기대 지평'이나 '참조 틀'에 따라 베스트셀러 소설의 양상 또한 달라질 수 있다.[12] 독자가 작품 속에서 어떤 것을 바라고, 어떤 것을 읽어 내느냐에 따라 재구성되는 것이 베스트셀러 소설이기 때문이다. 또한 이상적이고 추상적인 '모델 독자'나 실

---

9) 문화 연구에서 많이 쓰이는 헤게모니(hegemony) 개념은 그람시(A. Gramsi)에 의해 정립된 개념으로, 특정한 역사적 시기에 지배 계급이 자신들의 권력을 유지하기 위하여 피지배 계급에 대한 직접적인 강압보다 문화적 수단을 통해 사회적·문화적 지도력을 발휘하는 능력을 의미한다. 즉 헤게모니란 지배 계급이 대중에게 힘을 행사하는 수단이 되는 가치와 신념, 도덕 등을 통해서 이루어지는 것으로, 일상생활의 모든 영역으로 확산된 조직 원리 또는 세계관이나 강제에 의해서가 아닌 합의에 의해서 획득되는 우월성을 의미한다.

안토니오 그람시, 박상진 옮김, 『대중문학론』(책세상, 2003), 147~152쪽.

양건열, 『비판적 대중문화론』(현대미학사, 1997), 50~51쪽.

G. 젠시니 외, 박동진 옮김, 『그람쉬 어떻게 읽을 것인가』(백두, 1992), 103쪽.

10) 피에르 부르디외, 정일준 옮김, 『상징 폭력과 문화 재생산』(새물결, 1997), 300~307쪽.

11) 차봉희 편저, 『수용 미학』(문학과지성사, 1985), 18쪽.

12) 같은 책, 31~32쪽 참조.

제적이고 구체적인 '경험적 독자'들 사이의 대화나 그들이 지닌 충돌에 의해 좌우되는 측면이 강하다.[13]

이런 베스트셀러 소설의 특성을 고려했을 때 중요하게 등장하는 키워드가 '아버지'라고 할 수 있다. 한국 문학사 전체가 아버지와 아들이 관계 맺는 방식에 따라 각 시대별로 고유한 특성을 갖는 '오이디푸스의 서사'[14]라고 할 정도로 '아버지' 담론의 중요성은 한국 문학에서 절대적이다. 이때의 아버지는 단지 개인적이거나 생물학적인 의미만을 가지는 것이 아니라 권력이나 이성, 질서, 문명, 초자아 등을 대변하는 상징적 의미를 지닌다.[15] 때문에 아버지는 '가장(家長)'이나 '민족', '국가'이기도 했다. 베스트셀러 소설을 중심으로 한국 문학사를 살펴보아도 이런 아버지와 아들의 역학 관계나 시소게임은 중요하다. 아버지에 대한 아들의 반응 자체가 시대를 거스르려는 원심력적 욕망과 시대의 흐름에 맞추려는 구심력적 욕망,[16] 안정에 대한 희구와 권태로부터의 도피,[17] 도식적인 것과 독창적인 것,[18] '하고 싶은 것'과 '해야 할 것',[19] '있는 세계'와 '있어야 할 세계'[20] 사이의 관계를 반영함으로써 베스트셀러 소설의 유형이

---

13) 움베르토 에코, 김운찬 옮김, 『소설 속의 독자』(열린책들, 1996), 87~88쪽.

14) 크리스티앙 비에, 정장진 옮김, 『오이디푸스』(이룸, 2003), 100쪽.

15) 아버지를 나타내는 '父'의 '乂'는 어질다는 뜻과 다스린다는 뜻을 내포하고 있으며, '父'의 밑에 '斤'을 붙이면 '斧'(도끼 부)가 된다. 즉 아버지는 힘을 상징하는 주체로서 한 가정의 중심부에서 밝고 어질게 다스려야 한다는 의미를 갖는다.(권희돈, 「아버지의 죽음 혹은 아버지 죽이기」, 『한국 현대 소설 속의 독자 체험』, 272쪽) 혹은 '父'를 채찍을 손에 든 사람을 지칭하는 회의(會意) 문자로 보아 아버지란 자식을 매질로 다스리고 가르치는 사람임을 말하는 것으로 해석하기도 한다. 프로이트는 도덕적 규범과 문화적 권위를 정신에 내면화된 아버지로 풀이하였고, 그것을 '초자아'라 이름하였다.(김상환, 「베스트셀러에 비친 현실 — 아버지 없는 가족사진」, 《철학과 현실》, 1997년 봄호, 163쪽.)

16) 허정구, 「베스트셀러의 유행과 유형」, 《샘이 깊은 물》, 1989년 8월호, 87~88쪽 참조.

17) J. G. 카웰티, 박성봉 편역, 「도식성과 현실 도피의 문화」, 『대중 예술의 이론들』(동연, 1994), 88~89쪽.

18) 데이비드 메든, 「대중 예술의 미학의 필요성」, 앞의 책, 67쪽.

19) 박성봉, 『대중 예술의 미학』(동연, 1995), 309쪽.

20) 이정옥, 「대중 소설의 시학적 연구」, 서강대학교 박사 논문, 1999, 48쪽.

나 기능, 양상을 결정하기 때문이다.

프로이트의 가족 로망스 개념을 원용해 소설이나 작가의 기원을 연구한 마르트 로베르(Marthe Robert)에 의하면 아들은 아버지에 대해 '사생아' 아니면 '업둥이'로서 반응할 수밖에 없게 된다. 사생아는 자신의 어머니는 진짜이지만 아버지는 현재의 아버지가 아니라고 생각하면서 아버지를 부정한다. 하지만 오이디푸스적인 투쟁과 현실을 수락하면서 스스로 아버지가 되려고 한다. 때문에 세계를 공격하면서도 결국에는 세계를 도와준다. 반면 업둥이는 자신의 부모가 절대적인 능력의 소유자가 아니라 보잘것없는 평민임을 알고는 왕족인 진짜 부모가 나타나면 자신의 신분을 회복할 수 있으리라고 믿는다. 때문에 아버지를 부정하면서 나르시시즘에 빠져 세계와의 싸움도 회피한다.[21]

이런 작가의 기원에 대한 구분은 독자의 독서 태도에도 활용 가능하다. 작가가 생산한 소설을 '아버지'처럼 대하면서 반응하는 것이 바로 '아들'로서의 독자라고 볼 수 있기 때문이다. 즉 소설을 읽을 때 기존의 질서나 지배 이데올로기에 해당하는 아버지에게 복종하면서 자랑스러운 아들이 되기 위한 과업에 충실하려는 독자가 있는가 하면, 그 반대로 아버지가 만든 질서나 법, 도덕, 제도, 윤리 등을 거부하는 독자가 있다. 전자처럼 사생아적 독자가 만든 베스트셀러 소설에서는 불변하는 가치나 보편적 이념, 보수적인 이데올로기가 중시된다. 반면 후자처럼 업둥이적 독자가 만든 베스트셀러 소설에서는 발전이나 진보에 대한 회의가 강조되면서 비사회적인 면모를 보이게 된다. 이런 두 가지 경우 중에서 어떤 독자가 중심이 되는지는 시대나 상황에 따라 다르다.

이 글에서 특히 1980~1990년대 베스트셀러 소설 속의 '아버지' 담론에 주목하는 이유는 아버지에 대한 이런 아들들의 태도가 가장 첨예하게

---

21) 마르트 로베르, 김치수·이윤옥 옮김, 『기원의 소설, 소설의 기원』(문학과지성사, 1999), 38~59쪽 참조.

대립하는 시기이기 때문이다. 사실 1980년대까지의 베스트셀러 소설에서 아버지라는 존재는 억압적이었지만 거부되어야 할 존재는 아니었다. 아버지를 아버지답게 만드는 것만이 아들들의 살 길이었기 때문이다. 아들들이 아버지에게 도전한다고 해도, 그것은 '또 다른 아버지'가 되기 위한 것이었다. 하지만 1990년대는 동유럽의 몰락이나 포스트모더니즘의 영향으로 거대 담론으로서의 아버지가 적극적으로 거부되었다. 기존 질서나 가치의 억압성이나 비합리성을 대변하는 존재로서 아버지가 문제되었기 때문이다.[22] 따라서 1980~1990년대는 시대의 변화상 아버지에 대한 아들들의 반응에 커다란 변화가 일어나는 분기점이자, 변화 이전과 변화 이후를 함께 살펴볼 수 있는 과도기라고 할 수 있다.[23]

이런 맥락에서 이 글은 1980~1990년대 베스트셀러 소설에 나타난 '아버지' 담론을 중심으로 베스트셀러 소설이 지닌 특성을 살펴보도록 하겠다. 이 시기의 독자들은 아버지 담론에 대해 서로 다른 반응을 보여 줌으로써 베스트셀러 소설의 보편성과 특수성, 상수와 변수를 공히 파악할 수 있게 해 준다. 기존의 일면적이고도 부분적인 베스트셀러 소설의 분석에서 벗어나 복합적이고도 전체적인 접근을 시도해야 하는 것도 이 때문이다. 특히 겉으로 드러난 독자의 의식적 독서 심리에 가려 기존의 논의에서는 간과되었던 독자들의 무의식적인 독서 심리를 파악함으로써 베스트셀러 소설이 지닌 모순적이거나 양면적인 측면을 부각시키는 것이 이글의 목적이다.

---

22) 황국명, 「아버지 이야기의 역설」, 《문학동네》, 1998년 가을호, 291쪽.

23) 이임자(1998)에 의하면 한국 출판의 역사는 ①근대 출판 여명기(1883~1910), ②계몽적 애국 출판기(1910~1945), ③출판 활성 준비기(1945~1961), ④통제 속 출판 정착기(1961~1972), ⑤권위주의적 출판 활성기(1973~1987), ⑥자본주의적 외형 신장기(1988~1996) 등으로 나눌 수 있다. 이런 구분을 보면 1980~1990년대는 출판 역사상으로도 출판 시장이 가장 활성화되면서 독자의 요구가 적극 반영됨과 동시에 독자의 욕망 자체에 변화가 가장 심하게 일어난 시기임을 알 수 있다.

2 사생아적 독서와 '아버지' (되)살리기: 1980년대 베스트셀러 소설

'박정희'라는 억압적 아버지의 죽음과 그로 인한 광주 민주화 운동으로 시작된 1980년대는 1970년대의 민주화 운동을 계승하면서 진보적인 민중 문화 운동이 중심이 된 이념의 시대였다. 따라서 지배와 저항이라는 이분법적인 대립 구도 속에서 지배 집단의 비리나 부패에 대한 고발과 노동자 계급의 열악한 현실에 대한 인식, 민주적인 정치화나 평화적 통일 등에 대한 열망이 중심을 이루었다.[24] 때문에 이 시기의 아버지는 이데올로기나 이념의 축을 대변하면서 개인의 자유나 의지를 억압하는 상징계의 권력을 의미했다. 1970년대의 상업주의가 퇴조하면서 사회 비리를 고발하고 난타하는 울분 토로형의 소설들이 베스트셀러의 주조를 이룬 것에서도 이런 사실은 증명된다.[25] 이 시기의 베스트셀러 소설 목록에 황석영의 『어둠의 자식들』과 『장길산』, 이동철의 『꼬방동네 사람들』, 김홍신의 『인간시장』, 조정래의 『태백산맥』, 이태의 『남부군』 등 당시의 암울한 시대를 고발하는 소설들이 올라 있는 것도 이 때문이다.

하지만 이처럼 억압적인 아버지를 죽이려는 소설을 읽는 독자들의 무의식을 살펴보면 아버지로 대표되는 이념이나 질서, 발전 논리에 대한 비판이나 고발 자체에 머무르지 않고 미래에 대한 전망이나 구원을 염원하고 있다는 점에서 아버지를 완전히 포기한 것은 아니라고 할 수 있다. 목적이나 결과가 아닌 방법이나 과정으로서 아버지에 대한 부정이 이루어지고 있기 때문이다. 아버지의 사회적 모습이 퇴락하면 할수록 아들은 더 위대하고 강하며 멋진 아버지상을 원하는 것이 20세기가 당면한 패러

---

24) 김창남, 앞의 책, 159~160쪽.

25) 이영희, 「한국의 베스트셀러 유형 연구──1948년부터 1997년까지 50년간을 중심으로」, 이화여자대학교 석사 논문, 1999, 46쪽.

독스이다.[26] 그래서 20세기의 아들들은 좀 더 나은 미래를 위해 아버지를 부정하고 현실을 비판한다. 그러므로 이 시기의 독자들은 사생아에 의해 이루어진 소설들을 선호한다고 볼 수 있다. 특히 황석영의 『어둠의 자식들』이나 이문열의 『사람의 아들』은 아버지를 부정하면서도 그 영향권에서 자유롭지 못한 아들의 서사를 당대적 관심사를 통해 구체적으로 형상화하고 있기에 인기를 끌었다. 이 소설들이 "적자를 꿈꾸는 서자의 동화적 몽상"[27]과 연결되는 것도 이 때문이다.

민중적 영웅의 재귀: 『어둠의 자식들』

『어둠의 자식들』[28]은 1970년대에 황석영의 『객지』나 윤흥길의 『아홉 켤레의 구두로 남은 사내』, 조세희의 『난장이가 쏘아올린 작은 공』 등에서 첨예하게 형상화되었던 산업화 시대의 '어둠'을 더욱 생생하게 조명한 소설이다. 기지촌에서 불우하게 자라나 뒷골목과 창녀촌, 교도소 등을 전전했던 이동철(본명 이철호)의 자서전적 소설로서, 초판이 나오자 단번에 매진된 후 출간 1년여 만에 10만 부 이상 나가고, 4년 동안에 25만 부나 팔렸다. 이동철 본인의 구술 혹은 초고를 황석영이 손질해서 출판된 내력 때문에 저작권 시비에 휘말리기도 했지만,[29] 주인공 이동철을 '빈민들의 삶의 구현자' 혹은 '대중의 메시아'로 부각시키는 데 성공함으로써 이동철은 『인간시장』의 장총찬과 더불어 밑바닥 인생들의 면모를 보여주는 대표적인 1980년대적 인물이 되었다. 이동철을 통해 개발 독재의 어두운 그늘을 까발리거나 빈부 간의 계급 갈등을 진솔하게 표현함으로써 근대화를 주도한 이성이나 합리성, 발전의 논리, 물신(物神)으로서의

---

26) 필리프 쥘리앵, 홍준기 옮김, 『노아의 외투: 아버지에 관한 라캉의 세 가지 견해』(한길사, 2000), 44쪽.

27) 황국명, 앞의 글, 299쪽.

28) 황석영, 『어둠의 자식들』(현암사, 1980). 앞으로 본문의 인용은 이 책에 근거한다.

29) 양평, 『베스트셀러 이야기』(우석, 1985), 214쪽.

'아버지'를 비판하고, 그런 아버지에 의해 더욱 음지로 몰린 '어둠의 자식들'의 이야기가 담겨 있는 것이 바로 이 소설이다.

특히 이 소설이 아버지를 비판하는 아들 중심의 서사인 이유는 학식과 덕망 있는 인물을 대변하는 '인품(人品)'의 축과 형편없는 불량자를 대변하는 '양아치'의 대립 구도를 통해 정의나 평등을 추구하고 있기 때문이다. "요즘 세상 놈치구 까네(돈) 걸신 안 든 놈 봤니? 말로만 까네가 인생의 전부가 아닙니다, 떠들지만 말짱 헛소리야."라거나 "잘사는 놈들이나 권세 있는 놈들이 우리에게 마음잡으라고 똥 밟는 얘기를 하는 것은, 저희들에게 쨱쨱 소리 하지 말고 순순히 말을 잘 들으라는 것이다. 노예로 마음을 잡으라는 거다."라는 말에서 드러나듯이 부당한 아버지에 대한 아들의 분노나 저항이 중심을 이루고 있는 것이다. "남을 팔지 않으면 자신의 좆대가리라도 잘라 팔아먹을 시절", 때문에 돈이 아버지처럼 권력을 휘두르던 1980년대에 대한 우울한 보고서이자 체험기가 바로 이 소설이라고 할 수 있다. 그리고 그런 자본주의 아래서의 인간의 비인간화를 비판한 것이 겉으로 드러난 이 소설의 주제이자, 이 소설을 읽는 독자들의 기대 지평이라고 할 수 있다.

하지만 이 소설은 끝으로 갈수록 공 목사를 위시한 민중들의 저항이나 새로운 삶을 위한 노력을 부각시킴으로써 기독교적인 평등과 구원에의 갈망을 강하게 보여 준다. 다음의 예문에 직접적으로 드러나듯이 이 소설은 모두가 잘사는 세상을 위한 현실적이고도 구체적인 행동을 보여줌으로써 기존의 허무주의나 패배주의를 극복하려는 시도를 적극적으로 형상화한다. 약자나 빈자였던 주인공 '나'가 공사장이나 탄광에서 "삼백여 노동자의 눈과 입을 모으는 입장"을 체험한 후 개과천선해서 그들의 삶을 인도하거나 지도하는, 그래서 바른 길로 이끄는 '민중적 영웅'의 모습으로 재탄생했기 때문이다.

우리는 우리끼리 서로 돕구 사는 동네를 만들려구 그러는 거요. 사람 밑에 사람 없구 사람 위에 사람 없는 동네, 눌리고 천대받으며 날마다 뜯기면서도 범죄꾼이라는 소리를 듣는 그런 좆같은 동네가 아니라, 수고한 대가를 평등하게 받으며 법의 보호도 평등하게 받을 수 있는 그런 동네를 이루어 보려구 그런다 이거요. 우리는 우리처럼 수모를 당하며 사는 범죄꾼이 더 이상 나오지 않도록 서로 도와서 살기 좋은 동네를 이루는 데 끼워 줄 참이오. 어디에 대가리가 있다구 하더라도 새사람 만들어서 같이 살겠수다.

예문에서 확인되듯이 '나'는 산업화나 근대화 자체를 부정하는 것이 아니라 인간다운 세상을 향한 발전적 해체를 주장하고 있다. 여기서 '나'가 또 다른 아버지로 작용할 여지를 발견하게 된다. 1980년대의 억압적인 시대 상황 속에서 사회악을 근절시키기 위해 고군분투하는 주인공을 통해 새로운 민중적 영웅상이 제시되고 있기 때문이다. 이처럼 자유와 평등이라는 민주주의의 이상을 실현하기 위해 메시아적인 구도 행위나 실천 행위를 강조하는 아들은 스스로 진정한 아버지가 되겠다는 '또 다른 아버지'에 해당한다. 그리고 진정한 아버지가 되기 위해 가짜 아버지를 죽이려는 아들의 살부 충동은 아버지를 반복하려는 충동과 다르지 않다.[30]

물론 이 소설이 인기를 끈 이유는 그때까지 이토록 적나라하면서도 생생하게 사회의 음지를 그린 소설이 없었기 때문이다. 관찰자나 취재자와 같은 외부인이 아닌 밑바닥 생활을 직접 체험한 내부인의 입장에서 겪은 육화된 체험을 써 내려간 이 소설은 일반 독자들의 관음증적 혹은 대리 체험적 욕망을 만족시켜 주기에 충분하다. 독자들은 '바이뚜룩(창녀굴)'에서 생활하는 '티상(창녀)'들의 구체적인 일상과 '탕치기(여자 꾀어서 팔아먹기)'나 '뚜룩(좀도둑질)', '퍽치기(불시에 훔쳐 달아나기)' 등에 대한 구

---

30) 임옥희, 「우리 시대 아버지의 우화」, 《문학동네》, 1998년 가을호, 263쪽.

체적인 정보를 은어나 비속어를 통해 전달받음으로써 기지촌이나 뒷골목과 창녀촌, 교도소 등을 간접적으로라도 체험할 수 있게 된다. 따라서 이 소설을 찾는 주된 실제 독자층은 '어둠의 자식들'이 아니라 그들의 세계가 궁금한 '먹물'들이었기 쉽다. 그리고 이 소설을 읽음으로써 독자들은 밑바닥 세계에 관심을 갖거나 하층민들의 문제의식에 동참하면서 사회 참여적이거나 사회 비판적인 행위를 했다는 대리 만족감을 느낄 수 있다.[31] 이 소설을 읽는다는 것 자체가 중산층이나 지배 계급에게는 속죄 의식을 만족시키는 면죄부로서의 역할을 했을 수 있다는 것이다. 민주주의 자체가 1980년대 독자들의 '정치적 키치'[32]에 해당하는 측면이 있었기 때문이다.

더욱더 중요한 것은 이 소설의 저항이나 비판이 체제 내에서의 비판이라는 사실이다. 소설 속에서 '나'가 원하는 것은 기존의 세상을 전복시킨 별천지가 아니라, "수고한 대가를 평등하게 받으며 법의 보호도 평등하게 받을 수 있는 그런 동네"이다. 기존의 세계와 병존하는, 혹은 기존의 세계에서도 대접받는 대안적인 세계를 만들겠다는 것이다. 이처럼 하층민들만의 세상이 아닌, 다른 세계의 사람들과 동등하게 대접받는 세상, 다른 사람들처럼 살 수 있는 세상을 추구하기에 파괴가 아닌 재건, 대립이 아닌 화해, 해체가 아닌 병존이 더 중요하다. 이를 통해 볼 때 이 소설은 어둠의 세계에서 빛의 세계로 나오겠다는 소설이지 어둠 속에 머무르겠다거나 거기서 벗어날 수 없다는 사실을 강조하는 비판적인 소설은 아

---

31) 가령 1930년대의 베스트셀러 소설인 김말봉의 『찔레꽃』에서도 상류층의 호화스러운 생활을 비판하면서도 그들의 부르주아적인 생활을 자세하게 묘사함으로써 일반 대중 독자들의 상류층의 생활에 대한 호기심이나 관음증적 욕망을 대리 만족시켜 주고 있다.

　　김미현, 「김말봉의 여성 연애 소설에 나타난 의식과 무의식」, 김상태 외, 『한국 현대 작가 연구』(푸른사상, 2002).

32) 허혜정, 「미학적 치장과 벌거벗은 리얼리티」, 동국대학교 한국문학연구소 엮음, 『대중 문학과 대중문화』(아세아문화사, 2000), 265쪽.

니다.

　이것이 바로 이 소설이 독자의 무의식 속에서는 지배 이데올로기에 봉사하게 되는 이유이다. 의식적으로 기존의 질서나 체계 내에서 불평등과 억압에 대해 비판만 하는 것이 아니라 무의식적으로는 밝고 힘찬 미래를 향한 기대나 신념을 강하게 내포하고 있기에 오히려 현실 유지적 기능을 담당하게 된다는 것이다. 따라서 주인공의 의협심과 순진성을 통해 지배 계급에 대한 유아적인 분노만을 자극함으로써 독자로 하여금 보다 과학적이거나 사회 구조적인 측면에서의 계급 간의 갈등이나 모순에 대해서는 사고하지 못하게 하는 반작용을 일으킬 수 있다. 이럴 때는 정의나 평등의 이름으로 죽일 수밖에 없었던 이전의 아버지가 새로운 모습으로 다시 살아난다. 아들이 거부한 것은 아버지 자체가 아니라 아버지답지 않은 아버지이고, 그런 부정적 아버지 대신 자신이 아버지가 되겠다는 것이다. 이처럼 덜 위험한 아들의 모습에 더욱 쉽게 감정 이입될 수밖에 없는 독자들은 세계를 공격하면서도 세계를 도와주는 사생아가 되어 이 소설을 소비했을 수 있다.

신적 인간의 완성: 『사람의 아들』

　제3회 '오늘의 작가상'을 받으면서 1979년에 원고지 350매 분량의 중편으로 처음 발표된 『사람의 아들』[33]은 무거운 주제 때문에 상업성을 크게 기대하지 않았지만 7개월 동안 10쇄를 찍으면서 이문열을 스타 작가로 등극시킨 소설이다.[34] 1987년 개작을 하면서 다시 한번 베스트셀러가 된 이 소설은 이문열의 힘을 확인시켜 주면서 1980년대를 관통하는 베스

---

33) 이문열, 『사람의 아들』(민음사, 1987). 앞으로 본문의 인용은 이 책에 근거한다.

34) 이후 이문열은 『젊은날의 초상』이나 『영웅 시대』, 『레테의 연가』, 『우리들의 일그러진 영웅』, 『추락하는 것은 날개가 있다』 등과 평역 『삼국지』(전 10권)를 내며 1980년대와 1990년대를 거쳐 1000만 부 이상의 판매고를 자랑하는 '메가셀러' 작가로서의 자리를 확고히 했다.

　이영희, 앞의 논문, 57~58쪽.

트셀러 소설이 되었다. 그리고 김성동의 『만다라』나 『피안의 새』, 이청준의 『낮은 데로 임하소서』와 더불어 종교 소설 혹은 구도 소설이 1980년대 베스트셀러 소설의 한 축을 이루고 있었다는 사실을 보여 주기도 한다. 이문열의 소설에서는 아버지를 죽이려는 충동과 아버지를 되찾으려는 충동이 끊임없이 길항 작용을 일으키고 있는데,[35] 이 소설은 아버지와의 이런 기나긴 대결을 알리는 이문열 소설들의 서곡에 해당하기에 더욱더 주목을 요한다.

이 소설에서 모범적인 신학도였던 주인공 민요섭은 새로운 신을 찾아 신학적 혹은 철학적인 모험을 강행한다. 하지만 민요섭이 '신의 아들'인 '예수'를 부정하고 '사람의 아들'인 '아하스 페르츠'를 긍정함으로써 실천 신학이나 사회 개혁, 노동 운동의 중요성을 강조하고 있다는 점에서 사회 소설로서의 면모를 보여 주기도 한다. 앞에서 살펴본 『어둠의 자식들』의 주인공 이동철처럼 민요섭 또한 인간 중심적이고 현실 지향적인 종교를 추구하고 있기 때문이다. 흔히 이 소설을 관념적이고 비현실적이라고 비판하기도 하지만,[36] 간접적이고 우회적인 소재를 통해 현실적인 고민을 형상화했다고 긍정적으로 평가할 수 있는 이유도 여기에 있다. 주인공 민요섭의 기독교에 대한 부정은 그 자체가 목적인 것이 아니라 "모순된 삶을 근원적으로 비판하려는 수단"[37]으로서의 의미를 갖기 때문이다.

이처럼 신에 의한 인간의 구원이 아니라 인간에 의한 인간의 구원을 염원하는 민요섭은 그 자체로 아버지에 해당하는 신에 반기를 든 아들에 해당한다. 신의 아들인 예수에게 합리주의로 대항하면서 현세의 구원을 추구하기에 "사탄의 아들"이라고 비난받지만, '인간적인 정의파'에 해당하는 자가 바로 사람의 아들인 아하스 페르츠와 동일시되는 민요섭인 것

---

35) 김명인, 「한 허무주의자의 길 찾기」, 앞의 책, 175쪽.
36) 이우용 외, 『베스트셀러 — 우리 시대의 잘 팔린 책들 전면 비판』(시대평론, 1990), 28쪽.
37) 이남호, 「신의 은총과 인간의 정의」, 김윤식 외, 『이문열론』(삼인행, 1991), 216쪽.

이다. 아하스 페르츠가 예수를 "자식에 대한 부양 의무를 저버린 효도만 강요하는 무정한 아버지의 대리인"이라고 비난하는 이유도 여기에 있다. 이런 반신론(反神論)을 통해 민요섭은 "육신을 가진 인간의 비참과 불행"에 눈 주면서 현실적인 불평등과 특권을 비판하거나 극복하려고 한다.

하지만 이런 표층적인 이해에서 벗어나 보다 심층적으로 텍스트의 이면을 살펴보면, 그가 새로 고쳐 쓴 '쿠아란타리아서'를 통해 확인되듯이 민요섭은 아버지를 되찾기 위해 아버지로부터 벗어난 것이다. 그의 독신(瀆神)의 논리나 이단적인 견해 또한 더욱 굳건하고 완벽한 신을 향한 인간적인 절규이자 몸짓이다. 이러한 사실은 민요섭이 추구한 신의 모습에서 확인된다. 그가 추구했던 것은 반쪽의 신이 아닌 하나의 신이었다. 그에 의하면 본래 '위대한 지혜'와 '야훼'는 "한 커다란 존재", "태초의 존재를 얽고 있던 씨[經]와 날[緯]", "일체이며 동격"이었다. 그런데 분열과 대립, 반목을 통해 이 둘이 분리된다. 때문에 민요섭은 원래 하나였던 '위대한 지혜'와 '야훼의 질서'가 다시 하나로 되는 것만이 진정한 믿음의 길임을 깨닫는다. 이로써 아하스 페르츠의 진정한 존재 의미는 신 자체에 대한 전면적인 거부가 아니라 '잘못된' 신에 대한 현실적 비판임이 판명된다. 신에 대한 거부는 아무리 포장하더라도 무신론이거나 이성 혹은 윤리의 신격화에 불과하다는 참회가 이 소설의 최종 결론에 해당하기 때문이다.

그 모든 내 노력이 오직 내 반쪽을 부정하는 그 자체만을 향한 것이라 믿는다면 그것은 잘못이다. 그 부정(否定) 위에 내가 홀로 우뚝하려고 이 길고 괴로운 싸움을 하고 있다고 보았다면 더 큰 잘못이며, 더구나 나 혼자서만 이 세상과 너희를 차지하려 꿈꾼다고 추측했다면 이제는 잘못을 넘어 우리 신성(神聖)의 모독이다. 선(善)이 홀로만을 주장할 때 독선이 되듯 지혜가 홀로만을 주장하면 악(惡)이 될 뿐이다. 독선을 악으로 바꾸어 본들 물에 빠진 이를 건져 불구덩이에 내던져짐과 무엇이 다르랴.

　나의 부정(否定)은 더 큰 긍정을 위해 있었으며, 우리 양성(兩性)의 대립도 궁극적으로는 거룩한 조화에 이르기 위한 과정일 뿐이다. 나는 저 태초의 유일자(唯一者)에 대한 기억에서 출발했으나, 이르고자 하는 것은 변증(辨證)의 용광로를 거쳐 고양(高揚)된 우리들의 합일(合一)이었다. 만약 너희가 진정으로 믿고 섬겨야 할 신이 있다면 그는 바로 그때의 하나로 된 우리이다.

　이런 작가의 의도는 아하스 페르츠가 10년의 고행에서 결국에는 새로운 신을 찾지 못했다는 사실에서 증명된다. 길거리에서 해의 모양이나 색깔에 대해 싸우는 사람들을 보고 아하스 페르츠가 깨달은 것은 해를 너무 많이 쳐다보다가 장님이 된 사람처럼 자신이 본 수많은 신들의 교의와 신화가 오히려 자신의 마음의 눈을 멀게 했다는 사실이다. 그래서 "하지만 신은 있다."라는 아하스 페르츠의 고백은 어떤 형태로든 '신 안에' 남아 있어야 했다는 자기반성에 해당한다. 민요섭이 죽기 직전에 걸은 길 또한 "기독교로의 회귀"였기에 인간 중심의 새로운 신을 찾으려던 조동팔에게 죽임을 당한 것이다. 그래서 보수적인 독자들은 민요섭이 죽임을 당한 것과 조동팔이 자살한 것은 신을 부정한 인간들이 받은 정당한 벌이라고 생각할 수 있다.

　이 소설에서는 신에 대한 이런 긍정의 과정이 지적이고 형이상학적인 깊이를 담보한 문체로 전달되기에 독자들의 독서 욕망은 더욱 자극되었을 수 있다. 이문열을 '베스트셀러 제조기'로 만든 요인 중 하나인 지적인 문체는 백과사전적 지식이나 정보를 토대로 하고 있기에 독자들의 지적 혹은 현학적 욕망을 만족시키기 때문이다.[38] 그런 '이문열 신드롬'의 화려한 시작을 알린 이 소설에서도 지배 이데올로기의 유지와 피

---

38) 이임자, 앞의 논문, 229쪽.

지배 계급에 대한 억압을 위해 '지식'이라는 아버지의 무기[39]가 사용되면서 사변적이고 형이상학적인 분위기가 조성되고 있다. 철학서나 종교서를 읽는 듯한, 그래서 소설을 읽고서도 어려운 공부를 한 듯한 지적인 허영심의 만족이 이 소설을 "우리 시대의 장수 베스트셀러"(《한국일보》1986. 4. 4), "1980년대의 스테디셀러"(《한국일보》1990. 9. 25), "독서계를 장기 집권하는 스테디셀러"(《조선일보》1991. 7. 21)로 만들었다는 것이다. 이로써 베스트셀러가 되어야 스테디셀러도 될 수 있다는 사실도 증명되었다.

이처럼 이 소설은 지식이나 이성이라는 아버지의 지배 수단으로 무장한 아들이 이전의 아버지와는 다른 신적인 존재를 추구했으나 결국에는 "예수에 대한 항의가 아니라 그 권능의 시인"[40]으로 끝나는 결말을 보여준다. 독자들은 이 소설에서 아버지에 대해 비판하면서 세계 내에 어둠이 존재하고 있다는 것을 인식하지만, 결국에는 아버지의 빈자리는 또 다른 아버지로 채워져야 한다는 것, 그리고 새로운 절대자를 찾기 위한 여로는 기존의 절대자의 영향권 내에서 벗어날 수 없다는 것을 인정하게 된다.[41] 이처럼 아버지를 죽이려고 했으나 다시 살릴 수밖에 없는 아들은 역시 사생아일 수밖에 없다. 독자들에게 아직까지는 중심이나 질서, 이성, 권위로서의 아버지를 필요로 한 시기가 바로 1980년대였다. 그래서 아버지를 죽이려는 의식적 욕망의 이면에 자리 잡고 있는 아버지를 되살리고 싶은 독자들의 무의식적 욕망이 오히려 이 소설을 베스트셀러로 만든 요인이라고 할 수 있다.

---

39) 미셸 푸코, 이정우 옮김, 『지식의 고고학』(민음사, 1992), 255~262쪽.
40) 이동하, 「낭만적 상상력의 세계 인식」, 김윤식 외, 앞의 책, 51쪽.
41) 서영채, 「열린 방황과 닫힌 길 — 이문열의 초기작을 중심으로」, 『소설의 운명』(문학동네, 1996), 322쪽 참조.

3 엉뚱이적 독서와 '아버지' (되)죽이기: 1990년대 베스트셀러 소설

1987년 6월 항쟁부터 시작된 진보적 리얼리즘의 쇠퇴 경향은 1990년대 들어와 더욱 가속화되었다. 문화 시장의 팽창, 검열의 완화, 신세대 문화와 포스트모던 문화의 등장, 정보 사회와 디지털 문화에 대한 관심 등으로 인해 그동안 억압되었던 주변부 담론이 부상하면서 개인이나 일상, 내면 심리, 여성이나 사랑 등의 문제가 부각되었기 때문이다. 박완서의『그대 아직 꿈꾸고 있는가』, 양귀자의『나는 소망한다 내게 금지된 것을』이나『천년의 사랑』,『모순』, 공지영의『무소의 뿔처럼 혼자서 가라』나『고등어』,『봉순이 언니』, 김하인의『국화꽃 향기』등이 이런 시대성을 반영하는 베스트셀러 소설로 등장했다.[42] 이런 특성으로 인해 1990년대는 '아버지 부재의 시대'로 불리게 된다.

하지만 이런 움직임 때문에 오히려 아버지에 대한 그리움이나 향수가 일어나기도 했다. 영국의 정치가인 체스터필드가 아들에게 쓴 편지를 모은『내 아들아 너는 인생을 이렇게 살아라』가 그런 흐름을 대변하는 대표적인 베스트셀러이다.[43] 소설 쪽에서도 김진명의『무궁화꽃이 피었습니다』나 이인화의『영원한 제국』, 김정현의『아버지』, 조창인의『가시고기』등이 바로 그런 역반영 혹은 반작용을 대표하는 소설들이다. 이 소설들은 아버지의 힘이 사라진 시대에 강한 유감을 표시하면서 과거 아버지가 누렸던 영화를 다시 구가하려는 복고적인 움직임을 보인다.

특히 1993년에 출간된 김진명의『무궁화꽃이 피었습니다』와 이인화의『영원한 제국』은 민족으로 형상화된 아버지의 복권 혹은 부활을 통해

---

42) 박찬익,「베스트셀러의 형성 요인에 관한 연구 — 1990년대 우리나라 문예물을 중심으로」, 건국대학교 석사 논문, 2000, 34쪽.

43) 이영희, 앞의 논문, 51쪽.

'힘'의 논리를 강조한다는 데 공통점이 있다. 두 소설 모두 '신보수주의'를 대변하는 작가인 이문열이 극찬하는 서평을 써서 베스트셀러가 된 공통점 또한 있다.[44] 그리고 두 소설에서 공통적으로 보이는 추리 소설적 구성 자체가 '문제의 제기→분석→추리→해결'이라는 논리적이고도 합리적인 이성에 근거한 서사 구조를 보여 준다거나,[45] 사건의 발단이 되는 과거사를 역추적하는 과거 지향적 서사라는 점에서 오이디푸스적 구성의 원형을 보여 준다고 할 수 있다.[46]

하지만 이 두 소설은 노골적이면서도 순진하게 아버지의 부활을 강조하는 『아버지』나 『가시고기』보다 더 중층적이면서도 암시적으로 아버지의 권위를 문제 삼고 있기에 더욱 주목할 만하다. 이들 소설 속에서 독자들이 읽어 낸 것이 과연 강한 아버지에 대한 향수나 추구만인지 의심해 볼 만한 여러 요소들을 내포하고 있기 때문이다. 그리고 그것을 증명해 줄 소설 속의 흔적들이나 독자들의 무의식을 천착해 들어가면 그 이면에 내재한 정반대의 서사를 확인할 수 있기 때문이기도 하다. '무서운 아들'은 '무서워하는 아들'에 다름 아닐 수 있다. 그리고 이처럼 무서워하는 아들은 아버지와의 싸움을 피하면서 아버지 자체를 부정하는 업둥이일 수밖에 없다. 1990년대의 아들들은 아버지에 대한 저항조차 포기한 나약함이나 허무감으로 그 시대를 대변함으로써 베스트셀러의 한 요소를 구성했다는 것이다.

민족주의자의 반민족주의: 『무궁화꽃이 피었습니다』
한국 출판사상 가장 짧은 시간에 밀리언셀러가 된[47] 『무궁화꽃이 피었

---

44) 최을영 외, 『베스트셀러와 작가들』(인물과 사상사, 2001), 146쪽.
45) 장영우, 「대중 소설의 유형과 그 특질」, 동국대학교 한국문학연구소 엮음, 앞의 책, 62, 66쪽.
46) 프레드릭 제임슨, 여홍상 외 옮김, 『변증법적 문학 이론의 전개』(창작과비평사, 1984), 138쪽.
47) 최성일, 「대리 만족을 꿈꾸는 배타적 민족주의자」, 최을영 외, 앞의 책, 290쪽.
　　이 소설은 단일 부수로는 600만 부가 팔려 최고 판매를 기록했다.(《조선일보》, 1998. 7. 18) 그리

습니다.』[48]는 1993년에 있었던 북한 핵 문제로 긴장이 고조되던 시기와 잘 맞물려 베스트셀러로 등극한 소설이다.[49] 1977년 미국에서 교통사고로 숨진 저명한 과학자 이휘소 박사의 삶과 죽음을 재구성하면서 '한국이라는 약소국이 국제 사회에서 힘을 갖기 위해서는 핵을 가져야 한다.'라는 논리를 펴고 있기 때문이다. 또한 '소설 속 소설' 형태의 가상 시나리오이기는 하지만 남과 북이 합작해서 핵무기를 개발한다는 내용을 통해 한국 사회의 고질병이었던 '레드 콤플렉스'를 해소시켜 준 측면이 있다.[50]

더욱이 이 소설은 일본에 대한 콤플렉스의 해소나 대리 만족의 경향을 강하게 보이고 있기에 당시의 『일본은 없다』(전여옥)가 불러일으킨 '일본 때리기' 현상과도 맞물린다. 1990년대 들어 반공주의가 약화되면서 반일주의가 거의 유일한 국가 통합의 기구로서 기능하게 되었기 때문이다.[51] 이런 경향은 민족주의적 색채를 보이고 있는 소설들인 『소설 동의보감』, 『소설 목민심서』, 『소설 토정비결』 등과 비소설인 유홍준의 『나의 문화유산 답사기』, 영화 「서편제」의 유행과도 연결되면서 민족에 대한 파시즘적 태도를 보여 주기도 한다. 이처럼 당시의 문화 전반에 퍼진 '신토불이'의 정서나 '신민족주의'는 당시에 급속하게 전개되었던 세계화에 대한 반발 심리나 UR(우루과이 라운드)에 대한 위기의식이 간접적으로 작용한 결과이다.[52] 전통성 자체가 또 하나의 이국적 흥미를 자극하는 기호[53]로 작용

고 우리나라 성인들이 지금까지 읽은 책 중에서 가장 기억에 남는 책 순위에서 1위(2위는 이문열의 『삼국지』, 3위는 조정래의 『태백산맥』, 4위는 박경리의 『토지』, 5위는 이은성의 『소설 동의보감』)를 차지한 것도 이 소설이다.

김경회 외, 「1995년도 국민 독서 실태 조사」, 김기태, 「베스트셀러가 출판 문화 발전에 미치는 영향 — 1990년대의 국내 양상을 중심으로」, 《출판잡지연구》, 5호, 1997, 172쪽에서 재인용.

48) 김진명, 『무궁화꽃이 피었습니다』, 전 3권(해냄, 1993). 앞으로 본문의 인용은 이 책에 근거한다.

49) 최성일, 『베스트셀러 죽이기』(한국출판마케팅연구소, 2001), 186쪽.

50) 김경원, 「이념의 상실과 민족주의의 왜곡」, 《민족문학사연구》, 8집, 1995, 375쪽.

51) 탁석산, 『한국의 민족주의를 말한다』(웅진닷컴, 2004), 143쪽.

52) 조미숙, 「베스트셀러 소설의 영향 변수에 관한 연구」, 동국대학교 석사 논문, 1999, 49쪽.

53) 김창남, 앞의 책, 185쪽.

하거나 애국심이 '인기 상품'[54]이 되는 기이한 시대가 도래한 것이다.

『무궁화꽃이 피었습니다』는 신문 기자인 권순범이 벌이는 핵물리학자 이용후 박사의 의문사 추적 과정과, 박정희 정권의 실각이 핵 보유 문제를 둘러싼 미국과의 마찰에서 빚어졌다는 과거사의 재구성, 그리고 일본의 경제적·군사적 우위가 한반도를 위협하면서 벌어지는 남·북한 핵 합작의 핵무기 개발이 서사의 뼈대를 이루며 펼쳐진다. 이런 줄거리에서 드러나듯이 작가에게 중요한 것은 핵으로 대변되는 남근적 질서 자체이다. 핵은 "시커먼 모습의 길쭉한 물체"라는 외형에서나 핵미사일 발사 장면의 성애적 분위기 속에서 확인되듯이, "다른 모든 물건의 소유를 가능케 하는 물건 중의 물건"으로서 아버지를 아버지답게 만들어 주는 상징에 해당한다.[55] 때문에 기존의 논의에서도 이 소설이 베스트셀러가 된 요인을 분석할 때 이런 강력한 질서나 힘, 민족 이데올로기에 대한 경도가 누누이 지적되어 왔다. 그래서 겉으로 드러난 이 소설의 극우적 이데올로기나 퇴행적 집단주의, 감정적 민족주의를 비판하는 데 주로 논의가 집중되었다.[56]

하지만 의외로 이 소설을 면밀히 관찰해 보면 그 이면에 반민족적인 정서가 도사리고 있음을 확인할 수 있다. 먼저 소설 속에서 민족이나 국가에 대한 불신이나 부정은 주로 이용후 박사의 숨겨진 여인이었던 신윤미와 그의 딸인 이미현을 통해 형상화되고 있다. "믿을 수가 없어요. 이 나라의 관리들, 나아가서는 이 나라 정부를요."라면서 이용후 박사의 죽

54) 서영채, 「음모, 장편 소설의 새로운 화두」, 앞의 책, 261쪽.
    하응백, 「한 베스트셀러 소설의 허상」, 《문학정신》, 1994년 10월호.
55) 정장진, 『두 개의 소설 혹은 두 개의 거짓말』(열린책들, 1995), 51, 111쪽 참조.
56) 윤지관, 「문학, 권력, 민족주의 — 민족 문학의 대중성을 위하여」, 《실천문학》, 1994년 겨울호.
    한만수, 「90년대 베스트셀러 소설, 그 세계관과 오락성」, 동국대학교 한국문학연구소 엮음, 앞의 책.
    권혁범, 「민족주의, 국가, 애국심과 보편적 이성」, 《녹색평론》, 1994년 11~12월호.
    김정란, 「감상적 애국주의의 한계」, 『거품 아래로 깊이』(생각의 나무, 1998).
    문흥술, 「민족주의 이름 아래 왜곡된 역사와 전망」, 《작가세계》, 1999년 가을호.

음에 대한 국가의 책임을 추궁하는 신윤미의 말이나, "국가가 국가다워
야죠. 아무리 몽매한 사람들이라고 하더라도 제 나라를 위해 모든 것을
다 뿌리치고 들어간 사람을 죽인다는 게 말이나 되는 얘기예요?"라며 아
버지를 지켜 주지 못한 조국의 무책임을 힐난하는 이미현의 언급에서 이
런 사실은 확인된다. 물론 소설의 후반부에 가서는 급작스럽게 민족주의
자로 변모한 권순범에게 두 여성 모두 전적으로 동조하지만, 그 이전까
지는 이용후 박사나 박정희 대통령을 죽음으로 몰아넣은 것이 힘없는 한
국 정부라는 비판을 강하게 하고 있다.

민족에 대한 열등감을 조장하는 이런 반감이나 비판과는 달리 미국에
대해 긍정적으로 평가하는 것에서도 작가의 이런 반민족적 무의식은 발
견된다. 이용후 박사의 미국 행적을 확인하기 위해 미국으로 날아간 권
순범은 이용후 박사의 딸인 이미현을 찾는 과정에서 미국에 대한 자신의
감정을 솔직하게 피력하고 있다. 미국은 물질적 가치에 의해 좌우되지만
오히려 그렇기 때문에 "실력만큼 정확히 대접받는 사회"라고 인정하거
나, 자원이 풍부해 물가가 싼 것을 보고 "역시 넓은 나라가 좋구나."라며
감탄한다. 심지어 다음의 예문에서처럼 자수성가할 수 있는 기회가 균등
하게 주어지는 미국의 민주적 시스템을 부러워하기도 한다.

마약과 섹스와 범죄로부터 미국을 지켜 내는 건 브라운 씨 같은 중산층에
게 남아 있는 청교도 정신이란 걸 실감하면서, 순범은 커피 한 잔과 함께 베풀
어지는 친절을 만끽했다. (중략) 순범은 간간이 전화를 걸어 보며 중국 할머니
가 돌아올 때까지 수족관, 하버드 대학 등을 구경하며 시간을 보냈다. 하버드
대학이 있는 케임브리지 광장에서는 곳곳에서 연주하는 사람, 노래를 부르는
대학생 보컬 그룹, 재주를 부리는 사람들을 볼 수 있었다. 이들 중에는 구경을
하는 사람들이 던져 주는 1달러짜리 지폐로 학업을 지속해, 나중에는 장관이
되고 재벌이 된 사람도 있다고 했다. 이 자유분방한 거리에서 순범은 한국의

권위주의적 사회 시스템이 참 답답하고 보잘것없다는 느낌이 자꾸 들었다.

예문에서 드러나듯이 권순범에게는 미국은 역시 뭔가 다르다는 것과, 우리나라는 그런 미국과 다르다는 것에 대한 확인이 동시에 이루어진다. 미국을 모방하려 했지만 그것이 불가능하다는 사실을 확인함으로써 권순범은 친미와 반미 사이를 오가는 이중 국적자가 된다. 이런 성향은 이용후 박사나 박정희 대통령의 죽음의 배후에 미국이 있다는 사실을 인정하면서도 가상 시나리오에서일망정 소설 말미에서 우리나라의 핵미사일이 미국 아닌 일본을 향해 날아간다는 사실에서 절정을 이룬다. 그리고 우리나라를 공격한 일본을 용서해 준다는 가상 시나리오의 결말은 미국이 핵을 자체 개발하려 했던 우리나라를 용서해 준 것처럼 우리나라도 일본을 용서해 준다는 식으로 서술되고 있다. 이럴 때는 '거룩한 용서'의 주체인 신조차도 '메이드 인 유 에스 에이'[57]가 된다. 응징을 받거나 용서를 받아야 할 미국은 도저히 저항할 수 없는 어마어마한 존재이기 때문이다. 그렇다면 권순범 혹은 우리나라가 진짜 갖고자 했던 것은 핵 자체가 아니라 미국이라는 나라의 힘과 권력이라는 말도 된다.[58] 이럴 때 미국이라는 아버지에 대한 저항은 포기될 수밖에 없고, 역사적 허무주의나 운명론에 빠질 수밖에 없다.

그렇다면 지금까지 이 소설을 바라보았던 시각을 좀 더 예각화시킬 필요가 있다. 작가가 의식적으로는 민족주의자의 면모를 보이면서 강력한 국가 이데올로기를 옹호하고 있지만, 무의식적으로는 강한 국가를 이루지 못하는 민족에 대한 불신이나 피해 의식에 사로잡혀 있는 것은 아니냐는 것이다. "세계는 바야흐로 국가 이기주의의 시대, 민족 자존의 시대"라고 외치고 있으면서도 속으로는 "한심하게만 생각했던 우리나라

---

57) 정장진, 앞의 책, 177쪽.
58) 같은 책, 37~48쪽 참조.

정부"에 대한 실망과 비난을 여전히 버리지 못하고 있기 때문이다. 작가로 하여금 이 소설을 쓰게 한 힘은 힘없는 나라나 민족에 대한 안타까움이었다. 하지만 그런 의식적인 조작 혹은 최면 후에도 사라지지 않는 '우리 민족은 아직 어쩔 수가 없구나.' 혹은 '우리나라는 아직 멀었구나.'라는 작가의 무의식적 실망감이 이 소설을 읽는 독자들에게 간파당하면서 더 큰 공감을 불러일으켰을 수 있다는 것이다.

이런 이유로 만약 이 소설이 독자에게 위험하다면 흔히 이야기되듯이 민족주의를 지나치게 강조해서가 아니라 오히려 민족성이나 민족의 미래에 대한 확신을 심어 줄 수 없다는 데에 있을 것이다. 승리에 대한 낙관적이거나 섣부른 다짐은 승리에 대한 초조감이나 강박관념의 발로에 다름 아니기 때문이다. 따라서 이 소설의 결론이 정당화하는 것은 민족의 생존이 아닌 파멸이며, 독자들 또한 이런 소설의 속뜻을 은연중에 소비한 것은 아닐까라는 의심을 해 보게 된다. 무턱대고 아버지를 살리기에는 독자들이 이미 아버지에 해당하는 민족이나 국가의 초라하고도 약한 모습을 많이 본 것이다. 아버지의 적나라한 실체를 본 아들은 아버지를 되살릴 수 없다.[59] 그래서 아버지를 다시 부정하거나 불신하면서 패배주의나 운명론에 빠지는 업둥이로 남아 있을 수밖에 없다. 이처럼 아버지를 되죽이는 과정 자체가 1990년대의 배경이었던 역사적 허무주의나 중심의 해체와 연결된다고 볼 수 있다. 여기서 시대상을 반영하는 것이 베스트셀러의 중요한 요소임을 다시 한번 확인할 수 있다.

중세주의자의 포스트모더니티: 『영원한 제국』

'영웅을 기다리는 국가 지상주의자'[60]라는 평가처럼 이인화는 『영원한

---

59) 필리프 줄리앵, 앞의 책, 89쪽.
60) 최율영 외, 앞의 책, 146쪽.

제국』[61]에서 『무궁화꽃이 피었습니다』의 이용후 박사나 박정희 대통령과 등가를 이루는 조선의 성군(聖君) 정조를 통해 절대 군주 혹은 절대 영웅에 대한 향수를 자극한다. 정조를 중심으로 한 절대 왕정만 성립되었다면 조선 말의 혼란은 방지할 수 있었다거나 박정희의 10월 유신을 겪지 않아도 되었다고 강조함으로써 근왕주의(近王主義)나 국가주의의 면모를 보여 주고 있기 때문이다. 그리고 작가가 주목한 동아시아적 가치도 양반 중심적 세계이거나 가족적 경건주의에 가깝다. 이런 측면에서 작가를 '중세주의자'라고 칭할 수 있다.[62]

때문에 이 소설에서는 왕권 확립에 절대적으로 필요한 선대왕마마의 '금등지사'가 김진명 소설에서 핵이 담당했던 기능을 동일하게 담당하고 있다.[63] 금등지사는 아버지가 아들에게 물려주는, 그래서 그것을 가져야만 진정한 아들로 인정받을 수 있는 신물(神物, 信物)에 해당한다. 절대 왕권 혹은 국가 지상주의를 건설하기 위한 상징물에 해당하기 때문이다. 이를 통해 작가는 중세의 영원한 꿈이었던 주나라, 시경·서경·주역이 만든 환상의 제국으로 대변되는 '영원한 제국'에 대한 경도를 보여 주고 있다. 이 소설에 대한 비판이나 관심이 앞의 『무궁화꽃이 피었습니다』와 동일 선상에서 이루어지고 있는 것도 이런 국가 이데올로기적 측면 때문이다.[64]

하지만 이런 비판은 현대의 '나'가 직접적으로 말하고 있는 겉이야기 혹은 작가의 의식적 측면만을 중시했기에 가능한 측면이 있다. 그런데

---

61) 이인화, 『영원한 제국』(세계사, 1993). 앞으로 본문의 인용은 이 책에 근거한다.

62) 고미숙, 「새로운 중세인가 포스트모던인가」, 《문학동네》, 1995년 가을호, 430~431쪽 참조.

63) 정장진, 앞의 책, 206쪽.

64) 고미숙, 앞의 글.

　　이성욱, 「베스트셀러, 무엇으로 사는가」, 강내희·이성욱 편, 『문화 분석의 몇 가지 길들』(문화과학사, 1995).

　　강준만, 「왜 박정희 유령이 떠도는가」, 《인물과 사상》, 2호, 1997.

　　황국명, 「기법을 통해 본 1990년대 소설의 자기 모색」, 《작가세계》, 2003년 겨울호.

액자 소설 형식인 이 소설에서의 속이야기 혹은 작가의 무의식에 해당하는 이인몽의 생애 자체에 보다 주목하면 전혀 다른 결론을 내릴 수 있다. 작가의 분신에 해당하는 이인몽이 성왕 정치나 왕권 중심주의를 주장한 것은 사실이지만, 그런 이인몽의 혁명 추구가 결국에는 노론의 재집권과 정조의 죽음으로 인해 실패했다는 점에 주목해야 하기 때문이다. 소설의 끝에서 금등지사(라고 생각되는 것)를 노론 측에 빼앗기고 애꾸눈이 되어 신분을 속인 채 떠돌아다니며 살아가는 이인몽의 모습은 아버지에 대한 거부나 도전이 실패로 돌아간 후 거세된 오이디푸스를 닮았다. 상상적 아버지인 정조가 아니라 현실적 아버지인 심환지(노론의 우두머리)에게 도전한 벌을 받은 아들의 모습이기 때문이다. 물론 혁명의 실패가 혁명 자체의 정당성을 감소시키거나 훼손시키는 것은 아니지만 이인몽을 통해 드러나는 작가의 무의식적인 세계관이나 역사관을 담보하는 측면이 분명히 존재한다.

　요즈음 노인은 자신이 이 초산 고을의 궁벽한 곳에서 평생을 꼼짝도 않고 살았던 것 같은 착각이 든다. 물론 초산 읍내의 훈장 박상효(朴相孝)는 가공의 이름이었다. 그러나 이젠 이인몽(李人夢)이란 그 옛날 본명까지도 가공의 이름처럼 여겨지는 것이다. 영원이라는 매끄럽고 단단한 고리 위에 시작도 없고 끝도 없이 생하는 무수한 순간들. 이인몽이란 이름은 실체가 아니라 노인의 제대로 씌어지지 않는 하루처럼 물방울 같은 순간의 이름이었다.
　영원의 고리 위에 인간이 만든 나라는 하나밖에 없다. 주(周)나라. 그 이전의 모든 나라는 주나라에 도달하려는 꿈, 그 이후의 모든 나라는 주나라로 돌아가려는 꿈이었다. 나는 누구인가. 나는 무엇으로 살아 있었던가. 나의 생은 영원한 꿈속의 물방울 하나. 꿈속의 꿈이었다.

인용한 예문에 드러나듯이 이인몽(李人夢)은 자신의 이름처럼 자신을 실체가 아닌 가공의 존재나, 영원히 존재할 수 없는 순간적 존재로 생각한다. 때문에 그가 쓴 소설이나 그가 추구했던 왕권 또한 그의 이름처럼 "실체"가 아닌 "제대로 씌어지지 않는 하루"나 "물방울 같은 순간"에 지나지 않게 된다. 이런 결말은 왕권을 복권시킬 수 있는 유일한 상징이었던 금등지사가 사실은 실체가 없는 것, 처음부터 존재하지 않았던 것, 필요에 의해 만들어진 것이라는 점에서 재확인된다. "선대왕마마의 금등지사는 아무것도 씌어 있지 않은 백지일지도 몰라."라거나 "선대왕마마의 금등지사란 처음부터 없었어!"라는 말에 드러나듯, 중심이나 권력, 질서에 해당하는 아버지의 부재가 금등지사라는 "위서(僞書)"의 끝없는 자리바꿈이나 실체 없음으로 드러나고 있는 것이다.

이로써 아버지에 대한 추구만 있을 뿐 아버지 자체는 없다는, 그래서 아버지의 실체를 부정할 수밖에 없다는 아들의 서사가 이 소설의 핵심 부분을 차지하게 된다. 강력한 아버지를 원하는 것 자체가 이미 현실에서는 그런 아버지상이 불가능하다는 반증이 된다. 그리고 강력한 아버지상을 원하는 것 자체가 부재하는 아버지에 대한 허구적 실체가 필요해서이지만, 그런 가짜 아버지를 만든 이후에도 아버지에 대한 환상을 유지할 수 없다는 데 이 소설의 더 큰 좌절과 허무가 존재한다. 때문에 이 소설은 '불완전한' 아버지 '이전'이 아닌 '허구적' 아버지 '이후'가 더 문제되는 비극적 결말을 보여 주고 있다. 아버지를 되살려 보아도 소용없다는 아버지에 대한 지독한 불신과 거부가 이루어지고 있기 때문이다.

소설의 제목인 '영원한 제국' 또한 '영원할 제국'이 아닌 '영원했던 제국'의 의미에 더 가깝다. 이 소설에서 영원한 제국이란 주나라를 말하는데, 이전의 모든 나라는 주나라에 도달하려는 꿈이고 그 이후의 모든 나라는 주나라로 돌아가려는 꿈에 불과하다. 그렇다면 이인몽이나 정조가 추구했던 영원한 제국은 '아직은 아닌' 미래 지향적인 유토피아가 아니라 '이미 아닌' 과거의 유토피아가 된다. 그리고 이 소설의 주제도 영원한 제국을 추구하자는 것이 아니라 영원한 제국을 되찾을 수 없다는 현실의 확인이 된다. 영원한 제국을 되찾을 수 없다면, 영원한 제국은 사실상 존재하지 않는 것이다. 겉으로는 자신이 추구하는 옛 시대가 "모든 의미가 환원되는 '근원'"이 아닌 "완결된 내용 없는 '텅 빈 중심'"이라고 말하고 있지만, 그 텅 빈 중심을 채워 줄 시대나 인재의 부재로 인해 그 빈자리가 더욱 커지는 아이러니가 발생하기 때문이다. 이를 통해 작가는 다른 종류의 전복을 꾀하려는 시도가 불가능해 보이는 포스트모던 상황의 정치적 국면을 대변한다. 포스트모더니즘의 정치론은 기본적으로 정치적 실패를 전제로 하기에 세상으로부터 회피하려는 것이기 때문이다.[65]

이럴 때 독자들은 이인몽이라는 아들의 아버지가 사실은 정조가 아닌 심환지이며, 이인몽이 심환지를 이길 수는 없었다는 현실적인 자각을 할 수 있다. '영원한 제국'을 추구함으로써 덧없는 현재를 극복하거나 초월하려고 한 아들의 낭만적 의지나 현실적 개혁이 패배주의에 가까운 향수나 감상에 머무르게 되는 가역 반응을 경험하는 것이다.[66] 이런 이유로 이인몽에 감정 이입을 한 독자들은 "누구를 아버지로 여겨야 하는지를 몰라 끊임없이 친자 확인 소송을 제기하는"[67] 업둥이에 해당한다고 할 수 있다. 이처럼 아버지를 살리려다가 되죽이는 업둥이적 독자들로 인해 이 소설은 시대를 역행하는 듯하다가 다시 시대에 순응하는, 역행 자체가 순응의 다른 이름이 되는 베스트셀러의 규칙을 확인시켜 주고 있다.

4 1980~1990년대 독자의 (무)의식

'아버지' 담론을 중심으로 베스트셀러 소설을 살펴보았을 때 1980년대

---

65) 테리 이글턴, 김준환 옮김, 『포스트모더니즘의 환상』(실천문학사, 2000), 60~61쪽.
66) 송승철, 「가상역사소설론」, 《실천문학》, 1993년 겨울호, 305쪽.
67) 정장진, 앞의 책, 223쪽.

는 억압적인 아버지에 대한 아들의 비판과 저항이 전면에 드러나는 시기이다. 하지만 이때의 아들은 자신이 스스로 새로운 아버지가 되려는 욕망을 지닌 사생아에 가깝다. 이 시기의 독자들 또한 의식적으로는 살부의식에 동조하지만, 무의식적으로는 아버지의 재건을 욕망하고 있기 때문이다. 그래서 이런 욕망을 만족시켜 주는 소설들이 베스트셀러가 된 시기가 1980년대라고 할 수 있다. 반면 1990년대는 부재하는 아버지로 인해 고아 의식에 시달리는 아들이 중심이 되는 시기이다. 그래서 자신을 업둥이로 생각하는 아들들은 위기의식을 느끼고 아버지 되살리기에 적극적으로 나선다. 하지만 그 이면에서는 다시 살아올 수 없는 아버지로 인한 불안과 허무에 시달리는 소설들이 베스트셀러가 된 시기라고 할 수 있다.

이런 1980~1990년대 베스트셀러 소설 속 '아버지' 담론의 양상을 통해 베스트셀러 소설의 보편성과 특수성, 상수와 변수를 확인하게 된다. 베스트셀러 소설의 보편성 혹은 상수는 시대를 불문하고 유지되는 조건이자 원칙이고, 베스트셀러 소설의 특수성 혹은 변수는 시대에 따라 다르게 나타나는 구체적인 양상이다. 베스트셀러 소설은 이런 두 가지 조건을 동시에 지니면서 전개된다고 할 수 있다. 베스트셀러 소설이 되기 위해서는 변하는 부분과 변하지 않는 부분을 모두 지녀야 한다는 것이다.

먼저 베스트셀러 소설의 보편성 혹은 상수는 독자의 정반대되는 의식과 무의식을 동시에 만족시켜 주어야 한다는 점이다. 베스트셀러 소설을 읽는 독자의 의식은 표출되고, 무의식은 억압된다. 하지만 무의식은 언제든 의식으로 떠오를 수 있다는 점에서 의식을 견제하고 침해한다. 베스트셀러 소설을 입체적이고 모순적이며 중층적으로 만드는 것도 이런 독자의 의식과 무의식 사이의 긴장이나 길항 관계이다. 베스트셀러 소설이 되기 위해서는 이런 독자의 의식과 무의식을 동시에 만족시켜야 한다. 1980년대 베스트셀러 소설의 의식은 아들의 살부 충동이었지만, 무의식에서는 아버지를 되살리려는 모방 욕망이 숨겨져 있었다. 반면 1990년대 베스트셀러 소설에서는 아버지를 되살리려는 아들의 의식을 보여 주지만, 그 이면에는 아버지의 죽음을 극복하지 못한 아들의 무의식이 잠재해 있었다. 그렇다면 두 시대 모두 서로 반대되는 의식과 무의식을 각각 지니고 있었다는 베스트셀러 소설로서의 공통점이 있다.

다음으로 베스트셀러 소설의 특수성 혹은 변수는 어느 시기에는 현실 비판적 요소가 더 우월할 수 있고, 어느 시기에는 현실 초월적 요소가 더 우세할 수 있다는 점이다. 즉 시대와 불화하는 것이 대세인 경우가 있는가 하면, 시대를 따르는 것이 대세인 경우도 있다. 그리고 대세인 것이 주로 독자의 의식을 형성한다. 아버지를 죽이려는 1980년대 독자의 의식이 1990년대 소설에서는 독자의 무의식을 형성했고, 아버지를 되살리려는 1980년대 독자의 무의식이 1990년대에서는 독자의 의식을 형성했다. 따라서 1980년대는 시대를 비판하는 '대항적' 독서가, 1990년대는 시대의 결핍을 보충하려는 '대안적' 독서가 주류를 이루었다고 할 수 있다. 이처럼 주류를 형성하는 독자의 의식적 측면이나 그 이면의 무의식적 측면의 구체적인 양상은 각 시기별로 차이가 난다. 즉 무엇을 드러내고 무엇을 숨기느냐는 시대의 헤게모니나 독자의 기대 지평에 따라 달라지면서 베스트셀러 소설의 변수로 작용한다.

이렇게 볼 때 기존의 논의에서처럼 베스트셀러 소설에 드러난 독자의 의식적 측면만을 강조하면서 현실 비판적 요소와 현실 초월적 요소 중 양자택일하는 것은 비생산적인 논의라고 할 수 있다. 베스트셀러 소설의 특성이나 요인, 기능을 문제 삼을 때에는 현실 비판적 요소와 현실 초월적 요소를 '둘 중 하나'가 아니라 '둘 다'의 입장에서 접근해야 한다는 것이다. 베스트셀러가 되기 위해서는 현실 비판적이거나 현실 초월적이면 되는 것이 아니라 현실 비판적이면서도 현실 초월적이어야 한다는 이중

전략이 필요하기 때문이다. 물론 어떤 측면이 우세한가는 시대별로 차이가 나면서, 앞에서 지적한 베스트셀러의 변수로 작용하게 된다.

따라서 베스트셀러 소설을 소비하는 독자들은 시대에 순응하면서도 역행하고, 역행하다가도 다시 순응하게 되는 양면적 체험을 하게 된다. 현실적이고도 지배적인 이데올로기에 대한 의도적 배제와 무의식적 육성(1980년대), 의도적 육성과 무의식적 배제(1990년대) 사이에서 시대나 사회와 조우하는 생산자이자 소비자인 생비자(生費者)로서의 특성을 동시에 보여 주는 것이 바로 독자이기 때문이다. 현실에 대해 편집증과 분열증을 동시에 느끼는 모순된 독자들은 베스트셀러 소설을 통해 현실을 '반복'하면서도 '변형'시키려고 한다. '아버지' 담론이 중심이 되었던 1980~1990년대에 더욱더 뚜렷하게 독자의 이런 양면적 성격이 노출되었다고 할 수 있다.

베스트셀러 소설은 너무 뒤처져도 안 되고, 너무 앞서 가도 안 된다. 너무 과격해서도 안 되고, 너무 얌전해서도 안 된다. 너무 고상해서도 안 되고 너무 통속적이어서도 안 된다. 이처럼 '반 보 앞서 가기', '양다리 걸치기', '꿩 먹고 알 먹기' 등이 베스트셀러 소설의 중요한 생존 전략이라고 할 수 있다. 이를 통해 베스트셀러 소설은 현실적 억압을 비판하거나 극복하려는 것이 아니라 그러한 억압들과 함께 살아남아야 한다는 독자들의 동물적인 생존 본능을 보여 준다.[68] 그러므로 베스트셀러 소설에서는 기존의 독자들의 불안과 희망이 투쟁하는 과정에서 찾아낸 일종의 '타협점'이나 '협상의 영역', 즉 '타협적 평형'[69]이 중요하다. 이것이 바로 이 글에서 독자의 의식뿐만 아니라 무의식을 동시에 문제 삼으면서 독자의 (무)의식을 통해 베스트셀러 소설에 나타난 사회상을 고찰한 이유라고 할 수 있다.

---

68) 박성봉, 앞의 책, 310쪽.
69) 김창식, 『대중 문학을 넘어서』(청동거울, 2000), 14, 20~21쪽.

섹슈얼
리티

위반의 타자성
— 서영은 소설에 나타난 '여(女)'와 '성(性)'의 이중 소외

1 섹스, 섹슈얼리티, 젠더

지금까지 비정치적이고 사적인 영역으로 간주되었던 성(性)[1]은 더 이상 중립적이거나 고정 불변하는 것으로 간주되지 않는다. 오히려 '호모 섹수스(Homo Sexus)'로서의 인간에 주목하는 지금의 우리 사회는 성을 부추기고 노골화시킨다. 그래서 미셸 푸코(Michel Foucault)가 직시했듯이 성은 범람하기 때문에 오히려 억압적이 된다. 권력이나 지식과 결탁한 현대의 성은 억압되지 않고 오히려 권장되거나 양산되기에 더 위험하다는 것이다.[2] 인간의 존재 양식을 결정짓는 중요한 인자로서의 성을 독자적인 법칙을 지닌 자율적인 에너지가 아니라 사회적인 힘들에 의해 구성되거나 변화하는 것으로 이해해야 할 필요성도 여기서 대두된다. 때문에

---

1) 이 글에서는 '성'이라는 용어를 섹스나 섹슈얼리티, 젠더 등의 개념을 포괄하는 광범위한 용어로 사용할 것이다. 그러나 문맥에 따라 생물학적·본능적·해부학적 성은 섹스로, 정치적·사회적·문화적 성은 섹슈얼리티로, 남성성이나 여성성과 연관된 성은 젠더로 구분할 필요가 있을 때는 각각 구분해서 사용하기로 한다.

2) 미셸 푸코, 이규현 옮김, 『성의 역사: 앎의 의지』(나남, 1990), 23~33쪽 참조.

짐승과 초인,[3] 자아와 타자, 개인과 사회, 지배와 피지배 사이를 연결시켜 주는 '고리'나 '주름'으로서의 성이 지니는 의미나 가치는 앞으로도 커질 것이다. 이런 성의 문제를 문학화할 때 생물학적인 '섹스'는 정치적이고 사회적인 '섹슈얼리티'가 된다.[4]

그런데 특히 여성을 성적 주체로 볼 때는 '젠더화된 섹슈얼리티'를 통해 섹슈얼리티와 젠더가 결합하는 양상을 문제 삼아야 한다. 성의 정치학에서 여성의 성이 남성의 성이 행사하는 권력에 의해 대상화된다면 섹슈얼리티 자체가 여성의 억압이 효과적으로 가시화되는 중요한 정치 영역이 되기 때문이다. 기존의 남성 중심주의적인 성 담론에서 여성의 성은 '남성성이 결핍된 성'으로 폄하되었다. 그래서 여성이 된다는 것은 완전한 것으로부터 결여된 성, 곧 '어두운 대륙'으로 존재하면서 불완전하고 부정적인 정체성을 가질 수밖에 없음을 나타냈다.[5] 이런 성 관념은 능동성/수동성, 문화/자연, 낮/밤, 머리/가슴, 이성/감성, 로고스/파토스의 대립과 연결되면서 전자를 대표하는 남성의 성을 후자로 대변되는 여성의 성보다 우위에 두는 가부장적 사고를 대변한다.[6] 이렇게 물질적이고 육체적이며 감정적인 성으로 차별받거나 고착화된 여성의 성은 심지어 여성 자체를 어머니/창녀, 마리아/이브, 집 안의 여성/집 밖의 여성 등으로 이분화하는 담론에 의해 또다시 이분화되고 서열화되었다.[7]

이런 상황이기에 남성에 의해 대상화된 여성의 성에 대한 인식과 그에 대한 저항은 여성 소설의 주요 주제가 된다. 남성의 권력과 지배가 행사되는 최후의 식민지로서의 여성의 성에 주목하는 것이 여성의 성 정체성을 회복하는 길임을 강조해야 하기 때문이다. 이런 억압과 저항의 접점

---

3) 프리드리히 니체, 박환덕 옮김, 『차라투스트라는 이렇게 말했다』(휘문출판사, 1970), 28쪽.

4) 정화열, 『몸의 정치』(민음사, 1999), 9~10쪽 참조.

5) 같은 책, 240쪽 참조.

6) 토머스 라커, 이현정 옮김, 『섹스의 역사』(황금가지, 2000), 44쪽 참조.

7) 엘리자베스 그로츠, 임옥희 옮김, 『뫼비우스 띠로서 몸』(여이연, 2001), 386쪽.

으로 자유로운 성을 구가하려는 여성 인물들의 행위가 여성 소설에서는 자주 등장한다.

그런데 특이하게도 서영은의 소설은 여성의 성에 대해 개성적인 인식을 보여 준다. 단선적으로 여성의 억압과 성의 부자유를 연결시키지도 않으며, 여성의 정체성 확립이라는 명분 아래 성적인 일탈을 여성성의 해방이나 자유로 과대평가하지도 않는다. 왜곡된 성을 통해 현실의 불모성을 상기시키는 것도 아니다. 오히려 서영은 소설 속의 성은 일탈적이되 생산적이며, 비판적이되 도식적이지 않다. 비정상적이고 비일상적인 성을 다루면서도 다른 여성 소설들에서처럼 그것을 단순히 가부장적 이데올로기와 연관시키지 않는다. 여기서 더 나아가 자본주의와의 관계 속에서 파악함으로써 성도 계급과 연결될 수 있다는 것을 보여 준다. 그리고 흔히 「먼 그대」로 대표되는 그녀의 마조히즘적 성향도 기존의 수동적이고 소극적인 여성성과 연결되는 것이 아니라 반대로 능동적이고 적극적인 여성성과 연결되는 점이 특이하다. 고통의 극한이 오히려 힘이 된다는 것이다. 이런 개성적인 인식이 서영은 소설 속의 성을 '제도 밖의 성'으로 보게 한다.[8]

이런 맥락에서 이 글은 서영은 소설 중 여성 인물의 성을 주제로 하는 「야만인」(1974), 「살과 뼈의 축제」(1977), 『그녀의 여자』(2000)를 중심으로 위반적인 성에 나타난 젠더적 특성을 살펴보고자 한다.[9] 남성이 아닌

---

8) 이처럼 서영은의 소설은 1970년대 초반부터 선구적으로 위반적인 여성의 성을 보여 줌에도 불구하고 기존의 여성 문학적 논의에서도 오정희 소설의 '뒤틀린 성'에 비해 상대적으로 주목받지 못한 측면이 강하다.

9) 초기에 속하는 「야만인」이나 「살과 뼈의 축제」와 후기에 속하는 『그녀의 여자』 사이에는 20여 년의 시간 차가 있다. 하지만 이 글이 통시적인 관점에서 쓰는 작가론이 아니라 여성의 성에 초점을 맞추는 주제론적인 글이기에 서로 변별되는 성의 양상을 우선적으로 문제 삼기 위해 위의 세 작품을 연구 대상으로 삼기로 한다. 그리고 다른 측면에서 보면 작가가 지닌 초기의 관심사가 최근까지 지속되고 있다는, 하지만 그 양상이 다르게 나타나고 있다는 반증도 되기에 더 유효할 수도 있다. 시대의 변화에 따라 여성의 성을 바라보는 작가 의식이 어떻게 비슷하면서도 다르게 나타나는지 살펴볼 수 있기 때문이다.

여성이기 때문에 갖는 성 정체성이 자아 정체성이나 남성의 욕망, 사회 등과의 관계와 어떻게 맞물리는지 살펴보려는 것이다. 이런 여성의 성에 대한 강조는 자연스럽게 남성의 지배가 되풀이되거나 강화되는 영역으로서의 여성 육체에 대한 관심을 동시에 불러일으킬 것이다. 그리고 여성 작가나 여성 인물의 의식적 차원과는 상관없이 무의식적인 차원에서 왜곡되거나 변형된 점이 없는지에 대해서도 관심을 가질 것이다. 여성의 성을 입체적이거나 전체적으로 문제 삼는 데 도움이 되기 때문이다. 이런 관점에는 텍스트의 이면에 숨겨져 있거나 억압되어 있는 여성의 성이 오히려 젠더화된 성에 대해 많은 것을 보여 줄 수 있다는 전제가 작용한 것이기도 하다.

2 혐오스러운 여성, 왜곡된 성

흔히 기존의 관념에서 남성은 이성과 합리성에 바탕을 둔 문화의 축을 대변하고, 여성은 감성이나 비합리성에 바탕을 둔 자연의 축을 대변한다. 하지만 이런 '남성=문명', '여성=자연'이라는 이분법적 틀 때문에 여성의 성은 이중적으로 소외되었다. 우선 자연으로서의 여성은 미개발이나 저개발과 연관되면서 통제되지 않는 혐오스러움이나 야만스러움을 나타냈다. 그리고 이때의 여성의 육체는 정복되거나 문명화되어야 할 식민지나 미개척지를 상징했다. 어떤 경우에는 이런 문명화 이전의 속성 때문에 타락하거나 오염된 문명의 도피처나 위안처로서의 의미를 지니기도 했다. 자연을 상징하는 여성의 성이 산업화나 도시화, 근대화, 기계화로 인해 병이 든 남성의 성을 치료할 수 있는 만병통치약으로 규정된 것이다. 이처럼 문명 비판이나 반근대로서의 의미를 지니는 여성의 성은 이중적인 의미에서 자연을 표상하게 된다. 첫째는 산업적·기술적 힘이 침범할 수 없는 유기적 영역인 '외적 자연'으로서의 의미이고, 둘째는 아버지의 법으로 은유되는 상징적인 질서의 구속을 받지 않는 육체적인 영역인 '내적 자연'으로서의 의미이다. 이럴 때 동일한 속성으로 인해 격하되기도 하고 격상되기도 하는 모순이 자연으로서의 여성에게 가해지는 이중 억압을 그대로 보여 준다. '정복해야 할 미개인'과 '고상한 미개인' 사이에서 여성의 성은 더럽혀지기도 하고 신성화되기도 하는 것이다.[10]

서영은의 「야만인」[11]은 반(反)생명성과 물질 만능주의, 세속화나 천박화를 초래한 문명을 비판하면서 그에 대한 저항이나 대안으로서 '야만성'을 제시한다. 그런데 서영은은 특이하게도 기존의 관념에서처럼 여성의 성을 문명의 반대편에 놓지 않는다. 그 반대로 남성의 성을 '원시주의 (primitivism)'와 연관시키면서 야만성의 중심에 놓는다.[12] 그리고 그런 남성의 야만성이 본능적인 자아나 본질적인 삶에 대한 희구라는 사실을 이해하지 못하는 문명인으로 여성을 상정한다. 때문에 '야만인(자연인)=남성', '문명인=여성'의 대립을 통해 기존의 성 관념을 뒤집는다.

이 소설에서 서사를 이끌어 가는 여성 화자인 '나'는 전형적인 부르주아 중산층 주부이다. 그런데 어느 날 갑자기 지성과 교양까지 겸비한 중산층의 전형적인 모습을 보여 주었던 남편이 급변한다. 현대 사회에서는 남성들이 용감하게 힘을 발휘할 여지가 없다고 한탄하며 남성의 힘과 용기를 되찾기 위해 반란을 일으킨 것이다.[13] 교양 있는 말투 대신 무식쟁이 같은 말투를 사용하기 시작하고, 흙 하나 묻힐 일 없는 빌딩과 아스팔트, 고속도로 중심의 행동반경을 벗어나 시골에 다녀오면서 신발에 흙을

---

10) 리타 펠스키, 김영찬·심진경 옮김, 『근대성과 페미니즘』(거름, 1998), 96쪽 참조.
11) 이 글에서는 텍스트로 단편인 「야만인」과 중편인 「살과 뼈의 축제」는 『서영은 중단편 전집』(둥지, 1997)를 사용하고, 장편인 『그녀의 여자』는 월간지 《문학사상》에 1997년 2월부터 1998년 12월까지 연재되었지만 수정 후 문학사상사에서 2000년에 단행본으로 출간되었으므로 그것을 사용하기로 한다.
12) 마이클 벨, 김성곤 옮김, 『원시주의』(서울대학교 출판부, 1985), 52~53쪽 참조.
13) 빌헬름 라이히, 박설호 편역, 『문화적 투쟁으로서의 성』(솔, 1996), 96쪽 참조.

잔뜩 묻혀 오기도 한다. 쌀 배달 온 심부름꾼의 근육질 몸이나 월남전 참전 경험에서 "진짜 남자"를 발견하기도 하며, 날고기 먹기나 사냥하기 속에서 원시적인 힘을 되찾으려고 한다. 유모차를 끌고 가는 아파트 사람을 폭행한 것도 바로 "가정부"처럼 왜소화되고 여성화한 남성성을 비판하기 위한 것이다. 프로이트가 『문명 속의 불만』에서 지적했듯이 이 소설 속의 남편은 안온한 일상이나 속물적인 성공으로 대변되는 '현실 원칙'에 억압을 느끼면서 본능이나 힘, 자연을 상징하는 '쾌락 원칙'으로 회귀하려 한다. 자본이나 문명, 부르주아의 논리 속에서 거세된 자신의 본성을 되찾으려는 것이다.[14] 그래서 문명 이전의 '원시적 감성'을 통해 문명화된 자아를 거부하거나 변형시키려는 욕망을 보여 주고 있다.[15] 이성이나 문명의 입장에서 보면 야만이지만, 문명 이전의 입장에서 보면 지극히 정상적이고 인간적인 원시적 본능을 복원시키려는 노력이 문명 비판적 주제와 연결된 소설이 바로 「야만인」이다.[16]

그런데 이런 문명 비판적인 요소와 성의 문제를 연결시켰다는 점에서 이 소설은 헤르베르트 마르쿠제(Herbert Marcuse)나 빌헬름 라이히(Wilhelm Reich)의 '리비도의 경제학'을 문학화한 경우에 해당한다. 그들에 의하면 문명화를 위해 인간이 지불한 대가가 바로 거세이다. 『에로스와 문명』에서 마르쿠제가 비판했듯이 문명화는 즉각적 만족을 지연된 만족으로, 쾌락을 쾌락의 억제로, 놀이를 노동으로, 수동성을 생산성으로 대치시키거나 승화시킨다. 이때 쾌락 원칙에 지배되는 무의식과 현실 원칙에 지배되는 자아 사이에서는 갈등과 긴장이 발생한다. 그리고 이런 문명화의 과정 속에서 리비도는 생식에 사용되는 성기로 국한되며, 쾌락을 위한 성은 도착이나 악으로 금기시된다는 것이다. 라이히가 『성의 혁명』

---

14) 지그문트 프로이트, 김석희 옮김, 『문명 속의 불만』(열린책들, 1997) 참조.

15) 마이클 벨, 앞의 책, 52쪽 참조.

16) 김병욱, 「원시에의 향수」, 《월간문학》, 1974년 4월호, 187~201쪽 참조.

에서 비판한 것도 자본주의 사회가 근면, 자기희생, 철저한 금욕을 통해 부를 축적해야 한다는 부르주아 이데올로기를 양산하고 있다는 점이다.

서영은도 '건강한 육체의 소리를 들어라'라는 차라투스트라의 외침을 소설 속에 도입한다.[17] 그래서 자연스러운 본성이 원하는 순수한 욕망에 귀 기울여야 한다는 메시지를 강조한다. '돈(자본)＝현실＝문명'의 축과 대립되는 '성(본능)＝쾌락＝자연'의 축을 상정하는 것도 이런 목적 때문이다. 갑자기 "인디언 같은 날냄새"를 풍기는 남편의 존재가 우아한 교양인인 '나'는 낯설고 두렵다. 그러나 계속 잠자리를 피하던 남편과 동물적인 성교를 나눈 후 "완전한 환회"를 느끼는 '나'를 통해 성 본능의 회복이 암시되고 있다. 특히 남편이 성교 전에 시골에서 주워 온 돌멩이로 '나'의 몸을 문질러 피를 흘리게 하는 것은, 아내의 몸에 거머리처럼 붙어 있는 지식과 교양의 때를 벗겨 내는 원시적 제의처럼 느껴진다. 이때의 돌멩이는 마나(mana)적인 힘을 지닌 물체로서 문명화된 자아를 심문하고 심판하는 도구로 사용된다.

그런데 문제는 이런 문명 비판적 요소로서의 성의 회복 문제가 아무것도 모르는 듯한 여성 화자를 통해 제시되고 있다는 점이다. 즉 이 소설에서 여성 화자는 아이로니컬한 화자로서, 남편의 고통이나 본심, 자본주의나 문명의 폐해에 대해 무지한 여성으로 나온다. 그래서 끝까지 남편을 정신 치료를 받아야 할 '야만인'으로 취급하는 어리석음을 보인다. 반면 남성을 이런 여성의 무지나 어리석음까지 포함하여 문명의 이면까지 꿰뚫어보는 인물로 설정하고 있다. 즉 진정한 자아를 발견하려고 노력하면서 원시에의 향수를 느끼는 남편과 달리, 아내인 '나'는 "엿가락처럼 길게 길게 늘어지는""토요일 밤의 정사"를 꿈꾸면서 남편의 "스태미나 보강 식품"에나 신경 쓰는 천박한 여성으로 그려진다. 그리고 겉으로는

---

17) 오생근, 「데카르트, 들뢰즈, 푸코의 육체」, 《사회비평》 17호, 1997, 103쪽 참조.

고상한 척하면서도 밤에는 남편에게 "힘, 힘, 신 같은 힘이여."를 외치는 위선적인 여성으로 등장한다. 그래서 본능적이고 건강하며 원시적인 남편의 성과는 달리 아내의 성은 사치와 허영, 위선을 나타내면서 자본주의 자체의 속성과 연결되고 있다. 남성의 정신을 육체 안에 가두어 두려는 '영혼 없는 존재'로서 여성이 부각됨으로써 여성의 성을 혐오스럽게 그리고 있는 것이다.[18]

흔히 자본주의와 연관되어 파악될 때 근대적 여성은 탐욕스러운 상품 소비자로서의 악마적 이미지를 갖는다. 상품과 더불어 유혹하는 주체이자 유혹당하는 대상이며, 소유자이자 소유 대상으로 취급받는 여성은 요염한 시선으로 자신의 이미지를 과시하거나 자신의 욕망을 채우는 '자본주의의 괴물'로 취급되어 왔다.[19] 그리고 이처럼 자본에 예속되어 탐닉과 환상을 일삼는 상품 소비자로서의 모습이 암암리에 성적 무절제와 결합되면서 창녀나 유혹녀로서의 여성 이미지를 양산해 왔다.

그런데 이처럼 여성을 '쇼핑하는 괴물'이나 '구매 기계'로 보는 것은 '잘못된 투사'의 대표적인 예에 해당한다.[20] 자본주의 체제 아래서 성을 물신화하거나 상품화한 것은 주로 남성들이다. 남성들이 중심이 되어 경제 개발 5개년 계획으로 대변되는 근대화 프로젝트를 통해 발전과 진보 이데올로기를 확산시켰기 때문이다. 그러면서도 근대의 남성 '오디세우스'들은 그에 따른 부작용이 커지자 자신들을 희생자로 만들어 줄 '세이렌'과 같은 여성이 필요했던 것이다. 때문에 남성들을 거세시키는 여성의 성이 대두될 필요성 또한 생기게 된다. 그래서 오히려 남성이 아닌 여성이 야만인이 되는 아이러니가 발생한다. 여성의 성을 자본주의에 의해

---

18) 최수정, 「여성 인물의 자아 정체성과 표현 양상 연구」, 김해옥 외, 『현대 소설의 여성성과 근대성 연구』(깊은샘, 2000), 189~204쪽 참조.

19) 리타 펠스키, 앞의 책, 105~147쪽 참조.

20) 심진경, 「1930년대 후반 장편 소설의 여성 섹슈얼리티 연구」, 서강대학교 박사 논문, 2001, 118~119쪽 참조.

세속화됨으로써 쉽게 타락하고 오염될 수 있는 부정적인 것으로 차별하는 것이다. 남성의 성은 순수하고 저항적인 데 반해 여성의 성은 혐오스럽거나 체제 순응적이라는 오래된 오해가 다시 강화되는 순간이다.

또한 이 소설에서 여성 인물이 보여 주는 여성의 성이 지닌 또 다른 한계점은 남성의 성에 대한 잘못된 기존 관념을 그대로 답습하고 있다는 것이다. 만약 기계화된 문명이 거세시킨 것이 활력이나 생명력이라면 그런 야성의 회복은 정당하다. 그러나 그것이 야성이 아닌 야만성이라면, 그리고 그런 야만성이 흔히 남자다움이라고 잘못 주입되었던 공격성이나 파괴력, 정복욕을 의미한다면 그에 대한 비판이 이루어져야 한다. 그런데 이 소설 속의 여성 화자는 남성들이 자신들의 정체성을 나폴레옹이나 삼손, 한니발의 호전성, 산의 정상에 오르려는 정복욕, 강한 정력을 지닌 수컷성에서 찾는 것에 대해 아무런 비판이 없다. 남성성에 대한 잘못된 이데올로기를 그대로 따르고 있는 것이다. 때문에 서영은이 「야만인」에서 이상화시킨 성은 에로스로 승화되지 못한 리비도, 질적 변형이 아닌 단순한 해방으로서의 리비도, 확장이 아니라 폭발에 머문 리비도를 중심으로 했다는 한계를 동시에 지닌다.[21]

3 자학하는 여성, 보수적인 성

「야만인」이 다소 비약적이고 이론적으로 성의 문제를 다룬, 그것도 기존의 남성 중심적인 이데올로기로부터 자유롭지 못한 태도로 그린 작품이라면, 「살과 뼈의 축제」는 훨씬 진보적으로 성의 문제를 그리고 있다.[22] 이 소설에서 여주인공인 '나'는 스물아홉 살의 노처녀이지만 결혼

---

21) 헤르베르트 마르쿠제, 김인환 옮김, 『에로스와 문명』(나남출판사, 1996), 201쪽 참조.
22) 서정자, 「페미니스트 의식의 침체와 환상적 사랑의 병렬 — 해방 이후에서 '70년대까지의 여성 소

하지 않은 상태에서 3년 전부터 일주일에 한두 번 씩 집으로 찾아오는 애인 오영민과 규칙적으로 성관계를 갖는다. 그러면서도 오영민이 청혼하자 동생 친구인 여재를 소개해 주면서까지 결혼을 거부한다. 결혼을 의무만 강요하는 형식일 뿐이라고 생각하기 때문이다. 그리고 자신에게 얼마 전까지 사랑을 맹세하던 그가 여재와의 결혼을 발표하자 자신도 자발적인 선택에 의한 새로운 결혼을 하리라고 다짐한다는 것이 이 소설의 내용이다.

이 소설에서 '나'가 결혼을 거부하는 중요한 이유는 바로 위선이나 기만, 거짓에 대한 비판과 거부 때문이다. 이때 이 소설의 제목의 의미가 중요하게 다가온다. 제목인 '살과 뼈의 축제'에서 '살'과 '뼈'는 흔히 연상되듯이 관능적인 육체를 상징하면서 성적인 쾌락에 대한 탐닉이나 긍정을 의미하지 않는다. 정반대로 여기서의 '살'과 '뼈'는 '나'가 그토록 거부하고 비판하는 '관념'이나 '인상'을 말한다. 본질을 가리면서 주관적이고 비본질적인 선입관이나 타성, 습관, 중독을 야기시키기 때문이다. 육안으로 보이는 것, 때문에 "본래의 모습"이나 "있는 그대로의 실체", "실물" 등이 아닌 것, 그럼으로써 진실에 해당하는 "정(精)"이나 "신(神)"을 왜곡시키는 "환상(幻像)"을 의미하는 것이다. 그리고 이런 "조작된 위선"들이 벌이는 가짜 잔치가 바로 제목에서의 '축제'가 의미하는 바이다. 작가에 의하면 이미 죽었거나 조작된 살과 뼈들을 마치 진짜인 것처럼 속이기 위해 호화로운 축제를 벌이는 것이 바로 우리들이라는 것이다. 그래서 '나'가 자신을 실망시킨 원고를 불태우며 "마지막 축제"를 벌이는 것은 이미 죽어 있는 살과 뼈, 즉 "유(有)"를 없앰으로써 그 재로 진정한 '무(無)'를 이루려는 희생 제의라고 할 수 있다.[23]

여기서 서영은 소설의 주조(主調)인 마조히즘의 면모를 확인하게 된

설」,《소설과 사상》, 1996년 여름호, 319쪽 참조.

23) 마크 존슨, 이기우 옮김, 『마음속의 몸』(한국문화사, 1992), 19쪽 참조.

다. 어떠한 위안이나 타협을 거부하면서 "표면의 이면(裏面)"과 맞대면하려는 고독한 자아의 모습이 강조되고 있기 때문이다. 「먼 그대」로 대표되는 대개의 서영은 소설 속의 주인공들처럼 이 소설 속의 '나'도 일상이나 세속성 속에 숨겨진 삶의 이면을 보아 버린 후에는 더 이상 편안하게 안주하며 살 수 없게 된다. 그래서 스스로를 연금시키면서 고통을 감수하려 한다. '나'가 항상 타인들의 몰이해나 상식의 억압 때문에 혼자만의 시간과 공간 속으로 칩거하는 이유도 여기에 있다. 물론 이런 자학에 가까운 마조히즘이 이 소설 속에서는 알을 낳는 거북의 이미지를 통해 '승화'를 이루기도 한다. 수십 시간에 걸쳐 이삼백 개의 알을 낳는 거북의 행위는 위안이나 환희가 없더라도 꿋꿋이 고통스러운 작업을 중단하지 않으려는 '나'의 고행을 상징한다. 이런 맥락에서 서영은 소설 속의 마조히즘은 세상(혹은 남성)의 폭력을 견디는 힘이 된다. "마치 낙타가 갈증이 가장 심해질 때 등의 혹을 물로 바꾸듯이"[24] 초월이나 극복을 위해 치열한 자기 연소를 택하거나 응전(應戰)을 전제로 운명을 수락하는 것이다. 때문에 서영은 소설 속의 마조히즘은 쾌락을 거부하는 냉정함이나 차가움 때문에 고독을 더욱 심화시킨다.[25] 그리고 그 속에 비판과 도전, 승화를 담고 있게 된다.[26]

　이러한 마조히즘적 태도는 성에 있어서도 '제도권 밖의 성'을 택함으로써 고통을 무릅쓰는 것에서도 발견된다. '나'는 결혼 제도를 거부하는 성을 통해 오히려 남의 비난이나 처벌을 달게 받고자 한다. 때문에 '나'가 자신의 성에서 느끼는 것은 죄의식이 아니라 쾌감의 거부를 통한 저항심이다. 긍정을 위한 거부를 통해 노예가 아닌 주인으로서의 성을 경험하려고 하기 때문이다. 특히 이 소설은 '섹슈얼리티 장치'로서의 가족

---

24) 서영은, 「작가 서문」, 『황금깃털』(나남, 1984) 참조.
25) 질 들뢰즈, 이강훈 옮김, 『매저키즘』(인간사랑, 1996), 57쪽 참조.
26) 김윤식, 「서영은의 작품 세계」, 《문학사상》, 1983년 11월호, 349쪽 참조.

이 갖는 억압을 강하게 비판하고 있다. 가족은 생식적 관계로만 성을 정의하면서 그 바깥에 위치한 잉여적이고 예외적인 성은 착취하거나 억압하는 장치로 기능한다. 가족으로부터 일탈해 있는 성은 모두 음탕한 위반이거나 부도덕한 간음, 도착이나 변태가 되므로 가족에게 도움이 되지 않는 성은 배제되어야 한다는 것이다.[27] '나'가 굳이 오영민과의 결혼을 거부하는 것은 바로 이런 가족 이데올로기를 통한 "합법화된 섹스"나 "합법화된 아이"의 재생산에 흥미가 없기 때문이다. 여기에는 '나'가 불임 여성이기 때문에 생식이 불가능하거나 생식으로부터 자유롭다는 이유도 작용한다. 그래서 결혼이라는 제도의 밖에 존재하면서 '아내'가 아닌 '애인'이라는 형식을 원하는 것이다.

또한 적극성이나 주체성으로 전환된 마조히즘적 성의 모습은 이 소설 속에서 '나'의 본능으로서의 섹스에 대한 인정으로 연결된다. 흔히 여성의 성은 은밀하게 감추어져야 할 것이나 모성애로 승화되어야 할 것, 남성에 의해 좌우되어야 할 수동적인 것으로 치부된다. 그러나 이 소설 속의 '나'는 사도마조히즘적인 속성까지 보이면서 성에 대해 적극적으로 사고하고 행동한다.[28] 오영민과의 관계가 시작된 것도 '나'가 연극 「오셀로」에서 이아고로 분한 그의 연기에 감동해서 "상식적인 주저"를 떨치고 용감하게 무대 뒤로 그를 만나러 갔기 때문에 가능했다. 이처럼 자신이 먼저 시작했음에도 불구하고 사랑이 식자 '나'는 "그는 이제부턴 섹스와 생활비이다. 그가 이것을 불쾌하게 여긴다면 나는 다른 대용품을 찾아야 할 것이다. 내겐 딱히 그이어야 할 까닭이 조금도 없다."라고 생각한다. 사랑과 연결되어야 진정한 섹스라는 낭만적 환상에 빠져 있지 않으면서 섹스 자체가 생물학적인 욕구나 경제적인 이유로도 가능할 수 있다는 현실적인 인식이 이루어지고 있는 것이다. 기존의 성 관념에서는 남성에게

---

27) 고갑희, 「여성주의적 주체 생산을 위한 이론 1」, 《여/성이론》 1호, 1999, 41쪽 참조.

28) 송명희, 「결혼을 거부한 성의 자유」, 『여성 해방과 문학』(지평, 1988), 105쪽 참조.

나 가능했던 사랑과 분리된 섹스, 돈과 연관된 섹스라는 현실태를 인정하는 여성의 모습이 당당하게 그려지고 있다.

물론 이런 여성의 성욕에 대한 인정이 본질적인 것으로 상정된 정신적인 활동이 "속수무책"이기 때문에 가능한 부차적이고 비본질적인 일로 간주된 후에 이루어졌다는 점을 감안하면, 이 소설에서는 기존의 정신과 육체의 이분법이나 육체보다 정신이 우위에 있다는 고정관념을 그대로 답습하고 있기도 하다. 그러나 여성도 "피부 밖으로 퉁겨져 나올" 정도로 자연적이면서도 강한 성욕을 느낀다는 점을 인정했다는 측면에서, 그리고 사랑 때문이 아니라 성적인 본능 때문에 먼저 헤어진 애인을 찾아간다는 점에서 '나'는 기존의 요조하거나 순수한 여성 이미지와 결별한다. 이로써 사회 혹은 남성들이 여성에게 부여하는 수동적 역할과 순응적인 위치에 대한 거부나 조롱을 보여 준다. 흔히 여성의 성은 '무성욕'과 '열정 없음'으로 특정지어지면서 순결함을 여성의 도덕으로 숭앙했다. 그런데 이 소설에서는 이런 기존의 관념을 뒤집는, 욕망하는 성적 주체로서의 여성을 보여 줌으로써 자율적이고 능동적인 여성의 섹슈얼리티를 재구성하고 있다. 이처럼 「살과 뼈의 축제」는 1970년대에 썼음에도 불구하고 결혼 제도 밖의 성, 남성의 지배를 받지 않는 성, 생식이나 재생산으로부터 자유로운 성, 낭만적 사랑과 분리된 성 등을 통해 위반적인 성의 모습을 과감하게 그리고 있다.

하지만 진보적인 만큼 그에 따른 위험도 동시에 지니고 있다. 이런 위반적인 성이 자칫 "무엇에 대한 저항 운동인가 하는 것은 별로 중요치 않다."라는 말에서 드러나듯이 저항 자체를 위한 저항에 빠질 위험이 있기 때문이다. 목적이나 방향이 아니라 행위 자체로 강조되는 저항은 그 자체가 관념이나 이미지일 수 있다. 또한 결말에서 결혼 제도 속으로 새롭게 귀환한 모습이 "아이들이 두셋 정도 있는, 상처했거나 이혼한 남자와 결혼하겠다."로 대변된다면, 그 현실성이나 수준을 의심받을 수밖에 없다. 이것은 '나'가 애인과 결혼하지 않기 위해 다른 여자를 소개해 주었던 이전 행동의 비현실성이나 돌출성을 상기시켜 준다. 옛것이 아니면 무엇이든지 좋다는 식의 설정은 작가가 의도한 성의 위반적 측면을 희석화하거나 희화화할 우려가 있다.

무엇보다도 이 소설은 위험스러울 정도로 진보적인 성을 그리고 있는 반면 어쩔 수 없이 기존의 보수적인 성 개념을 그대로 답습하고 있는 측면도 있다. 가령 '나'의 반란은 그 자체로 표리부동한 이중적인 측면을 보이기 때문에 그 파괴력이 줄어든다. '나'는 속으로는 애인이 가지고 있는 남성 중심적인 착각이나 성행위를 비판하고 거부하지만, 실제 그와의 관계 속에서는 가면을 쓰고 연극을 한다. 즐겁지 않아도 원하는 척, 싫어하면서도 복종하는 척, 수줍어하면서도 유혹하는 척을 하면서 그를 만족시키고 안심시킨다. 그래서 '나'의 진의나 저항이 그에게 제대로 전달되지 않는 한계가 있다. 더구나 애인과의 결혼을 거부한 '나'나, '나'와 그와의 관계를 알고서도 그와의 결혼을 결심한 동생 친구 여재는 모두 아내보다는 애인의 자리를 원한다. 이로써 여성이면서도 기존의 아내/애인, 집 안의 여자/집 밖의 여자, 마리아/이브, 성녀/창녀, 의무와 희생/권력/쾌락 등의 이분법에 나타난 여성 억압적 이데올로기를 그대로 받아들이고 있다. 여성은 남성과의 관계에서만 만족을 누릴 수 있는 존재이기 때문에 그런 만족을 위해서는 이런 이분법을 받아들일 수밖에 없다는 무의식을 발견할 수 있는 것이다. 그래서 여전히 남성을 통해서만 여성의 성 정체성이 좌우되는 보수성을 다시 보이게 된다.

4 위험한 여성, 탈성화(脫性化)된 성

서영은이 최근작인 『그녀의 여자』에서 그리는 성은 「살과 뼈의 축제」

보다 더 충격적이고 일탈적이다. '금기의 끝'으로 상정된 동성애를 위해 여성과 여성 간의 성을 문제 삼고 있기 때문이다. 물론 이 소설은 동성애 자체가 주제는 아니다. 인간과 인간, 존재와 존재의 만남이나 관계라는 커다란 주제를 말하기 위해 동성애를 사용하면서 삶과 죽음, 절대와 순수, 정열과 아름다움의 본질을 탐구하는 소설이기 때문이다. 작가는 동성애 자체가 아니라 이런 주제를 보다 효과적으로 형상화하기 위해 '금지하는 것을 금지'하는 위반의 최대치로서 '제3의 성'이라고 불리는 동성애를 문제 삼는다.[29] 그리고 조르주 바타유(Georges Bataille)에 의하면 이처럼 금기를 위반하는 섹스가 사람을 시체나 물건처럼 존재하게 만드는 '사물화'로부터 막아 주기에 중요한 성적 장치이기도 하다.[30]

현석화라는 성공한 여성 화가가 있다. 그녀는 유부남이었던 남편과 불륜 관계를 맺고 있다가 부인이 죽자 그와 결혼을 한다. 그 후 30여 년 동안 치열하게 사랑하며 살던 남편이 2년 전 갑자기 교통사고를 가장해 자살해 버리자 현 여사는 배신감과 충격 속에서 가사(假死) 상태와 같은 삶을 산다. 그러다가 의붓아들인 지훈으로부터 그가 호감을 갖고 있는 방소연을 소개받자마자 그녀에 대해 제어할 수 없는 정염을 느낀다. 소연 또한 현 여사에게 비슷한 감정을 느끼면서 둘의 관계는 연인 사이로 급속히 발전한다. 그러나 현 여사는 시간이 흐르면서 계속 커져만 가는 소연에 대한 질투나 집착, 정열을 감당하지 못하고 자기 파괴적으로 변해 간다. 소연 또한 결혼, 호적, 아이, 행복 등으로 대표되는 사회적 규범이나 행복에 대한 미련, 일탈에 대한 두려움 때문에 현 여사가 아닌 옛 애인과의 결혼을 선택한다. 이를 계기로 그녀들의 관계가 지닌 본질을 인정하게 된 현 여사는 결국 자살하고 만다.

전통적으로 동성애는 정상이 아닌 도착적인 성이라고 간주되었던 성

---

29) 제프리 윅스, 서동진·채규형 옮김, 『섹슈얼리티: 성의 정치』(현실문화연구, 1994), 103쪽 참조.
30) 조르주 바타유, 조한경 옮김, 『에로티즘의 역사』(민음사, 1988), 7~16쪽 참조.

이다. 하지만 미셸 푸코는 근대 사회 자체가 도착적이라고 주장한다. 근대화될수록 사회 자체가 일련의 주변적 성욕을 병리화함과 동시에 그것을 창조하는 이중 작업을 행하기 때문이다. 이때 근대의 동성애는 그 이전처럼 신과 자연의 법칙에 반하는 비도덕적이고 사악한 성이 아니다. 혹은 통제되지 않는 리비도 중심의 퇴행적 성도 아니다. 오히려 근대의 지나치게 세련되고 기교화된 본능이 일으키는 반란이거나, 억압적인 질서에 대한 상징적인 거부, 종교적 도덕주의나 부르주아적인 권위에 대한 저항으로서의 의미를 갖게 된다.[31]

『그녀의 여자』에서는 이런 동성애 중에서도 남성과 남성 간의 성이 아니라 여성과 여성 간의 성을 문제 삼고 있기에 더 특이하다. 동성애에 있어서도 성차는 엄연히 존재해서 게이보다는 레즈비언 문제가 더 금기시되는 경향이 있다. 공격성이나 관능성이 약해 성도착에 있어서 소극적일 수밖에 없는 여성에게는 도착적 특성이나 위반적 상상력이 약할 수밖에 없다는 선입견과 편견 때문이다. 그리고 남성 간의 동성애가 '플라토닉 러브'와 연관되면서 보다 고차적인 정신의 차원으로 확장된 것과는 달리 여성 간의 동성애는 미숙한 친밀감의 표시나 극복되어야 할 무성적(無性的) 성으로 취급되었다. 동성애에서조차 여성은 하위를 차지하는 열등한 존재였던 것이다.[32]

하지만 서영은은 과감하게 여성에게 금기시된 욕망을 공식화한다. 그동안 문학에서도 게이를 중심으로 단편적이거나 암시적으로만 다루었던 동성애의 문제를 텍스트에서 전면화시킨 것이다. 소재 자체만으로도 충격적이고 일탈적인 성을 통해 사회의 고정관념과 맞서려는 작가의 도전 의식이 돋보이는 소설이 바로『그녀의 여자』이다. 물론 이 소설 속의 현

---

31) 미셸 푸코 외, 황정미 편역, 『미셸 푸코, 섹슈얼리티의 정치와 페미니즘』(새물결, 1995), 15~38쪽 참조.
32) 한국영미문학 페미니즘학회, 『페미니즘: 어제와 오늘』(민음사, 2000), 302~324쪽 참조.

여사와 소연의 동성애가 현 여사의 남편이나 의붓아들 지훈과의 이성애적 관계를 역반영한 것이라거나 근친상간적인 사랑에 근접해 있다는 혐의가 있기도 하다. 그리고 동성애 관계에 있는 두 여성 사이에서도 강하고 주도적인 남성적 여성과, 연약하고 수동적인 여성적 여성으로 성역할이 구분된다는 점에서 이성애적인 성 분화가 일어나기도 한다. 그러나 이 소설은 현 여사와 소연 사이에 육체의 직접적인 교환이 드러난다는 점에서 동성애 자체를 문제 삼을 수 있게 한다.

일반적으로 현 여사와 소연처럼 동성애에 빠진 여성들이 일반 남성들에게 위험하게 느껴지는 것은 그녀들이 이성애 중심이나 질(膣) 중심의 성행위를 거부한다는 데에 있다. 남성이나 남근 없이도 자발적이거나 주체적으로 성욕을 느낄 수 있고, 질이 아닌 음핵을 통해서도 오르가슴을 느낌으로써 남성을 배제시키기 때문이다. 남성에 의해 식민지화되지 않은 자기 결정적이고 자기 규율적인 여성 육체를 상정하는 것이 레즈비어니즘(Lesbianism)이다. 가장 남성을 필요로 했던 성의 영역에서조차 자가 발전하는 여성들의 모습이 두렵게 다가온다는 것이다. 더군다나 생식을 통한 자식 재생산의 거부는 기존의 사유 재산 제도나 장자 재산 상속 등과 연결되는 가부장적 가족 제도나 남성 지배 체제를 위협할 수도 있다. 반면 여성들에게는 주체적이고 자발적인 성, 목적이나 의무로부터 자유로운 쾌락 자체의 성, 범기(犯忌) 욕망을 만족시켜 주는 성 등을 의미하며 자유와 해방의 의미를 갖는다.[33]

더구나 이 소설에서처럼 동성애가 단순하게 육체적인 쾌락의 차원이 아니라 정신적이고도 미학적인 차원으로 승화된다면 더욱더 중요한 의미를 가질 수 있다. 현 여사는 "갑작스럽고도 절박하게 차오른 성에 대한 명쾌한 확신"을 느낀 후 그 과녁으로서 소연을 선택한 것이고, 소연

---

33) 조세핀 도노반, 김익두·이월영 역, 『페미니즘 이론』(문예출판사, 1993), 297~313쪽 참조.

은 현 여사를 죽음에서 생으로 넘어가게 해 줄 마지막 다리로서 추구한 것이다. 이런 만큼 그녀들은 서로에게 육체적 '대상'이 아닌 정신적 '상대'가 되면서 정신적인 성을 중시한다. 특히 화가로 상정된 현 여사가 '여성 피그말리온'이 되어 '남자 비너스'에 가까운 소연에게 접근한다는 것 자체가 탐미주의적이거나 예술 지상주의적인 취향을 느끼게 한다. 그리고 이러한 그녀들의 성은 서로의 상처나 고통, 슬픔이 성감대로 작용한다는 점에서 자매애적인 속성을 갖는다.

또한 그녀들 사이의 동성애는 폭력적임에도 불구하고 "보이지 않는 경계를 넘어선, 서늘한 비장함"을 느끼게 한다. 이것은 "중요한 것을 가지기 위해서 덜 중요한 것을 참는" 것이 아니라 "덜 중요한 것을 관통할 수만 있다면 참을 필요가 없는" 것을 선택하는 절대성과 연결된다는 점에서 성스러움마저 느끼게 한다. 그래서 그녀들은 모두 치명적인 추락까지도 마다하지 않는다. 이처럼 자신의 전 존재를 건, 그리고 사랑하는 사람의 피를 제물로 한 고통의 축제가 바로 이 소설에 나타난 동성애적인 성이라고 할 수 있다. 그녀들의 동성애는 정상과 비정상, 지배와 피지배, 가학과 피학 등의 이분법을 넘어서서 무엇이든지 간에 끝까지 추구된다면 그것 나름의 신성함을 얻는다는 것을 확인시켜 주기도 한다. 때문에 현 여사의 "나의 이 고통이 너를 사랑하는 내 마음의 징표이다. 앞으로 나는 지금보다 더 아름답고 순수할 자신이 없다."라거나 "인간은 성 이전에 영적인 그 무엇이야, 인간이 성으로 차별되는 것은 육체 때문이지, 육체를 넘어선 차원의 합일은 성과 무관한 것이야. 영혼끼리 섞일 때 남성 여성 성별이 문제가 되는 것 아니잖아?"라는 말은 폭력적인 사랑이 순수함과 절대성, 영원성을 획득하게 만드는 주술에 해당한다고 할 수 있다.

그런데 바로 이 점 때문에 이 소설 속의 성은 지나치게 탈성화되는 아이러니를 보인다. 성이 성 자체로 다루어지지 않고 성 이상의 무엇이나 정신을 대변하는 육체가 되면서 '옷을 입은 성'으로 전환되고 있기 때문이다. 따라서 이때의 성은 알몸(naked)이 아닌 누드(nude)가 된다. 케네스 클라크(Kenneth Clark)에 의하면 알몸은 아무것도 걸치지 않은 몸 그 자체나 가식이 없는 본연의 상태를, 누드는 어떤 시각이 도입됨으로써 변형되고 대상화된 상태를 나타낸다.[34] 정신을 보기 위한 프리즘이나 영혼의 합일을 위한 수단으로 기능한다는 점에서 이 소설 속의 성도 알몸이 아닌 누드에 가깝다고 할 수 있다. 현 여사는 남자 중학생 같은 몸매를 지닌 소연에게서 관능적 쾌락을 느끼지는 못한다. 성적 욕망에 대한 탐닉이나 쾌락은 남편에게서 충분히 맛보았기 때문이다. 오히려 그녀들은 서로의 모성을 느끼면서 "생명의 시원"으로 회귀한 듯한 만족감을 느낀다. 이와 연관되어 뤼스 이리가라이(Luce Irigaray)는 여성의 성적 정체성이 근원적으로 동성애적일 수밖에 없는 이유가 바로 인간이 최초로 접촉하거나 사랑하게 되는 육체가 어머니의 육체이기 때문이라고 본다.[35] 그래서 여성의 섹슈얼리티는 어머니와의 동성애에서, 남성의 섹슈얼리티는 어머니와의 이성애에서부터 출발한다는 것이다. 무엇보다도 이런 모성적 동성애는 그 목적이 성욕의 배설이나 만족이 아니라 정서적 교감이라는 점에서 정신적인 성이 된다.

이런 탈성화의 경향은 자신을 죽음으로까지 몰아간 현 여사의 소연에 대한 집착을 통해 레즈비언적 성이 히스테리화할 위험도 동반한다.[36] "너, 내 감정을 희롱하면 죽여 버리겠어.", "난 정신 차리고 싶지 않아.", "네가 아직도 내 진심을 의심한다면 내 몸을 망쳐 보이지."라고 말하는 현 여사에게서 독자들은 사투(死鬪)에 가까운 마지막 안간힘을 느끼기도 한다. 그러나 그녀의 소연에 대한 사랑은 소연의 친구들로부터 변덕이

---

34) 존 버거, 편집부 옮김, 『이미지』(동문선, 1990), 93~96쪽 참조.
35) 이수연, 『메두사의 웃음』(커뮤니케이션북스, 1997), 80쪽 참조.
   토릴 모이, 임옥희·이명호·정경심 옮김, 『성과 텍스트의 정치학』(한신문화사, 1994), 149~176쪽 참조.
36) 피터 브룩스, 이봉지·한애경 옮김, 『육체와 예술』(문학과지성사, 2000), 416쪽 참조.

심한 스토킹으로 오해받을 만큼 병적이거나 맹목적으로 보이는 측면도 있다. 감정의 절박함 속에서만 머물러 있으려는 편집증적 소유욕을 극복하지 못한 유아적 몽상이나 환상에 불과하다는 혐의로부터 자유롭지 못하기 때문이다. 이처럼 병적이고 일탈적인 면이 강조된 동성애는 '욕망의 민주화'라기보다는 비합리적이고 불안정한 '히스테리의 발현'에 가깝다는 오해를 받을 수 있기에 다시 한번 위험한 성이 된다.

또한 온몸이 '심장'인 정신적 존재로서의 여성들이 행하는 성이기 때문에 이들의 동성애는 지나치게 감정적인 차원에 머무르는 한계가 있다. 태풍이나 소용돌이, 광포한 바람처럼 갑자기 혹은 거스를 수 없게 덮치는 열정에 사로잡혀 서로가 서로를 파먹거나 파먹히고, 찌르거나 찔리면서 상처를 입히거나 입고 있기 때문이다. 이럴 때의 여성의 동성애는 "삶이 감추고 있는 메스꺼운 공허에 대한 통렬한 도전"으로서의 의미도 갖지만, 지나치게 감정적인 강렬함이나 운명적인 쏠림에 의지함으로써 현실적인 상처나 억압의 기억이 상대적으로 축소된다. 구체적인 맥락이나 사회적인 배경이 성의 뒷면으로 사라지고, 개인적이거나 실존적인 성이 전면에 부각됨으로써 성이 탈사회화하거나 탈역사화할 수 있다는 것이다.

5 위반의 (무)의식

흔히 여성은 성에 대하여 항상 불편하거나 위험스럽다고 여겨지는 관계만을 맺어 왔다. 여성의 성은 경제적이거나 사회적인 종속에 의해, 아니면 성을 정의하는 남성 권력이나 결혼이라는 제약에 의해 항상 억압당해 왔기 때문이다.[37] 성에 대한 대부분의 은유는 남성의 성과 관련된 행

---

37) 엠마뉴엘 레이노, 김희정 옮김, 『강요된 침묵 ─ 억압과 폭력의 남성 지배 문화』(책갈피, 2001), 146~153쪽 참조.

위나 환상에 기초했으며, 여성의 성은 남성에 의해 주도되고 통제되는 반응에 불과한 것이거나 생식이라는 자연적 의무와 연관되어서만 논의되었다. 이런 편견이나 오해, 억압에 대한 반작용으로 여성의 성은 갑자기 범람하기 시작했다. 그래서 이방인들 사이에서도 자유롭게 이루어지는 '지퍼 없는 섹스'를 통해 죄의식이나 가책이 전혀 없는 섹스까지 가능해졌다.[38] 앤서니 기든스(Anthony Giddens)가 강조하듯이 앞으로의 성은 '플라스틱 섹스(plastic sex)'가 될 수도 있을 것이다. 피임 기술이나 체외 수정법의 발달로 성에 대한 규범이나 제약이 사라짐으로써 '주어진 성'이 아니라 '만드는 성'까지 가능해진다는 것이다.[39]

하지만 성에 대한 이런 청사진에도 불구하고 아직도 여성의 성은 새장이나 게토에 있는 '그림자'의 성이나 '그늘'의 성에 더 가깝다. 빛이나 양지에 해당하는 남성들의 성에 비해 주변화되고 소외되어 있기 때문이다. 이런 까닭에 여성의 성에 접근할 때는 여성의 성을 본질적이거나 고정적인 것으로 파악해서는 안 된다. 여성의 성은 움직이고 변하는, 그래서 유동적이고 이동 중에 있는 어떤 것이다. 그리고 다른 것들과의 관계 속에서 파악해야 조망할 수 있는 것이 바로 여성의 성이라고 할 수 있다. 때문에 구체적인 경험이나 관계 상황을 통해 재구성되지 않으면 여성의 성은 다시 추상화되기 쉽다.

이를 확인하기 위해서 이 글에서는 서영은 소설 속에 나타난 모순적이고 갈등하는 여성의 성에 대해 주목해 보았다. 혐오스러워 보이는 여성의 성이 사실은 왜곡을 통해 폄하되었다는 것(「야만인」), 아마조네스처럼 진보적으로 보이는 여성의 성도 알고 보면 보수적인 가부장적 이데올로

---

38) 모리스 차니, 이익성 · 구본기 · 송성욱 · 류준필 공역, 『우리는 문학 속의 성을 어떻게 이해하는가』 (창과창, 1993), 156~174쪽 참조.

39) 앤서니 기든스, 배은경 · 황정미 옮김, 『현대 사회의 성 · 사랑 · 에로티시즘』(새물결, 1996), 10쪽 참조.

기로부터 자유롭지 못하다는 것(「살과 뼈의 축제」), 일탈적인 동성애가 지나치게 정신화됨으로써 성 자체가 오히려 거세된다는 것(『그녀의 여자』)을 알기 위해서는 복합적이고 입체적인 접근법이 필요했기 때문이다. 이를 통해 확인할 수 있는 것은 여성 작가들의 성이 의식적으로 위반을 지향하지만 무의식적으로는 '위반을 위반'하려는 이중적 욕망을 지니고 있다는 사실이다. 기존의 성 관념이 너무나 견고하고 장구한 역사를 지녔음을, 그래서 새로운 여성의 성 관념 형성에 방해가 되고 있음을 확인할 수 있다.

결국 서영은 소설 속 여성들의 성에 나타난 위반의 양상은 그 타자성으로 인해 이중적 의미를 갖는다. 여성의 성은 결핍·부정·부재·비이성·혼란·어둠의 의미를 지님으로써 긍정적인 남성성의 타자로 존재한다. 그래서 지배적인 남성의 성이 거주하는 중심의 밖에서 존재할 수밖에 없는 주변부의 성이다. 위반적인 여성의 성은 그처럼 소외당했기 때문에 더 예민해진 육체를 통해 기존의 성 관념을 해체시키려 한다. 남근이 없어서가 아니라 권력이 없기 때문에 타자라는 사실을 인식했기 때문이다. 그러나 이런 여성의 비판적이고 저항적 성이 가부장제나 자본주의, 정신 우월주의의 강력함으로 인해 기존의 소극적이고 수동적이며 대상화된 성으로 다시 되돌아감으로써 퇴행하는 경향이 있다. 이런 의미에서 서영은의 소설은 여성적이어도 소외되고 남성적이어도 비판받는 여성의 성이 지닌 딜레마를 통해 위반의 양면성이나 이중적 소외를 보여주는 대표적인 섹스트(sext: sex와 text의 합성어)라고 할 수 있다.

동성애

타자의 정치학, 레즈비어니즘

1 1990년대의 레즈비언 소설

오스카 와일드(Oscar Wilde)가 "감히 그 이름을 말할 수 없는 사랑"이라고 표현했던 동성애에 대한 비난은 동성애를 극악한 죄로 간주하고 종교적으로 비난한 데서 시작되어 도착적인 병이나 선천적인 기형으로 간주했던 19세기 후반과 20세기 초반의 의학적 집단에 이르기까지 오랫동안 이어져 왔다.[1] 인간의 성을 심층적으로 연구한 프로이트조차도 동성애가 타락의 표시라는 기존의 생각과는 거리를 유지했지만 여러 차례 주저 없이 동성애를 이성애로 나아가기 위한 도착이나 비정상이라고 언급하기도 한다. 프로이트조차도 이성애적·생식적·남성 중심적 성 개념에서 벗어날 수 없었기 때문이다.[2]

하지만 고대 그리스 사회에 나타난 남성들 간의 동성애적 친교나 레즈비언(lesbian)이란 말의 어원이기도 한 사포(Sappho)의 '레스보스(Lesbos)' 섬에서의 여성 공동체에서 보듯이 동성애는 인류 역사만큼이나 오래 존

---

1) 팸 모리스, 강희원 옮김, 『문학과 페미니즘』(문예출판사, 1993), 275쪽.
2) 제프리 윅스, 서동진·채규형 옮김, 『섹슈얼리티: 성의 정치』(현실문화연구, 1994), 105쪽.

재해 왔다. 물론 그만큼 동성애에 대한 억압의 역사 또한 그 연원이 길다. 그나마 동성애가 개인의 정체성과 결부되면서 문제적 범주로 규정된 것은 19세기 말에 이르러서이지만, 그 순간부터 동성애는 '비정상'이라는 사회적 낙인이 부과되었다. 2차 세계대전 때 동성애자는 유대인과 함께 인종 청소의 희생자가 되었고, 1980년대 에이즈의 확산은 동성애 공포증(homophobia)을 유발하였으며, 게이와 레즈비언에 대한 사회적·문화적 편견과 폭력을 조장하였다.[3]

그런데 더욱 심각한 문제는 동성애 담론에서도 여성은 두 가지 면에서 이중 소외된다는 것이다. 첫 번째는 동성애에 대해 우호적이었던 고대 로마와 그리스 사회에서 확인되듯이 그 배경에는 여성 혐오증이 자리 잡고 있다는 것이고, 두 번째는 남성 동성애자인 게이보다 여성 동성애자인 레즈비언들이 더욱더 핍박받는다는 사실이다. 여성은 인간이 아니기에 인간인 남성을 사랑할 수밖에 없다는 남성 중심적 태도나, 남성 간의 사랑보다 여성 간의 사랑이 더 위험하다는 여성 차별적 생각 모두 동성애에까지 침투한 불평등한 시각이라고 할 수 있다.

우선 남성 동성애 속에 뿌리 깊게 자리 잡고 있는 여성 혐오증에 대해 살펴보면, 남성과 남성끼리의 성관계에는 여성을 성적 대상으로라도 인정하지 않으려는 태도가 엿보인다. 이제 남성들은 서로를 진리 탐구의 동반자들로서뿐만 아니라 성적 대상으로까지 삼음으로써 여성을 단지 씨받이나 양육자, 가사 노동자로서만 간주하게 된다. 정신적 관계뿐 아니라 육체적 관계도 남성끼리 나누려는 반여성주의의 극치가 바로 고대의 동성애였다. 이는 동성애 상대로서 여성스러운 소년이 아니라 남성다운 소년을 선택했다는 데에서도 증명된다. 여성 자체가 이성적 관계를 맺기에는 열등하고 불완전한 존재라는 사고를 지녔기 때문이다. 그래서

---

3) 노승희, 「섹슈얼리티의 민주화와 레즈비언, 게이 이론의 변동」, 《문학사상》, 2005년 5월호, 285쪽.

여성이 아닌 남성을 좋아하는 남성이 아니라 나약하고 수동적인 남성을 좋아하는 남성이 오히려 비난의 대상이었다. 또한 그리스에서 동성애는 소년이 성인으로 성숙하는 삶의 한 과정으로 받아들여졌기 때문에 그리스인들은 가부장적 사고를 유지하면서도 동성애를 선호했다.[4] 여기서 "남자와 성교하는 남자는 이중으로 남자이다."[5]라는 장 주네(Jean Genet)의 여성 혐오증적 생각이 얼마나 오래된 기원을 두고 있는지 확인할 수 있다.

다음으로 여성이 동성애 담론에서 이중 소외되는 두 번째 이유인 레즈비언 문제를 살펴보자. 사실 지난 몇십 년간의 성 해방 물결이 일으킨 효과 중 가장 눈에 띄는 것은 동성애 문제가 침묵의 그림자를 깨고 빛을 보게 되었다는 것이다.[6] 더 이상 동성애는 정신 질환이 아니라 이성애 중심주의의 보편성을 상대화하려는 기능을 담당하게 되었다.[7] 동성애가 병적이고 비도덕적인 냄새를 벗고 성적 이형태(異形態)로서의 다양성과 개방성을 확보하게 되었지만, 그럼에도 불구하고 게이에 비해 레즈비언은 도덕적으로 더 타락했고, 의학적으로 더 병들어 있으며, 심리학적으

---

4) 장영란, 「여성 혐오증과 동성애」, 『신화 속의 여성, 여성 속의 신화』(문예출판사, 2001), 299~322쪽.
  폴 베인, 「고대 로마와 동성애」, 필립 아리에스 외, 김광현 옮김, 『성과 사랑의 역사』(황금가지, 1996), 52~59쪽.
5) 케이트 밀레트, 정의숙·조정호 공역, 『성의 정치학』(하)(현대사상사, 1976), 650쪽.
6) 한국에서도 1994년 연세대학교 동성애자 모임을 시작으로 6~7개의 대학 동성애자 인권 동아리가 생겨났으며, 《친구사이》, 《끼리끼리》, 《버디》 같은 동성애자 소식지나 잡지들도 발간되기 시작했다.(1999년 10월 4일에는 서울대학교의 동성애자 동아리인 '마음 006'을 대학 본부가 공식 동아리로 처음 인정했다.) 일반 대중 또한 1990년대 들어 외국 영화(「패왕별희」, 「크라잉 게임」, 「토탈 이클립스」, 「필라델피아」, 「결혼 피로연」)나 방송 인터넷 연결망 등을 통해 동성애 존재에 보다 익숙한 분위기가 되었다. 근년에는 레즈비언을 위한 전용 카페, 극장, 그리고 전용 인터넷 사이트도 생겨났다.(2000년 2월 현재 우리나라의 레즈비언 전용 인터넷 사이트는 'Club Bandit 2000'을 위시한 10여 개가 있다.)
  연점숙, 「억압적 이성애 제도에 대한 거부와 대안 ── 레즈비언 페미니즘」, 한국영미문학 페미니즘 학회, 『페미니즘: 어제와 오늘』(민음사, 2000), 322~323쪽 참조.
7) 마이클 폴락, 「동성애 또는 게토에서의 행복」, 필립 아리에스 외, 앞의 책, 66~67쪽.

로 더 왜곡되어 있는 것으로 간주된다. 결혼 제도에 편입되기를 거부하면서 재생산을 위한 생식을 거부하는 여성들에 대한 단죄가 일어나기 때문이다. 기존의 지배 질서를 유지하기 위해 사회는 레즈비언들의 몸 자체에 주홍글씨를 새긴 것이다. 레즈비어니즘(lesbianism)은 "감히 그 이름을 말할 수 없는 사랑" 정도가 아니라 '마땅히 이름조차 가지지 못한 사랑'으로 취급되는 것이다. 여성 동성애자가 가족과 민족의 수호 성인이자 어머니인 여성의 역할에 심각하게 도전한다고 생각했기 때문이다.[8]

이런 맥락에서 레즈비어니즘과 페미니즘은 쉽게 결합될 수 있다. 여성 중에서도 더욱 억압받는 여성들인 레즈비언들이 페미니즘과 문제의식을 공유하는 것은 당연하기 때문이다. 따라서 초기의 레즈비언 페미니즘은 분리주의를 주장하는 급진적 페미니즘을 모체로 태동했다. 그러나 레즈비어니즘이 이성애주의를 거부하는 것에 비해, 페미니즘은 가부장제를 거부한다는 점에서 시각차가 존재한다.[9] 레즈비어니즘은 가부장제가 사라진다 해도 이성애주의가 남아 있는 한 여성은 남성의 억압으로부터 자유로울 수 없다고 보기 때문이다. 그래서 페미니즘 내에서도 레즈비언 페미니즘은 차별받았다. 가령 『여성의 신비』를 쓴 베티 프리던(Betty Friedan) 같은 이성애적 페미니스트들은 레즈비언들이 여성 운동에 악영향을 끼칠지도 모른다고 생각해서 거부했다.[10] 지금은 레즈비어니즘 내부에서도 '여성들은 모두 태어날 때부터 레즈비언이다.'라는 본질론적 입장과, '레즈비언은 여성이 아니다.'라며 결정론적인 성차나 젠더의 구분 자체를 거부하는 급진적 입장으로 갈라지기도 한다.[11] 그러나 레즈비언

---

8) 조지 모스, 서강여성문학연구회 옮김, 『내셔널리즘과 섹슈얼리티』(소명출판, 2004). 160, 184쪽 참조.

9) 연점숙, 앞의 글, 321쪽.

10) 팸 모리스, 앞의 책, 274쪽.

11) 같은 책, 284~285쪽.
   연점숙, 앞의 글, 312~313쪽.

페미니즘은 동성애자 남성보다 이성애자 여성들과의 긴밀한 유대를 강조하면서 지속적으로 레즈비어니즘과 페미니즘의 결합에 관심을 갖는다.

1990년대에 들어와 한국 소설에서도 동성애 담론이 급부상한다. 물론 소설 「윤광호」나 『무정』에서 근대 문학의 창시자인 이광수도 동성애를 직·간접적으로 다루었다.[12] 그리고 1920년대의 여성 잡지인 《신여성》에도 당시 유행했던 여학생들끼리의 짝패, 즉 당시 유행어로 동성애 문제가 자주 거론되었다.[13] 하지만 1990년대에 들어와 동성애와 동성애 혐오증 자체가 본격적으로 공론화되거나 소설의 중요 모티프로 등장했다고 볼 수 있다.[14] 그런데 의외로 1990년대 이후의 소설에서는 게이보다는 레즈비언이 등장하는 소설들이 상대적으로 더 많은 비중을 차지한다. 물론 레즈비언을 다룰 때도 그 층위가 동일한 것은 아니기에 '레즈비언 소설'이라고 했을 때 그것이 레즈비언이 쓴 소설인지, 아니면 레즈비언에 관해서 쓴 소설인지, 또는 레즈비언의 '비전'을 표현한 작품을 말하는지

---

12) 한승옥, 「동성애적 관점에서 본 「무정」」, 《현대소설연구》 20호, 2003년 12월호.
   손정수, 「병리학의 소설사」, 『미와 이데올로기』(문학동네, 2002).

13) 1920년대 《신여성》에 나타나는 여성 동성애 문제의 특성을 요약하면, 첫째, 여성들의 동성애는 여학교라는 새로운 공적 공간이 등장하면서 여성들의 교제를 바라본 당대 지배 담론의 우려에서부터 비롯되었다. 둘째, 여성들의 동성애는 결국 이성애를 위한 '연습' 내지는 '준비'라는 입장에서 동조되었으며, 이는 사실 우리나라에서 동성애 문제가 본격적으로 다루어지지 않았다는 사실과 동성애를 더러운 성욕의 만족으로 치부하는 이성애 중심적 사고에서 벗어나지 못했음을 보여 준다. 셋째, 남성 동성애 문제는 대두되지 않기 때문에 마치 동성애가 여성들끼리의 좋지 못한 병후나 여성들의 무절제한 본성으로 치부될 수 있는 가능성이 농후했다. 마지막으로, 여성 동성애 문제는 성적 소수자 문제에서 비롯되었다기보다는 여성들 간의 우정을 인정하지 않았다는 데서 비롯되었다는 사실이다.
   김윤선, 「또 다른 신여성 ── 노처녀, 제2부인, 동성애자」, 태혜숙 외, 『한국의 식민지 근대와 여성 공간』(여이연, 2004), 21쪽.

14) 앞으로 본론에서 분석하게 될 신경숙의 「딸기밭」이나 이남희의 「플라스틱 섹스」 연작, 이나미의 「푸른 등불의 요코하마」 이외에도 대표적으로 차현숙의 「나비, 봄을 만나다」, 김영하의 「거울에 대한 명상」, 조경란의 「푸른 나부」, 백민석의 『내가 사랑한 캔디』, 윤대녕의 「수사슴 기념물과 놀다」와 「흑백 텔레비전 꺼짐」, 서영은의 『그녀의 여자』, 천운영의 「월경」, 하성란의 「푸른 수염의 첫 번째 아내」, 정이현의 「무궁화」 등과 같은 작품들을 예로 들 수 있다.

에 대한 기준이 명확하게 제시되어야 할 것이다.[15] 그러나 성적 소수자로서 부재나 결핍을 문제 삼는 레즈비언 소설을 통해 이중 소외를 겪는 여성의 몸을 살펴보는 것은 의의 있는 작업이 될 것이다.

　물론 남성 작가가 여성 소설을 쓸 수 있는 것처럼 작가가 이성애자이거나 남성이어도 레즈비언 문제를 다룰 수 있다. 그리고 성적인 정체성의 문제만이 아니라 '자매애(sisterhood)'나 '여성 공동체(lesbian conti-nuum)'[16] 의식을 다룬 소설도 광의의 레즈비언 소설에 속한다고 할 수 있다. 하지만 이 글에서는 보다 분명한 입장이나 기준을 위해 '여성 작가가 쓴, 그리고 여성 간의 성관계가 분명하게 드러나면서 레즈비언적인 의식까지 문제 삼는 소설'을 대상으로 그런 소설들이 보여 주는 레즈비언적 '비전'이 무엇인지 고찰해 볼 것이다. 의식의 차원이 아닌 몸의 차원에서, 그리고 보편성이나 정치성만이 아니라 특수성이나 순수성의 차원에서 레즈비어니즘을 문제 삼기 위해서는 몸과 정신적 차원에서 공히 레즈비언 의식을 보여 주는 여성들이 등장하는 소설을 대상으로 하는 것이 더 효과적이기 때문이다.[17] 그리고 여성과 여성의 몸이 만나면서 발생하는 이중 소외를 통해 오히려 정상적이고 일상적인 몸으로 간주되는 제도적·권력적인 몸을 역추적할 수 있기 때문이기도 하다. 따라서 레즈비언

15) 보니 지머만, 「결코 존재하지 않았던 것: 레즈비언 페미니스트 문학비평 개관」, 일레인 쇼월터 엮음, 신경숙·홍한별·변용란 옮김, 『페미니스트 비평과 여성 문학』(이화여자대학교 출판부, 2004), 270쪽 참조.

16) 아드리엔 리치(Adrienne Rich)가 제안한 '레즈비언 연속체'는 다른 여성과 반드시 성적 경험을 갖지 않는 여성이라 해도 여성 동일시 여성의 자세와 열정을 가짐으로써 여성 속에 들어 있는 긍정적이며 생명력 넘치는 여성의 풍부한 내면 생활, 남성 독재에 대한 여성의 결속 등을 통해 여성 역사와 심리의 폭을 넓혀 갈 수 있다는 것을 보여 준다.
　연점숙, 앞의 글, 310~311쪽.

17) 단순히 자매애나 여성 공동체 의식만을 추상적이고도 관념적으로 보여 주는 소설들은 동성애 관계와 비동성애적인 여성의 우정 사이, 또는 레즈비언의 정체성과 여성 중심의 정체성 사이의 구분을 흐릴 위험을 갖고 있다. 여성 동성애 이론가들이 여성 동성애를 힘과 독립성, 가부장제에 대한 저항과 동일시함으로써 재규정할 때에도 이와 유사한 문제점이 발생한다.
　보니 지머만, 앞의 글, 265~266쪽 참조.

들의 몸에 대한 고찰을 통해 정상과 비정상, 일상과 비일상, 남성과 여성, 여성과 여성 사이의 갈등이 첨예화되는 양상이나, 현실적 억압을 넘어 또 다른 가능성을 추구하는 새로운 여성의 몸들이 공론의 장(場)으로 나올 수 있도록 하는 것이 이 글의 목적이다.

2 변형된 이성애와 도구적 레즈비어니즘

신경숙의 「딸기밭」[18]은 서른다섯 살의 '나'가 스물세 살 때 만났던 '그 남자'와 '유'에 대해 회상하는 것을 중심으로 서술되고 있는 중편 소설이다. 정확하게 말하면 모든 욕망이 거세된 현재의 '나'가 치열하게 욕망을 추구했던 과거의 '나'를 되돌아보는 소설이라고 할 수 있다. "그때의 나는 욕망이 있었다."라는 인식과 "변화의 가능성이 없는 채로 내게 주어진 이 평범한 현실을 초월하고 싶은 남은 욕구가 야심 없이 운동하고 있을 뿐이라는 쓸쓸한 생각" 사이에서 '나'는 혼란스러워 하고 있다. 그런데 과거의 '나'가 지녔던 욕망이 금기에 대한 욕망이었다는 데 문제의 심각성이 있다. '그 남자'와 '유'를 향한 '나'의 욕망이 겉으로 보기에는 각각 '완전한 결핍'과 '완전한 충족'을 대변하기에 대조적이다. '그 남자'는 '나'를 먼저 떠날 수 없을 정도도 초라하고 누추한 외모와 조건을 지녔기에 '나'에게 안도감을 주는 이성(異性)인 반면, '유'는 '나'가 가지지 못한 아름다움과 신비로움을 지녔기에 '나'에게 동경과 질투심을 동시에 유발시키는 동성(同性)이다. 하지만 이 두 사람은 모두 "접근 금지"로 대표되는 일탈이나 침범을 향한 '나'의 욕망을 상징하는 인물들이다. 이처럼 그 둘을 통해 겉으로 보기에는 전혀 다른 외모를 지녔지만 결국에는 하나로

---

18) 신경숙, 『딸기밭』(문학과지성사, 2000).

모아지는 '나'의 금기에 대한 욕망은 과연 무엇일까.

첫 번째로, '나'가 '그 남자'와 '유'를 통해 일탈하고 싶은 것은 의외로 1980년대라는 시대적·사회적 현실이다. 이 소설에서 느껴지는 추상적·상징적·서정적 아우라로 인해 간과되기 쉽지만, '나'의 욕망을 추동시키는 강력한 힘은 시대의 억압이다. 소설 속에 1980년대를 상기시키는 5월의 광주, 드라마 「모래시계」의 배경인 정동진, 최루 가스, 전경 차, 정태춘과 박은옥의 노래 등의 기호들이 끊임없이 삽입되면서 그것들에 의해 '나'의 욕망이 좌우되었음을 보여 주기 때문이다. '나'에게 문예지 영인본을 팔러 온 외판 사원이었던 '그 남자'는 고등학교도 제대로 마치지 못했고, 당시의 젊은이들처럼 '이념형'의 분위기 때문이 아니라 단지 살의를 풍기는 '범죄형' 외모로 인해 언제나 검문을 받는다. 그러나 바로 이처럼 시대와 무관한 아픔을 지녔다는 이유로 '나'는 '그 남자'에 대해 욕망을 품는다. 붉은 장미 덩굴로 덮인 이층집에서 풍요롭게 자란 '유'에게서 느끼는 욕망도 이와 비슷하다. '유' 또한 시대의 아픔과는 무관하다는 듯 매끈한 종아리가 드러나는 화사한 치마를 입고 다니면서 자유로움과 평화로움을 구가한다. 그들의 이런 시대와의 절연이 그들에 대한 '나'의 욕망을 부추긴다. 때문에 그들을 통해 발현된 '나'의 욕망은 사소한 일상에까지 스며 있던 시대의 억압으로부터 탈출하고 싶은 욕망에 다름 아니게 된다.

두 번째로 '그 남자'와 '유'에게서 발견한 '나'의 일탈적 욕망은 비일상적인 성에 대한 추구라는 점에서 다시 겹쳐진다. '그 남자'에 대한 '나'의 감정은 '그 남자'가 어릴 때 떠나 버린 자신의 아버지처럼 '흰 고무신'을 신었다는 사실에서 촉발된다. 때문에 '그 남자'와 아버지는 흰 고무신으로 인해 동일시되고, '나'의 '그 남자'에 대한 욕망을 근친적 사랑에 가깝게 만든다. 전쟁의 상처로 인해 끊임없이 떠돌아다니면서 '나'와 가족에게 결핍감을 주었던 아버지와는 달리 확실하게 떠돌아다니지 않을 '안전한 사람'인 '그 남자'를 '나'가 선택한 것 자체도 아버지로 인한 부재나 결핍을 보상받으려는 심리 때문이다. 따라서 '나'는 자신을 업어 주는 그 남자에게서 아버지가 주었을 듯한 "모든 존재론적인 불안 의식으로부터 보호받고 있는 듯한 느낌"을 받는다. 그리고 '그 남자'도 발육 부진의 소녀 같은 '나'의 몸을 탐하며 "근친애"를 느낀다. 마치 아버지와 딸 사이에 일어나는 근친상간적인 성관계가 이루어지고 있는 것이다.

더욱 심각한 일탈적 성은 '유'와 나누는 동성애이다. '나'는 처음에 '유'에게 순수한 자매애를 느낀다. 그러나 '유'가 자신의 경제적 궁핍을 더욱 극대화시켰던 이층집 딸이라는 것을 알았을 때 자매애적 감정은 소멸되고 난폭성이나 공격성, 배제의 감정이 일어난다. "내게서는 찾아볼 수 없었던 점만을 골고루 지녔던" '유'에 대한 '나'의 감정은 결핍, 불균형, 고통, 불가능에 대한 거부와 공격에 해당한다. 풍요나 균형, 기쁨, 가능의 축을 대표하는 '유'를 침범하거나 그녀에게 침범당함으로써 '유'와 '나'는 하나가 될 수 있다는 동일시의 감정을 느끼는 것이다.

처녀는 유의 밝은 귓불에 혀를 갖다 댄다. 유의 흰 목덜미에 처녀의 손자국이 빨긋하다. 처녀는 유의 목에 나 있는 자신의 손자국을 따라 유를 애무한다. 유의 천진함. 처녀가 유의 약간 벌어진 입 속에 혀를 밀어넣을 때까지도 유는 저항하지 않는다. 나직하다. 평화롭다. 적의가 없다. (중략) 처녀는 눈을 감아 버린다. 뺨에서, 배에서, 허벅지에서 딸기가 으깨어지는 감촉이 유를 거부할 수 없게 한다. 유의 감미로운 손가락이, 입술이, 아무것도 남지 않는다. 어떠한 찌꺼기도. 엎치락뒤치락거리는 욕망 속으로 모든 것이 빠져들어 간다. 엷은 땀 냄새도 딸기를 키운 흙냄새도 그 남자와의 행위 뒤에 남겨지던 고독까지도.

하지만 문제는 이런 '유'와의 결합이 아버지에 대한 '나'의 욕망과 무관하지 않다는 것이다.[19] 만약 아버지가 생물학적인 아버지가 아닌 "중심이 될 만한 이정표"를 의미하는 상징적 질서에 해당한다면 '유'는 '또 다른 아버지'일 수 있기 때문이다. '나'가 '유'와 동성애적 관계를 갖게 된 때는 '그 남자'와의 관계가 이미 소강 상태에 빠진 시기이다. 자신을 떠나지 않는 아버지, 자신에게 모든 것을 주는 아버지는 이미 자신의 아버지가 아니다. 충족된 욕망은 이미 욕망이 아니기 때문이다. 그리고 충족된 욕망은 사라지지 않고 대상과 방향을 바꾼다. 따라서 '나'는 기다리고 있는 그 남자에게 가지 않고 새로운 아버지로 설정된 '유'를 따라 딸기밭으로 가서 '새로운 아버지'와 근친적이면서도 이성애적인 사랑을 맺게 된다.

하지만 '유' 또한 딸기밭에서 돌아온 후 아버지처럼 '나'를 떠난다. "아버지처럼 너도 가 버렸다." 그리고 나중에 안 사실이지만 스물일곱 살의 젊은 나이에 미국 땅에서 '유'는 실족사한다. 이처럼 '유'는 '그 남자'와 달리 '나'를 떠남으로써 혹은 죽음으로써 영원히 부재와 결핍의 상징인 아버지로 남아 있게 되고, 영원히 떠도는 기표로 자리하게 된다. '나'에게 아버지는 금기일 때만 아버지일 수 있다. 그래서 '나'에게 아버지는 아무리 가지려 해도 가질 수 없는 존재이다. '그 남자'를 가지고 '유'를 가져도 아버지는 가질 수 없다.

이와는 다른 맥락에서 '유'를 자신의 욕망을 부추기는 새로운 아버지가 아니라 '완벽한 딸'로서의 자신의 모습을 투영한 존재로 해석할 수도 있다. '나'가 '그 남자'와 처음으로 성 관계를 가진 것은 이층 방 창문으로 훔쳐본 '유'의 나신이 만들어 낸 "아름다운 선" 때문이다. 선병질적인 자신의 몸과는 달리 완벽한 관능성을 지닌 '유'의 몸에 대해 '나'는 동경이 아닌 살의를 느낀다. 그래서 '유'와의 동성애적 관계에서 '나'는 그녀

---

19) 프로이트도 아버지에 대한 집착과 그 좌절로 여성 동성애를 파악하고 있다.

프로이트, 김명희 옮김, 「여자 동성애가 되는 심리」, 『늑대 인간』(열린책들, 2003), 361~362쪽.

를 목 조르려 한다. 이것은 자신과는 달리 '완벽한 딸'에 해당하는 그녀에 대해 질투를 느꼈기에 완벽한 그녀를 죽임으로써 아버지의 사랑을 독점하고 싶다는 욕망 때문일 수 있다.

이처럼 '나'가 '유'에게 매료된 데에는 '그녀라면 아버지를 가질 수 있다.'라거나 '나는 그녀와 다르기 때문에 아버지를 가질 수 없었다.'라는 식의 동경과 질투, 자기 비하가 복합적으로 깔려 있다.[20] '유'를 '또 다른 자아(alter ego)'로 설정함으로써 아버지에 대한 딸로서의 근친적 욕망을 드러낸다는 사실은 '나'가 '유'와의 동성애적 결합 후에 아버지를 떠올리는 것에서 확인된다. '그 남자'에게 '나'가 '유'였다면, '유'에게 '나'는 '그 남자'이다. 그렇다면 '나'는 강자와 약자, 남성과 여성의 입장을 바꾸면서 아버지와 딸 사이의 관계를 반복한다고 볼 수 있다.

이렇게 볼 때 「딸기밭」에서 '욕망의 모호한 대상'으로서의 '유'는 동성애적 상대가 아니라 아버지를 향한 근친애적 이성애의 상대에 더 가깝다. '유'가 '또 다른 아버지'이든 아니면 '완벽한 딸'이든 상관없이 그녀를 향한 '나'의 욕망의 기저에는 아버지를 욕망하는 것에 대한 매혹과 두려움, 성공과 좌절의 이중 심리가 자리 잡고 있기 때문이다. 따라서 '유'에 대한 일탈적 욕망을 통해 '나'는 아버지에 대한 금기와 그에 대한 위반을 동시에 보여 준다고도 할 수 있다. 부재나 결핍, 소멸을 통해 오히려 존재나 풍요, 영원을 상기시키는 아버지에 대한 원망(怨望)과 원망(願望)에 의해 성장하는 딸의 성장의 서사가 바로 이 소설이다. 아버지로부터의 분리를 통해 성인으로 나아가는 과정을 보여 주기 때문이다.[21] 이

---

20) 변학수, 「갑자기 충동이 엄습하는 것은 ─ 신경숙 「딸기밭」」, 『프로이트 프리즘』(책세상, 2004), 234~242쪽.

21) 신경숙의 소설이 대체적으로 오이디푸스적 삼각 구도 중심에서 매개항으로 존재하는 여성 인물들을 중심으로 전개되기에 어렸을 때는 아버지를 통해, 그리고 성장해서는 아버지를 대체하는 연인을 통해 자신의 정체성을 드러내는 경우가 많다는 것도 이런 해석을 뒷받침해 준다. 힘들게 아버지를 넘어선 딸들이 다시 아버지로 회귀하는 오이디푸스적 욕망으로부터 자유롭지 못한 것이 신경숙 소설이라는 것이다.

런 맥락에서 다음과 같은 이 소설의 결말은 중요하다.

딸기밭에서 돌아온 후 나는 금지된 것들 근처에는 가지 않는다. 생의 불가
능성을 받아들인다. 내가 분석할 수 없는 또 다른 세계가 누군가의 인생 속에
서 진행되고 있다는 것도, 그것이 인간을 변화시키리라는 것도. 내 인생에 그
남자와 유를 통과시킴으로써 나의 욕망은 끝에 다다랐다. 지금 진행되고 있
는 망각의 일만 남아 있었을 뿐. 지금으로서는 그 옛날 금지된 것을 향해 한
발짝 한 발짝 치닫던 처녀가 나였는지조차 희미할 뿐.

여기서 "금지된 것들"이나 "생의 불가능성"은 가질 수 없는 것에 대한
욕망을 의미한다. 아버지 자체에 대한 욕망이든 아니면 그것을 가능케
하는 아름다움에 대한 욕망이든 '나'에게는 그것이 접근 금지된 일탈적
욕망이다. 아버지는 부재하고, 아름다움은 불가능한 꿈이다. 하지만 이
처럼 금지된 것이기에 '나'에게 더욱더 커다란 욕망을 불러일으킨다. 또
한 허락되지 않은 것이라는 점에서 이런 욕망은 레즈비언적 욕망과 맞닿
는다. 여기서 이 소설 속의 동성애가 이성애를 수용하기 위한 비정상적
인 욕망, 성인이 되기 위한 미성년의 성장통, 시대적 억압을 견디기 위한
왜곡된 행위 등으로 기능함을 확인할 수 있다. 레즈비언 관계가 '세계의
틈'이나 '세계의 분열'과 연결되면서 거기에 함몰된 존재들의 비운을 상
징하고 있기 때문이다.[22] 따라서 그 자체가 아니라 다른 무엇을 위한 도
구로 기능하는, 그래서 이성애로 회귀하거나 이성애를 강화시키는 역할
을 하는 것이 바로 이 소설 속의 레즈비어니즘이다. 아버지, 즉 남성을
통해 자신을 바라보고, 아버지로부터 사랑받기 위해 노력하는 딸이 남성

공임순, 「오이디푸스적 시선 속에 동요하는 글쓰기」, 서강여성문학연구회 편, 『한국 문학과 모성
성』(태학사, 1998), 255, 264쪽 참조.
22) 김병익, 「존재의 괴리, 그 슬픈 아름다움」, 『딸기밭』(해설)(문학과지성사, 2000), 202쪽 참조.

중심적인 이성애의 자장으로부터 자유롭지 못한 동성애를 과도기적으로 경험한 것이 바로 '딸기밭'에서의 '나'와 '유'가 나눈 '동성애 아닌 동성애'라고 할 수 있다.

3 가부장제 비판과 저항적 여성의 몸

영국의 사회학자 앤서니 기든스에 따르면 현대의 성은 '조형적 성(plastic sexuality)'으로 대표된다. 피임 기술이나 시험관 아기 같은 의료 기술의 발달로 인해 재생산을 위한 성에서 벗어나면서 성 자체가 새롭게 부상하고 있는 자아 성찰적 기획에 포함된다는 것이다. 이럴 때 성도 이미 주어진 것이 아니라 인간이 스스로 결정하고 선택하는 문제로 변화한다고 본다.[23] 특히 이러한 조형적 성에는 여성의 성적 자율성과 동성애의 확대라는 두 가지 요소가 결부되어 있다고 기든스는 진단한다.[24] 한국 소설에서도 1990년대부터 불륜적 사랑을 통해 성적 욕망의 주체로서의 여성을 강조하는 여성 소설들의 경향이나 동성애 담론을 통해 조형적 성의 모습이 구체적으로 형상화되고 있다.

이남희의 「플라스틱 섹스」 연작은 「플라스틱 섹스」, 「여자가 여자일 때 — 플라스틱 섹스 II」, 「어두운 열정 — 플라스틱 섹스 III」으로 이루어져 있다.[25] 첫 번째 연작인 「플라스틱 섹스」에서 작가는 밑바닥에서부터 혁명 중인 성의 변화에 대해 강조한다. 지금까지는 생식과 연결되지 않는 성을 도착적인 것, 변태적인 것, 잘못된 것으로 간주하였지만, 과학의 발달로 인해 생식과 섹스가 분리되고 있음을 밝히고 있다. "아마도

---

23) 앤서니 기든스, 배은경·황정미 옮김, 『현대 사회의 성·사랑·에로티시즘』(새물결, 1996), 277~284쪽.
24) 노승희, 앞의 글, 281쪽.
25) 이남희, 『플라스틱 섹스』(창작과비평사, 1998).

몇 년 지나지 않아 인공 수정이나 복제가 섹스와 분리된 생식의 기념을 완성하게 될 것이고 생식으로서의 성이라는 개념은 놀이로서의 성이라는 개념에게 완전히 자리를 내주게 되지 않을까."라는 것이 소설 속 주인공인 소설가 노은명의 생각이다.

이처럼 '생식으로서의 성'에서 '놀이로서의 성'으로 변해 가는 성 혁명을 실제로 보여 주는 것이 노은명과 이초록의 관계이다. 열 살 이상이나 차이 나는 동성 간의 사랑이지만, 그녀들은 그 관계를 통해 놀이로 전환되는 성의 자유로움과 쾌락을 체험하게 된다. 동성 간이기 때문에 친밀성의 영역을 더 잘 확보할 수 있다는 것이다. 여성 간의 성 결합에서는 남성과 관계할 때 느꼈던 '누가 누구를 범한다'라는 굴욕적인 감정 없이 상대방을 친절하게 배려함으로써 동등하게 즐길 수 있기 때문이다. 소설 속에서도 이전까지 이성애 관계를 가졌던 은명이 다소 주춤하자 초록이는 "놀이라면서 무슨 정상, 비정상이 있어?"라거나, "그 사람이 좋고 만지고 싶은데 같은 여자니까 안 된다, 그게 더 부자연스러운 거 아냐? 자신의 욕망을 표현하는 게 아름다운 거잖아?"라면서 은명의 위선을 비판한다. 이런 초록이의 자유로운 사고를 통해 은명 또한 그녀에게 자연스럽게 동화된다. 다음의 예문은 두 번째 연작인 「여자가 여자일 때 — 플라스틱 섹스 Ⅱ」에서 은명이 초록이와의 관계에 대해 묻는 언니 은애에게 자신의 변화나 즐거움에 대해 설명하는 말이다.

솔직히 말한다면 그동안 난 내가 여자로 태어났다는 사실에 분노를 품고 있었던 거 같아. 그런데 초록이하고 사귀어 보니까 다르더라구. 내 느낌이나 생각을 비교하지 않게 되니까 우선 좋았지. 내가 여자인 게 좋아졌어. 내가 여자라는 사실이 만족스러워. 전엔 내가 남자라면 더 좋았을텐데 하는 생각을 많이 했었어. 남자였다면 이런저런 불편은 없을 테고 이런저런 일을 할 수 있고 말야. 물론 지금 그 생각이 아주 없는 건 아닌데…… 음…… 설명하기가 어렵네. 암튼 난 감춰진 미지의 대륙을 발견한 콜럼버스 같은 기분인지도 몰라.

하지만 문제는 이처럼 자신이 여자인 것을 좋아하게 만들어 준 초록이와의 관계가 지속될 수 없다는 것이다. 그만큼 은명을 둘러싸고 있는 관습적 제도의 힘이 여전히 강하기 때문이다. 은명은 초록이와 관계를 할 때에도 온갖 궁리를 하고, 자신의 감정을 의심하며, 타인의 시선을 의식한다. 그래서 서로의 몸에 예민한 초록이 또한 그런 은명의 두려움과 혼란을 즉각적으로 알아챌 수밖에 없다. 초록이가 은명에게 "언니는 좀 깨야 돼. 자기가 느끼는 걸 왜 부정하려고 해? 언니도 이걸 바라고 좋아하고 즐긴다는 거 난 느낄 수 있는데……."라며 실망을 표하다가 결국에는 그녀를 떠난다.

이처럼 은명이 동성애에 대해 느끼는 동경과 거부는 그녀가 느끼는 가부장적 사회의 규율이나 억압과 상관 있다. 은명이 동성애 성향을 가지게 된 이유를 밝혀 주는 기원의 서사에 해당하는 것이 두 번째 연작인 「여자가 여자일 때 — 플라스틱 섹스 II」이다. 이 소설에서 은명의 가족사가 밝혀진다. 은명이 거부하는 여성성을 보여 주는 인물이 그녀의 어머니와 언니 은애이고, 이런 여성성을 형성하게 한 것이 바로 그녀의 아버지이다. 그녀의 아버지는 지방을 돌아다니며 근무해야 하는 공직자로서, 젊었을 때부터 각 지방의 여자들과 딴살림을 차린다. 그런 아버지에 대해 딸들과 함께 증오와 경멸을 공유했던 어머니도 결국에는 아버지에게 순종한다. 은명의 언니 은애 또한 결혼과 생식을 행복의 절대 조건이라고 생각하며 전업주부나 모성의 역할에 만족한다. 현실 원칙을 따르는 데서 오는 기득권을 포기하지 못한 것이다. 이런 가치관을 지녔기에 힘들게 아들을 낳았을 때는 의기양양했다가, 자궁 적출 수술을 받게 되자 자신의 여성성과 모성성의 토대가 흔들린다고 생각하여 신경증적인 우울증을 보인다.

어렸을 때 가끔 나타나는 아버지는 그림자에 불과했다. 아버지는 손님이었고 어머니가 주인으로서 집안을 장악하고 있는 것 같았다. 어머니가 하는 일은 어린 그들의 눈에 당장 보였고 감명을 주었다. 그들은 어머니에게 의지했고 어머니의 느낌이나 요구가 행동 지침이 되었다. 그들은 어머니의 마음에 들기 위해 노력했다. 차츰 철이 들면서 겉보기와는 달리 어머니가 아닌 아버지의 뜻이 그들을 지배하고 있음을 깨달았고 어머니의 요구란 아버지의 뜻의 충실한 반영에 불과함을 알게 되었다. 철이 드는 과정은 그에 적응하려고 경쟁하는 과정이기도 했다. 은애가 여자다운 상냥함과 허약함을 내세워 가정에 무관심한 아버지의 관심을 끌고 보호받으려 했다면 은명은 자기 고집을 세우고 책으로 도피해 버린 셈이었다.

상냥함과 허약함의 이미지를 통해 보호와 혜택을 누리려는 여성성이 자신 스스로 선택한 것이 아니라 남성 중심적 이데올로기가 주입시킨 것에 불과하다는 것을 모르는 은애에 대해 은명은 답답함을 느낀다. 자신이 원하는 자기 자신의 모습이 아니라 남성이 원하는 여성의 모습으로 살아가는 것이 '본능'이 아닌 '학습'의 결과임을 알려 주려는 은명의 노력은 "애 낳는 게 책 한 권 쓰는 것보다 훨씬 더 가치 있고 해볼 만한 일"이라고 믿거나, "남편이란 다른 거야. 순수하게 남자인 것만은 아니라구."라고 말하는 은애 앞에서는 무용지물이 된다.

이처럼 제도로서의 가족이나 모성, 결혼, 사랑에 대한 회의와 절망이 은명으로 하여금 보다 평등하고 자유로운 여성과의 동성애 관계를 추구하게 했다고 할 수 있다. "여자들은 어렸을 때부터 독립된 한 인간이 아니라 남자와의 관계 속에서만 자신을 생각하도록 학습되니까. 누구 딸, 누구 아내, 누구 엄마 하는 식으로……"라는 은명의 비판적 의식이 은명을 동성애적 관계에 관심을 갖게 만들었을 수 있다. 남성의 반대항이나 잉여로서 정의되는 여성성으로부터 벗어나려는 움직임이 여성과의 연대나 일체감을 원하는 동성애적 욕망으로 나타났다는 것이다. 레즈비언이 된다는 것은 남성의 권력에 편승할 기회를 포기하는 것이기 때문이다.

이런 가부장적 억압에 대한 저항으로서의 동성애의 모습은 세 번째 연작인 「어두운 열정 ― 플라스틱 섹스 Ⅲ」에서 주로 서술되고 있는, 초록이가 은명보다 먼저 사귀었던 50대 여성인 최 여사의 이력에서도 확인된다. 최 여사는 이른 나이에 애정 없는 결혼을 했다가 30대에 이혼한 후 아들까지 유학을 떠나자 공허감과 허무감을 이기지 못해 초록이와 사귀게 된다. "결혼 생활에서 남은 것이라곤 아들뿐, 나머진 상처였죠. 남자라면 신물이 났어요. 무디고, 인간에 대한 배려라곤 할 줄 모르고 이기적인…… 이혼한 뒤 남자들은 있었지만 잘 되지 않았어요."라는 그녀의 고백이 그녀가 동성애에 빠지게 된 단서를 제공해 준다. 물론 처음에는 동성애를 기형의 성으로 생각하여 거부감을 느꼈지만 나중에는 "단지 오르가슴을 느끼는 게 남자냐 여자냐 하는 사소한 차이"일 뿐임을 인정한다. 그녀에게 중요한 것은 여성이냐 남성이냐가 아니라 사랑하고 사랑받는 것임을 알 수 있다.

물론 소설의 끝에 덧붙인 작가의 메모에 "현대의 성이 예전과는 달라졌다고 하지만, 그럼에도 불구하고 그것이 보여 주는 면면들은 인간성이 달라지지 않는 한 변화하지 못하는 것"이라고 지적되어 있듯이 현재의 시점에서도 레즈비어니즘은 불온하고 위험한 성으로 간주되기 쉽다. 「플라스틱 섹스」 연작이 동성애에 대한 편견으로부터 자유롭지 못한 기성세대 여성들의 불안이나 공포를 통해 가부장적 의식의 공고함과 집요함을 역설적으로 강조하는 것도 바로 이 때문일 것이다. 하지만 바로 이렇기 때문에 이 소설 속의 레즈비어니즘은 가부장적 이데올로기에 대한 효과적인 비판의 장치로 작용할 수 있다. 남성 중심적·이성애 중심적인 가부장제에 대한 거부를 구체적이고 일상적인 성의 영역, 관념이 아닌 현실로서의 성의 영역에서 펼쳐 보인 것이 바로 「플라스틱 섹스」 연작이기 때문이다. 이를 통해 이남희는 남성 중심적 이성애를 정상이라고 강요하는 사회 질서를 거부하면서 여성의 성과 욕망, 사랑을 긍정적이고도 주체적으로 재구성하고 있다.[26]

4 성적 욕망의 체현과 본질적 여성의 몸

이나미의 「푸른 등불의 요코하마」[27]는 앞에서 다룬 레즈비언 소설들과 달리 본능 그 자체로서의 동성애를 다룬다. 신경숙처럼 이성애로 회귀하기 위해서도 아니고, 이남희처럼 가부장제를 비판하기 위해서도 아닌, 동성애 그 자체로서의 동성애를 문제 삼는다. 따라서 페미니즘과 결합된 레즈비어니즘이 가질 수 있는 함정, 즉 지나치게 여성 해방적 측면을 강조한 나머지 레즈비어니즘 자체의 본질이 간과되는 한계로부터 가장 벗어난 경우가 바로 이나미의 소설이라고 할 수 있다. 이성애적 남녀 관계의 대안으로 여성을 사랑하는 것은 순수한 레즈비어니즘이 아니다. 그리고 여성의 해방을 지나치게 강조한다면 레즈비어니즘에서 가장 중요한 요소인 특정한 한 여성에 대한 성애적이고 낭만적인 사랑은 간과될

---

26) 앞의 주 17)에서도 지적했듯이 페미니즘적 인식과 강하게 결합된 레즈비어니즘은 기존의 여성 소설적 주제를 형상화하기 위해 레즈비언 관계를 끌어 옴으로써 레즈비어니즘 자체의 순수성이나 특수성이 약화될 위험이 있다. 이남희의 「플라스틱 섹스」 연작도 이런 위험으로부터 자유롭지 못하다. 이념적·이론적·계몽적인 문제의식이 앞서고 있기 때문이다. 문학평론가 백지연이 해설 「외로운 혹성이 꿈꾸는 따뜻한 교신」에서 지적하고 있듯이 '나'의 동성애 상대자인 초록이의 성격이 뚜렷하게 부각되지 못한 점도 이런 한계를 증폭시킨다. 하지만 이런 가부장제의 억압에 대한 반발로 레즈비어니즘에 빠지는 여성들 또한 엄연히 현실에서 존재하고 있고, 거기서 한국적 특수성을 발견할 수 있다면 그 자체로 유의미한 한 양상으로 평가할 수 있을 것이다.

27) 이나미, 『빙화』(세계사, 2004).

실제로 「푸른 등불의 요코하마」는 《한국문학》 2003년 여름호에 발표되었지만, 1990년대의 동성애 담론의 영향권 내나 연속선상에 있다고 볼 수 있으므로 1990년대의 소설들과 같이 다루도록 한다.

수밖에 없다.[28] 하지만 이 소설에서의 동성애는 그냥 '사랑'에 가깝다. 동성애의 주체가 '자궁을 가진 남성'이나 '페니스를 가진 여성'이 아니라 그저 기존의 남성이나 여성처럼 사랑하고 싶은 지극히 정상적인 '반쪽의' 불완전한 사람들임을 강조하고 있기 때문이다.

이 소설에서 동성애자이자 의사인 '나'(선재)는 두 명의 상대자를 가지고 있다. 한 명은 C이고, 다른 한 명은 윤시은이다. C는 과거의 여성이고, 윤시은은 현재의 여성이다. 5년여 동안 사귄 C는 아이를 낳고 싶다는 열망 때문에 '나'와 헤어질 수밖에 없었다. '나'는 아이를 낳고 싶다는 C를 위해 맞선을 주선해 주고, C가 마음에 들어 하는 남성과의 결혼을 성사시켜 준다. 합리성과 냉정함을 가장하면서까지 그녀를 보내지만, 그녀에 대한 사랑과 미련으로 인해 괴로워하고 있다. 그 자리로 틈입해 들어온 것이 환자로 만나게 된 윤시은이다. 이성애자인 윤시은은 '나'의 접근에 대해 혐오감을 보이면서 '나'를 피한다. '나'를 이해하지 못하는 윤시은의 입장에서 보았을 때 '나'의 구애는 아집과 폭력으로 보일 뿐이다.

매력적인 엘리트 여성인 '나'는 왜 이토록 비난의 대상이 되면서도 동성애를 포기하지 못할까? 그 이유가 바로 이 소설을 동성애 관점에서 보았을 때 신선하면서도 의미 있게 다가오는 부분이다. 작가에 의하면 동성애자는 '되는 것'이 아니라 '태어나는 것'이다. 때문에 선택이나 취향, 의지의 문제가 아니라 '본능'의 문제에 해당한다. 벗어나려고 노력해서 되는 것이 아니기에 있는 그대로를 인정해야 한다는 것이다. 다음과 같은 예문이 동성애에 대한 작가의 의식을 잘 대변해 준다.

보통사람들은 동성애자를 스스로 좋아서, 원해서 선택하는 줄 안다. 하지

---

28) 연점숙, 앞의 글, 318쪽.

만 그건 절대 오해다. 중병 환자에게 내려진 사형 선고처럼 평생 여자로서의 삶과 완전한 사회인으로서의 기득권을 포기하고 불확실하고 암담한 미래라는 부도 수표를 내미는데 좋아라 받아 들 사람이 과연 있을까. 평생을 몰이해와 차가운 시선에 떠밀려 상처받은 짐승처럼 무리 지어 살아야 하는 고독한 삶을.

　동성애와 동성연애는 엄밀히 따지면 다르다. 내가 타고난 동성애자가 아니었더라면 동성연애 같은 것은 애당초 관심도 갖지 않았을 것이다. 단순히 선택의 문제라면 말이다. "동성애는 doing이 아니라 being이다. 즉 행위의 문제가 아니라 존재의 문제라는 뜻이다."(인터넷 사이트 티지넷(http://tgnet. co.kr) 참조.) 타락한 인간들의 싫증난 섹스에 대한 대비책으로 변태적 욕구에서 빚어지는 일탈이나 정신질환이 아니고 소수이긴 하지만 그동안 이성애와 함께 늘 존재했던 자연스러운 성의 한 형태일 뿐이라는 말이다.

　이처럼 '성적' 동성애와 '정서적' 동성애는 다르고, 동성애가 'doing'이 아니라 'being'의 문제이기에 이성애와 동일하게 자연스러운 성의 한 형태일 뿐이라면, 제도적·역사적·사회적 측면에서만 동성애에 접근하는 것도 문제가 있다. 그것이 "전염병과도 같은 기질"의 문제가 아니라면 결코 "평생을 몰이해와 차가운 시선에 떠밀려 상처받은 짐승처럼 무리 지어 살아야 하는 삶"을 선택할 리 없기 때문이다. C가 '나'를 떠나는 것이나 윤시은이 '나'를 거부한 것도 바로 사회적으로 학습된 동성애 공포증 때문이지 그녀들의 본능 자체는 아니라는 것이 '나'의 믿음이다.

　이런 맥락에서 시점의 교체를 통해 서술되고 있는 '나'와 윤시은의 내면은 사실 동성 간이라는 사실만 제외하면 지극히 정상적인 남녀 간의 사랑과 다를 바 없이 묘사되고 있다. '나'가 윤시은을 처음 보았을 때 느끼는 설렘과 떨림, 그녀에게 베풀어 주고 싶은 배려, 자신의 감정을 받아들여 주지 않는 그녀에 대한 집착, 그런데도 포기되지 않는 맹목적 사랑 등은 그 자체로 '동성애'가 아니라 그냥 '애(愛)'에 다름 아니다.

물론 '나'는 흔히 이성애 관계에서 남성들이 담당했던 역할을 하고 있기에 동성애 관계에서 '남성 역할을 하는 여성(butch-femme)'에 해당한다. '나'는 C가 긁는 바가지를 남편처럼 귀엽게 이해해 주고, C는 '나'의 까탈스러운 성질을 아내처럼 받아 준다. 그래서 C는 '나'를 '자기'라고 부른다. '나'는 윤시은에게도 대개의 남성들이 그렇듯이 먼저 적극적으로 접근한다. 그래서 윤시은은 자신을 '나'에 의해 "수집된 채 핀에 꽂혀 버둥대는 한 마리 나비"처럼 생각할 정도이다. 다음과 같은 '나'의 구애에서 이러한 사실은 여실히 증명된다.

이제 넌 따뜻한 밥을 해 놓고 빈집에 온기를 불어넣으며 나를 기다리게 될 거야. 우리의 보금자리는 네 손에 의해 말끔하게 청소될 거고, 우린 주말마다 전국 곳곳에 숨어 있는 비경(秘境)을 찾아다니며 소문난 음식점에서 맛있는 음식을 먹는 거야. 네가 원하는 것은 뭐든지 해 주마! 나는 오로지 너를 위해, 너는 나만을 위해 존재하는 거라구. 아아, 시은아. 사랑해! 나무를 기어오르는 원숭이처럼 나는 그녀의 상체를 끌어안고 뺨과 입술을 핥는다. 테이블이 넘어지고 술병과 잔들이 와장창 깨지는 것과 동시에 시은이 내 뺨을 친다.

하지만 레즈비언 관계에서 '나'와 같은 이른바 '남성적 여성'은 남성화되었거나 남성성을 지향하는 여성이 아니다. 오히려 여성도 성적 욕망을 소유하고 있다는 면에서 남성과 같은 위치에 있음을 보여 주는 것이라고 할 수 있다. 혹은 이성애 여성에게는 주어지지 않는 심리적·경제적 주체로서의 남성적 지배를 재현하는 것으로 볼 수 있다. 그럼으로써 그녀는 남성이라는 범주에 들어가지 않고서도 여성이라는 범주에서 탈출할 수 있음을 적극적으로 보여 준다.[29]

---

29) 연점숙, 앞의 글, 313~314쪽.

흔히 동성애에서도 남성과 여성의 역할이 별도로 정해져 있다는 사실이 동성애가 이성애의 모방에 불과하다고 비난하는 단서가 되기도 한다. 그러나 '나'와 윤시은의 관계는 '남성'과 '여성' 사이에 존재하는 권력 관계가 아니라 '더 사랑하는 사람'과 '덜 사랑하는 사람' 사이에 존재하는 권력 관계에 더 가깝다고 할 수 있다. 더 많이 사랑하는 '나'는 남성적 권력을 가진 '여성'이 아니라 상대방의 사랑을 갈구하는 '약자'에 해당한다. 이를 통해 작가는 동성(연)애 자체가 일반적인 사랑과 다른 특별하거나 기이한 사랑이 아님을 강조한다. 동성 간의 사랑에서도 "새로운 사랑은 항상 삶에 생기를 불어넣는다."라거나 "어차피 사랑이란 이렇게도 저렇게도 모순투성이고 고독이라는 치명적 독이 녹아 있는 술잔"이라면, 동성애 또한 다를 바 없음을 보여 준다는 것이다. 이럴 때 동성애는 동성애 그 자체로서의 본질을 가장 잘 획득하게 된다.

여기서 이 소설의 제목인 '푸른 등불의 요코하마'의 상징성도 밝혀진다. '나'의 어머니와 윤시은의 아버지가 좋아했던 노래인 「푸른 등불의 요코하마」를 통해 두 사람은 다시 한번 연결된다. "그대와 둘이 행복해요. 언제나처럼 사랑의 밀어를 속삭여 줘요. 흔들리는 일엽편주처럼 걷고 또 걸어 봐도 나는 그대 품속. 발짝 소리만 따라오는 요코하마, 푸른 등불의 요코하마."라는 그 노래의 가사처럼 '나'의 윤시은에 대한 사랑은 보편적이고도 절실하다. '나'는 윤시은의 사랑을 통해 C를 대했던 자신의 비겁함과 오만함, 냉혹함을 극복하려고 하지만, 윤시은은 대개의 사랑 관계에서 사랑을 받는 사람들이 흔히 그렇듯이 자신을 사랑하는 '나'에게 매정하고 무심하다. 더욱이 '나'의 윤시은에 대한 사랑은 단순히 정서상의 문제가 아닌 성적 욕망을 동반한다는 점에서 진정한 사랑이자 완벽한 동성애라고 할 수 있다.

5 '은유'로서의 레즈비어니즘

수전 손택(Susan Sontag)은 『은유로서의 질병』에서 결핵이나 암, 에이즈 등의 질병에 찍힌 낙인을 연구한다. 이들 질병이 단순한 질병이 아니라 도덕적인 타락이나 집단적인 재앙의 은유로 사용되면서 어떻게 사회로부터 억압받는지에 대해 고찰한다. 어떤 희생을 치르고서라도 반드시 무찔러야 할 추한 질병이라는 은유에 도사리고 있는 함정을 폭로함으로써 질병은 단죄받아야 할 죄가 아니라 단지 치료받아야 할 병일 뿐임을 주장하는 것이다. 사실 은유란 어떤 사물에다 다른 사물의 이름을 전용(轉用)하는 것, 즉 '그것이-아닌-다른 것'으로 어떤 것을 부르는 것이다. 그런데 이런 은유는 '그것' 자체를 모르기 때문에 잘 알거나 필요한 것으로 여겨지는 '그것이-아닌-다른 것'으로 부르는 것이므로 매우 위험할 수 있다.[30]

레즈비어니즘 또한 동성애자 혹은 레즈비언들을 질병의 은유로 '해석' 하려는 것에 반대한다. 레즈비언들을 사회의 암적인 존재로 보는 것은 그것이 비자연적이거나 비인간적이어서가 아니라 사회적 규범이나 지배 이데올로기에서 벗어났기 때문이라는 것이다. 해로우면 비정상적으로 간주하는 제도적이고 권력적인 이데올로기가 레즈비어니즘을 통해 다시 한번 그 허구성과 폭력성을 드러낸다. 동시에 레즈비어니즘에 대한 시각이나 평가 또한 그 자체의 본질이나 속성이 아니라 특정한 역사적 담론들 속에서 재구성되는 사회적 구성물임을 확인하게 된다. 레즈비어니즘은 이런 상황적 은유를 가져와 역으로 이용하려 한다. 억압받는 곳에서 다시 시작하려는 것이고, 부정적 은유를 긍정적 은유로 전유하려는 것이다. 괴물의 전형으로 취급받아 온 레즈비언들을 통해 여성의 복종성이나 수동성, 미덕에 대한 전통적인 관념을 전복시키는 전형으로 제시하고 있

---

30) 수전 손택, 이재원 옮김, 『은유로서의 질병』(이후, 2002).

기 때문이다.[31]

이 글에서 살펴본 신경숙의 「딸기밭」, 이남희의 「플라스틱 섹스」 연작, 이나미의 「푸른 등불의 요코하마」는 각각 도구적·저항적·본질적 레즈비어니즘의 양상을 보여 주면서 이성애 중심주의나 남성 중심주의를 문제 삼고 있다. 남성의 '파워'나 '에고', '지위'의 관점에서 파악되는 정체성의 수용을 거부하는 레즈비언 정체성을 보여 주고 있기 때문이다.[32] 이로써 이 소설들은 이성애에 대한 '타자'로서의 레즈비어니즘을 보여 주는 데서 더 나아가 이성애 중심의 문화나 규범을 전복시키려는 '패러디'로서의 레즈비어니즘을 보여 주기도 한다.[33]

물론 아직까지는 이런 레즈비언적 인식이나 사고가 적극적인 대안이나 돌파구가 되기에는 무리가 따른다. 그러나 레즈비어니즘을 통해 여성들은 이성애 남성 중심의 몸이나 성에 대한 담론의 한계나 장애를 비판할 수 있고, 자신의 성이나 몸에 대해 주체적으로 인식할 수 있을 영역을 확대시킬 수 있다. 이를 위해 아직까지는 성적인 정체성으로만 제한하거나 본질론적인 입장에서만 파악하기보다는 인식적이고 정서적인 입장까지 포괄하는, 좀 더 광의적인 레즈비어니즘을 추구해야 할 필요도 있을 것이다. '명사'가 아닌 '형용사'로서 레즈비어니즘의 정의를 내리는 것이 현재의 상황에서는 훨씬 더 유효할 수 있기 때문이다.[34] 레즈비어니즘 자체가 금지되거나 부적절한 것으로 여겨졌던 것들을 가능하게 만들려는 미래 지향적이면서도 적극적인 '선택'의 문제이기 때문이다. 그리고 레즈비어니즘 자체가 동성애자이기에 앞서 여성이기 때문에 '이미' 혹은 '더욱' 차별받는 여성 몸의 이중 소외를 극복하려는 소중한 움직임이기 때문이기도 하다.

---

31) 보니 지머만, 앞의 글, 280쪽.

32) J. 도노반, 김익두·이월영 옮김, 『페미니즘 이론』(문예출판사, 1993), 298~299쪽.

33) 앤 브룩스, 김명혜 옮김, 『포스트페미니즘과 문화 이론』(한나래, 2003), 111쪽.

34) 클로디아 카드, 강수영 옮김, 『레즈비언 선택』(인간사랑, 2004), 58쪽 참조.

근대성

근대성과 여성성
— 김승옥 소설을 중심으로

1 근대적 주체의 서사

문학에서 '근대'는 커다란 우산에 해당되는 용어이다. 우산 자체가 너무 커서 비를 피할 수 있는 공간도 지나치게 넓은, 그래서 오직 비가 온다는 사실만을 지시해 주는 용어에 가깝기 때문이다. 근대라는 용어가 근대화(modernization), 근대성(modernity), 모더니즘(modernism) 등의 용어를 포함하면서 '탈'근대나 '반'근대, '전'근대의 개념까지 흡수하는 현상이 이를 증명해 준다. 즉 '미완의 기획' 혹은 '전복의 대상'으로까지 간주되면서 리얼리즘과 포스트모더니즘을 함께 아우를 수 있는 용어가 바로 '근대'라는 것이다. 때문에 근대성에 대한 논의에서는 이제 복수(複數)나 모순, 복합성, 이중성, 변증법을 인정해야 한다는 주장[1] 자체가 기

---

1) 마셜 버먼, 윤호병 · 이만식 옮김, 『현대성의 경험』(현대미학사, 1994), 10~20쪽 참조.
　서영채, 「인문주의, 근대성, 문화」, 『소설의 운명』(문학동네, 1995).
　이광호, 「모순으로서의 문학사」,《문학과사회》, 1999년 겨울호 참조.
　──, 「문제는 〈근대성〉인가」, 『환멸의 신화』(민음사, 1999).
　황종연, 「모더니즘의 망령을 찾아서」, 「근대성을 둘러싼 모험」, 『비루한 것의 카니발』(문학동네, 2001).
　진정석, 「모더니즘의 재인식」,《창작과 비평》, 1997년 여름호 참조.

본 전제처럼 간주되기도 한다. 근대성을 제대로 인식하기 위해서는 이질적이고 상반되는 목소리들의 불협화음 자체를 근대성의 본질로 받아들여야 한다는 것이다. 그리고 그런 특성 자체에 대한 인정에서 더 나아가 '왜' 그리고 '어떻게' 그런 특성이 나왔는지를 구체적인 텍스트 속에서 끌어내는 것이 생산적이라는 인식이 지배적이다.[2]

김승옥의 소설은 그런 근대성의 균열 지점 혹은 접점에 존재한다. "감수성의 혁명"[3]을 통해 '60년대식' 근대성의 면모를 여실히 보여 준다고 평가받는 김승옥의 소설[4]이 단순히 도시화나 산업화, 자본주의화로 인한 인간의 고립과 소외를 그리거나, 언어적 실험을 통해 예술의 자율성을 구가하는 모더니즘적 성향을 보이기에 근대적인 것은 아니기 때문이다. 김승옥의 소설이 심미적이면서도 지적인 언어를 통해 도시의 서정과 우울을 형상화하는 데 성공한 것은 사실이다.[5] 하지만 김승옥의 소설에서 슬픈 "도회(都會)의 어법"(1:197)만을 찾는 것은 너무 제한적이다.[6] 오히려 김승옥 문학의 근대성은 "자기 세계"(1:24)를 지닌 인물의 세계를 깊이 있게 탐구한다는 측면에서 근대적 주체의 문제를 중심으로 하고 있

최원식, 「한국 문학의 근대성을 다시 생각한다」, 민족문학사연구소 엮음, 『민족 문학과 근대성』(문학과지성사, 1995).

나병철, 『한국 문학의 근대성과 탈근대성』(문예출판사, 1996).

하정일, 『20세기 한국 문학과 근대성의 변증법』(소명출판, 2000).

2) 민족문학사연구소 엮음, 『민족 문학과 근대성』(문학과지성사, 1995).

문학사와 비평연구회, 『한국 현대 문학의 근대성 탐구』(새미, 2000).

동국대학교 한국문학연구소 엮음, 『한국 문학과 근대성의 형성』(아세아문화사, 2001).

3) 유종호, 「감수성의 혁명」, 『비순수의 선언』(민음사, 1995).

4) 이 글에서는 1995년에 나온 『김승옥 소설 전집』 1~4권(문학동네)에 실린 단편 15편, 중편 5편, 장편 4편을 텍스트로 삼고, 본문을 인용할 때도 그에 의거한다. 가령 '2:27'은 2권의 20쪽에서 인용했음을 의미한다.

5) 유종호, 「슬픈 도회의 어법」, 『문학의 즐거움』(민음사, 1995).

이재선, 『한국 현대소설사』(민음사, 1991), 307~310쪽 참조.

6) 공종구, 「김승옥 소설의 근대성」, 『한국 근·현대 작가·작품론』(새미, 2001).

다.[7] 거칠게 말해 1930년대 모더니즘 소설이 자아의 '발견'에, 그리고 1950년대의 소설이 그렇게 발견된 자아의 수동적이고 무의지적인 '타락'에 집중한다면, 김승옥 소설의 자아는 그런 타락의 적극적인 '수용'과 '극복'에 중점을 둔다는 것이다.[8] 물론 그의 소설 속에는 6·25전쟁이나 4·19혁명, 5·16군사정변, 월남전이나 유신 체제 등을 통과한 1960년대의 시대적 분위기도 담겨 있다. 김승옥 자신도 이런 1960년대적 분위기를 고려하지 않는다면 자신이 써 낸 소설들이 한낱 "지독한 염세주의자의 기괴한 독백일 수밖에 없을 것"[9]이라고 고백한다. 하지만 그와 동시에 그의 소설은 근대성의 공통분모인 근대적 주체의 문제로 확대될 수 있는 여지도 많다. 김승옥에게 근대적 주체는 곧 "개 같은 놈"[10]이 될 수밖에 없는 개성적 인물의 보편적인 근대 체험기이기 때문이다. 그래서 '극기'와 '자해'라는 상반된 자아 인식을 보여 줄 수밖에 없는 것이 김승옥의 소설이다.[11]

그런데 문제는 소설 속 남성 인물들이 이런 '자기 세계'를 만들어 가기 위한 과정, 즉 "번득이는 철편(鐵片)이 있고 눈 뜰 수 없는 현기증이 있고 끈덕진 살의가 있고 그리고 마음을 쥐어짜는 회의와 사랑도 있는"(1:29) 과정 속에 여성 인물들이 거의 적극적으로 개입한다는 사실이다. 김승옥의 소설에서 남성은 여성을 통해 '자기 세계'를 형성해 간다. 여성 속에서 혹은 여성과 더불어 남성들은 자신을 발견하거나 포기한다. 이처럼 여성 없이 남성들은 자신을 사랑할 수도 없고 미워할 수도 없다는 의미에서 김

7) 가라타니 고진, 박유하 옮김, 『일본 근대 문학의 기원』(민음사, 1997), 95쪽 참조.
   이남호, 「삶의 위기와 내면으로의 여행」, 『문학의 위족 2』(민음사, 1990).
   진정석, 「글쓰기의 영도 ─ 김승옥론」, 《문학동네》, 1996년 여름호 참조.
8) 김현, 「자기 세계의 의미」, 『전체에 대한 통찰』(나남, 1990).
9) 김승옥, 「나의 소설 쓰기」, 『김승옥 소설 전집 1』(문학동네, 1995), 7쪽.
10) 김현, 앞의 글, 52쪽.
11) 정과리, 「유혹 그리고 공포」, 『문학, 존재의 변증법』(문학과지성사, 1985).

승옥 소설의 근대 체험은 여성에 대한 남성의 경험과 맞물리게 된다.[12]

가령 그의 대표작인 「무진기행」에서도 '나'에게 무진으로의 여행은 여성성으로의 귀환에 다름 아니다. 즉 '나'가 무진에서 만나는 미친 여자, 세속적인 여선생, 자살한 술집 작부 등의 여성들이 바로 무진 자체이다. 때문에 무진은 "여귀(女鬼)가 뿜어 내놓은 입김과 같"(1:126)은 안개로 둘러싸인 여성성의 공간이라고 할 수 있다. 물론 서울 또한 여성성의 공간인 것은 마찬가지이다. 나를 버린 옛 애인 희(姬)나 과부였던 돈 많은 부인이 있는 곳이기 때문이다. 이런 맥락에서 서울을 떠나 왔어도 또 다른 여성에게 갈 수밖에 없는 것이 바로 남성인 '나'의 존재 양상이 된다.

그렇다면 김승옥 소설 속의 근대성과 남성성을 규명하기 위해서는 다음과 같은 질문이 유효할 수 있다. 왜 김승옥의 소설 속에 등장하는 여성들은 거의 창녀인가. 그리고 왜 그 창녀들은 거의 남성에 의해 강간당하는 경험을 공유하는가. 그런 여성들이 갖게 된 '비처녀(非處女)'의 속성이 남성을 어떻게 규정하거나 변화시키는가. 이런 질문들을 통해 우리는 리타 펠스키(Rita Felski)가 제기한 근대 체험과 여성의 관계[13]를 김승옥의 소설에서 규명해 볼 수도 있을 것이다. 펠스키에 의하면 흔히 근대성을 남성적인 합리성과 동일시함으로써 여성은 근대의 바깥에 있게 된다. 그렇다면 김승옥의 소설 속에서 여성은 성공적인 귀환을 위해 영웅 오디세우스가 끝까지 뿌리쳐야 할 유혹녀인 세이렌에 가까운가.[14] 아니면 근대의 전형적 영웅인 파우스트가 새로운 경험과 무한한 자기 발전을 추구하는 과정에서 유혹했다가 나중에 버려 버린 어린 시골 처녀 그레첸에 더

---

12) 정장진, 「「무진기행」을 위하여, 혹은 무의식의 여행을 위하여」, 《작가세계》, 1996년 겨울호.
　　──, 「창녀와 역사, 김승옥론을 위하여」, 《문학동네》, 1997년 가을호 참조.
13) 리타 펠스키, 김영찬·심진경 옮김, 『근대성과 페미니즘』(거름, 1998).
14) 아도르노, 호르크하이머, 김유동·주경식·이상훈 옮김, 『계몽의 변증법』(문예출판사, 1995), 77~122쪽 참조.

가까운가.[15] 혹은 자연 및 무의식과 연결되는 원초적인 힘의 이미지와 실체 없는 껍데기에 불과한 창녀와 여배우의 이미지를 동시에 지니고 있는 근대적 판도라인가.[16] 여기서 더 나아가 강력한 대항 신화로 작용하면서 여성의 욕망을 강하게 드러내는 메데아까지 발전했는가.[17] 이런 여성의 이미지들에 대한 추적은 당연히 상대방 남성들과의 관계 규명을 통해 근대성의 본질을 규명해 보려는 노력의 일환이라고 할 수 있다.[18]

2 역사(力士), 부끄러움의 동력학

김승옥 소설에 등장하는 근대적 주체로서의 남성 인물들이 느끼는 근대적 감정은 '부끄러움'이다. 이전의 근대 문학의 주인공들이 느꼈던 계몽과 분노, 정열과 냉소, 무기력과 유희를 넘어서서 새롭게 설정된 이러한 '부끄러움'은 '자기 세계'를 지닌 자아의 선택과 책임 의식을 통해 구현된다는 점에서 지극히 윤리적인 개념이다. 이때야 비로소 '자아'와 '세계'의 관계에서 '자아'와 '또 다른 자아'의 관계로 인물들 간의 갈등의 축이 이동한다고 볼 수 있기 때문이다. 더 이상 근대의 문제를 세계의 탓으로만 돌리지 않겠다는 의식, 근대라는 괴물을 만든 것도 인간이라는 의식, 그렇다면 그것을 책임져야 할 것도 인간이라는 의식이 김승옥 소설 속에 나타나는 부끄러움의 근거라고 할 수 있다. 그리고 이런 자아 성찰이나 자기비판을 통해 '계몽에 대한 계몽', '근대 중의 근대'를 구현하려는 근대적 기획의 산물이 바로 김승옥 소설의 '부끄러움'의 의미라고 할 수 있다.

---

15) 리타 펠스키, 앞의 책, 22쪽 참조.
16) 앞의 책, 25쪽 참조.
17) 앞의 책, 30쪽 참조.
18) 김해옥 외, 『현대 소설의 여성성과 근대성 연구』(깊은샘, 2000).
    이태숙, 「근대성과 여성성 정체성의 정립」, 《여성문학연구》, 3호, 2000.

가령 「무진기행」에서 무진의 의미는 무진 그 자체가 아니라 무진 속에 사람이 존재하느냐 하지 않느냐, 그리고 어떤 사람이 존재하느냐에 따라 달라진다. 서울 생활에 지친 '나'에게 그리움을 가끔씩 느끼게 했던 무진은 '나'의 관념 속에서나 존재하는 '자연' 혹은 '관념'으로서의 무진이기에 거기에는 사람들이 살고 있지 않다. 반면 '도시' 혹은 '현실'로서의 무진은 어둡던 청년 시절을 떠올리게 하는 곳이고, 불면과 폐병, 수음만이 가능했던 공간이다. 그 속에서 사람들이 살고 있는 무진이기 때문이다. 이처럼 인간이 개입된 무진이기에 실제의 무진은 "시체가 썩어 가는 듯한"(1:137) 냄새가 나는 곳이 되어 버린다. 이런 무진은 '또 다른' 서울이나 '작은' 서울에 해당한다. 그래서 '나'는 무진에서도 신문을 구독해야 하고, 동창생 조의 서투른 서울 흉내에 대해 신경질이 나기도 하는 것이다. 무진의 이런 이중성과 연관되어 거기서 만난 하인숙의 여성성도 두 가지 의미를 지닐 수밖에 없게 된다. '나'가 이상적으로 바라는 하인숙은 순수하고 재생력이 있는 여성이다. 그러나 실제의 하인숙은 '또 다른 아내'일 뿐이다. 혹은 서울로 가고 싶어 했던 '나'의 과거의 모습일 뿐이다.

　그렇다면 이 소설에서는 무진이라는 공간 자체가 아니라 그 공간을 체험하는 사람의 의지와 선택이 더 중요해진다. 즉 무진은 거기에 누가 살고, 누가 거기를 방문하며, 거기서 어떤 행동을 하느냐에 따라 그 의미가 달라지는 공간인 것이다. 김승옥 소설의 근대 체험이 지닌 특수성은 바로 여기에 있다. 근대 자체가 아니라 근대를 체험하는 주체의 선택과 그에 따른 책임이 강조되고 있기 때문이다. '나'가 하인숙(=무진)을 떠나올 때 느끼는 부끄러움이 근대적 개인의 윤리 의식과 연결되는 것도 이 때문이다. '나'에게 무진은 황석영의 '삼포'처럼 원초적 고향이거나 변질된 주관적 고향이 아니라 원래부터 이중적이거나 가치 중립인 곳이다. 때문에 자아의 개입에 의해 의미가 달라지는 곳이기도 하다. 굳이 무진과 서울 사이의 차이나 대립을 강조하면서 무진에 고향의 의미를 부여하려는 것이 전근대적 독서인 것도 이 때문이다.

이렇게 볼 때 김승옥에게는 부끄러움을 느끼는 인간만이 성숙할 수 있다는 것이 바로 근대의 아이러니가 된다. 김승옥은 "찐빵이 있다는 것이 문제가 아니라 찐빵의 눈에 들려고 애쓰는 너의 태도가 문제란 말야." (2:105)라고 말한다. 이 말이 나오는 소설 「다산성(多産性)」에서 찐빵은 '장난감'과 동일한 의미를 지닌 말이다. 그리고 장난감은 철도나 기차, 학교처럼 사람이 만들어 놓은 것들의 총칭이다. 이런 근대의 산물들을 자신들이 만들었다는 데서 김승옥 소설 속의 남성들은 부끄러움을 느끼는 것이다.

그렇다면 김승옥의 소설에서 남성들은 언제 이런 부끄러움을 가장 강하게 느끼는가. 그것은 바로 '힘'과 연결되는 체험을 할 때이다. 김승옥 소설의 남성들은 긍정적인 힘을 잃어버렸을 때와 부정적인 힘을 발휘할 때 모두 부끄러움을 느낀다. 긍정적인 힘은 생명력과 자연성을 대표하는 것이다. 그런데 특이하게도 기존의 논의들에서는 자연으로서의 여성이 담보하는 순수와 풍요로움의 세계를 김승옥의 소설에서는 전근대적인 남성의 모습이 대변하고 있다. 원시적이고 자연적인 상태에 머물면서 근대의 불모성과 비생산성을 보여 주는 것이 김승옥의 소설에서는 대지의 여성이 아니라 문명화 이전의 남성이다. 이런 긍정적 남성의 모습들을 통해 이성의 속박에 맞서는 저항성이나 유토피아적 대안을 구현하려는 모습, 근대적 삶의 소외와 파편화에 의해 손상되지 않은 본래적인 모습, 문명의 속박에서 벗어날 수 있는 피난처로서의 모습을 발견할 수 있다는 것이다. 때문에 이런 긍정적인 힘을 잃어버렸을 때 남성 인물들은 심하게 부끄러움을 느끼게 된다.

반면 부정적인 힘은 약육강식의 논리에 종사하는 힘이기에 파괴하거나 지배하기 위해 발휘된다. 『60년대식』에서 '나'가 우연히 만난 자본가가 바로 이런 힘을 대변하는 인물이다. 그는 "문제는 정력이에요, 세상만사가 결국엔 스태미너 내기란 말예요. (중략) 요컨대 먹겠다는 놈과 먹히지 않겠다는 놈이 있어야 발전이 있는 거요. 먹겠다는 놈이 극악스러우면 극악스러울수록 먹히지 않으려는 놈도 극악스러워지는 거지." (3:269)라고 말하면서 발전과 진보의 논리를 신봉한다. 하지만 이때의 힘은 도구적 합리성이나 기술적 근대성에만 이바지하는 억압적인 수단에 다름 아니다. 작가가 보기에 이런 수단의 힘으로 이루어진 질서, 논리, 생활은 위선적인 것이고 폭력적인 것이다. 그리고 진정한 힘이 없는 것들이다. 규제와 억압, 통제의 다른 이름이기 때문이다. 활력의 거세를 통해 '꿈틀거리지 않는 상태'를 만들기 때문이기도 하다.

  남성적 힘의 이런 양면성을 동시에 보여 주는 소설이 바로 「역사」이다. 이 소설에서 '나'의 "창신동 빈민가"에서 "깨끗한 양옥"으로의 이동은 그 자체로 근대성을 경험하는 계기가 된다. 이사 간 부자 하숙집은 "질서 정신"(1:74)으로 대표되는 근대의 공간이다. 규율과 통제, 규칙을 중심으로 효율과 문화를 추구하기 때문이다. 그러나 '나'는 그 집 사람들의 "계획성 있는 움직임, 약간의 균열쯤은 금방 땜질해 버릴 수 있도록 훈련되어 있는 전진적 태도, 무엇인가 창조해 내고 있다는 듯한 자부심이 만들어 내는 그늘 없는 표정"(1:86) 속에서 권태와 거부감을 느낀다. 그 세계에는 진정한 힘, 즉 활력이 없기 때문이다. 반면 창신동 빈민가는 역사의 후손인 서씨가 살고 있는 공간이다. 비록 지금은 공사판에서 일하는 노동자로서 '힘'을 팔고 있지만 그는 자신의 엄청난 '힘'이 '존재 이유'가 아닌 '재산'이 되는 것을 거부한다. 그래서 더 많은 보수를 받을 만큼 열심히 일하지는 않는다. 오히려 그 나머지 힘을 동대문의 성벽에 있는 돌덩이를 밤에 몰래 옮겨 놓는 데 쓴다. 서씨의 이런 "거짓 없는 행위"(1:85)를 통해 '나'는 양옥의 문화적인 생활을 비판한다.[19]

---

19) 공종구, 「김승옥 소설에 나타난 주체의 불행한 의식」, 앞의 책, 20~23쪽 참조.

동일한 힘의 논리가 「염소는 힘이 세다」에서도 반복되어 나타난다. 이 소설에서 염소는 순수함의 상징이다. 하지만 생사탕집의 화로를 엎었다는 이유로 옆집 주인 영감에게 목이 졸려 죽게 된다. 이러한 사실은 더 이상 순수함 자체가 힘이 될 수 없는 현실을 반영한다. 그런데 아이로니컬하게도 죽은 염소를 먹은 사람들은 다시 힘이 세진다. 순수했던 힘은 사라졌지만 누나를 겁탈할 때나 쓰이는 힘은 더 세진 것이다. 그때의 힘은 활력 있는 야성이 아니라 폭력적인 야만에 해당한다.

그러나 이처럼 순수한 힘을 찾아보기 어렵다고 해서 다시 과거로 돌아갈 수 없음을 잘 아는 것도 바로 남성들 자신이다. 「무진기행」에서의 '나'가 서울로 다시 올라갈 수밖에 없었듯이 「역사」에서의 '나'도 결코 그곳(창신동)으로 돌아가지는 못하리라는 것을 잘 알고 있다. 「누이를 이해하기 위하여」의 누이도 고독이라는 병균과 훈련된 침묵만을 얻어 왔으면서도 "사람들이 두고 온 것들에게 보내는 마음의 등불"(1:102) 같은 눈빛을 보내며 도시에 대해 오히려 향수를 느끼기도 한다. 이미 도시가 그들의 고향이 되어 버린 것이다.

김승옥 소설의 근대성은 이런 도시성의 수용 '이후'를 다룬다는 데 그 특성이 있다. 때문에 고향과 도시, 힘과 무력함, 자연과 문화의 이분법적 대립이나 과거로의 회귀가 중요한 것이 아니다. "도회를 떠난다고 해도 이미 갈 곳은 없고 죽음으로서도 해결될 것 같아 보이지 않"(1:140)기 때문이다. 더군다나 「빛의 무덤 속」에 등장하는 잘라도 다시 생기는 귀처럼 근대성 자체를 거부할 수 없다면 더욱 그렇다. 이런 맥락이라면 '지금 이곳'의 공간에서 무엇을 하느냐가 중요해진다. 이런 사실을 인정하고 있다는 점에서 김승옥 소설은 현실성과 입체성을 확보하고 있다.

그렇다면 떠날 수 없는 도시에서 남성들이 할 수 있는 일은 무엇인가. 김승옥은 정열이 거세된 수동적 인간과 악마성이 부여된 능동적 인간을 나란히 등장시킴으로써 소극적인 위선과 적극적인 위악의 대립을 문제 삼는다. 그리고 적극적인 위악을 옹호한다.[20] 어차피 근대를 피할 수 없다면 좀 더 적극적으로 근대를 경험하자는 것이다. 이런 자발적 참여가 부정적인 힘으로서의 악이라도 생산해 내려는 적극성으로 전환되고 있다. 즉 김승옥은 "부자유하게 평온한 마을을 해방시켜 주러 온 악마"(1:88)에 해당하는 파우스트적인 인물을 통해 '발전의 비극'을 보여 준다. 자아의 파괴를 자아 발전의 불가결한 요소로 삼아야 하기 때문이다. 이럴 때의 악마적 인물은 파괴자와 창조자의 합성어인 '개발자'가 된다.[21] 혹은 근대성이 의도적으로 배제하고 타자화시킨 정의로운 마성을 대변하는 '드라큘라'에 해당할 수도 있다.[22] "모든 경우를 우리는 체험해야 해, 그리고 자기의 영혼이 어떻게 그 체험을 통하여 견뎌 냈는가 또는 망가졌는가를 큰 소리로 얘기해야 해. 우리 시대는 좀 더 북적북적하고 좀 더 와글와글해야 한단 말야."(3:42)라고 말하는 악마의 유혹은 바로 '꿈틀거림'이나 '힘'에 대한 강조에 다름 아니다.

결국 김승옥의 소설 속 남성들이 부정적인 힘의 결정체로서의 악을 행하는 것은 그들에게 부끄러움을 느끼게 만들어 역으로 삶을 고양시키려고 하기 때문이다. "수치심을 가져야 우리는 명예롭게 살려고 애쓸 것이며 명예롭게 살아야만 우리는 정말 잘 살 수 있는 것 (3:143)"이라는 말이 이 사실을 뒷받침해 준다. 그리고 김승옥이 악마성에 유혹을 느끼는 이유는 「차나 한잔」에 여실히 드러나듯이 사람을 해고시키면서까지 '차나 한잔 하실래요?'라고 "추파"(1:199)를 보내는 "도회의 어법"(1:197)에 질렸기 때문이다. 따뜻함이나 인정을 가장한 위선보다는 차라리 차가움과 몰인정을 적나라하게 드러내는 것이 더 인간적이라는 것이다.

20) 백지연, 「도시의 거울에 갇힌 나르키소스 — 김승옥론」, 최원식·임규찬 엮음, 『4월 혁명과 한국
   문학』(창작과비평사, 2002).
21) 마셜 버먼, 앞의 책, 45, 74쪽 참조.
22) 서영채, 「드라큘라와 계몽의 변증법」, 앞의 책 참조.

「환상수첩」의 오영빈이나 임수영, 『내가 훔친 여름』의 장영일이 이런 악마적인 남성성을 대표한다. 이들은 모두 정열이 없는 '나'를 "전세기적(前世紀的)인 병"(2:7)을 앓는 전근대인으로 취급하면서 적극적으로 악을 수행하는 인물들이다. 이들의 악은 일상적인 생활의 발견과 긍정, 낭만적인 환상이나 어설픈 미덕의 거부로 특징지어진다. 그리고 "저항력이 약해진 양심"(2:40)에 침투한 병균이 된다. 일단 병을 앓더라도 항체가 생기면 더 강해질 수 있는 질병을 원하기 때문이다. 이런 특성은 "바보 비슷한 아이"(2:27)를 낳아서 "튼튼한 백치"(2:27)로 키우고 싶다는 소망을 통해 속물성에 대한 긍정과 연결된다. 그래서 「환상수첩」의 임수영은 자신의 약값을 벌기 위해 스스로 춘화 장수가 된다. "산다는 것, 우선 살아 내야 한다는 것"(2:77) 앞에서 지나치게 높은 환상적인 기준에 자신을 맞출 필요가 없다는 것이다. 불가피하다면 죄를 지을 수밖에 없다는 자세가 바로 그가 지닌 위악성이다. 자신의 동생이 윤간당한 사실에 대해서도 어쩔 수 없는 일이라고 말할 수 있는 뻔뻔함은 악마에게 영혼을 판 파우스트에게나 가능한 일이다. 그래서 『내가 훔친 여름』에서의 장영일은 "영혼을 소나 말 부리듯이 막 부려먹음으로써 만드는"(32:41) 악에 의해 시달림을 받아도 끝까지 살아남는 것이 진정한 양심이라고 당당하게 말한다.

이런 악에 대한 경도를 통해 김승옥은 '단단한 것은 모두 녹아 날아간다'라는 말과 연관되는 용해와 증발의 역동적 이미지를 강조한다. 그 속에서 읽어 낼 수 있는 것이 건전한 양심의 회복이라면 비록 그것이 악마적인 것으로 뒤집어 표현되더라도 활동적이고 생성적인 근대의 에너지와 연결될 수 있다는 것이다.[23] 그리고 이런 끝없는 해체와 새로운 구축을 통해 자아의 발전을 도모하려 한다는 측면에서 김승옥의 파우스트적

---

23) 조해진, 「김승옥 소설의 아이러니 연구」, 이화여자대학교 석사 논문, 2002, 92~93쪽 참조.

인 인물들은 도덕을 거부하는 과정 속에서 더 강하게 다시 살아나는 도덕의 빛을 발견하게 된다. 이런 역설이 바로 근대 속에서 근대를 치유하려는 김승옥 소설의 동력이다.[24]

3 창녀, 더러움의 윤리학

이미 지적했듯이 김승옥 소설의 여성들은 불모성과 무기력을 경험하고 있는 근대적 남성 주체들이 돌아가고 싶어 하는 자연의 순수함이나 활기를 의미함으로써 근대의 바깥에 존재하지는 않는다. 때문에 근대적 남성과 대립되는 전근대적 여성 중심일 것이라는 선입관에 토대를 두고 죽어 가는 남성들을 살려 내거나 보살펴 주는 대지적 여성상을 강조하는 독해[25]는 위험하다. 오히려 김승옥 소설 속의 여성들은 남성들보다 더 더럽고 더 추하다. 남성들에 의해 강간을 당해 처녀성을 상실했기 때문이다. 깨끗하다는 이유로 낭만화되거나 비현실화되는 것이 처녀라면 더럽기 때문에 객체화되고 현실화되는 것이 바로 창녀이다.

「건」에서 '나'는 형과 형의 친구들이 옆집에 사는 윤희 누나를 강간하려 할 때 적극적으로 그들을 도와준다. 그런 형들의 행위를 마치 아버지가 빨치산의 시체를 아무런 죄의식 없이 묻어 버리는 것과 동일한 "간단한 일"(1:64)로 치부함으로써 벌써 "자라난다"(1:63)는 것의 음험하고도 어두운 냄새를 맡은 것이다. 「생명연습」에서의 한 교수도 젊었을 때 미국 유학을 가기 위해 걸림돌이 되는 애인을 범한 후 버린다. 「환상수첩」에서는 춘화를 직접 만들어 파는 오빠 때문에 동네 깡패들에게

---

24) 위르겐 하버마스, 이진우 옮김, 『현대성의 철학적 담론』(문예출판사, 1994), 458쪽 참조.

25) 황도경, 「김승옥 소설에 나타난 남(男)-성(性)의 부재」, 『우리 문학의 여성성·남성성』(월인, 2001), 140~146쪽 참조

윤간을 당하는 여동생이 등장한다. 『내가 훔친 여름』에서 장영일은 열여섯 살 때 벌써 좋아하던 여자애를 강간해서 소년원에 들어간 경험이 있다.

이들 남성들은 모두 여성을 버리기 위해 취한다. 그리고 이렇게 남성들에게 강간당한 여성들은 남성들로 하여금 부끄러움을 느끼게 하면서 남성을 대신해 근대 속으로 들어간다. 즉 창녀가 된 그녀들은 처녀성을 잃음과 동시에 근대에 편입된다. 때문에 김승옥 소설의 남성들은 여성에 대해 환상을 갖지 못한다. 오직 동정이나 환멸만을 느낄 뿐이다. 동정은 동류 의식에서 오고, 환멸은 부끄러움에서 온다. 그렇다면 남성들 스스로가 저지른 죄이자 벌로 주어진 것이 바로 김승옥 소설 속의 창녀들이다.

김승옥의 소설 중에서 가장 적극적으로 여성 인물의 근대 체험을 다루고 있는 「야행(夜行)」에서 여주인공 현주는 밤의 도시를 활보하며 자신을 강간할 남성을 찾아 헤맨다. 「서울, 1964년 겨울」에서의 '나'나 '안'이 1960년대의 서울 거리를 배회하는 '남성 산책자'들이라면, 이 소설 속의 현주도 '여성 산책자'가 되어 그들처럼 도시를 헤매고 다닌다. 이전에 낯선 남자에게 끌려가 강간당한 후 스스로 야행을 감행하게 된 현주는 '여성 오디세우스'처럼 자신을 유혹해 줄 '남성 세이렌'을 찾아 헤맨다. 일탈된 성행위를 통해 도시의 타성적이거나 위선적인 남녀 관계나 부부 관계를 파괴하고 싶기 때문이다. 무모하고 비상식적이고 반사회적일 수 있는 이런 행동을 통해 아무것도 일어나지 않는 일상적 삶이나 돈 때문에 직장에서 서로 모르는 사이인 것처럼 지내야 하는 남편과의 관계를 뒤집어 보겠다는 것이다. 이럴 때의 여성은 이미 유혹하는 세이렌이 아니다. 오히려 유혹당하고 싶어 하는 오디세우스에 가깝다.

「누이를 이해하기 위하여」에서도 '나'의 누이는 어머니와 '나'에 의해 도시로 보내진다. 그런데 2년이 지난 어느 날 갑자기 옷에 먼지를 묻혀 오듯이 도시가 준 상처나 상처의 씨앗을 가지고 고향으로 돌아온다. 그래서 '나'는 누이의 고독과 침묵, 실패를 이해하기 위해 "이번엔 내가 가 보지."(1:104)라고 말하며 서울로 간다. 이런 '나'의 서울에서의 생활은 미루어 짐작건대 누이의 생활의 반복이거나 확대 재생산일 가능성이 크다. 「무진기행」에서의 하인숙도 '나'에게 서울의 서울다움을 다시 환기시켜 줌으로써 '나'를 서울로 다시 되돌아가게 하는 촉매제의 역할을 한다. 때문에 '나'는 독해서 자살할 것 같지 않았던 술집 작부의 자살 시체를 보고 오히려 정욕을 느끼고, 하인숙이 "성기(性器) 하나를 밑천으로 해서"(1:146) 자신을 쫓아다닌다고 비난하는 동창생 조의 말에 오히려 그녀가 그리워진다. 이것은 자신의 모습을 담고 있는 여성 분신들을 통해 느끼게 되는 자기 연민이나 자기애라고도 할 수 있다. 또한 「서울, 1964년 겨울」에서 서적 판매원 사내의 부인은 죽어서까지 사내의 삶을 규정한다. 급성 뇌막염으로 죽은 아내의 시체를 돈 4000원에 팔 수밖에 없었던 사내는 그런 아내의 몸 때문에 그동안 몰랐던 근대의 추악한 이면을 발견하고, 결국은 자살에 이르고 만다.

이렇게 볼 때 김승옥 소설 속의 여성들은 남성들보다 먼저 근대에 의한 희생양이 됨으로써 남성들을 근대로 끌어들이는 사제 역할을 한다. 근대와 남성을 연결시켜 주는 매개자 혹은 중개자로서 남성보다 먼저 근대에 진입하고 남성보다 더 직접적으로 피해자가 되는 것이다. 그래서 김승옥 소설의 여성 인물들은 근대로부터 배제된 채 근대의 '밖'에 존재하는 것이 아니라 오히려 근대의 '안' 혹은 '중심'에 있다. 김승옥의 소설에서 여성 인물들이 창녀가 되기까지의 과정보다는 창녀가 되고 난 이후의 과정에 더 무게 중심이 쏠려 있는 것도 창녀가 된 이후 남성에게 미치는 영향력이 중요하기 때문이다. 또한 남성이 아니면 더럽혀질 수조차 없는 존재가 바로 여성이기 때문이기도 하다. 하기에 이런 적극적인 여성들은 남성의 분신으로서 근대의 체험에 동참한 것이지 여성으로서의 독자적인 욕망이나 의지로 움직인 것은 아니다. 김승옥 소설 속의 여성들은 남성들을 근대에 참여시키기 위한 촉매로서의 역할을 할 뿐 여성 자신들을 위한 주체적 욕망을 드러내지 않는다. 김승옥은 창녀에게서 여성의 모습을 보는 것이 아니라 남성을 본다. 그래서 여성들은 근대적 삶에 참여하면 할수록 탈여성화될 수밖에 없다.

「야행」에서도 현주가 불량배에게 강간당할 때의 묘사를 보면 성의 전도가 일어나고 있다. 현주가 불량배에게 손목을 잡힌 채 끌려가는 상황에서 헐렁하게 고리를 만든 불량배의 손은 여성의 음부가 되고, 불량배의 손에 잡힌 현주의 손목은 남근처럼 움직인다. 그럴 때에 현주가 느끼는 쾌감이나 그 후에 느끼는 책임감은 그 이전에 남성들이 여성을 강간하면서 느꼈던 감정이다. 그래서인지 현주는 "그날 그 육교 위에서 손목을 잡힌 사람은 그 불량배였는지 자기였는지조차 판단할 수 없다." (1:273)라고 말한다. 이처럼 현주가 남성들이 조건부로만 소심하게 행하는 성적 일탈을 남성보다 더 남성적이고 적극적으로 꿈꾸는 이유는 무엇인가. "그 여자는 새삼스럽게 깨달았다. 자기의 욕구는 반드시 사내들이 자기네의 욕구를 과감히 실천할 때 함께 성취될 수 있음을. 그렇다. 사내가 그 여자의 내부에 공포와 혼란을 일으켜 놓지 않는다면 그 여자는 어떻게 자기의 더러움을 자백할 수 있을 것인가."(1:277)

낯선 사내의 억센 끌어당김에서 현주가 얻기를 원하는 것은 정신적 구원이나 속임수로부터의 해방이다. 그런데 이런 여성의 욕망을 좌우하는 것이 바로 남성이라는 점에서 이때의 여성은 다시 남성에게 종속된다. 남성들이 자신들의 욕구를 과감히 실천할 때만 여성의 욕구도 성취될 수 있기 때문이다. 이런 이유로 적극적 주체로 드러난 듯한 여성은 단지 남성 중심적인 세계관과 기존의 위계질서를 재확인시켜 줄 뿐이다. 일탈적인 여성의 주체적 욕망을 인정하는 것 같지만 그녀의 능동적인 힘은 부정되고 있기 때문이다. 여성은 오직 남성 주체의 타자로서, 즉 남성의 이

상 추구를 자극하는 존재로서만 기능한다는 것이다.[26]

이렇게 볼 때 김승옥 소설 속의 여성들은 두 가지 의미에서 남성들과 차별된다. 첫째는 여성들이 체험하는 근대는 정신이 아닌 몸만을 통해서 가능하다는 점이다. 근대를 더럽히고 남성을 더럽힌 여성들의 몸은 남성들에게 하늘 아래 깨끗한 여성의 몸은 없다는 사실을 각인시킨다. 그러고는 더러워진 여성의 자궁이란 "악마에게 강요당하여 할 수 없이 몸에 차고 다니는 주머니"(1:301)거나 아니면 "도깨비들이 실컷 뜯어먹다 싫증이 나서 던져 준 썩은 고깃덩이"(1:309) 둘 중의 하나라는 사실을 강조한다. 여성들의 몸을 그렇게 만든 것이 남성 자신들임을 인정한다는 점에서, 그리고 여성들의 몸을 짓눌렀던 순결 콤플렉스를 벗겨 낸 여성에 대한 환상을 제거했다는 측면에서 김승옥 소설 속의 여성들은 남성들로부터 덜 억압받을 수도 있다. 그러나 여전히 여성들은 몸만 있는 존재, 그것도 더럽혀져서라도 남성들의 근대 체험에 도움이 되는 인물로 존재한다.

둘째는 여성의 '비처녀성'을 통해 오히려 '처녀성'을 강하게 환기시킨다는 점이다. 만약 여성의 몸이 처녀인지 아닌지가 중요한 잣대가 아니라면 여성을 처녀로 대접해 주려고 노력하거나(「서울의 달빛 0장」) 여성이 처녀가 아닌 것에 대해 실망이나 동정을 느낄 필요가 없다.(『60년대식』) 처녀성에 대한 이런 집착은 성병에 걸렸을 때 오히려 "깨끗한 것에 대한 외경심"(3:26)이 생겨 처녀를 아껴야겠다는 생각이 든다는 남성의 직접 발화로도 확인된다.(『내가 훔친 여름』) 역설적으로 말해 김승옥 소설 속의 여성들은 깨끗함이 얼마나 소중한가를 알려 주기 위해 더럽혀진 측면이 강하다. 그리고 결국에는 이런 처녀성에 대한 집착이 처녀/창녀, 마리아/이브, 아내/애인, 집 안의 여자/집 밖의 여자 등으로 나뉘는 기존의 이분법을 그대로 답습하게 만들기도 한다. 『보통여자』나 「서울의 달빛 0장」, 『강

---

26) 리타 펠스키, 앞의 책, 179쪽 참조.

변 부인』 등 후기 소설로 갈수록 성적인 쾌락에 탐닉하는 요부의 이미지가 강조되는 것도 이런 여성에 대한 이분법에 기초해 있기 때문이다.

4 내면의 변증법

김승옥 소설 속의 남성 인물들은 모두 '자기 세계'를 지닌 근대적 주체들이다. 그리고 이들은 그 속에서 주체의 이중성을 경험함으로써 자아의 분열을 경험한다. '자기 세계'를 지닌 인물들은 집단의 논리나 획일성의 횡포로부터 자유로울 수 있다. 그러나 이런 독립적인 자아는 소외되거나 고립되기도 쉽다. 이런 양극단의 경계에서 김승옥 소설 속의 남성들은 극기와 자해, 유혹과 공포, 낭만과 환멸을 통해 자신을 죽이기도 하고 살리기도 한다. 스스로가 주체이자 객체이고 가해자이자 피해자인 역설과 역전의 드라마를 연출하고 있는 것이다. 이런 남성들의 갈등은 '있는 그대로'의 자연적 세계가 아닌 '만들어진' 인공의 세계 속에 자신을 참여시킴으로써 발생한다는 점에서 충분히 근대적이라고 할 수 있다. 조작이나 허구를 통해서라도 극기를 이루려는, 그리고 그런 윤리의 위기에 죄의식을 느끼는 근대적 주체의 모습을 보이는 것이다. 이를 통해 근대의 가장 기본적인 정신이 주체에 대한 비판적 성찰이라는 점을 확인할 수 있다. 엄정한 자기비판을 통해서만이 스스로를 수정하거나 갱신하려는 근대적 욕망의 실현이 가능해지기 때문이다.

이런 김승옥의 소설에서 여성들은 철저히 이상화될 수도 없고 철저히 사물화될 수도 없는 존재이기에 더 문제적이다. 그의 소설 속에서 여성들은 자연의 축을 대변하는 낭만적이고 순수한 전근대적 여성들이 아니다. 오히려 괴물과 같은 근대에 적극적으로 참여하는 인물들이다. 그런데 그 참여 과정이 남성들에 의해서, 그리고 남성들을 위해서 이루어진다는 점에서 남성들의 대리자에 머무는 한계가 있다. 또한 정신이 아닌 몸으로만 겪는 근대 체험만이 가능하다는 점에서도 한계가 있다. 몸에 대한 강조는 처녀성에 대한 집착과 맞물리면서 기존의 정신/몸, 이성/감성, 남성/여성, 마리아/이브 등의 남녀 차별적인 이분법을 더욱 공고하게 만드는 한계도 지니게 된다. 그렇다면 김승옥의 소설에서 여성들은 배제가 아닌 왜곡, 낭만이 아닌 환멸의 형식으로 근대에 참여하고 있다고 할 수 있다. 그래서 그의 소설에서는 남성과 여성의 대립보다 긍정적 여성과 부정적 여성의 대립을 통해 남성의 근대 체험에 더 큰 영향을 미친다. 이런 사실은 김승옥 소설에서 남성성을 파악할 때는 '전근대'와 '근대'의 대립이 아니라 '근대'와 '반근대'의 대립이 더 중요하다는 것과도 맥이 통하는 특성이기도 한다.

하지만 이런 성차에도 불구하고 김승옥의 소설에서 탈중심적이고 불안정하며 비대칭적인 근대의 이중성은 남성이나 여성의 이중적 이미지를 통해 효과적으로 제시되고 있다. 김승옥 소설 속의 남성과 여성은 모두 "실은 의사가 되고 싶었는데 병자가 되어 버"(1:109)린, 그러나 다시 건강해지기 위해서는 병을 철저히 앓아야 한다는 근대의 병리학을 보여준다. 근대성과 남성성, 여성성의 관계를 규명하는 작업에서 중요한 것은 그들 사이의 분류나 대립, 존재 자체가 아니라 그것들 사이의 결합과 배치, 작용이다. 서로 간의 관계와 그 변모 양상을 통해 유발되는 의미의 변화가 중요하기 때문이다. 그리고 그런 것을 제대로 파악하기 위해서는 근대성에서 빠져나오는 것이 아니라 그 속으로 더 깊숙이 들어가는 김승옥식 접근법이 유용해진다. 그래야 근대성에 대한 체험 자체가 '막다른 골목'이면서 '뚫린 골목'인 최저 낙원이자 인공 낙원의 추구 자체임을 제대로 파악할 수 있기 때문이다.[27]

---

27) 조영복, 「근대성의 폭풍과 도시의 산책자 ─ 모더니즘과 도시성」, 《문학사상》, 1998년 3월호.

결국 김승옥 소설 속 인물들의 근대성에 대한 자각은 '너무' 근대적이기 때문에 억압받는다고 생각했던 인물들이 사실은 '제대로' 근대적이지 못했기 때문에 억압받는 것이라는 사실을 인식하는 데서 시작된다고 할 수 있다. 이런 '어설픈' 근대 체험에 대한 비판을 위해 김승옥은 남성 인물들에게는 '부끄러움'을, 여성 인물들에게는 '더러움'을 인식하도록 했다. 김승옥이 비판하는 것은 잘못된 근대이지 근대 자체가 아니기 때문에 그런 철저한 자기 성찰이 중요하다는 것이다.

이처럼 '제대로 된' 근대를 위해 김승옥은 반계몽을 통해서도 계몽을 이야기하고, 정열을 통해서도 이성을 이야기한다. 이런 윤리적 염결함 때문에 김승옥의 소설 속 인물들의 내면에 일어나는 변증법은 '정(正) – 반(反) – 합(合)'의 과정이 아니라 '정(正) – 반(反) – 정(正)'(1:108)의 과정을 밟는다. '합(合)'이라는 결론을 타협이나 절충이라고 생각하고 오로지 원래의 '정(正)'만을 고집할 정도로 결백을 추구하기 때문이다. 그의 소설에서 악[反]이 뒤집어진 선[正]인 이유도 여기에 있다. 김승옥은 실패나 공격 속에서도 근대적 주체의 재건을 굳게 믿는다. "근대를 넘어서는 길이란 그것을 끝까지 통과하는 길일 수밖에 없다는 것"[28]을 누구보다도 잘 알고 실천하는 '근대적인 근대'의 주체들이 바로 김승옥 소설 속의 인물들이기 때문이다.

---

28) 마셜 버먼, 앞의 책, 129쪽.

여성
이미지

젠더 (무)의식의 역설
── 황석영의 초기 소설을 중심으로

1 황석영 소설의 여성성

황석영은 1962년 「입석 부근」으로 등단한 뒤 「객지」(1971), 「한씨연대기」(1972), 「삼포 가는 길」(1973) 등의 문제작을 계속 발표하면서 1970년대의 대표 작가로 평가받았다. "현실이 스승"[1]이라는 작가 의식을 토대로 "알몸뚱이로 부딪쳐 들어가는 현실"[2]과 맞부딪히기에 그의 소설은 "세상을 그 바닥에까지 훑어 가며 이해하는 능력"[3]에 토대를 둔 "참된 사회의식"[4]과 "투철한 인간 의지와 현실, 그리고 역사의식에 바탕을 둔 건강한 리얼리즘"[5]을 보여 준다는 것이다. 즉 노동, 분단, 산업화 등의 문제를 통해 한국의 근대화를 리얼리즘적 입장에서 소설화한다는 것이 1970년대 황석영 소설에 대한 평가의 주조였다.

---

1) 황석영·최원식, 「황석영의 삶과 문학」, 최원식·임홍배 엮음, 『황석영 문학의 세계』(창비, 2003), 42쪽.
2) 천이두, 「건강한 생명력의 회복」, 『황석영 전집』(어문각,1978), 411쪽.
3) 김인환, 「체험의 문학」, 《창작과비평》,1977년 6월호, 690쪽.
4) 염무웅, 「인간 회복의 문학」, 『장사의 꿈』(황석영 소설선)(범우사, 1977), 14쪽.
5) 이태동, 「역사적 휴머니즘과 미학의 근거」, 《세계의 문학》, 1981년 봄호, 57쪽.

이런 리얼리즘적 특성은 황석영 소설을 자연스럽게 '남성적 문학'으로 규정짓게 했다. 그의 등단작인 「입석 부근」에서부터 지속적으로 발견되는 부단한 상승 의지나 씩씩함의 세계가 바로 '남성적인 힘'에 바탕을 둔 적극적인 현실 참여나 현실 개혁, 유토피아 지향 등의 의지와 연관되기 때문이다. 그리고 이런 '힘' 혹은 '의지'와 '남성성'과의 등치로 인해 황석영 소설은 '여성 혐오'의 단계를 넘어 "여성성 박탈"[6]의 상태를 보여 준다는 비판까지도 받았다. 여성 인물이 전혀 등장하지 않는 「객지」를 비롯한 그의 대부분의 소설에서 남성 인물들이 중심적 역할을 담당하는 반면, 여성 인물들은 부차적 의미만을 지닌다는 사실이 이를 증명해 준다.

하지만 황석영의 소설을 이처럼 평면적이거나 단선적으로 파악하기에는 무리가 따른다. 앞에서 지적했듯이 리얼리즘적 요소가 강한데도 불구하고 비현실적 영웅주의나 손쉬운 해결, 낙관적 전망 등과 연관되는 '낭만주의적' 요소를 지녔다고 비판받는 것[7]과 동일한 맥락에서, 그의 '남성적 문학'도 여성성에 대한 반응이나 여성성의 영향으로부터 자유롭지 못할 수 있기 때문이다. 황석영 소설에 나타나는 남성성에도 균열이나 틈새가 존재함으로써 여성성과의 무의식적 관계가 설정될 수 있다는 것이다. 또한 여성성의 배제나 축소, 왜곡 역시 여성성에 대한 두려움이나 공포의 역반영일 수 있다는 점이나, 아무리 작가가 남성 중심적인 문학을 의도했더라도 실제 작품에서는 작가가 의도하지 못했던 젠더 의식이 드러날 수도 있다는 점 등을 고려한다면 황석영 소설의 남성성과 여성성의 관계를 재고할 필요가 있다.

---

6) 진형준, 「어느 리얼리스트의 상상 세계」, 《우리 시대의 문학》 3집, 1985년, 403쪽.

7) 같은 글, 408~409쪽.
   성민엽, 「작가적 신념과 현실」, 백낙청·염무웅 편, 『한국 문학의 현 단계 Ⅲ』(창작과비평사, 1984), 136~138쪽.
   김우창, 「밑바닥의 삶과 장사의 꿈」, 『시인의 보석』(민음사, 1993), 361~377쪽 참조.

특히 황석영 소설의 모태를 살펴볼 수 있는 초기 소설[8]에서 여성 인물들은 주로 남성 인물들에 의해 타자화된 주변적 인물들로 존재하지만, 의외로 남성 인물들의 의식이나 행위에 적극적으로 개입하는 양상을 보이기도 한다. 즉 앞에서 지적되었듯이 주로 남성 인물들을 중심으로 한 현실 비판 의식이나 개혁 의지가 형상화되지만, 그 과정에서 여성 인물이 담당하는 역할 또한 간과할 수 없다는 것이다. 황석영 소설에 나타난 여성성이 이처럼 모순된 이중성을 보인다면 그에 대한 '다시' 혹은 '제대로' 읽기가 필요하다. 하지만 황석영 소설에 대한 이런 '여성적' 읽기는 페미니즘적 입장에서 그의 소설을 비판적으로 읽기 위한 것이 아니다. 오히려 실제 텍스트에 나타나고 있는 복잡한 상호 작용에 주목함으로써 황석영 소설에 대한 객관적 이해를 시도하기 위한 것이라 할 수 있다.[9]

사실 1970년대라는 사회적 현실을 감안한다면 남성과 동등한 입장에서 적극적인 행동을 보여 주지 못한다고 해서 여성을 전근대적 인물로 평가하는 것은 논의를 지나치게 단순화할 우려가 있다. 그리고 본격적인 산업화 시대가 시작된 1970년대 한국 사회의 근대성[10]을 논의할 때 일제 강점기인 1930년대에 관한 논의들에서처럼 '남성=근대적 주체', '여성=전근대적 주체'라는 기존의 이분법적 틀을 그대로 답습하는 것 또한 비역

---

8) 황석영의 전체 소설을 현재를 기준으로 할 때 크게 세 시기로 나누어 볼 수 있다. 등단 이후부터 「객지」, 「한씨연대기」, 「삼포 가는 길」 등의 대표 중·단편 소설을 주로 쓴 초기(1962~1970년대 중반), 『장길산』(1974~1984), 『무기의 그늘』(1983~1988) 등의 장편을 연재하면서부터 방북(1989)하기 전까지에 해당하는 중기(1970년대 후반~1980년대 후반), 감옥 체험 이후 발표한 『오래된 정원』(2000), 『손님』(2001), 『심청』(2003)부터 현재까지에 해당하는 후기(2000년~현재) 등이다.

9) 팸 모리스, 강희원 옮김, 『문학과 페미니즘』(문예출판사, 1997), 65쪽 참조.

10) 이 글에서는 근대성(modernity)을 지금까지 서양 근대의 삶과 사회를 지배해 왔던 규준으로서의 인식론(협의의 개념)에서부터 그것이 낳았던 전반적인 문화 형성과 가치 체계(광의의 개념)까지를 모두 포괄하는 용어로 사용한다. 따라서 근대성은 역사상의 시대 구분 개념이나 모종의 철학적 용어를 가리키기도 하고, 근대 사회의 제도적 특징이나 문학 예술의 새로운 경험 내용을 지칭하기도 한다. 김성기 외, 『모더니티란 무엇인가』(민음사, 1994), 5쪽 참조.

사적이고 비생산적인 논의라고 할 수 있다.[11]

이에 이 글에서는 황석영의 초기 소설 속 여성 인물의 존재 양상을 남성 인물과의 관계를 중심으로 살펴 본 후, 그러한 여성 인물의 특성이 황석영 초기 소설의 근대성 문제와 연관되는 지점을 살펴보도록 하겠다. 황석영의 초기 소설은 첫째, 장편 소설 중심인 이후 시기와 달리 중·단편 소설 중심이기에 작가 의식을 좀 더 전체적이고도 반복적으로 고찰할 수 있다는 점, 둘째, 이후 시기에 나타나는 여성성의 확대와 여성 이미지의 왜곡 양상 및 그에 관한 최근 논란들[12]을 볼 때, '전사(前史)'나 '징후'로서 그의 초기 소설에 나타난 여성성을 재검토할 필요가 있다는 점,[13] 셋째, 여성성을 의식적으로 강조하거나 노골화시키는 다른 시기의 소설들에 비해 여성성에 대한 무의식적 혹은 분열적 인식까지도 문제 삼을 수 있다는 점 등에서 이 작가의 젠더 (무)의식을 살펴보기에 적절하다고

11) 리타 펠스키, 김영찬·심진경 옮김, 『근대성과 페미니즘』(거름, 1998), 26쪽 참조.
12) 이런 논란의 중심에 서 있는 작품이 바로 『심청』이다. 이 소설의 주인공 심청은 황석영 소설의 여성 인물들이 지닌 분열과 모순을 가장 첨예하게 보여 준다고 할 수 있다. '매춘의 오디세이'를 통해 동아시아의 근대화 과정과 고난받는 여성사를 접목시키려 했다는 작가의 직접 설명을 놓고, 적극적이고 자발적인 여성 주체의 새로운 모습을 발견하는 측(서영채·오태호), 관음증적인 남성의 성적 판타지의 구성물에 불과하다는 측(박숙자·정문순), 보다 중립적인 입장에서 고난받는 여성사로서의 근대사에 주목하는 측(김경수·최영석) 등의 의견이 다양하게 개진되고 있다.
　서영채, 「창녀 심청과 세 개의 진혼제」, 《문학동네》, 2004년 봄호.
　오태호, 「황석영론 연구」, 《작가세계》, 2004년 봄호.
　박숙자, 「여성의 몸을 탐하는 남성의 서사」, 《여성과 사회》, 2005년 5월호.
　정문순, 「포주의 시선에 포획된 여성의 몸」, 《비평과 전망》, 2004년 상반기.
　김경수, 「우리 소설의 확장 방식에 대하여」, 《동서문학》, 2004년 봄호.
　────, 「근대와 젠더, 그리고 해한(解恨) 이야기의 발견」, 《작가세계》, 2004년 봄호.
　최영석, 「강신과 축귀」, 《작가세계》, 2004년 봄호.
13) 이런 맥락에서 볼 때 흔히 '남성의 문학'으로만 해석되었던 황석영의 등단작 「입석 부근」에 내재된 여성적 특질을 밝힌 남진우의 논의는 시사하는 바가 크다. 그에 의하면 전형적인 남근 상징인 '입석'의 내부에는 '자궁'이 숨겨져 있기에 바위는 남근이기도 하고 자궁이기도 하다. 그런 남성성과 여성성의 공존 양상을 더욱 발전시켜 남진우는 황석영 소설의 '비극적 영웅주의=수직적 초월=비장한 숭고미'와 '민중적 전망주의=수평적 확산=낙천적 골계미'의 공존까지 연계시키고 있다.
　남진우, 「돌의 정원: 황석영 소설과 알레고리적 상상력」, 《문학동네》, 2000년 가을호.

할 수 있다.

이를 위해 황석영의 초기 소설 중 예외적으로 남성 인물과 거의 동등한 역할을 담당하는 여성 인물이 등장하면서 소설의 제목 자체도 여성 인물을 상징하고 있는 「가화(假花)」(1971), 「섬섬옥수(纖纖玉手)」(1973), 「몰개월의 새」(1976) 등 세 편을 중점적으로 살펴볼 것이다. 이 소설들에 나타나는 남성 인물들의 여성 인물들에 대한 모순적인 체험을 통해 작가 황석영의 양가적인 근대 인식을 더욱 확실하게 확인할 수 있기 때문이다. 또한 이러한 작업을 통해 여성을 근대의 '바깥'에 위치시키는 기존의 환원론적이고 상투적인 시각의 교정이 가능하고, 근대의 '안'에서 다양한 역할을 담당했던 여성들과의 상호 연관 속에서 더욱 분명해지는 남성들의 근대 체험도 효과적으로 설명될 수 있기 때문이기도 하다.

2 구원하는 여성의 저항성: 「가화」

「객지」(1971)와 같은 해에 발표된 「가화」는 여러모로 「객지」와 대조적인 소설이다. 여성 인물이 한 명도 등장하지 않은 채 극악한 노동 현장에 대한 고발을 리얼리즘적 입장에서 형상화한 「객지」와 달리, 「가화」는 자신이 버린 옛 애인을 찾아 헤매는 남성의 이야기가 비현실적이고도 몽환적인 분위기로 서술되고 있기 때문이다. 「가화」는 뒤늦게 발표되었지만 탐미적이고 내면적이었던 대학 시절에 작가가 이미 써 두었던 소설로서, 오르페우스를 모티프로 삼아 지옥과 같은 물신(物神) 세계에서 잃어버린 사랑을 찾아 헤매는 이야기다.[14] 근대적 질서 안에서 삶의 의미를 획득하지 못하는 남주인공 '무(茂)'가 '무(無)'로 변화해 가는 과정과 실존적 몸

---

14) 황석영, 「황석영이 황석영을 말하다」,《작가세계》, 2004년 봄호, 22쪽 참조.

부림을 중심으로 서사가 진행되고 있다.[15]

어느 비 오는 날 늙은 노파에게 반강제적으로 꽃 한 송이를 산 남주인공 '무'가 집에 와 보니 과거에 헤어진 '여자'가 돌아와서 기다리고 있다. "낮에는 빈둥거리고 밤마다 얼빠진 술주정꾼들을 위하여 기타를 퉁기"는[16] 밤무대 악사로서의 생활에 염증을 느끼고 있었던 '무'는 여자와의 재회를 통해 재생을 꿈꾼다. 꽃을 팔았던 늙은 노파의 말처럼, 여자를 제대로 사랑함으로써 부정적 현실에서 벗어나기를 바라기 때문이다. 이럴 때 여자는 '무'처럼 근대화된 산업 사회 속에서 주체성을 상실한 남성에게 전근대적인 향수를 불러일으키면서 상처의 치유나 영원한 재생을 가능하게 해 주는 '구원의 여성'[17]에 해당한다.

그런데 여자는 하룻밤을 '무'와 같이 보낸 뒤 갑자기 다시 사라져 버린다. 뒤에서 밝혀지지만, 이미 죽은 여자가 환상적 형태로 '무'를 찾아온 것이기 때문이다. 여자가 사라진 후의 '무'의 심정은 다음처럼 서술된다. "무는 자기가 방 안에 혼자 남아 있다는 사실과 생전에 이렇게까지 한 여자를 만나고 싶었던 적이 한 번도 없었음을 알았다. 그는 새우처럼 몸을 꾸부리고 올라가야 하는 비좁고 어두운 통로를 생각했다." 여기서 "새우처럼 몸을 꾸부"린 자세는 자궁 속의 태아를 연상시키기에, "비좁고 어두운 통로" 또한 '산도(産道)'의 상징으로 볼 수 있다. 어머니의 자궁 속에서 다시 태어나려는 요나처럼 '무'는 여자를 찾아 나선다.

이런 '무'가 찾아간 곳은 댄서였던 여자가 자수성가한 사업가와 결혼한 후 공연을 하고 있다는 '골든 힐'이라는 곳이다. 회원제로 운영되면서 조직적인 통제와 효율적인 노동이 이루어지는 골든 힐은 바로 근대 자본

---

15) 오태호, 「황석영 소설의 근대성과 탈근대성 연구」, 경희대학교 박사 논문, 2004, 125쪽 참조.

16) 앞으로 소설의 본문 인용은 『황석영 중단편 전집』(전3권, 창작과비평사, 2000)을 기준으로 「가화」는 『객지』(1권)에서, 「섬섬옥수」는 『삼포 가는 길』(2권)에서, 「몰개월의 새」는 『몰개월의 새』(3권)에서 각각 인용한다.

17) 리타 펠스키, 앞의 책, 89~104쪽 참조.

주의 사회의 축소판이다. 골든 힐에서 '무'는 '낯선 두려움(unhomely)'을 느낀다. 이런 감정은 권력에 예속된 상태에서 탈피해 해방된 정체성을 되찾으려는 자아 정치학의 시작이라고도 할 수 있다.[18] 그런데 이곳에서 '무'는 여자를 찾지 못한다. 오히려 '무'가 확인한 것은 여자가 1년 전에 자살했다는 사실이다. 그 이후 골든 힐을 나오는 '무'에게 들리는 것은 희망이 없는 현실 세계로의 진입을 알리는 "승냥이의 울부짖는 소리"뿐이다. 이제 '무'에게 가능한 것은 새로운 세계로의 초월이 아니라 기존 세계로의 회귀이다. 이럴 때 구원의 여성이었던 여자는 '낭만적 여성'이 아니라 지극히 '현실적 여성'으로 변하게 된다. 유토피아로의 초월이 아니라 디스토피아로의 귀환을 확인시켜 주기 때문이다.

기존 논의에서는 '무'의 이런 '남성적' 추구와 그 좌절에만 초점을 맞춰 근대의 폭력성이나 주체성 상실의 비극성과 문명 비판적 요소만 강조했다.[19] 그리고 여자 또한 골든 힐이라는 근대 세계로 '무'를 인도하는 안내자로서 기능하기에 남성의 근대 체험을 위한 도구나 희생양으로 간주되었다. 괴테의 『파우스트』에서 파우스트가 새로운 경험과 무한한 자기 발전을 위해 버린 어린 시골 처녀 그레첸과 유사한 여성 인물이 바로 「가화」속의 여자라는 것이다. 하지만 '무'로부터 버림받았을 때 여자가 어떤 태도를 보였는지에 대해 고찰해 보면 의외의 면모를 발견하게 된다. 근대적 남성 주체를 위한 도구나 희생양으로만 여자를 규정짓기에는 무리가 따르기 때문이다.

여자는 굴 양식장의 깊고 잔잔한 물이 내려다보이는 높은 바위 벼랑에 올

---

18) 문재원, 「황석영 초기 소설 연구 ─ 「가화」, 「탑」, 「돌아온 사람」을 중심으로」, 《한국문학논총》 41집, 2005, 414쪽 참조.

19) 김치수, 「산업화 사회에 있어서 소설의 변화」, 《문학과지성》, 1979년 가을호.
이태동, 「역사적 휴머니즘과 미학의 근거」, 《세계의 문학》, 1981년 봄호.
김종철, 「산업화와 문학」, 《창작과비평》, 1989년 봄호.

라섰다. 높아서라기보다 꺾어 온 꽃의 찌르는 것 같은 냄새 때문에 어지러웠다. 그 여자는 꽃을 한 송이씩 바위로부터 던졌다. 꽃송이가 빙글빙글 돌면서 수면 위에 내려앉아 엷은 파문을 주위에 퍼뜨렸다. 바위 그림자가 아주 미약하게 흔들렸다. 진홍의 반점은 노을의 파편이 날아와 앉은 것처럼 보였다. 잠깐 한자리에 떠 있던 붉은 점이 천천히 반원을 그리면서 바다로 트인 물길을 따라 흘러 나갔다. 그 여자는 굳게 엉겨 있던 감각들이 느슨하게 풀리며 바깥을 향해 놓여나는 것을 느꼈다. 여자가 꽃들을 계속해서 던졌다. 마지막 남은 꽃의 이파리들을 뜯어 날렸다. 가지와 꽃의 형상에서 해체된 색깔들이 와! 하는 함성을 지르면서 물 위로 떨어져 갔다. 물 위에 흩날린 꽃잎의 아라베스크. 빈손이 된 여자는 신을 벗었다.

여자는 골든 힐에서의 화려한 생활에 만족하지 못한다. 낙서를 하다가 우연히 "꿀, 꿀, 꿀"이라고 돼지 울음소리를 써야 할 자리에 받침 하나 차이인 "꿈, 꿈, 꿈"이라고 쓰는 여자의 "실착(失錯)"은 여자의 숨길 수 없는 이런 무의식이 드러난 것이다. 골든 힐로 대변되는 자본주의 체제에 두려움을 느끼면서 미친 듯이 물건을 사들이는 것으로도 채워지지 않는 여자의 결핍이나 욕망이 가시화되는 순간이기 때문이다. 가난한 댄서에서는 벗어났지만 정신적인 허무감을 극복하지 못한 자신에게 남아 있는 꿈이나 자의식을 확인하는 순간이기도 하다. 그런데 아이러니하게도 자신의 욕망이나 꿈에 대한 이런 확인이 여자의 자살을 불러온다.

여자는 가사(假死) 상태에 있었던 도시를 벗어나 '무'와 여행했던 바닷가에 와서 자살한다. 하지만 이때의 자살이 단순한 패배나 도피가 아니라 저항의 의미로도 읽힌다는 데 문제의 복잡성이 있다. 인용된 앞의 예문에 드러나듯이 바위에서 떨어져 자살할 때 여자의 몸은 골든 힐에서의 '가화' 상태에서 벗어나 '생화'와 같은 존재로 변환되면서 바다를 따라 퍼져 나간다. 이때 그녀는 "굳게 엉켜 있던 감각들이 느슨하게 풀리며 바깥을 항해 놓여나는" 듯한 느낌을 받는다. 그리고 이처럼 여자가 바다를 향해 찢어진 꽃잎들처럼 몸을 날릴 때 들리는 소리가 '비명'이 아닌 "함성"이라는 점에서 여자의 죽음이 지닌 확산성과 초월성, 저항성을 확인할 수 있다. 여자가 도시로부터 버려진 것이 아니라 스스로 도시를 거부한 것이라고 읽힐 여지를 주는 장면인 것이다. 그래서 여자의 자살 장면은 이 소설에서 가장 몽환적이고 심미적으로 묘사되어 있다.

이렇게 볼 때 '무'가 왜 골든 힐에서 여자를 찾지 못했는지에 대해서도 새로운 대답이 가능해진다. 여자가 이미 죽었기 때문이라는 일차적 해석 이외에도, 골든 힐이라는 근대적 자본주의 체제로부터 벗어나려 했던 저항적 존재이기 때문이라는 이차적 해석도 가능하기 때문이다. 그래서 여자는 죽어서 '무'를 다시 찾아왔을 때 "여전하시군요. 어린애 같아요."라고 말하면서 '무'의 미성숙함을 비판하는가 하면, '무' 또한 여자와의 재회에서 "여자의 얼굴에 근심이라든가 우울의 그늘이 없는" 것을 보고 놀라면서 "새로워진 여자가 오래전에 남긴 잔상을 짓뭉개고 완전해지기 위하여 다시 찾아온 것"이라고 생각한다. 다시 태어남으로써 근대를 극복한 것은 '무'가 아닌 여자였던 것이다. 그래서 여자는 "덜 되었던 그것이 혼자 완전해져서 현재의 시간으로 소급되어" '무'의 근대 경험에 적극적으로 영향을 미치는 존재로 볼 수 있다. 또한 이런 언급을 통해 '무'가 이미 여자에 대한 지배력과 통제력을 상실했다는 것이 증명되기도 한다.

이처럼 「가화」에서의 여성 인물은 근대의 '바깥'이 아닌 근대의 '안'에서 남성과 유사하게 근대를 경험하는 주체라고 할 수 있다. 남성의 입장에서 보면 가화이지만, 남성에 의해 가화로 취급되었기에 오히려 근대로부터 자유롭게 벗어날 수 있었기 때문이다. 물론 이 소설의 주조는 구원의 여성상의 상실로 인한 근대적 남성 주체의 좌절과 패배이다. 그러나 이런 구원의 실패는 여성 인물의 창녀성이나 순응성 때문이 아니라 남성 인물 자체가 여성 인물이 지닌 저항성을 담보하지 못했기 때문으로 볼 수 있다. 그리고 이 소설에서 여성은 남성을 구원하려는 것이 아니라 스스로를 구원하려는 여성이다. 따라서 이 소설의 여성은 남성에게는 부재하지만 스스로는 존재한다. 이런 여성성의 부재와 존재의 틈새 혹은 균열로 인해 남성 인물 무(茂)는 분열과 혼란을 경험하게 되는 것이다.

3 산책하는 여성의 성찰성: 「섬섬옥수」

근대성 논의에서 '산책자(flâneur)' 모티프는 도시를 중심으로 한 자본주의 문명의 체험을 대변한다. 발터 벤야민(Walter Benjamin)의 보들레르 연구에서 잘 드러나듯이 근대적 지식인이나 문학 생산자로서의 산책자가 거리를 걸으면서 관찰하고 탐구한 도시의 풍경 자체가 바로 근대의 산물이기 때문이다. 따라서 산책자는 근대적인 성찰이나 사유를 대표하는 주체로 자리 매김 되면서 자본주의적 일상이나 소외에 대한 반응을 보여 준다. 바야흐로 집이 아닌 도시에 사람이 속하는 시대가 도래한 것이다.[20] 산책자는 도시의 관찰자로서 도시를 방랑하면서 독해한다. 그리고 그 과정에서 무위와 무기력, 흥분과 중독, 순간과 영원, 자연과 상품 사이에서 분열을 경험하는 근대적 주체가 된다.[21]

그런데 문제는 이런 산책자 경험에서 '여성 산책자(flâneuse)'는 제외된다는 사실이다. 도시 자체가 남성의 공간으로 간주되었기에 도시를 거니는 행위도 남성의 전유물로 인식되었고, 거리를 배회하는 여성은 대부

---

20) 발터 벤야민, 반성완 편역, 『발터 벤야민의 문예 이론』(민음사, 1983), 131~144쪽.
　　마셜 버만, 윤호병·이만식 옮김, 『현대성의 경험』(현대미학사, 1994), 189~211쪽.
　　수전 벅 모스, 김정아 옮김, 『발터 벤야민과 아케이드 프로젝트』(문학동네, 2004), 241~256쪽 참조.
21) 그램 질로크, 노명우 옮김, 『발터 벤야민과 메트로 폴리스』(효형출판, 2005), 261~291쪽 참조.

분 성적으로 타락한 창녀들로 취급되었다.[22] 따라서 여성의 산책은 그 자체로 성적 일탈이나 위반, 타락을 의미하는 위험한 행위이기에 통제의 대상이었다.[23] 때문에 여성 산책자의 의미를 재규정하는 것은 흔히 남성을 유혹하며 거리를 배회하는 성적 대상물(창녀)이나, 백화점과 아케이드에서 쇼핑하는 사람(소비자)으로서의 경험을 통해서만 여성의 근대성을 인정했던 기존의 담론에 대한 거부와 수정의 의미를 지닌다. 남성 산책자와 유사한 산책 경험을 통해 여성을 근대 체험의 주체로 호명할 수 있다면 여성의 근대 체험을 남성과 대립적으로만 파악했던 기존 논의의 한계를 벗어날 수 있기 때문이다.[24]

황석영의 「섬섬옥수」에서는 특이하게도 지금까지 남성 산책자들이 보여 주었던 면모를 여주인공이 보여 줌으로써 여성 산책자를 통한 근대 체험 양상을 확인할 수 있다. 물론 황석영의 초기 소설 중에서 유일하게 여성 '일인칭' 시점인 이 소설에 직접적으로 여주인공의 거리 배회 장면이 나오는 것은 아니다. 그러나 여주인공이 만나는 남성 인물들

---

22) 리타 펠스키, 앞의 책, 43쪽 참조.

23) 여성 산책자에 대해 집중적으로 연구한 김복순은 '소요'는 부정적인 의미가 강하고, '산책'은 긍정적 의미가 강하기에 중립적 용어인 '만보'를 사용하자고 제안한다. 그러면서 남성 만보객과 여성 만보객의 차이점을 강조한다. 남성의 만보가 대상을 외부에 두면서 주체와 대상 간의 거리 두기를 통한 관찰이나 성찰을 중시한다면, 여성의 만보는 대상과의 화해나 동일시를 추구하면서 주체와 대상 간의 소통이나 화해를 중시한다고 본다. 그러나 이 글에서는 이런 김복순의 지적 자체가 만보의 정의나 차이점이 중립적이어야 한다는 자신의 만보 정의를 다시 긍정화시킨다는 점에서 한계가 있다고 보고, 좀 더 일반화되고 긍정적인 의미를 지니고 있는 기존의 '산책자'라는 용어를 그대로 사용하기로 한다. 그리고 이런 남녀 산책자의 구별이 근대적인 산책자 개념 자체의 고유성을 무화시킬 위험이 있기에 오히려 남성과 여성 산책자의 공통점에 초점을 맞출 것이다. 그래야 여성 산책자가 남성의 근대 체험을 '전유'하는 방식이나 산책의 '결과'에 드러나는 '차이' 또한 더욱 분명해질 것이기 때문이다.

김복순, 「군사주의의 젠더 전유 양상과 여성 만보객」, 『페미니즘 미학과 보편성의 문제』(소명출판, 2005a).

———, 「남성/여성 만보의 담론화 과정과 감각적 인식」, 앞의 책, 2005b.

———, 「식민지 근대 초기의 만보와 소설 형식의 젠더화」, 《현대소설연구》 28호, 2005c 참조.

24) 김소영, 「도시를 걷는 그녀, 플라네즈」, 『시네마, 테크노 문화의 푸른 꽃』(열화당, 1996), 48~49쪽 참조.

을 통해 집 밖으로의 외출 혹은 여행이 가능하다는 점, 그런 남성 인물들이 여주인공의 다양한 근대 체험의 스펙트럼을 구성하고 있다는 점에서 「섬섬옥수」를 여성 산책자 소설로 볼 수 있다. 여주인공이 보여 주는 남성 편력 자체가 자본주의적 일상이나 그로 인한 소외와 고독의 체험과 연관되기 때문이다.

이 소설의 주인공 '나'(박미리)는 여러 계층의 남성 인물들을 만나면서 자본주의 세계의 실체를 경험하게 된다. 지방 소도시 부자의 딸이라는 자신의 신분에 걸맞은 약혼자 장만오, 가난한 사범대생으로서 신분 상승욕에 불타는 김장환, '나'가 사는 아파트의 수리공인 상수 등이 '나'가 만나는 남성들이다. 이들은 각각 상·중·하의 계층을 대표하면서 근대 자본주의 사회에서 자본이 갖는 의미나 계층 간의 갈등을 유형화한다. 여기서 문제적인 것은 소설의 중심축인 상수에 대한 '나'의 감정이나 태도이다. '나'는 거만한 장만오에게 느끼는 거부감이나 혐오감, 신분 상승욕이 강한 김장환에게 느끼는 연민이나 동정심과는 달리 상수에게는 복합적이고도 모순적인 감정을 느낀다. 그 이유는 자신을 노리개로 여기는 '나'에 대해 상수가 보이는 경멸 혹은 무관심과, 그로 인한 '나'의 조바심과 오기 때문이다. '나'를 열망하는 것 같은데도 쉽게 포기해 버리는 상수에게서 '나'는 "내가 던지는 것을 모조리 되돌려 보내는 묘한 재주"가 있다고 느낀다. 그래서 '나'와 상수의 관계는 역전을 거듭한다.

기존 해석에서는 이런 '나'와 남성 인물들의 관계 속에서만 이 소설의 주제를 도출해 냈다. 부르주아 여성의 허위의식과 모순을 폭로하는 사회 소설이나 풍자 소설로서의 특성에만 초점을 맞춘 것이다.[25] 작가 황석영

25) 오생근, 「개인 의식의 극복」, 《문학과지성》, 1974년 6월, 416쪽.
　　염무웅, 앞의 글, 15~16쪽.
　　권오룡, 「체험과 상상력」, 『돼지꿈』(황석영 소설선)(민음사, 1981), 396쪽.
　　오태호, 앞의 논문, 80쪽.

또한 '나'에 대해 비판적인 어조를 무의식적으로 표출하기도 한다. 일인칭 여주인공 시점인 이 소설에서 유독 자기 자신에 대해 '나'가 비판적 서술을 할 때 작가의 시선이 침투하는 것도 이 때문일 것이다. 가령 "나는 자신이 그렇게 요사스럽고 음탕한 여자는 아니라고 생각한다.", "상수의 말이 너무나 생생해서 나는 자기가 이미 그에게 능욕이라도 당한 듯한 느낌이었다.", "한때의 바람기에 인생을 걸 만큼 자기가 어리석다고는 생각되지 않았다." 등에 나타나는 '자신'이나 '자기'는 문맥상 '내가'라고 서술되어야 할 부분이다. 그러나 작가는 여성 인물 '나'에 대해 부정적 시각을 가질 때 '자기'라는 삼인칭적 호칭을 사용하면서 여성 인물인 '나'를 타자화하고 있다. 이런 작가의 (무)의식은 소설의 결말에서 약만 올리다가 결국에는 상수를 거절하는 '나'에 대해 상수가 내뱉는 마지막 말, 즉 "똥치 같은 게, 겉멋만 들어가지구."라는 말에서 적나라하게 드러난다. 상수의 말을 빌려 와 작가 또한 '나'를 허위의식에 가득 찬 속물이라고 비판하는 것이다.

하지만 이런 기존의 남성 중심적 해석에서 벗어나 '나'가 자신이 속한 부르주아 계층인 장만오에 대해서 비판적이었다는 점이나, 신분 상승욕에 불타는 김장환에 대해 우호적이었다는 점을 고려한다면 좀 더 새로운 '나'의 면모를 발견할 수도 있다. '나' 자체가 여성 산책자로서의 특징을 보이면서 다른 계층의 남성들과의 만남을 통해 자신의 계층에 대해 회의하거나 거기서부터 탈출하려는 시도를 보여 주고 있기 때문이다.[26] 즉 여성 산책자로서의 '나'는 대상을 통제하면서 소유하려고 하는 전형적인

---

26) 서영인이 이 소설 속의 '나'를 "1980년대의, 화려하고 대단한 집안을 뿌리치고 비장하게 공장을 기웃거려야 했던, 혹은 1990년대, 안락한 일상 속에서 불안과 분열에 시달려야 했던 여성들의 심리적 언니이며 어머니"라고 지적한 것, 장세진이 "특권 의식의 양심을 고발하는 희생양"이라고 지적한 것 등에서 적극적이고 긍정적인 근대 여성 주체의 면모를 확인할 수 있다.

서영인, 「물화된 세계, 소외된 꿈」, 최원식·임홍배 엮음(2003), 앞의 책, 142쪽.

장세진, 「소외 집단의 존재 인식」, 《표현》, 1989년 상반기, 377쪽.

시각 주체의 '원근법적' 시선과는 달리 탈중심적이고 비권력적인 주체의 '유동적' 응시를 보여 준다.[27] 이런 응시를 통해 여성 산책자는 비판적으로 근대를 성찰하는 주체로 자리 매김 된다.

그러나 여성 산책자의 가장 커다란 특징은 성적 환상이 산책의 커다란 동인으로 작용한다는 것이다.[28] '나'가 일자무식에 천박하기까지 한 상수에게 관심을 가진 것은 그에게 강간당하는 환상을 가질 정도로 그의 야성적이고도 남성적인 매력이 강하기 때문이다. 사실 여성의 강간 환상은 지극히 남성 중심적인 시각에서 만들어진 성적 판타지에 불과하다. 그러나 여성의 성적 욕망을 적극적으로 부각시켰다는 점에서는 문제적이라고 할 수 있다. 여성 산책자의 섹슈얼리티는 기존 사회 질서나 계층 의식의 위반이나 일탈과 연결될 수 있기 때문이다.

그리고 이런 성적 환상이 여성 주체의 나르시시즘에 기반하고 있다는 점에서 그 적극성과 전복성이 더욱 증대된다. 이 소설에서 '나'는 자신의 거세를 보상하기 위해 몸 전체를 남근화함으로써 자신을 가시화하는 여성적 나르시시즘을 보여 주기도 한다.[29] 하지만 이와 동시에 '보여지는 나를 다시 보는 나'를 전면에 내세운다. 이럴 때의 '나'는 타자로서의 유혹자가 아니라 스스로를 사로잡고 유혹하는 자기 자신이 된다.[30] '나'가 맨 처음 상수를 만났을 때 "내가 입고 있는 몸에 꼭 끼는 바지 차림이 남자를 거북스럽게 만들고 있음을 알았다. 눈길을 돌리려고 쩔쩔매며 애를 쓰는 남자를 관찰하기가 아주 재미있었다."라고 생각하는 대목에서 이런 '보여지는 나'와 '보여지는 나를 보는 나'의 이중성이 확인된다.

이런 '나'의 나르시시즘적 행동은 기존의 남성적 시선을 남성에게 되

---

27) 주은우, 『시각과 현대성』(한나래, 2003), 252, 396쪽 참조.

28) 김복순(2005a), 앞의 글, 457쪽 참조.

29) 배수경, 「페티시」, 여성문화이론연구소, 『페미니즘과 정신분석』(여이연, 2004), 135쪽 참조.

30) 장 보드리야르, 배영달 옮김, 『유혹에 대하여』(백의, 2003), 87쪽 참조.

돌려주는 의미를 가짐과 동시에 '보여지는 여성을 다시 바라보는 여성'을 통해서 '보여지는 여성'을 객관화함으로써 기존의 식민화되고 타자화된 여성의 위치에 동의할 수 없음을 드러내는 전략적 기제가 된다.[31] 나르시시즘을 퇴행적 현상으로 보는 프로이트와 달리 여성의 나르시시즘은 '타자화된 나'와 '타자화될 수 없는 나'라는 이중적 자아의 갈등을 보여 주면서 여성적 근대 주체의 내면을 형성할 수 있기 때문이다.[32] 그리고 여성의 이런 나르시시즘이 단순한 신경증이 아니라 일종의 대안적인 성찰 행위에 해당함을 보여 준다.[33]

'나'의 이런 성찰성이 잘 드러나는 부분이 다음의 예문이다.

> 나는 눈을 꼭 감고 잠이 들었다. 꿈도 꾸지 않았다. 그냥 벌건 어둠과 갈잎의 서걱이는 소리만 있었다. 참으로 아늑하고 짧은 잠이었다. 그렇게 축복받은 잠에 빠졌던 때가 평생 몇 번이나 있었을까. 나는 관능의 입구를 활짝 열어 놓고 내가 여태껏 잘못 길들여 왔던 세상의 찌꺼기를 씻어낸 것 같았다. 그때에 그가 나를 안았다. 그의 입술은 서투르고 딱딱했다. 무미건조했다. 내 가슴 위에 얹힌 손과 머리 밑의 팔이 훨씬 가까웠다. 생선의 비린내와 왕골의 쓴맛이 감돌았다. 그의 손놀림은 무의식적이고 기계적이어서 청결했다. 하지만 나는 자연스럽지 않았다. 이상하게도 나 혼자 누워 있는 것 같았다. 차츰 잠에서 깨어나며 나는 일종의 감각의 결핍 상태로 돌아왔다. 사람들이 물결처럼 밀려 오가는 번화가가 생각났다. 생각은 다시 단절되었던 요 조그만 물을 건너 신작로로 달려갔고 여러 가지 책무며 세상에서 내게 요구하는 사항들이 떠올라 왔다. 나는 다시 찌꺼기를 주워 모아서 내 전신에 휘감았다.

---

31) 김복순(2005c), 앞의 글, 36쪽 참조.
32) 같은 글, 36쪽 참조.
33) 조영복, 「여성 산책자들의 시선과 풍경의 사유」, 『문학으로 돌아가다』(새미, 2004), 360쪽 참조.

결말 부분에 해당하는 이 예문에서는 "관능의 입구"를 발견한 여성 산책자의 시선에 포획된 남성의 성적 대상화가 일어나고 있다. 성 역할의 전도가 발생한 것이다. 물론 예문의 뒷부분에 나타나듯이 결국 '나'는 이런 '야성=자연=전근대성'의 영역을 거부하면서 도시 혹은 근대 속으로 귀환한다. '나'는 상수라는 '남성 세이렌'의 유혹은 거부하는 '여성 오디세우스'가 되어 "찌꺼기"로 둘러싸인 서울의 "번화가"로 돌아가기를 선택하기 때문이다. 그러나 기존의 논의에서 간과되었지만 보다 중요한 것은 이런 자신에 대해 '나'가 느끼는 '부끄러움'이라는 감정이다. "나는 자기가 정말로 볼품없는 여자라는 걸 깨달았다."라는 서술에 드러나듯이 '나'는 자신의 한계를 분명하게 인식하고 있다. 자신이 "욕심이 많은 이기주의자"임을 자인하고 있기 때문이다. 따라서 이런 자신에 대한 비판적 성찰은 근대를 혐오하면서도 근대 안에서 살아갈 수밖에 없는 모순에 대한 긍정과 반성을 보여 준다고 할 수 있다.[34]

결국 이 소설에서 여주인공의 (무)의식에 주목한다면, 부르주아 여성에 대한 부정적 시각이나 비판이라는 기존의 논의에서 벗어나 부르주아 여성이 스스로에게 느끼는 반성적 자아 인식이나 그 분열 양상을 포착할수 있다. 여성 산책자로서의 '나'가 남성 산책자와 비슷한 경험을 공유함으로써 근대 체험에 있어 남성과 유사함을 보여 주고 있기 때문이다. 이로써 이 소설에 등장하는 여성 산책자는 근대 남성 경험의 '전유'가 아닌 '공유'를 통해 남성과 동등한 근대적 주체로서의 자신의 입지를 마련했다고 볼 수 있다.

---

34) 이런 여성 인물 '나'의 부끄러움은 김승옥의 「무진기행」에서 남주인공 '나'가 무진을 떠나 서울로 돌아오면서 느끼는 부끄러움과 동궤의 것이라고 할 수 있다. 때문에 여기서 남성과 여성의 근대 경험이 서로 공유될 수 있다는 근거가 마련된다.

4 소비하는 여성의 친밀성: 「몰개월의 새」

　흔히 황석영의 대표작으로 꼽히는 「삼포 가는 길」은 '삼인행(三人行) 소설'로 불리지만 정씨, 영달, 백화 등의 3인 중에서 서술의 중심은 정씨에 놓일 수밖에 없다. 정씨의 고향인 삼포로 가는 과정과 그 결말이 소설의 주제를 형성하기 때문이다. 여성 인물인 백화의 성격이 강렬하기는 하지만 전형적이거나 부분적으로 서술되고 있는 이유도 여기에 있다. 「몰개월의 새」는 이런 백화의 성격과 이미지, 기능이 소설 전체로 확대된 소설이다. 실제로도 「삼포 가는 길」에서의 창녀 백화의 삶과 「몰개월의 새」에서의 창녀 미자의 삶은 대부분이 겹친다. 백화가 갈매기집에 있으면서 죄수들 옥바라지를 한 것이 미자가 몰개월에 있는 갈매기집에서 파월 장병들의 뒷바라지를 하는 것으로 바뀌었을 뿐이다. 하지만 '순수한 창녀'라는 상투적이고 성적인 남성 판타지가 투영된 백화의 이미지와 달리 미자의 존재는 훨씬 복합적이고 중층적이다.

　일단 「몰개월의 새」에서 미자는 창녀이기에 남주인공인 '나'가 미자를 첫 대면하는 장면부터가 예사롭지 않다. 파월 장병 훈련소인 특수 교육대 소속의 '나'는 외출을 나갔다가 술에 취해 "시궁창에 하반신을 담그고 엎드린"(182쪽) 미자를 보고 욕정을 느낀다. 파병을 앞두고 자신의 회한과 성욕을 풀어 줄 '집 밖의 여성'이 필요했기 때문이다. 특히 외딴 바닷가 동네인 몰개월로 흘러들어 왔기에 그곳의 창녀들은 "전국에서 가장 깡다구가 센 년들"이라는 평판이 자자하다. 때문에 창녀로서의 미자는 남성을 '소비하는' 여성이다. 창녀로서 자신의 성을 판매한다는 측면에서는 '판매자'이지만, 성적 무절제를 통해 남성 자체를 소비하면서 스스로를 욕망한다는 측면에서는 '소비자'라고 할 수 있기 때문이다.[35] 향락적 욕망이나 성애의 극치를 대변하면서 소비적인 여성 이미지를 보여 주는 것이 바로 창녀로서의 미자이다.

하지만 미자에 대한 '나'의 이런 관습적인 여성관은 자신을 면회 와 준 것에 대한 답례로 미자를 찾아갔다가 손님에게 봉변당하는 그녀를 구해 주면서 완전히 바뀐다. '나'가 손님에게 맞아 피투성이가 된 미자의 얼굴을 씻어 줄 때, 미자의 얼굴은 사물이 아니기에 스스로를 표현하고 계시한다. 그래서 타자의 얼굴과의 만남은 우리가 일상적으로 만나는 사물과는 전혀 다른 새로운 차원을 열어 준다. 에마뉘엘 레비나스(Emmanuel Levinas)에 의하면 타자의 얼굴은 주로 곤궁과 결핍을 지니고 다가오기에 그런 타자의 얼굴이 호소하는 바에 응답함으로써 타자의 도움을 거절하지 않을 윤리적 책임을 요구한다. 따라서 타자에 대한 관심과 책임을 통해 '자유' 대신 '헌신'을 선택하게 되는 '형이상학적 욕망'을 품게 만든다.[36] 이런 고차원적 욕망은 이전에 '나'가 미자에게 가졌던 '성적 욕망'과는 대조되는 것이다.

미자에 대한 이런 인식 변화 때문에 '나'는 미자와 성적 관계를 맺지 못한다. "나는 빠꿈이를 먹지 못했다. 낯을 씻길 때부터 먹지 못하게 무관한 사이가 되어 버린 것이다. 식구를 먹어 주는 놈이 어디 있겠는가."라는 서술에서 드러나듯이 이제 미자는 '나'에게 '창녀'가 아닌 '식구'가 된다. 물론 이들의 친족 관계는 혈연이 아닌 우애나 애정에 기초해서 형성된 것이다. 그리고 성적이고 정서적으로 평등하다는 점에서 기존의 성차별적 권력 관계가 아닌 '순수한 관계'를 형성하기도 한다.[37] 즉 여성의 '경제적 빈곤'과 남성의 '감정적 빈곤'이 서로 소통되어 평등한 관계를

---

35) 리타 펠스키, 앞의 책, 106~109쪽 참조.

36) 강영안, 『타인의 얼굴: 레비나스의 철학』(문학과지성사, 2005), 146~152쪽 참조.

37) 앤서니 기든스, 배은경·황정미 옮김, 『현대 사회의 성·사랑·에로티시즘』(새물결, 1995), 11, 28쪽 참조.

이룸으로써 이 둘 사이에 '친밀성'이 형성된 것이다. 친밀성이란 공적인 영역에서 민주주의가 실현된 것과 동일하게 사적인 영역에서 정서적 혹은 인격적으로 평등한 두 사람이 민주적인 관계가 이루어지는 것을 말한다.[38] 여성의 힘은 지배력이 아닌 친밀성에서 나온다. 그리고 친밀성의 영역에서는 성의 소비가 아닌 감정의 소비가 일어난다. 이럴 때의 소비는 생산성을 갖게 되며, 여성 또한 소비의 객체가 아닌 소비의 주체로 변화하게 된다. 따라서 여성은 더 이상 남성들에게 '누이 콤플렉스'를 불러일으키는 열등한 존재가 아니다.

이런 친밀성 중심의 관계는 '나'에 대한 미자의 사랑을 '합류적 사랑 (confluent love)'으로 만들기도 한다. 앤서니 기든스에 의하면 절대적이고 영원한 것을 추구하는 '낭만적 사랑'과 달리 합류적 사랑은 능동적이고 우발적인 사랑이다. 그리고 투사적 동일시에 의존하는 낭만적 사랑과 달리 합류적 사랑은 두 사람의 정체성이 과거에는 서로 달랐음을 인정하는 가운데 새로운 정체성을 협상해 가는 사랑이다. 낭만적 사랑이 '사랑에 빠지는 것'을 통해 '완성'되는 사랑을 지향한다면, 합류적 사랑은 '사랑을 하는 것'을 통해 '구성'되는 사랑을 지향한다.[39] 특히 미자의 '나'에 대한 태도가 환상이나 열정이 아닌 헌신이나 소통, 특별한 '사람'이 아닌 특별한 '관계'를 더 중시한다는 점에서 합류적 사랑에 해당한다고 할 수 있다.

나는 승선해서 손수건에 싼 것을 풀어 보았다. 플라스틱으로 조잡하게 만든 오뚜기 한 쌍이었다. 그 무렵에는 아직 어렸던 모양이라, 나는 그것을 남지나해 속에 던져 버렸다. 그리고 작전에 나가서 비로소 인생에는 유치한 일이 없다는 것을 알았다. 서울역에서 두 연인들이 헤어지는 장면을 내가 깊은

---

38) 앞의 책, 29쪽 참조.
39) 같은 책, 227쪽 참조.

연민을 가지고 소중히 간직했던 것과 마찬가지로, 미자는 우리들 모두를 제 것으로 간직한 것이다. 몰개월 여자들이 달마다 연출하던 이별의 연극은, 살아가는 게 얼마나 소중한가를 아는 자들의 자기 표현임을 내가 눈치 챈 것은 훨씬 뒤의 일이다. 그것은 나뿐만 아니라, 몰개월을 거쳐 먼 나라의 전장에서 죽어 간 모든 병사들이 알고 있었던 일이다.

몰개월의 창녀들은 전장(戰場)으로 떠나는 병사들 모두에게 헌신한다. 상처받을 수밖에 없음을 알면서도 자신을 남김없이 던진다는 것은 그녀들에게는 손님 혹은 남성이 '대상'이 아닌 '상대'임을 말해 준다. 그리고 그녀들에게는 배타성이 아닌 포용성, 소유의 사랑법이 아닌 존재의 사랑법이 더 중요함을 알려 주기도 한다. 앞에 인용한 예문에 드러나듯이 미자(들)의 이런 사랑은 남성인 '나'의 입장에서 보았을 때 한 명의 애인이 아닌 "우리들 모두를 제 것으로 간직한 것"이고 "살아가는 게 얼마나 소중한가를 아는 자들의 자기 표현"에 해당하는 것이다. 자기 외적이거나 관계 외적인 것에 의존하기에 정서적으로 취약한 남성들과 달리 친밀성의 영역에서 '마음의 전문가'나 '감정의 혁명가'로 활동하는 여성들은 이런 '베풂'이나 '보살핌'에 더욱 강점을 보인다. 이 소설이 옛 애인에 대한 낭만적 사랑에 눈이 멀어 미자가 보여 준 합류적 사랑의 진정한 의미를 뒤늦게 깨닫게 된 '나'의 반성적 회상 시점으로 서술되는 것도 이런 맥락과 연결될 수 있다.

물론 이런 여성적 친밀성이나 합류적 사랑의 강조가 기존의 보수적이고 희생적인 여성 이미지를 답습함으로써 페미니즘 운동 이전으로 여성 이미지를 퇴행시킨다는 비판을 받을 수도 있다. 사실상 작가 황석영이 그리고 싶었던 미자의 진정한 의미 또한 '한없이 베푸는 모성적 여성'과 다르지 않을 수 있다. 하지만 앞에서 살펴보았듯이 합류적 사랑을 중심으로 한 미자의 이미지는 모성이라는 자연적 속성이나 남성의 위안물이라는 사회적 역할에 토대를 둔 기존의 희생적 사랑이 아닌, 성적이고 감정적인 측면에서의 평등한 관계를 통한 보다 능동적이고 적극적이며 경험적인 사랑의 의미에 가깝다는 점에서 차별화된다고 할 수 있다. 본능적이고 관념적인 여성이 아니라 역사적이고 실제적인 여성성에 토대를 두면서 더 이상 관습적이고 전통적인 인간관계가 아니라 개인적이고 내재적인 인간관계가 더 중요하다는 사실을 알려 주기 때문이다.

이럴 때 미자는 근대적 여성 주체로서 보다 적극적으로 호명될 수 있다. 미자의 모성적 여성성은 미분화된 자연 상태를 의미하면서 남성들에게 향수를 불러일으키는 전근대적 대상이 아니다. 오히려 "미친년처럼 얼룩덜룩하게 화장한 육십년대의 축축한 습기"를 내뿜는 "화냥년 같은 서울"에서 탈출하게 해 주는 근대 이후의 탈근대적 주체라고 할 수 있다. 따라서 '몰개월'은 전근대적 공간이 아닌 탈근대적 공간에 더 가깝고, '몰개월의 새'로 상징된 미자는 근대 '바깥'이나 근대 '이전'에 존재하는 것이 아니라 근대 '안'이나 근대 '이후'에 구성되는 여성 주체의 의미를 지닌다. 미자를 통해 발전이 아닌 만족, 통제가 아닌 선택, 경제적 우월성이 아닌 정서적 우월성으로 근대 공간을 가로지르는 여성 주체의 특수한 근대 경험을 부각시킬 수 있는 것도 이 때문이다. 따라서 전근대적이고 희생적인 겉 이미지와는 달리 그 이면에 이런 탈근대적이고 주체적인 여성성을 내포하고 있는 미자는 작가 황석영의 젠더 (무)의식을 반영하는 분열된 존재이자 복합적인 여성 인물로 볼 수 있다.

5 황석영 소설의 이중성

근대성에 대한 논의에서 가장 위험한 것은 남성과 여성의 근대 경험을 대립적으로 파악함으로써 다양하고도 복잡한 실제 양상을 제대로 파악하지 못하는 것이다. 여성의 근대 체험에는 어느 하나로 환원될 수 없는 여러 갈래의 계기들이 복합적으로 작용하면서 근대를 유동적이고 구성적으로 만들고 있기 때문이다. 황석영 초기 소설의 여성 인물들도 정 반대의 이미지를 보여 주거나 모순되는 역할을 담당하면서 남성들의 근대 체험을 조정하거나 보완한다. 때문에 황석영의 초기 소설에 나타난 이런 균열적이고 혼종적인 여성성에 주목하는 것은 궁극적으로 황석영 소설의 근대성을 이론이 아닌 실천, 관념이 아닌 현실의 차원에서 고찰함으로써 그 입체성과 복합성을 확보하려는 노력에 다름 아니다. 황석영의 초기 소설에서 남성 인물들이 여성 인물에 대해 느끼는 유혹과 공포, 연민과 혐오, 지배와 종속 등의 양가적 감정 자체가 근대성 자체에 대한 이율배반적인 경험에 다름 아닐 것이기 때문이다.

이런 맥락에서 이 글에서는 「객지」나 「한씨연대기」, 「삼포 가는 길」 등의 소설이 대표하는 남성 중심적 세계 인식에만 고착되어 별달리 재해석되거나 재평가되지 못했던 황석영의 초기 소설을 대상으로 그 속에 내재하는 작가의 이중적인 젠더 (무)의식을 살펴보았다. 황석영의 소설에서 여성을 타자화시키는 가부장적 이데올로기를 밝혀내 그의 소설을 비판하는 여성 중심적 입장[40]이나, 이상화되고 긍정적인 여성 이미지를 중심으로 황석영 소설을 과대평가하는 남성 중심적 논의[41] 모두 황석영 소설의 어느 한 면만을 부각시키면서 그의 소설에 내포된 근대 의식이나 젠더 의식의 균열과 분열을 간과할 우려가 있기 때문이다.

황석영의 초기 소설에 등장하는 '구원하는 여성', '산책하는 여성', '소비하는 여성'들은 겉으로 볼 때 상투적이고 타자화된 이미지를 보여 준다. 그러나 그런 부정적인 여성 이미지 속에는 각각 '저항성', '성찰성', '친밀성' 등의 긍정적이고 생산적인 특징들이 내장되어 있다. 즉 「가화」

---

40) 최성실, 「국가주의라는 괴물과 성 정치학」, 《문학과사회》, 2003년 여름호.
41) 김미영, 「황석영 소설에 나타난 여성 인물 연구」, 《한국문학이론과 비평》 29집, 2005년 참조.

에서의 전통적인 구원의 여성상이 갖는 적극적인 저항성, 「섬섬옥수」에서의 여성 산책자가 보여 주는 비판적 성찰성, 「몰개월의 새」에서의 소비하는 여성이 지닌 민주적인 친밀성 등은 모두 남성 중심적 이데올로기의 표면을 뚫고 나온 여성 주체의 적극적이고도 긍정적인 이면이라고 할 수 있다. 황석영은 이런 모순적이고도 중층적인 여성 인식을 통해 자신의·착종된 젠더 (무)의식을 드러낸다. 의식적 측면에서는 여성을 타자화하는 측면이 강하지만, 무의식적 측면에서는 여성의 주체성을 인정하는 불연속적 서사를 형성한다는 것이다. 황석영은 여성을 두려워함과 동시에 욕망하고, 폄하함과 동시에 이상화한다. 그리고 여성들이 근대로부터 배제되었다고 생각하지만 남성들보다 먼저 혹은 적극적으로 근대에 참여하고 있는 여성의 경험에 대해 긍정하기도 한다.

사실 황석영 소설의 표면에서 확인되는 타자화된 여성 이미지를 보고 그의 반페미니즘적 작가 의식을 비판하기는 쉽다. 그러나 한국 근대 소설의 정전으로 평가받는 황석영의 소설들처럼 가치 있는 텍스트에서 여성에 대한 부정적 묘사만을 지속적으로 발견해 내면서 그것을 비판하는 것은 여성의 근대 체험을 근대 주체인 남성의 도구나 희생양, 괴물에 불과한 존재로 고착시키는 잘못을 범하는 일이 되기도 한다.[42] 따라서 보다 생산적이고 미래 지향적인 독해는 남성의 권력을 강화시키는 수동적 여성보다는 불일치나 모순을 드러내는 능동적 여성의 재현 양상에도 주목하는 것이다. 황석영 소설이 갖고 있는 남성 중심적 시각의 위험성을 무조건 간과하자는 것이 아니라, 그런 전형적인 남성성의 틈새에서 균열을 일으키며 어렵게 형성되고 있는 여성 주체의 긍정적 모습을 재발견하자는 것이다.[43]

---

42) 팸 모리스, 앞의 책, 36쪽 참조.
43) 이런 작업은 페미니즘을 '성찰적 근대화의 또 다른 중요한 표현'으로 파악하려는 시도와도 연관된다. 이수자, 『후기 근대의 페미니즘 담론』(여이연, 2004), 175~176쪽 참조.

이런 작업을 통해 근대성 자체가 어느 하나로 환원될 수 없는 중층적 구성물이라는 점을 확인할 수 있고, 남성과 여성의 근대 경험을 대립적으로만 파악해 온 기존의 근대성 담론에 대한 비판적 검토 또한 가능하다. 근대성에 대한 남성과 여성의 경험은 '질'이 아닌 '정도', '결과'가 아닌 '과정'에서의 차이를 보여 준다고 할 수 있기 때문이다. 여성의 능동성과 욕망을 간과하는 기존의 논의를 답습한다면 여성에게 의외로 이로웠거나 이로울 수 있었던 근대의 가능성을 간과하는 것이 되며, 여성 주체들도 남성과 근대 체험을 공유하면서 근대 안에서 근대와 함께 적극적이고도 다양한 역할을 담당했다는 역사적 사실 또한 무시하는 것이 된다. 황석영의 초기 소설에 나타난 젠더 (무)의식은 이런 오인의 증거이자 그것의 극복을 위한 발판이기도 한, 중층적이고도 균열적인 근대 텍스트라고 할 수 있다.

성장

여성 성장 소설의 위치
—강신재 소설을 중심으로

1 성장 소설의 여성성

성장 소설은 '충족되지 못한 장르'나 '유령 장르'[1]라는 지적에서 볼 수 있듯이 그 개념이나 특성이 복합적이고도 불확실한 소설의 하부 장르이다. 독일어의 'Bildungsroman'을 원어로 하고 있지만, 그것을 교양 소설·형성 소설·발전 소설·교육 소설 등으로 다르게 번역하기도 하고, 탐색담·모험담·여행담·통과 제의 소설·예술가 소설·지식인 소설·자전적 고백 소설 등과의 연관성을 강조하기도 한다.[2] 역사적 전개 과정이나 공간적 배경, 구조적 특성 중에서 어떤 요소를 강조하느냐에 따라 그 양상이 달라질 수 있는 가변적이고 유동적인 장르라는 것이다.

하지만 이런 모든 용어의 의미나 특성을 아우르는 포괄적이고 대표적

---

1) 이덕형, 「교양 소설의 순응 논리와 허위의식에 관하여」, 『독일 교양 소설과 허위의식』(형설출판사, 1996), 227쪽.

2) 김윤식, 「교양 소설의 본질」, 『한국 현대 소설 비판』(일지사, 1981), 276~290쪽.
   오한진, 『독일 교양 소설 연구』(문학과지성사, 1989), 11~18쪽.
   한용환, 『소설학 사전』(고려원, 1992), 241쪽.
   이명섭 편, 『세계 비평 용어 사전』(을유문화사, 1995), 428~429쪽 참조.

인 용어로 '성장 소설'을 사용하는 것이 현재의 대세다. 그리고 성장 소설이 아무리 융통성 있는 장르라도 그 속에 존재하는 최대 공약수적 공통점을 무시할 수는 없다. 그렇지 않다면 주인공의 자각이나 각성 전후로 인식상의 변화를 보여 주는 모든 소설이 성장 소설에 포함될 수 있기 때문이다. 성장 소설이라는 장르의 조건을 충족시키려면 최소한 유년기에서 청소년기를 거쳐 성인의 세계로 입문하려는 인물이 겪는 내면적 갈등과 세계에 대한 각성의 과정을 주로 담는다는 특성[3]을 포함해야 한다. '분리 - 전이(입사) - 통합(복귀)'의 3단계를 거치면서 미숙한 주인공이 무지하거나 순진한 유년 상태에서 성과 사랑, 악, 죽음의 본성에 대한 깨달음을 통해 세계와의 화해나 통합을 지향해야 성장 소설로 간주할 수 있다.[4]

그런데 이런 전통적인 성장 소설의 개념에는 아무리 광의의 개념을 상정하더라도 남성 성장 주체를 중심으로 이루어지는 경향이 강하다. 남성 주인공이 가족 중심의 가정에서 분리되어 좀 더 넓은 세계인 사회로 입문하는 과정이나, 그 과정에서 장애물을 극복하고 궁극적으로 사회로 편입되는 과정이 중심이 되기 때문이다. 즉 성장 소설이 삶의 오류로부터 진리로, 혼돈으로부터 선명함으로, 무의식으로부터 의식으로, 자연으로부터 문화로 이동하는 과정을 그린 소설이라면,[5] 거기에 참여하는 전형적인 인물들은 거의 남성들이라는 것이다. 때문에 기존의 전통적인 성장 소설에서 여성 성장 주체는 무시되거나 소외될 수밖에 없었다.

하지만 귄터 그라스의『양철북』이후 남성 성장 소설이 사라졌다는 견해와는 달리 20세기 말에 들어와서 본격적으로 이루어진 여성 문학의 발

---

3) 오한진, 앞의 책, 49쪽.

4) 모르데카이 마르쿠스, 「이니시에이션 소설이란 무엇인가」, 김병욱 편, 최상규 옮김, 『현대 소설의 이론』(대방출판사, 1983), 462~464쪽.

A. 반겐넵, 전경수 옮김, 『통과 의례』(을유문화사, 1985), 6~13쪽.

Marianne Hirsh, "The Novel of Formation", Genre(Fall, 1979), 293~312쪽.

이재선, 『한국 문학 주제론』(서강대학교 출판부, 1989), 372~373쪽 참조.

5) 오한진, 앞의 책, 27쪽.

전과 더불어 여성 성장 소설에 대한 관심도 커지고 있다.[6] 여성 정체성에 대한 자각이나 여성 억압의 개선을 목적으로 하는 여성 주체가 소설의 주인공일 때 남성 중심적 전통의 성장 소설에도 변화가 있을 수밖에 없다. 주로 소설 속 여성 인물에 투영되는 여성 작가의 여성 의식이 무의식적 혹은 의식적으로 성장의 체험이나 결과에 영향을 줌으로써 기존의 성장 소설과는 다른 양상을 보인다는 것이다.[7] 이럴 때 여성 성장 소설을 성장 소설의 새로운 하부 장르로 설정할 수 있게 된다.[8]

강신재는 1949년 등단한 이래 1994년 마지막 작품을 발표하기까지 90여 편의 중·단편과 30여 편의 장편을 발표한 대형 작가이다. 그런데도 주로 내용적 차원에서는 '전후 소설'이나 '연애 소설'로, 형식적 측면에서는 '서정 소설'로 이분화되거나 모순되는 평가를 단편적이고도 인상주의적으로 받아 왔다.[9]

---

6) Elizabeth Abel, Marianne Hirsch, Elizabeth Langland, *The Voyage in*, U. P. New England(Hanover and London, 1983), 13~14쪽 참조.

7) 김미현, 『한국 여성 소설과 페미니즘』(신구문화사, 1996), 249~253쪽 참조.

8) 송명희, 「문학적 양성성을 추구한 여성 교양 소설 ── 강경애의 「어머니와 딸」을 중심으로」, 《여성과 문학》 2집, 1990.

  서정자, 「페미니스트 성장 소설과 자기 발견의 체험」, 《한국여성학》 7집, 1991.

  김경수, 「여성 성장 소설의 제의적 국면」, 『문학의 편견』(세계사, 1994).

  심진경, 「여성의 성장과 근대성의 상징적 형식 ── 오정희의 유년기 소설을 중심으로」, 《여성문학연구》, 창간호, 1999 등을 참조할 것.

9) 조연현, 「강신재 단상」, 《현대문학》, 1960년 2월호.

  염무웅, 「팬터마임의 미학」, 『현대 한국 문학 전집』(신구문화사, 1967).

  천이두, 「비누 냄새의 이미지 ── 「젊은 느티나무」」, 『현대 한국 문학 전집』(신구문화사, 1967).

  강인숙, 「한국 여류 작가론」, 《현대문학》, 1968년 1월호.

  고은, 「실내 작가론 ── 강신재론」, 《월간문학》, 1969년 11월호.

  구인환, 「한국 현대 여류 작가의 기법」, 《아세아여성연구》 9집, 1970.

  정태용, 「강신재론」, 《현대문학》, 1960년 2월호.

  정규웅, 「내밀한 조화의 세계」, 《문학사상》, 1975년 1월호.

  김주연, 「여성의 발견과 그 현실 파탄」, 『문학비평론』(열화당, 1986).

  이어령, 「강신재 소설 속의 인간상」, 『장미밭의 전쟁』(기린원, 1986).

  이은자, 「1950년대 소설 연구」, 숙명여자대학교 석사 논문, 1987.

  정영자, 「강신재론」, 『한국 현대 여성 문학론』(지평, 1988).

  양윤모, 「전쟁과 사랑을 통한 현실 인식」, 송하춘·이남호 편, 『1950년대의 소설가들』(나남, 1994).

하지만 강신재의 자선(自選) 대표작인 「파도」[10]나 평판작인 「젊은 느티나무」,[11] 강경애의 「원고료 이백원」과 비견할 만한 성장 소설로 평가받는 「안개」[12] 등을 고려할 때 강신재 소설의 저류(底流)를 성장 소설로 간주할 수 있다. 흔히 "행복을 믿지 않는 작가"[13]라거나 "한에 바탕한 체념적인 운명관"[14]에 지배받는다는 평가를 받는 강신재의 문학 세계가 다양한 성장 주체들이 세계[15]와 관계 맺는 방식들과 지속적이고도 문제적으로 연관되고 있기 때문이다.

이에 이 글에서는 여성 작가로서는 특이하게 성장 소설에 대한 관심을 지대하게 가지고 있으면서 이런 여성 성장 소설의 면모를 다양한 각도에서 문제 삼고 있는 강신재 소설의 구체적 양상을 살펴보는 것이 목적이다. 그리고 이런 목적을 위해 강신재 소설 중 앞에서 언급한 「파도」, 「젊은 느티나무」, 「안개」 등을 분석 대상으로 삼는다. 이 소설들은 강신재의 소설 중에서 각각 '유년기 – 청년기 – 성인기'의 여성 인물들을 주인공으로 내세

이다영, 「1950년대 강신재 소설 연구」, 연세대학교 석사 논문, 1994 등을 참조할 것.

10) 강신재, 「이별 · 구원 · 그 이력」, 《월간문학》, 1971년 6 · 7월 합병호.

　　강신재, 「「파도」……그 사계(四季)의 풍경」, 《문학사상》, 1974년 1월호.

　　강신재, 「이 작품을 말한다」, 《문학사상》, 1994년 1월호.

　　정창범, 「서정적 추상 ― 「파도」」, 『현대 한국 문학 전집』(신구문화사, 1967).

　　원형갑, 「강신재와 삶의 원야(原野) ― 강신재의 「파도」」, 백철 외, 『한국 소설의 문제작』(일념, 1985) 등을 참조할 것.

11) 천이두, 앞의 글.

　　김종욱, 「황량한 날에도 꿈꾸는 낭만적 사랑」, 『젊은 느티나무』(해설)(소담출판사, 1994).

　　최혜실, 「생활과 대립 구도로서의 미」, 『젊은 느티나무』(해설)(동아출판사, 1995) 등을 참조할 것.

12) 임금복, 「시인 남편의 남성 주도 의식과 소설가 아내의 자아 찾기의 몸짓 ― 강신재의 「안개」를 중심으로」, 《여성과 문학》 2집, 1990, 286~289쪽.

13) 정태용, 앞의 글, 22~26쪽.

14) 김우종, 『한국 현대 소설사』(성문각, 1994), 350쪽.

15) 이 글에서 사용하는 '세계'의 개념은 '자아'와 대립되는 개념이다. 그러므로 자아와 세계는 각각 이상과 현실, 내면과 외면, 영혼(인식)과 행위(현상)의 축을 대변하게 된다. 이런 맥락에서 세계는 인간적 자아의 시련에 대립되는 제2의 자연, 인습, 법, 질서 등의 의미를 포괄하는 광의의 뜻으로 사용할 것이다.

　　위르겐 슈람케, 원당희 · 박병화 역, 『현대 소설의 이론』(문예출판사, 1995), 83~86쪽 참조.

우면서 여성 성장 소설적 면모를 나타내고 있다. 그러므로 이 세 소설은 성장의 연속선상에 있으면서도 각 시기별 특징을 드러내는 여성 성장 주체의 면모를 차별적으로 고찰할 수 있게 해 준다. 여성 성장 주체를 각 시기별로 세분하여 그에 따라 달라지는 여성 성장 체험의 차이나 특성을 규명하는 것은 기존의 성장 소설에 대한 논의에서 간과되었던 부분이다.

이에 따라 이 글은 각 소설들의 여성 주체가 보여 주는 성장 체험의 구체적 양상을 살펴본 후, 각 소설의 결말 구조를 통해 자아와 세계가 관계 맺는 여성 성장 소설의 특수성을 규명해 볼 것이다. 성장의 유형이나 특성은 대개 성장의 결과에 따라 커다란 편차를 드러내는데, 이런 성장의 결과는 소설의 결말에서 가장 뚜렷하게 나타난다. 때문에 소설의 결말을 통해 성장을 바라보는 작가의 태도나 세계와의 관련 양상을 가장 잘 파악할 수 있다.[16] 이처럼 여성 주체의 성장 경험이 어떤 결과를 맺는지 살펴봄으로써 강신재의 성장 소설이 지닌 고유한 특성이나 여성 성장 소설로서의 가능성을 동시에 밝혀 보도록 하겠다.

2 남성적 여성 자아와 성장의 미완성: 「파도」

「파도」는 영실이라는 유년기의 소녀가 직접 혹은 간접으로 겪는 경험을 통해 삶의 의미를 알아 가는 과정을 그리고 있다. 이처럼 아직 현실의 이치나 원리에 무지한 인물을 내세워 그 인물이 어떻게 성장해 가는지를 보여 주는 것이 가장 보편적인 성장 소설의 유형이다. 유년기 인물은 지적으로나 정서적으로 거의 백지 상태에 가깝기 때문에 주변의 상황을 빨리 받아들일 수 있고, 성장으로 인한 교육 효과도 크다. 그리고 아직 어

---

16) 롤랑 부르뇌프·레알 윌레, 김화영 편역, 『현대소설론』,(현대문학북스, 1996), 74쪽 참조.

리기 때문에 불가능한 체험을 주변의 어른들을 통해 간접적으로 체험하므로 주로 '반영자'나 '초점화자'로서의 기능을 하게 된다.[17] 유년기 인물의 순진한 시각을 빌리면 세계의 부조리나 성인들의 문제점을 효과적으로 문제 삼을 수 있기에 유년기 인물들이 성장 소설에서 자주 주인공으로 선택된다는 것이다.[18]

이 소설 속의 영실이도 자신의 입장에서 직접적으로 겪은 사랑과 성, 죽음과 이별의 경험을 유용한 성장의 계기로 삼고 있다. 즉 어린 나이지만 영실은 슬픔과 허무에 젖어 있는 듯한 경식에의 이끌림과 그와의 이별, 불량스럽지만 미소년인 창규에 대한 관심과 질투, 건달인 봉천과의 성적인 접촉 등을 경험함으로써 자아 정체성을 형성해 나간다. 하지만 이 소설에서 보다 지배적이고도 치명적으로 영실이의 성장에 영향을 주는 것은 영실 주변의 성인들이다. 영실이 경험한 두 개의 죽음은 성아 아버지와 순희 아버지의 죽음이다. '서울병원'의 원장이었던 성아 아버지는 환자를 치료하고 오는 도중 갑자기 쓰러진 후 죽는다. 소방 대장이었던 순희 아버지는 큰 화재 이후 정신이 이상해지더니 결국에는 자살을 한다. 이들의 죽음이 영실에게는 친구들과의 이별을 경험하게 만든다. 인간이 죽음에 관해 관심을 갖는다는 것은 삶에 대해 관심을 갖는다는 뜻이다.[19] 그 외에도 경식이 서울로 떠난 것은 고급 창부인 애경과의 육체적 쾌락에 빠져 가족을 버린 그의 아버지 때문이다. 친일파 형사인 김 경부도 본처와 첩(운천댁) 사이에서, 영실 아버지는 영실의 언니인 신실의 생모와 영실 어머니 사이에서 갈등을 일으키고 있다. 이들은 모두 영실이 성과 도덕, 사랑의 어두운 이면을 깨닫도록 도와주는 성인들이라고 할 수 있다. 즉 영실에게 있어서 아름다움을 아름다움으로 보존하거나

---

17) 제라르 즈네트, 권택영 옮김, 『서사 담론』(교보문고, 1992), 177~202쪽.
   F. K. Stanzel, 김정신 옮김, 『소설의 이론』(문학과비평사, 1990), 95~98쪽 참조.
18) 최현주, 『한국 현대 성장 소설의 세계』(박이정, 2002), 126~127쪽.
19) 이보영·진상범·문석우, 『성장 소설이란 무엇인가』(청예원, 1999), 229쪽.

유지할 수 없게 만드는 것이 바로 이런 성인들의 세계라는 것이다. "아름답고 멋있는 것이 어떻게 멸망해 가느냐에 대한 보고서"[20]와 같다는 이 소설에 대한 평가도 이와 관련된다.

제목인 '파도'도 세계의 이런 폭력성을 상징적으로 보여 준다. 원진이라는 항구를 배경으로 하는 이 소설은 파도가 지니는 이미지 때문에 고난과 역경을 상기시킨다. 파도 자체가 이 소설 전체의 '정신적 배경'으로 작용하면서 소설 속 인물들의 성격이나 상황을 암시하거나 상징화하고 있기 때문이다. 즉 파도는 눅눅한 습기를 머금은 바다, 납빛으로 무거운 바다, 불안한 공기나 적막을 품고 있는 바다 등의 이미지와 연결되면서 인물들의 순탄치 않은 인생 항로를 상징한다고 할 수 있다.

그런데 영실은 여성 인물임에도 불구하고 여성으로서의 정체성은 아직 형성되지 않은 상태이다. 유년기라는 시기 자체가 남성이나 여성으로서의 성 정체성이 분화되기 이전이기에 젠더 의식이 약하기 때문이다. 그래서 이 소설에서 영실이가 어른으로 성장하기 위해 겪고 있는 사랑이나 성, 죽음과 이별 등의 경험은 '여성을 위한, 여성에 의한, 여성을 위한' 여성만의 경험이라기보다는 보편적인 유년기 자아의 경험에 더 가깝다고 할 수 있다.

하지만 이처럼 통성적(通性的) 혹은 무성적(無性的)이어야 할 영실의 유년기 자아가 이 소설에서는 남성적인 모습으로 묘사되고 있다는 데에 역설적으로 이 소설의 여성 성장 소설로서의 특성이 담겨 있다. '남성'이 흔히 '인간'을 대표하듯이 '유년기 자아'라고 했을 때도 대부분 '소녀'가 아닌 '소년'이 그것을 대표하기 때문이다. 이것은 그동안 여성이 침묵이나 부재, 어둠, 부정, 비가시성의 영역을 대표하는 존재였다는 사실과도 연관된다.[21] 때문에 이 소설의 여성 성장 소설적인 면모는 이처럼 소녀

20) 김현, 「감정의 점묘화가」, 『강신재 문학 전집』 2권(해설)(삼익출판사, 1974), 406쪽.

21) 김열규 외 편역, 『페미니즘과 문학』(문예출판사, 1988), 47쪽 참조.

에게는 유년기 자아로서의 독립된 성장이 힘들다는 데서 역설적으로 찾아야 할 것이다.

이 소설 속에서 영실을 묘사하는 특성이 거의 그동안 남성적이라고 인식되었던 특징들이라는 데서 이런 사실은 증명된다. 영실은 바깥 세계에 대한 호기심과 도전 정신이 강하다. 그리고 더 이상 어린아이로 남아 있고 싶지 않다는 욕망으로 인해 오히려 조숙하고 영악한 면모까지 지니고 있는 인물이다. 아이답지 않게 실리에 밝고, 상황 판단이 뛰어나며, 세상의 이치에 대한 긍정심을 일찍부터 터득하고 있다. 그리고 이런 조숙함 때문에 영실은 보다 강하게 삶의 핵심과 맞닥뜨리고 싶다는 바람을 갖는다. 작가는 이런 영실을 "정한(精悍)한 소년의 그것 같은 신선함"[22]을 가지고 있다고 묘사한다. 주변 사람들도 선머슴 같은 영실을 여자답지 못한 아이라고 생각한다. 이럴 때 영실은 소녀가 아니라 소년에 가까운 인물이 된다.

그런데 더욱 심각한 것은 이처럼 남성적인 성장 주체의 모습을 지녔다면 그 성장의 결과도 비슷해야 함에도 불구하고 그렇지 못하다는 사실이다. 기존의 성장 소설에서 소년이 성장 주체로 등장하는 경우에는 비록 세계의 억압이나 폭력으로 인한 좌절과 패배를 그릴지라도 궁극적으로는 세계에 대한 긍정에 토대를 둔 사회로의 편입을 기본 전제로 깔고 있다. 성장의 과정이 힘들고 어려워도 사회와의 성공적이고도 온전한 절충을 드러내기 때문이다.[23] 하지만 「파도」에서 영실에게 주어지는 것은 세계로의 편입 혹은 그런 가능성에 대한 시사가 아니다. 오히려 이 소설은 그런 가능성에 대해 회의를 품거나 의문을 제시하는 데 주력한다.

---

22) 강신재 소설의 본문은 『강신재 대표작 전집』(전 8권, 삼익출판사, 1974)의 1권과 2권을 기준으로 삼는다.

23) Linda Howe, "Narrative of Survival," *Literary Review*, 26(1982), 177~184쪽 참조.

여자는 가 버렸다…… 신실이 형을 닮은, 하이칼라 냄새가 나는 여자는 가 버렸다. 똑딱선을 타고서……

흠, 하고 영실이 한 번 더 코웃음을 쳤을 때 신 만갑은 벌떡 일어서더니 우오오 하는 듯한 신음성을 올리면서 해수욕장 쪽으로 내닫기 시작했다.

얼굴은 바다로 돌리고 있다.

해풍에 휘날리는 그의 외투자락이 푸덕푸덕 소리를 내었다.

주먹질하듯 바다로 팔을 내밀면서 그는 뛰었다. 얼음을 밟고 점점 바다 속으로 들어간다.

영실은 갑자기 걱정이 되었다. 그의 뒤를 따라갔다. 두려움과 격렬함과 그리고 무언지 모를 혼탁함에 휩싸이며 따라 걸어갔다.

홈집이 큰 털벙거지의 사나이는 연방 우오오 하고 어둡고 무거운 바다를 향해 소리 지르고 있었다.

이 소설의 결말은 일반적인 남성 성장 소설과는 달리 '열린 결말'의 형태를 취하고 있다. 미숙한 주인공이 성숙해 가는 과정에서 겪는 정신적·육체적 고통을 보여 주는 입사(入社)의 과정은 남성과 여성이 동일하지만, 결과에서는 차이가 난다는 작가의 여성 의식이 작용했기 때문이다. 앞의 예문에서 확인되듯이 이 소설은 자신이 사랑했던 신실모와의 이별 때문에 괴로워하는 영실 아버지를 보면서 영실이 "두려움과 격렬함과 그리고 무언지 모를 혼탁함"에 빠지는 것으로 끝을 맺는다. 이것은 영실의 미래에 펼쳐질 세계가 사회로의 편입이나 복귀로 행복하게 끝날 수 없음을 예고하는 것이다. 그래서 영실은 앞으로도 지속될 고난을 그것과 평행적인 위치에서 바라보면서 세계의 완전한 수용을 유보하거나 거부하고 있다.

흔히 여성 성장 소설에서는 미래에 대한 낙관적인 전망이 불가능하거나 긍정과 부정 중 어느 한쪽으로만 결정되기 어려운 여성의 현실을 직시할 때 '열린 결말'의 형태를 취하게 된다. 미래에 대한 진보적 시각이나 완결된 형태의 삶은 남성들의 삶에서만 가능하고, 여성들에게 주어진 것은 미래에 대한 불안함이나 미해결의 갈등뿐이라는 인식이 낳은 형식적 결과물이자, 여성들이 처한 현실 자체가 손쉬운 해결이나 안전한 변화에 대한 믿음이 불가능하다는 것을 보여 주는 문학적 장치라고 할 수 있다. 억압적이고 해결이 쉽지 않은 문제에 대해서는 그러한 문제가 지속될 수밖에 없음을 나타내는 것이 오히려 진실에 가까울 수 있기 때문이다. 긍정적인 결말을 예상하기에는 현실의 부정 축이 너무 강력하다면 자아와 세계 사이의 화합보다는 분리가 더 강조될 수밖에 없다는 것이다.

물론 이런 결말이 보여 주는 부정적 요소는 영실이 처한 구체적인 여성 현실에서 기인하는 것은 아니다. 영실 자체가 여성으로서의 성 정체성을 뚜렷이 지니지 못했을뿐더러 그녀의 충격적 경험도 여성만의 억압이 아니라 보편적인 삶 자체가 주는 비극적 요인에 기인하는 바가 크기 때문이다. 그런데도 기존의 성장 소설과는 다른 결말의 양상을 보여 준다는 것은 세계 자체가 여성들의 입문이나 편입을 꺼려하기 때문일 수 있다. 혹은 현실을 바라보는 작가의 세계관이 특히 성장 자체에 두려움과 공포를 느끼는 여성 주체들에게 예민하게 작용했기 때문이라고 할 수 있다. 그리고 유년기의 여성 인물이 겪는 성장 체험을 문제 삼을 때는 성장의 '결과'가 아니라 성장의 '과정' 자체를 더 중시해야 함을 알려 주려 했기 때문이라고도 할 수 있다. 유년기의 여성들은 완전한 성숙과 각성에 이르게 되는 결정적 통과 제의가 아니라 성장의 문턱에는 다다랐지만 어떤 긍정적 결과나 확신을 얻지는 못하는 잠정적 통과 제의나 미완적 통과 제의일 경우가 더 많기 때문이다.[24]

---

24) 모르데카이 마르쿠스, 앞의 글, 464~474쪽.
　최현주, 앞의 책, 69~70쪽.

3 낭만적 여성 자아와 전복적 성장: 「젊은 느티나무」

「젊은 느티나무」는 「파도」의 영실이 도시로 나와서 청년기가 된 후에 겪는 사랑 이야기에 해당한다고 할 수 있다. 「파도」에서 주인공의 사랑 이야기만을 빼내 온 듯한 본격적인 연애담이 바로 「젊은 느티나무」이기 때문이다. 원래 성장 소설에서 사랑의 체험은 중요한 성장의 계기로 작용한다.[25] 그래서 어느 시기보다도 청년기 인물을 성장 주체로 내세울 때의 성장 소설은 사랑의 추구 자체가 중요한 성장의 목적이 되고, 그 과정이 성숙을 위한 대가가 되는 탐색담이나 통과 제의 소설이 된다. 「젊은 느티나무」의 주인공도 이에 걸맞게 열여덟 살의 여자와 스물두 살의 남자다. '젊은 느티나무'로 상징되는 건강한 젊은이들이 주인공이 되어 사랑 이야기를 펼쳐 간다.

하지만 모든 문학에서의 사랑이 그렇듯이 성장 소설에서의 사랑도 모험과 위험을 동반한다. 사랑으로 인한 시련과 그 극복 과정을 통해 자아의 성숙에 도달하는 것을 보여 주는 것이 성장 소설의 목적이기 때문이다. 이 소설에서 남녀 주인공의 사랑에 장애가 되는 것은 그들이 법적으로 남매지간이라는 것이다. 부모들이 재혼하여 남매가 된 후 둘 사이에 싹튼 사랑이 근친상간적인 요소를 지닌다는 데에 그들의 고통과 아픔이 있다. 자신들은 물론이고 부모를 비롯한 주변 사람들로부터 인정받지 못하거나 그들을 파멸시킬 수도 있는 위험한 사랑인 것이다.

비정상적일 수도 있는 이런 사랑의 문제를 다루기 위해 작가는 여주인공인 숙희의 일인칭 인물 시점으로 소설을 진행시킨다. 주관화되고 내면화된 정서나 감각을 직접 토로할 수 있는 일인칭 시점을 통해 주제 자체의 무거움과 위험성을 약화시키려는 것이다.[26] 「파도」에서 사용한 것처

---

25) 이보영, 앞의 책, 254쪽.
26) 롤랑 부르뇌프, 레알 월레, 앞의 책, 158~166쪽.

럼 초점 화자나 반영자의 시점에서 그들의 사랑을 그린다면 외부적이고 객관적인 시점에서 전달할 수밖에 없고, 그렇다면 그들의 불륜적인 사랑에 대해 거부감을 느낄 수도 있다. 하지만 감정 이입이 용이한 고백체의 일인칭 서술을 선택함으로써 그들의 위험스러운 사랑에 동조하게 만들려는 작가의 의도가 엿보인다. 특히 "그에게서는 언제나 비누 냄새가 난다."라는 감각적 문장으로 시작되는 이 소설은 두 사람의 사랑을 후각이나 미각, 청각, 시각 등으로 표현하여 서정성을 확보한다. 감각을 통해 심리를 투사시키거나 이미지를 창출함으로써 이들의 사랑은 더욱 절실하게 다가온다.[27]

이처럼 주관화되고 서정화된 서술을 통해 이 소설의 성장 주체는 낭만화되거나 여성화된다. 낭만적이지 않고서는 관습이나 제도를 뛰어넘는 사랑을 감행할 수 없기 때문이다. 그리고 이런 낭만적 사랑을 통해 자아를 형성해 가고 세계와 접촉하는 것은 주로 남성 자아보다는 여성 자아이기 때문이기도 하다. 전통적인 성장 소설에서는 삶의 개념을 가능한 한 대기 위로 높이 솟아오르려는 피라미드의 모습과 같이 현존 세계의 기초 위에서 높이 솟아오르려는 욕구로 이해했다.[28] 이런 성장의 욕구나 노력을 가장 잘 구현할 수 있는 이상적인 성장 주체가 바로 낭만적인 사랑을 추구하는 여성 자아라는 것이다. 낭만적인 여성 자아는 이러한 삶의 목표를 거부하지 않으면서 어떤 고난과 위험도 감수하려 한다. 때문에 이 소설은 남녀 주인공 중에서 남성 인물이 아닌 여성 인물의 시점과 언어로 서술되었다고 할 수 있다.

그런데 이런 낭만적인 여성 자아를 내세웠다는 것 이외에도 이 소설은 또 다른 의미에서 여성 성장 소설로서의 면모를 보여 주고 있다. 바로 결말 구조가 갖는 이중성이 그것이다. 기존의 논의들에서 「젊은 느티나무」

---

27) 김미현, 「서정성·감각성·여성성」, 『페미니즘과 소설 비평 ─ 현대편』(한길사, 1997), 117~121쪽.
28) 오한진, 앞의 책, 68쪽.

는 젊은이들의 아름답고 싱그러운 사랑 이야기로 간주되었다. 금기를 극복할 정도로 지고지순한 사랑 이야기라는 긍정적인 평가가 주류를 이룬 것이다.[29] 소설의 결말도 표면적으로는 남녀 주인공의 사랑이 앞으로 이루어질 것처럼 긍정적으로 그려진다.

> 「그때 숲 속에서의 일은 우리에게는 어찌할 수도 없는 진실이었다. 우리는 이 일을 잊을 수도 없고 이제 이 일을 부정하고는 살아가지도 못할 게다. 우리는 만나기 위해서 헤어지는 것이야. 우리에겐 길이 없지 않아. 외국엘 가든지……」
> 그는 부르쥔 손등으로 얼굴을 닦았다.
> 「내 말을 알아 줄까, 숙희?」
> (중략)
> 나는 젊은 느티나무를 안고 웃고 있었다. 펑펑 울면서 온 하늘로 퍼져 가는 웃음을 웃고 있었다. 아아, 나는 그를 더 사랑하여도 되는 것이었다.

인용된 예문에 나타나듯이 "아아, 나는 그를 더 사랑하여도 되는 것이었다."라는 숙희의 마지막 말은 그들의 아름답지만 위험한 사랑이 해피엔딩으로 끝날 것임을 암시한다. 비로소 "무리와 부조리의 상징"이었던 그들의 관계가 "스물두 살의 남성이고 열여덟 살의 계집아이라는 것이 진실의 전부"인 관계로 변한 것이다.

하지만 이런 일차적인 해석에서 좀 더 나아가면, 그들의 사랑이 이루어진다는 것은 심각한 의미를 지니게 된다. 외국으로 나가야 가능한 관계라거나 미래의 일은 알 수 없으므로 비현실적이고 도피적이라는 의미가 아니다. 비록 인공적인 혈연관계이지만 법적으로 남매지간인 주인공들의 사랑은 기존의 관습이나 가족 제도에 대한 도전을 의미할 수 있기

---

29) 앞의 주 3) 참조.

때문이다. 그들의 사랑이 이루어지면 사회적 질서가 허물어지는 아이러니가 발생하는 것이다.

이와 연관되어 이 소설이 기존의 남성 성장 소설과 다른 점은 '아버지의 부재'가 아닌 '아버지의 억압'이 문제된다는 것이다. 기존의 남성 성장 소설에서는 아버지의 부재로 인한 경제적 결핍이나 성장 모델의 결여가 성장의 걸림돌로 작용했다. 그래서 부재하는 아버지를 찾아 나서거나 부정했던 아버지를 받아들이는 과정을 통해 성장을 성취하는 유형이 대부분이었다.[30] 물론 이때의 아버지는 생물학적인 의미가 아니라 상징적인 의미이다. 사회적 질서나 법, 이념, 도덕 등으로 대표되는 지배 권력을 통칭하기 때문이다.[31] 하지만 「젊은 느티나무」에서는 그와는 반대로 오히려 아버지를 거부한다. 부재해서가 아니라 건재하기에 문제되는 것이 이 소설 속의 아버지다. 그래서 이 소설 속의 여성 주체는 이런 상징적 아버지를 거부하려는 전복적 성장을 추구한다고 할 수 있다.

숙희는 의붓아버지인 "뭇슈 리" 때문에 편모슬하였을 때는 느낄 수 없었던 강한 보호 감정과 든든함을 경험한다. 기억조차 잘 나지 않는 친부(親父)에게서 영향받은 것은 "윤씨"라는 흔한 성뿐이라고 생각하는 것과는 대조적이다. 하지만 이런 "뭇슈 리"를 숙희는 아버지라고 부르지 못한다. 익숙하지 않기 때문이기도 하지만 그의 아들 현규를 사랑하기 때문이다. 그래서 숙희에게 "뭇슈 리"는 아버지가 아니면서도 아버지처럼 느껴지는 '의사(擬似) 아버지'에 해당한다. 그리고 이처럼 진짜 아버지가 아니라 가짜 아버지이기 때문에 인공적이고도 허위적인 제도의 모순이나 법을 상징하거나 비판하는 데 더 효과적일 수 있다. 이런 전복적 성장을 통해 이 소설 속의 낭만적 여성 주체는 인간의 본성에 대한 깨달음과

---

30) 최현주, 앞의 책, 200~206쪽.
  황종연, 「성장 소설의 한 맥락」, 《문학과사회》, 1996년 여름호, 682쪽.
31) 미셸 푸코, 이정우 옮김, 『담론의 질서』(새길, 1993), 169쪽.
  김인환, 「라깡의 반인간주의」, 『후기 구조주의』(고려원, 1992), 165쪽 참조.

그 회복에 대한 욕망을 드러내며, 좀더 나아가 새로운 세계를 개척하기 위해 노력하고 있다.

하지만 이런 금기에의 도전이 실패로 끝날 때의 불안과 공포가 작가로 하여금 '이중적 결말'을 맺게 한다. 일반적인 남성 성장 소설에서의 결말은 불가피하게 현실의 특정한 부분을 이상화하거나 낭만화할 수밖에 없다. 그러나 이 소설에서는 강렬하고 열정적인 사랑을 아름답게 그리는 것에서 머물지 않고 간접적으로 사회적 금기에 도전함으로써 아버지를 무조건 따르는 것에 저항한다. 그래서 「젊은 느티나무」는 겉과 속이 다른 이중적 결말을 통해 자아와 세계와의 융합 자체가 자아와 세계 사이에 놓인 어쩔 수 없는 간극을 역설적으로 보여 준다. 겉으로는 사랑의 완성으로 행복하게 끝나는 것 같지만, 그 이면에 사회적 금기에 대한 도전을 숨기고 있기 때문이다.

4 현실적 여성 자아와 나선형적 성장: 「안개」

「안개」는 어설픈 자유주의자이면서 가부장적이기까지 한 시인 남편과 그런 남편과의 절망적인 관계 속에서 자아를 찾으려는 소설가 아내 사이의 갈등을 그린 여성 성장 소설이다.[32] 여성 소설의 대표작으로 꼽히는 강경애의 「원고료 이백원」과 비슷한 주제를 다루고 있는 이 소설에서는 아내에 대한 열등감으로 저열한 행동을 보이는 남편과의 갈등이 주요 서사를 이루고 있다. 자기보다 월등한 문학적 능력을 지닌 아내를 제대로 인정해 주지도 못하면서 겉멋만 부리는 남편 형식의 허위의식과, 어려운 경제 형편 때문에 주인공 성혜는 이중고에 시달린다. 보수적인 남편이

---

32) 임금복, 앞의 글, 참조.

아내 성혜에게 원하는 모습은 전통적이고 순종적인 여성상이다. 그래서 여학교 교원의 자격증이 있어도 여자는 바깥으로 나돌아 다녀서는 안 되기에 집 안에서 그물 풀이 부업을 하라고 한다. 성혜의 소설이 유명 잡지에 실려도 자신이 이제는 마누라 덕을 보게 되었다며 빈정대기나 한다. 그러다가 갑자기 아내의 소설 쓰기에 적극적으로 훈수를 두면서 아내의 소설을 자신의 마음대로 재단한다.

이런 내용으로 전개되는 「안개」를 전통적인 성장 소설로 보기에는 무리가 있다. 결혼을 한 성인기의 여성 성장 주체를 통해 결혼 생활 속에서 겪는 부부간의 갈등을 중점적으로 서술하고 있기 때문이다. 여성들은 성인이 된 이후에 겪는 결혼이나 모성의 문제를 통해 주로 성장의 계기를 마련한다. 기존의 성장 소설에서는 성장의 목표나 목적일 수 있는 결혼이나 육아가 오히려 문제의 시작이나 결핍, 불충분성을 나타내는 표지가 되기 때문이다.[33] 그래서 여성 성장 소설은 성인기 자아가 결혼이나 모성으로부터 어떻게 소외되는지를 묘사하는 경우가 많다.

이 소설에서 성혜가 느끼는 자아의 분열은 '아내'로서의 자아와 '소설가'로서의 자아 사이의 상충과 대립이다. 아내로서의 성혜는 남편의 말에 복종하면서 소설을 아예 쓰지 않거나, 쓰더라도 남편의 훈수에 맞춰서 쓴다. 그러나 소설가로서의 성혜는 남편의 간섭을 받지 않고 자유롭게 자신의 마음대로 소설을 쓰고 싶어 한다. 그리고 그렇게 하더라도 아무런 억압을 받지 않기를 원한다. 이런 소설가로서의 성혜가 이상적 자아라면, 아내로서의 성혜는 현실적 자아이다. 이 두 자아가 서로 갈등을 일으키면서 성혜는 정체성 확립에 혼란을 겪고 있다. 남성이라면 느끼지 않아도 될 갈등을 여성이기 때문에 느끼고 있는 것이다.

성혜는 남편이 충고를 한답시고 빼라고 지적한 장면을 그대로 살려서

---

33) 리타 펠스키, 김영찬 · 심진경 역, 『근대성과 페미니즘』(거름, 1989), 128쪽.

잡지사에 넘긴다. 아무리 생각해도 뺄 수 없는 중요한 장면이었기 때문이다. 하지만 그 부분이 그대로 실렸는지 확인하려고 급하게 잡지를 뒤적이는 남편의 초라한 모습을 보고 느끼는 성혜의 참담한 심정의 묘사가 다음에 인용될 예문이자 이 소설의 결말이다. 결말 부분에서 성혜의 눈앞에 펼쳐지는 짙은 안개는 성혜의 인생 자체를 상징한다. 한 치 앞을 내다볼 수 없거나 무거운 습기로 짓누르는 것이 바로 그녀의 미래라는 것이다.

성혜의 눈에 비친 형식의 모습은 한 개의 기괴한 피에로였다.

언제나 하듯 그대로 생각 밖에 흘려 버리기에는 너무나 우열(愚劣)한 피에로였다. 성혜의 가실한 두 뺨에 가느단 실바람이 어름같이 차게 느끼어졌다.

(싫어! 소설도, 공부도, 남편도, 사는 것도 다 싫어! 싫어!)

그는 이렇게 울음 섞인 목소리로 마음속에 웨쳤다.

땅을 기던 짙은 안개가 전선주를 휘감으며 연기같이 뭉게뭉게 올라가고 있다. 노오란 그 빛이 초연(硝煙)과도 같이 처참해 보이는 짙은 밤안개…….

이런 맥락에서 볼 때 「안개」는 여성 성장의 결과가 좌절이나 패배로 끝나기 쉽다는 것을 알려 주는 전형적인 여성 성장 소설이라고 할 수 있다. 여성의 정체성 확립을 위한 노력은 자아의 발전이 아니라 자아의 부정으로 끝나기 쉽기 때문이다.[34] 성혜와 같은 여성 성장 주체들은 자아를 발견하거나 완성하려고 하면 할수록 자기 혐오감이나 두려움, 무기력감에 빠지게 된다.[35] 자신의 보호자로 생각했던 남편(남성)이 오히려 감

---

34) Carol Person, Katherine Pope, *The Female Hero in American and British Literature*(R. R. Boweker Company, New York and London), vii쪽 참조.

35) Judi M. Roller는 여성에게 있어서의 세 가지 부정적인 결말의 특징으로 복종, 죄의식, 자기 호의를 들고 있다.

Judi M. Roller, *The Politics of the Feminist Novel*(Greenwood Press, New York, 1986), 122쪽 참조.

금자나 포획자임을 깨달았기 때문이다. 여성 성장 주체들은 이상적이고 규범적인 조건에서는 여성 정체성의 자각에 성공한다. 그러나 현실적인 조건에서는 실패와 좌절을 주로 경험하게 된다. 즉 개인적 가치를 지닌 내적 자아와 사회적 가치를 지닌 외적 자아 사이의 불화나 통합 불가능성을 확인하게 된다는 것이다.[36] 때문에 여성들은 다시 집으로 회귀하거나 순응적인 삶을 영위할 수밖에 없다. 또한 남성 성장 소설의 주인공이 조화나 이성, 전체성을 획득해 나가는 '발전의 서사'를 주로 경험한다면, 여성 성장 소설의 주인공들은 대개 내면 심리로의 복귀나 혼돈, 반항 자체에 만족해야 하는 '생존의 서사'를 경험한다고 할 수 있다.[37]

이처럼 「안개」는 여성의 성장이 좌절과 패배로 끝나기 쉽다는 사실을 역설적으로 보여 준다. 그런데도 성장 소설로서 가치가 있는 이유는 그런 결과가 나선형적 성장을 초래하기 때문이다. 현실적으로 보았을 때 가부장제의 성벽은 굳건하게 유지되고 있기에 성혜의 성장은 거의 불가능해 보인다. 그러나 자신만의 시간과 공간을 경험한 후에 성혜는 현실의 부조리에 대해 훨씬 더 민감한 촉수를 가지게 된다. 때문에 보다 적극적으로 자신의 삶을 책임지려고 할 수 있다. 그래서 성혜의 성장은 나선형적 움직임을 보여 준다고 할 수 있다. 직선의 움직임처럼 계속 앞으로만 발전하거나 원의 움직임처럼 같은 장소로 퇴행하지 않고, 동일한 모습을 하고 있는 것 같지만 다른 장소에 가 있게 하는 것이 나선형적 움직임이다. 그래서 발전과 패배, 전진과 후퇴, 확산과 수축의 양면을 동시에 보여 주는 것이 바로 여성 성장 소설이 갖는 특수성이라고 할 수 있다.[38]

---

36) Susan J. Rosowski, "The Novel of Awakening", *The Voyage in*, U. P. New England(Hanover and London, 1983), 50쪽.

37) Linda Howe, 앞의 글, 177~184쪽.

38) K. K. 루트벤, 김경수 옮김, 『페미니스트 문학 비평』(문학과비평사, 1989), 216~218쪽.

5 여성 성장 소설의 특수성

강신재는 기존의 성장 소설에서 도외시되었던 여성 성장 주체를 전면에 내세워 자아와 세계의 관계를 문제 삼은 여성 작가라고 할 수 있다. 강신재의 주요 작품인 「파도」, 「젊은 느티나무」, 「안개」 등은 유년기의 순수한 여성 자아, 청년기의 낭만적인 여성 자아, 성인기의 현실적인 여성 자아가 각각 세계와 관련 맺는 양상을 문학화하고 있기 때문이다. 이를 통해 순수한 여성 자아가 중심이 되는 「파도」에서는 기존의 남성 성장 소설과는 달리 여성의 성장이 완성이 아닌 미완성의 형태로 끝나기 쉽다는 것을 강조한다. 낭만적 여성 자아가 중심이 되는 「젊은 느티나무」에서도 근친상간적인 사랑의 추구를 통해 '아버지'로 대표되는 기존의 질서나 법, 제도를 거부하는 전복적 성장의 모습이 나타난다. 현실적 여성 자아가 중심이 되는 「안개」에서는 성장의 추구가 오히려 자아의 분열을 초래하기에 세계와의 대결이 아니라 세계에 대한 이해를 통해서만 생존할 수 있는 여성 성장의 모순을 보여 준다.

이처럼 강신재의 여성 성장 소설은 기존의 전통적인 성장 소설을 배반한 반(反)성장 소설적인 면모를 뚜렷이 보여 주고 있다.[39] 물론 성장 소설에서의 성장은 갈등의 해결을 통해 이루어지는 것이므로 순탄한 성장이란 성장 소설에서는 말의 모순이다.[40] 그리고 이런 반성장 소설적인 면모가 영웅도 없고 비극도 사라져 버린 20세기의 공통적인 특징이거나, 성장의 긍정적 모델이 없는 한국 성장 소설의 전반적인 특성일 수도 있다.[41] 하지만 그렇기 때문에 더욱더 여성 성장 소설에서 성장을 문제 삼

---

39) 장경렬, 「반성장 소설로서의 성장 소설」, 《작가세계》, 1991년 겨울호.
   황종연, 앞의 글 등을 참조할 것.
40) 이보영 · 진상범 · 문석구, 앞의 책, 312쪽.
41) 김병익, 「성장 소설의 문화적 의미」, 《세계의 문학》, 1981년 여름호.
   남미영, 「한국 현대 여성 성장 소설 연구」, 숙명여자대학교 박사 논문, 1991.

을 때는 누가(주체), 무엇과(목적), 어떻게(과정), 싸웠나(결과) 등을 구체적으로 문제 삼아야 함을 다시 한번 강조해 주고 있다. 남성이 아닌 여성이 성장의 주체가 되어 남성 중심적 세계나 가부장적 질서와 맞서 싸울 때에는 그녀들이 무엇을 이룩했는지가 아니라 어느 정도로 성장의 어려움을 인식시켜 주었는지 주로 문제 삼아야 한다는 것이다. 여성 성장 소설은 자아와 세계와의 분리나 불일치, 부조화를 강조하기 때문이다.

물론 남성 성장 소설에서도 성장의 실패나 좌절로 끝나는 수가 있다. 그러나 남성 성장 소설에서는 세계와의 갈등이나 불화를 강조하더라도 총체성, 조화, 동일성에 대한 향수나 복귀를 지향한다. 그러나 여성 성장 소설은 파편화되고 분열된 여성 성장 주체의 현실을 그대로 전달하는 데 더 주안점을 둔다. 반성장적 성장이 남성 성장 소설에서는 '변이항'일 수 있지만, 여성 성장 소설에서는 '기본형'에 해당하기 때문이다.[42] 이런 면모를 기존의 성장 소설에서처럼 세계와의 직접적인 접촉이나 갈등, 인과관계에 의한 사건의 해결이나 분석 중심이 아니라 세계에 대한 정서적 반응이나 판단이 중심이 되는 심리적 · 서정적 · 감각적인 여성 성장 소설로 형상화한 것이 강신재 소설의 특성이라고 할 수 있다.

강신재의 여성 성장 소설은 이처럼 반성장 주체로서의 여성을 강조함으로써 근대성을 확보하고 있다. 이 말은 강신재의 성장 소설에서 근대성과 여성성이 결합되어 나타나고 있다는 의미이다. 근대적 주체로서 등장하기 시작한 여성의 근대적 성장 체험을 보여 주는 것이 강신재의 여

최인자, 「성장 소설의 문화적 의미」, 《문학의 논리》 5호, 태학사, 1995.

신희교, 「성장 소설과 상상력의 빈곤」, 《현대소설연구》 6호, 1997.

황국명, 「한국 현대 성장 소설의 정치적 환상 연구」, 《한국문학논총》 25집, 1999.

신승엽, 「잃어버린 시간과 자아를 찾아서 ─ 90년대의 성장 소설」, 《문학동네》, 2000년 봄호.

윤지관, 「빌둥의 상상력: 한국 교양 소설의 계보」, 《문학동네》, 2000년 여름호.

최현주, 앞의 책 등을 참조할 것.

42) 김미현, 앞의 책, 380~384쪽 참조.

성 성장 소설이라는 것이다. 태생적으로 성장 소설은 근대적 시민 사회의 구성원으로 진입하기 위한 문화적 소양과 주체 정립의 과정을 제시하는 유형이다.[43] 때문에 성장 소설은 그 자체로 근대의 경험을 효과적으로 제시한다면 상징적 형식에 해당한다.[44] 그런데 근대 자체가 낡은 사회의 관습과 문화, 봉건적인 속박과 신분 체계 등에서 벗어난 개인의 사회적 발전과 자기실현을 가능하게 해 주는 긍정적인 면이 있는 반면, 경제적 불평등, 인간 소외, 도덕의 상실과 관료적 지배를 강화하는 측면도 있다. 개인 능력의 확장, 정서의 해방 등을 이룩했지만 이와 동시에 불안, 혼란, 좌절 또한 경험하도록 만든다는 것이다. 이것이 바로 근대 체험이 제공하는 '발전의 비극'이다.[45] 강신재의 여성 성장 소설은 근대의 이런 긴장과 균형, 대립과 조화, 반성과 발전이라는 모순적이고도 양면적인 특성을 여성 성장 주체가 지닌 특성과 맞물리게 한다. 그럼으로써 근대적인 성장 소설을 문제 삼을 때는 개인의 자유와 사회의 행복, 지속과 변모, 안정과 변화 등의 대립 개념을 '둘 중 하나'가 아니라 '둘 다'의 관점에서 접근해야 한다는 사실을 알려 준다.[46] 이런 '모순의 내면화' 자체가 바로 근대성과 여성성이 결합할 수 있는 토대임을 강조하고 있기 때문이다.[47]

이런 맥락에서 강신재의 여성 성장 소설은 그 이전의 성장 소설이나 그 이후의 성장 소설과 연속성뿐만 아니라 차별성을 동시에 갖고 있다. 가령 최초의 근대 소설인 이광수의 『무정』이나 1930년대 말에 유행했던 김남천의 『대하』, 한설야의 『탑』, 이태준의 『사상의 월야』 등 해방 이전

---

43) 최현주, 앞의 책, 36쪽.
44) Franco Moretti, *The Way of World*(Verso, London, New York, 2000), 9~10쪽.
45) 아도르노, 호르크하이머, 김유동 · 주경식 · 이상훈 옮김, 『계몽의 변증법』(문예출판사, 1995), 77~122쪽.
    위르겐 하버마스, 이진우 옮김, 『현대성의 철학적 담론』(문예출판사, 994), 458쪽 참조.
46) Franco Moretti, 앞의 책, 229~237쪽.
47) 심진경, 앞의 글, 202~204쪽 참조.

의 성장 소설은 세계의 폭력성을 비판하면서도 자아의 성장 의지나 세계와의 화해를 강조한다. 하지만 강신재의 소설을 비롯한 송병수의 「쇼리 킴」, 하근찬의 「흰 종이 수염」, 황순원의 「소나기」나 「별」, 윤흥길의 「장마」, 최인훈의 『광장』 등의 1950~1960년대 성장 소설들은 성장 주체의 성장 의지가 사라지지 않았음에도 불구하고 세계와의 싸움에서 패배할 수밖에 없음을 나타내고 있다. 반면 1990년대에 다시 유행한 성장 소설들은 장정일의 『아담이 눈뜰 때』, 김형경의 『세월』, 배수아의 『랩소디 인 블루』, 신경숙의 『외딴 방』, 은희경의 『새의 선물』 등을 통해 볼 때 왜소해질수록 평화롭게 살 수 있고, 나약해질수록 다양한 자아를 경험할 수 있는 새로운 성장 개념을 반영하고 있다.

이런 성장 소설들에 대한 보다 깊이 있고 정치한 후속 연구가 이루어진다면 성장 소설사를 통해 한국 문학사나 근대 문학사, 여성 문학사를 파악할 수도 있을 것이다. 근대 자체가 전근대나 탈근대, 반근대의 개념까지 포괄하는 '미완의 기획'으로 간주되는 것처럼,[48] 성장의 개념도 성장 이전과 성장의 과정, 성장 이후라는 '가지'까지 포괄하는 커다란 '우산'과 같은 용어이기 때문이다. 이것이 바로 강신재의 여성 성장 소설이 지금도 유의미한 문학적 텍스트인 이유이자 앞으로도 새롭게 조명되어야 할 이유일 것이다.

---

48) 마셜 버먼, 윤호병 · 이만식 옮김, 『현대성의 경험』(현대미학사, 1994), 10~20쪽.

남성성

박화성 소설의 '섀도 페미니즘(Shadow Feminism)'

1 박화성은 여성 작가인가

　문학평론가 김현은 이광수를 "만지면 만질수록 그 증세가 덧나는 상처"[1]와 같다고 했다. 주로 그의 문학적 성과를 친일 행적과 연결시킬 때 발생하는 딜레마에 대한 언급이지만, 한국 근대 문학의 선두 주자로서 이광수가 처했던 특수성과 한계점에 대한 평가라고 할 수 있다. 박화성 또한 여성 문학의 영광과 상처를 동시에 보여 주는 '뜨거운 감자'에 해당한다. 약사가 독을 다루듯 조심스럽게 다루어야 여성 문학으로서의 진가나 약효가 드러나기 때문이다. 박화성의 소설을 통해 여성 문학은 비로소 '작품 없는 문인'이라는 오명에서 벗어날 수 있었고, 긍정적이든 부정적이든 작품 자체로 평가되는 '행운 아닌 행운'을 누리게 되었다.[2] 그러나 박화성은 작가가 아닌 '여성' 작가였기에 여성 소설일 수만은 없는 '소설'과 소설이고 싶은 '여성 소설' 사이에서 여전히 방황해야만 했다.

　물론 사회주의자와의 결혼과 이혼, 부르주아와의 재혼이라는 사생활

---

1) 김현, 「위선과 패배의 인간상」, 《세대》, 1964년 10월호.
2) 윤옥희, 「1930년대 여성 작가 소설 연구」, 성균관대학교 박사 논문, 1996, 4쪽 참조.

로 인해 주목을 받으며 논란을 일으킨 적이 있지만, 박화성은 그 이전 시대의 여성 작가들인 나혜석, 김일엽, 김명순에 비해 상대적으로 본격적인 작품 활동을 했다. 여성 소설가로는 최초로 신문에 장편 소설(『백화』,《동아일보》, 1932. 6.~1933. 11.)을 연재했으며, 당대 남성 평론가들의 적극적인 비평의 대상이 되었다.[3] 강경애와 더불어 기존의 남성 작가 중심적인 국문학사 서술 속에서 그나마 언급되고 있는 여성 작가이기도 하다.[4] 박화성 이전의 초기 여성 작가들이 주로 사적이고 내면적인 주제나 문체에 주력했다면, 박화성은 사회나 민족, 교육 등의 문제를 문학화함으로써 여성 문학의 폭과 깊이를 확장시켰다는 평가를 받았기 때문이다. 이로 인해 "남성에게 지지 않는 늠름한 여유"[5]가 있다거나 "여류 문단의 한 이채(異彩)"[6]라는 긍정적 평가를 받았는가 하면, "여성성 소실 혹은 여성성 기피"[7]나 "생남주의(生男主義)"[8]라는 부정적 평가를 동시에 받았다. 여성 작가일 때는 여성적이어도 비난받고 여성적이지 않아도 비난받

3) 이광수, 「소설 선후언」,《조선문단》, 1924년 12월호.
　　김남천, 「조선 인기 여인 예술가 군상 — 소설가 박화성씨」,《여성》, 1937년 9월호.
　　이태준, 「박화성 저 『백화』」,《조선중앙일보》, 1934년 3월 25일.
　　홍구, 「1933년 여류 작가 군상」,《삼천리》, 1933년 1월호.
　　이무영, 「여류 작가 개평」,《신가정》, 1935년 1월호.
　　양주동, 「여류 문인 편감 촌평」,《신가정》, 1935년 1월호.
　　김팔봉, 「구각에서의 탈출」,《신가정》, 1935년 1월호.
　　현동염, 「문예시평수제」,《조선문단》, 1935년 2월호.
　　최정희, 「1933년도 여류 문단 총평」,《신가정》, 1933년 12월호.
　　이청, 「여류작품총관」,《신가정》, 1935년 12월호.
　　한효, 「박화성 여사에게」,《신동아》, 1936년 3월호.
4) 백철,『신문학 사조사』(백양당, 1949), 344~350쪽.
　　김윤식,『한국 문학사 논고』(법문사, 1973), 228~254쪽.
　　이재선,『한국 현대 소설사』(홍성사, 1979), 428~444쪽.
5) 이청, 앞의 글, 26쪽.
6) 양주동, 「여류 문인」,《신가정》, 1934년 2월호, 36쪽.
7) 김문집, 「여류 작가의 성적 귀환론 — 박화성씨를 논하면서」,《사해공론》, 1937년 3월호.
8) 안회남, 「소설가 박화성론」,《여성》, 1938년 2월호.

는 아이러니가 발생하는 것이다.

이런 맥락에서 이 글에서는 박화성의 소설이 과연 여성 소설인가 아닌 가라는 소모적이고 이분법적인 논의에서 벗어나, 왜 그런 논의가 등장했 는가에 주목하고자 한다. 질문의 배경이나 원인에 주목해야만 박화성 소 설에 더 생산적이고 입체적으로 접근할 수 있기 때문이다. 박화성의 소 설은 단순히 여성성을 담보하였느냐의 여부로 평가하기에는 민족과 계 급, 여성 등의 문제가 서로 긴밀하게 연관되어 있는 다면체이다. 박화성 소설에서 민족과 젠더는 서로 길항 관계를 형성한다. 박화성은 여성을 피지배 계급으로 보았지만 여성 문제에만 관심을 두지는 않았다. 그리고 박화성은 여성으로 태어났지만 여성인 것에 만족하지 않았다. 이런 '여러 명'의 박화성이 쓴 소설들을 분석하기 위해서는 비슷하면서도 다른 양상 을 보이는 동시대의 작가들이나 작가 자신과의 상호 조명이 필요하다.

박화성 소설의 이런 입체성을 규명하기 위해 이 글은 작가가 쓴 해방 이전의 소설(단편 19편, 장편 2편)을 연구 대상으로 삼는다. 박화성은 공 식적으로 문단에 등단(1925)한 이후 작고하기 직전(1985)까지 60여 년 동 안 꾸준히 작품 활동을 하면서 100여 편의 작품을 남겼다.[9] 그러나 흔히 해방 이전과 해방 이후의 소설들을 구분하면서,[10] 해방 이전의 소설이 동반자적 소설로서 사상성과 계급성을 담보한 작품 세계를 보여 주는 데 반해, 해방 이후의 소설은 통속 소설적 면모를 보여 주면서 사회주의 이 념에서 벗어나 대중화되었다고 본다. 혹은 해방 이전의 경향주의를 거쳐 그 이후에는 실존주의적 문학으로, 다시 현실 참여 문학이나 실천 문학 으로 변모했다고 보기도 한다.[11] 이와는 다른 맥락에서 해방 이전과 그

---

9) 앞으로 박화성 소설의 인용은 『고향 없는 사람들』(중앙문화, 1947), 『홍수 전후』(백양당, 1948), 『백화』(덕흥서림, 1959), 『북극의 여명』(푸른사상, 2003)을 기준으로 하여 제시한다.

10) 실제로 박화성은 1937년 「호박」을 발표한 이후 약 10여 년 동안 공백기를 갖다가 해방 이후 1946년 에 「봄 안개」를 집필하면서 다시 작품 활동을 하고 있다.

11) 김부미, 「박화성의 문학 정신」, 《국어교육논총》, 연세대학교 교육대학원, 창간호, 1981.

이후의 연속성을 주장하면서 주체적 여성성을 작가의 일관된 의식으로 제시하기도 한다.[12] 그러나 이 글은 해방 이전과 그 이후의 작품들을 지속의 입장에서 접근하건 변모의 입장에서 접근하건, 해방 이전의 소설에 나타난 본질이나 특징의 확대나 탈주가 바로 해방 이후의 소설이라는 전제에서 출발한다. 해방 이전의 소설이 박화성 전체 소설의 원형이나 배아에 해당하기 때문이다. 무엇보다도 박화성은 지금까지도 해방 이전의 소설로 문학사적 평가를 받고 있다거나, 해방 이후의 양상이 해방 이전의 소설 속에도 내재하고 있다[13]는 판단 아래 해방 이전의 소설을 주로 고찰하겠다.

2 민족과 젠더: 박화성과 이광수

박화성은 공식적으로는 이광수의 추천으로 등단했다. 그리고 여성 작가로서는 최초로 장편 소설인 『백화』를 《동아일보》에 연재할 때도 편집국장으로 있던 이광수의 도움이 컸다. 그 후에도 이광수는 박화성에게 지속적인 관심과 배려를 보여 준다. 때문에 박화성도 「추석 전야」를 이광수가 가필했다거나 『백화』를 사실은 이광수가 썼다는 불명예스러운 소문에 분노하면서도 이광수와 지속적인 관계를 맺는다. 그리고 자신이 사숙(私淑)하거나 영향을 받은 작가로 이광수를 늘 언급하고 있다.[14] 흔

---

12) 변신원, 『박화성 소설 연구』(국학자료원, 2001), 4~5쪽 참조.

13) 가령 해방 이전의 장편 소설 『백화』는 해방 이후의 장편 소설이 지닌 대중적 요소나 계몽적 요소, 여성적 요소 등을 예견하게 해 주는 소설이라고 할 수 있다.
변신원, 앞의 책, 78쪽 참조.

14) 박화성, 「소설 『백화』에 대하야」, 《동광》, 1932년 11월호.
「여류 작가가 되기까지의 고심담」, 《신가정》, 1935년 12월호.
——, 『추억의 파문』(국민문고사, 1969), 310쪽.
——, 『순간과 영원 사이』(중앙출판공사, 1974), 192~193쪽, 202~203쪽 참조.

히 경향파 문학이나 동반자적 작가로 분류되었던 박화성과 민족주의자였던 이광수와의 관계는 프로 문학과 민족주의 문학이 대립하였던 당시의 문단 상황을 고려했을 때 다소 어색해 보인다. 그러나 이광수와 박화성 모두에게 가장 중요했던 것은 그 무엇도 아닌 '민족' 자체였다면 이해가 갈 수도 있는 관계이다. 두 사람 모두 민족을 배반하지 않는 것이라면 그 안에서는 어떤 주의나 계급도 포용할 수 있었다는 것이다.[15] 그만큼 그들의 민족주의가 심정적이고도 신념적이었다는 이야기도 된다.

비슷한 맥락에서 흔히 박화성의 대표작으로 「홍수 전후」나 「고향 없는 사람들」을 꼽는다. 박화성 스스로도 자신의 대표작을 「한귀」와 「홍수 전후」, 「고향 없는 사람들」이라고 말한다. 하지만 기존의 관점에서 '박화성적'이라고 할 수 있는 소설은 프로 문학적 성격이 강한 소설이어야 할 듯하다. 가령 평판작이자 실제적인 등단작이라고 할 수 있는 「하수도 공사」나, 지배 계급과 피지배 계급의 갈등이 상징적으로 드러나는 「두 승객과 가방」, 리얼리즘적 전형이나 전위(前衛)의 모습이 잘 드러난 「신혼여행」과 「비탈」 등이 더 주목받아야 할 소설들일 수 있다는 것이다. 하지만 이처럼 프로 문학적 성격이 강한 소설들보다 「한귀」나 「홍수 전후」, 「고향 없는 사람들」이 문학적 형상화에 있어 더 뛰어나다. 그렇다면 왜 이 소설들이 문학성이 더 뛰어날 수밖에 없느냐는 질문을 다시 던져 보자. 그것은 아마도 '계급'이란 관념어보다는 '민족'이라는 체험어가 박화성에게 더 절실하거나 중요하기 때문이 아니었을까.

「한귀」나 「홍수 전후」, 「고향 없는 사람들」은 홍수나 가뭄 등의 자연 재해로 인한 농민들의 생활고를 현실 비판적 입장에서 그린 소설이다. 이 소설들에서 박화성은 지배와 피지배의 계급 갈등보다는 가난으로 인한 민족적 차원에서의 수난을 더 강조하고 있다. 때문에 자연 재해로 인

---

15) 김윤식, 『한국 근대 문예 비평사 연구』(일지사, 1976), 119~123쪽 참조.

한 고통은 구체적인 현실의 외면이나 추상화가 아니라 불가항력적인 민족의 수난을 상징한다고 할 수 있다. 이런 자연 재해를 통해 일제 강점기하의 인위적인 가난이나 주인공의 심리적 저항을 문제 삼고 있기 때문이다. 그리고 이 소설들에서 농민들은 민중인 동시에 한 민족이다. 그래서 여전히 지주와 소작인 간의 대립과 농민의 자각이나 저항 의식이 드러나지만, 다른 프로 문학적 소설들에 비해 정도가 약하다. 그리고 오히려 재해 상태의 심각함이나 그로 인한 굶주림에 대한 리얼한 묘사를 통해 구체성과 현장감을 획득하고 있다. 그것이 바로 일제의 토지 수탈과 노동력 착취로 인한 경제적 침략을 비판하기 위한 문학적 장치이기 때문이다.

이와 더불어 『백화』 또한 기생 백화가 겪은 여인 수난사를 서사의 골격으로 하고 있지만, 그 시대적 배경이 고려 말에서 조선으로 이어지는 격동기임을 볼 때 당시 식민지 조선의 혼란상을 알레고리화한 것이라고 할 수 있다. 『백화』에서 여주인공이 양갓집 규수 '일주'에서 기생인 '백화'로 몰락한 것은 공민왕-우왕-창왕-공양왕으로 이어지는 학정과 외세의 침략 때문이다. 일본을 절대 강자나 불의(不義)한 세력으로 설정하기 위해 고려 말의 혼란스러운 역사를 끌어 온 것이다. 그래서 이 소설에서는 흔히 민족과 페미니즘을 연결시킬 때 자주 등장하는 '침략당한 여성=식민지'라는 등식이 성립한다.[16) 백화의 수난과 식민지 조선의 침략상이 동궤를 이루면서 민족의 순수성과 독립의 희망을 잃어서는 안 된다는 작가의 민족주의적 면모가 간접적으로 표현되고 있기 때문이다.

여기서 중요한 것은 박화성 스스로도 자신이 해방 이전에는 경향적인 작품을 쓰려던 것이 아니었다고 부인한다는 점이다. 그리고 자신은 오로지 민족의 대변자가 되어 항일 정신을 고취하려 했음을 강조하고 있다. 자신이 약자의 편에서 강자를 상대로 하여 저항하는 현실적 상황을 다루

---

16) 김은실, 「민족주의 담론과 여성」, 《한국여성학》 10집, 1994, 40~43쪽 참조.

었기에 오해를 받았지만, 자신의 진정한 집필 의도는 나라 없는 국민으로서 느끼는 모멸과 압박 속에서의 철저한 민족적인 저항 의식이었다는 것이다. 처녀 시절이나 학창 시절에 자신을 지배했던 것은 우리나라를 독립시키는 데 거름이 되며, 우리나라에서 몇 번째 안 가는 큰 일꾼이 되겠다는 이상뿐이었음을 직접 밝히기도 한다.[17] 물론 이것이 1960년대에 이루어진 작가의 발언이기에 '사후 약방문'이라거나 자기 합리화라는 위험도 있지만 소설 자체에 드러난 민족주의적 면모가 이런 작가의 의도를 뒷받침해 주고 있다.

특히 「논 갈 때」, 「신혼여행」, 「비탈」, 「호박」 등에서 보이는 사제지간 중심의 인물 구도는 주로 남성이 교육자이고 여성이 피교육자라는 점에서 성 차별적인 요소로 비판받을 요소를 지니고 있지만 민족주의적 입장에서 또 다른 해석이 가능하다. '민족=여성=아이'의 등식이 성립하면서 박화성의 계몽주의적 문학관이 드러나기 때문이다. 여기서 이광수의 문학과 박화성의 소설은 다시 한번 만난다. 이광수가 『무정』이나 『개척자』, 『재생』에서 아이를 타이르는 듯한 문체로 '지사(志士)의 문학'을 통해 무지몽매한 민족을 계몽하려고 했듯이, 박화성 또한 지도자의 입장에서 마치 어린아이를 가르치는 듯한 태도를 보여 준다. 바로 여기에 박화성의 소설을 민족의 비애와 억울함을 문학이라는 표현 수단을 통해 밝혀내려는 '의지의 문학'이요 '호소의 문학'으로 볼 수 있는 근거도 있다.[18] 박화성에게 민중은 민족의 하부 개념이었다. 그리고 민족은 약자나 무력자의 대명사였다.

서양 페미니즘이 입장에서 보면 민족주의와 페미니즘은 서로 결별해야 할 것들이다. 근대 민족주의에서 여성은 아예 배제되거나 남성과는 다른 차별적 방식으로 국가에 통합되었기 때문이다. 특히 '상상적 공동

---

17) 박화성(1969), 앞의 책, 319~320쪽 참조.
18) 박화성(1974), 앞의 책, 235쪽 참조.

체'로서의 민족이 비판되고, 국가가 숙명이 아니라는 것을 깨닫게 되자, 그 과정에서 남성만이 이상적 국민으로 규정되는 메커니즘이 페미니즘의 주된 비판 대상이 되었다.[19] 그러나 일제의 지배를 받았던 식민지 시기라거나 민족주의적 성향이 강하다는 한국적 특수성을 고려할 때 해방 이전의 시기에서 민족주의와 페미니즘을 분리시킨다는 것은 오히려 민족의 현실이나 여성 대중과 유리될 위험이 있었다. 그러므로 박화성의 민족주의는 여성 문제를 그 속으로 수렴시킴으로써 여성 문제를 후퇴시키거나 희석시키는 문제점은 있지만, 여성의 대사회적 참여를 높이거나 여성을 공적인 실천의 장으로 끌어들였다는 측면에서 여성의 지위 향상에 이바지한 긍정적 측면도 크다.[20] 1940년대를 전후한 친체제 문학이나 창씨개명, 징병제 등의 회오리 속에서 강경애나 최정희마저 친일 문학을 했을 때조차 박화성이 자신의 민족주의적 신념을 지킬 수 있었던 것도 그녀의 소설 속에서 민족주의와 젠더가 이처럼 굳게 결합되어 있었기 때문일 것이다.[21]

3 계급과 젠더: 박화성과 강경애

박화성이 노동자와 농민을 문제 삼으면서도 민족을 우선시했다고 해도 계급 문제 자체에 관심이 전혀 없었던 것은 아니다. 무엇보다도 박화성이 등단해서 주로 활동하던 시기 자체가 동반자 문학이나 프로 문학이 부침하던 시기였기 때문이다. 특히 일본 유학 시절에 경험한 독서회 활

---

19) 정현백, 『민족과 페미니즘』(당대, 2003), 13~51쪽 참조.
20) 송연옥, 「민족주의와 페미니즘의 불행한 결렬」, 《페미니즘 연구》, 한국여성연구소, 창간호, 2001, 53~70쪽 참조.
21) 문옥표 외, 『신여성』(청년사, 2003), 65~68쪽 참조.

동이나 시회주의자였던 친오빠 박제민과 첫 번째 남편 김국진의 영향으로 박화성은 사회주의 사상을 경험한다. 그래서 강경애와 더불어 박화성은 동반자적인 경향을 갖고 계급 의식에 기초한 작품 활동을 한 작가로 평가받는다.[22] 1930년을 전후한 신간회와 근우회의 성립과 해체, 조선 공산당의 해체와 공산당 재건 운동, 학생 운동, 카프(KAPF)의 결성과 해체 등을 겪으면서 활동했기에 해방 이전의 여성 작가들 중에서는 가장 뚜렷하게 사상성과 민중성을 지닌 작가가 바로 박화성과 강경애이다.

이에 걸맞게 박화성의 소설에서는 혁명적인 지도자가 등장하여 노동자나 농민에게 혁명 의식을 주입시키고 있다. 그래서 앞에서 살펴본 민족 문제에서는 하층민이나 약자를 주로 등장시킨 것과는 다르게 계급 문제에서는 지식인이나 지도자가 함께 등장한다.[23] 「신혼여행」에서의 준호, 「하수도 공사」에서의 동권, 「논 갈 때」의 서봉, 「비탈」의 정찬, 「헐어진 청년회관」에서의 효주의 오빠나 남편 등은 지도자의 입장에서 상대방에게 "계급적 초등 지식"을 주입시키는 지도자들이다. 거의 모든 소설들에서 이런 지도자들에 의해 피교육자들이 자각과 실천에 이르는 상승 결말을 도식적으로 보여 주고 있다.

그런데 박화성은 이런 계급 의식을 주로 남녀 간의 사랑 이야기 속에 담아서 풀어낸다. 「하수도 공사」가 계급 간의 갈등과 노동 쟁의를 문제 삼으면서도 남녀 주인공인 동권과 용희의 연애를 필요 이상으로 부각시켰다고 비판받는 것도 이 때문이다. 「신혼여행」이나 「비탈」에서도 박화성은 남성=사회 문제, 여성=연애 문제라는 이분법적 등식을 보여 주며 이른바 '주의자 연애'를 전형적으로 그리고 있다. 이런 주의자 연애를 통

---

22) 주 4)의 문학사 책을 참고할 것.

23) 이러한 특징을 서정자는 일본 복본주의(福本主義)의 영향이나, 프롤레타리아 리얼리즘 창작 방법론으로 전환하기 이전의 프로 문학의 한 양상으로 보기도 한다.
　　서정자, 「일제 강점기 한국 여류 소설 연구」, 숙명여자대학교 박사 논문, 1987, 33~34쪽.

해 박화성은 이전 세대에 중시되었던 '자유연애'라는 화두가 점차 효력을 잃어 가는 시기에 동지애가 그 자리를 대신하고 있음을 보여 준다.

박화성은 "계급 해방이 여성 해방"이라는 의식 아래 여성이 해방되기 위해서는 계급이 먼저 해방되어야 한다는 마르크스주의적 페미니즘의 입장을 보인다.[24] 심지어 통속 소설이라는 혐의를 받고 있는『백화』에서도 왕·승려·부자·남자를 지배 계급에 놓고, 기생·평민·여성을 피지배 계급에 놓으면, 두 계급의 인물군이 서로 대립하는 계급 문학적 성격을 찾아볼 수 있다.[25] 하지만 무엇보다도 계급 해방과 여성 해방의 관계를 극명하게 보여 주는 소설이 바로「중굿날」이다. 이 소설에서 남주인공 국범은 애인인 금례가 돈 100원에 부잣집으로 팔려 가게 되자 돈을 구하기 위해 팔방으로 노력한다. 그래서 간신히 돈을 구했지만 금례는 벌써 팔려 간 후였다. 이때 국범은 돈의 입을 빌려 "여자의 몸값으로 가지 않았으니 나는 기쁘오. 나를 쓸 곳은 따로 있지 않소?"라는 생각을 피력한다. 이것은 '여자의 몸값'보다 '운동을 위한 값'이 더 중요하고 의미 있다는 말에 다름 아니다. 여성을 민중이나 동지에서 제외시켰을 때에나 가능한 말이기도 하다.

좀 더 여성 문학적인 입장에서 투사나 지도자로 거듭나는 여성 인물을 등장시켜 자신의 계급 의식을 전면에 내세운 것이 바로『북국의 여명』이다. 자전적 소설이기에 박화성 자신의 학교 체험, 교원 체험, 유학 체험, 학생 운동 체험, 결혼 체험 등이 많이 녹아 있다. 그리고 주인공으로 여성 인물을 설정했기에 자연스럽게 계급과 젠더의 갈등이나 영향 관계를 살펴볼 수 있기도 하다. 여주인공 효순은 여러 남성들로부터 사랑과 청혼을 받는다. 그러나 효순이 중시하는 것은 애정이 아닌 동지애다. "동지 이외의 남자들은 다 꼴도 보기 싫다."라는 생각 때문에 남편으로 선

---

24) 박화성,「계급 해방이 여성 해방」,《신여성》, 1933년 2월호.
25) 서정자,『백화』의 작품 구조와 역사의식」,『한국 여성 소설과 비평』(푸른사상, 2001), 411쪽.

택한 사람이 바로 김준호이고, 그가 변절하자 단호하게 그와 헤어진다.

이처럼 박화성은 계급 해방적 측면에서 여성 문제를 바라보고 있다. 적극적이고 주체적인 여성이 등장하지만, 낙관적 전망을 지니고 전위를 이루는 지식인 남성과의 동지애를 중시하면서 피지배 계급이나 하층민을 계도하는 역할을 주로 담당하기 때문이다. 이로써 봉건적이고 수동적인 전근대적 여성에서 탈피한 새로운 여성상이 극명하게 제시된다. 특히 「헐어진 청년회관」, 「신혼여행」, 「눈 오던 그 밤」, 『북국의 여명』 등에 등장하는 지식인 여성들은 개인적이고 성적인 문제에 주로 치중했던 '신여성'이 아니라 사회나 현실이 요구하는 책임과 의무에 적극적으로 부응하는 '현대 여성'으로서의 새로운 면모를 보여 준다. 그러나 박화성에게는 계급 운동도 민족 운동의 일환이었고, 여성 문제도 계급 문제의 일부일 뿐이었다. 때문에 근대적 '지식인 여성'의 본격적인 출현이라는 중요한 여성 문학적 의미도 단지 프롤레타리아 혁명을 달성하기 위한 투사의 확보라는 의미나 의의에서 더 발전하지 못하고 있다.

여기서 박화성 소설의 여성 인물들은 강경애 소설의 여성 인물들과 갈라선다고 할 수 있다. 강경애도 박화성과 비슷하게 "사회적으로 완전한 경제적 개변을 보지 못하고는 완전한 여성 해방도 없다."[26]라는 입장을 취한다. 하지만 그녀가 쓴 『어머니와 딸』(1931~1932)이나 『인간 문제』(1934) 등을 보면 계급과 입장의 차이에 따라 분화되는 여성 문제의 특수성이 잘 드러난다. 즉 강경애는 어머니와 딸의 세대, 지식인 여성과 하층민 여성 사이에 존재하는 차이를 인정하면서 주로 딸의 세대나 하층민 여성이 겪는 실제적인 체험을 리얼하게 문제 삼는다. 그래서 구체적이고 일상적인 여성 체험과 이데올로기적인 계급 문제가 자연스럽게 결합되고 있다.[27]

---

26) 강경애, 「송년사」, 《신가정》, 1933년 12월호.
27) 임금복, 「강경애 소설에 나타난 지식인 연구」, 『현대 여성 소설의 페미니즘 정신사』(새미, 2000),

그러나 박화성의 경우 하층민이 아닌 지식인 여성들을 주로 등장시키면서 관념적이고 도식적인 프로 문학적 전형의 모습을 지나치게 강조하고 있다. 계급의 이익을 위해 여성의 이익을 희생해야 한다는 당위성이나 강박이 너무 강하기에 여성 인물들의 갈등이 잘 부각되지 못하고 있다. 그래서 강경애가 계급 속의 여성 문제에서 인간으로서의 여성 문제를 발견하기 위해 노력했다면, 박화성은 계급 속의 여성 문제에 그냥 머물러 있는 한계를 보인다. 이런 이유로 박화성의 소설에서 계급 문제와 여성 문제는 지나치게 대립적이거나 서로 별개인 문제로 파악된다. 그리고 주체적인 여성이 될수록 관념적이 되거나 남성적이 되어 버린다. 계급 의식을 통해 여성과 남성의 차이가 없어진 것이 아니라 오히려 여성이 부재하게 되는 폐단을 낳게 된 것이다.

4 여성과 젠더: 박화성과 박화성

박화성은 생물학적 성(sex)을 초월한 문학을 희구했다. 그래서 '여류'라는 장식을 붙이는 문학에 대해 강력하게 거부감을 보였다. 현실적으로 박화성에게 중요한 것이 여성 문제이기보다는 민족이나 계급의 문제였기 때문이기도 하다. 이에 걸맞게 박화성의 소설은 거의 대부분 여성 인물이 주인공이지만[28] 오히려 여성 문제 자체에는 소홀하다는 평가를 받는다. 그나마 '팔려 가는 여성' 모티프를 통해 여성 문제에 집중한 소설에 「중굿날」과 「온천장의 봄」이 있다. 그러나 「중굿날」은 앞에서 살펴보

140~167쪽 참조.

28) 정영자는 ①현실을 직시하는 여성, ②자신을 발견하는 여성, ③개척 정신과 성장에 뜻을 가진 여성, ④현재의 실사회가 요구하는 여성 등으로 박화성의 여성 인물들을 제시한다.
    정영자, 「한국 여성 문학 연구」, 동아대학교 박사 논문, 1987, 104쪽 참조.

았듯이 여성 문제보다 계급 문제에 더 강조점이 있는 경우이기에 순수하게 여성 문제에 초점을 맞춘 경우는「온천장의 봄」정도이다. 남편이 돈을 받고 팔아넘겨서 늙은 영감의 첩이 되었지만 또다시 상품처럼 거래될 위기에 처한 여주인공 명례를 통해 박화성은 여성의 열악한 현실이나 여성만의 특수한 억압 상황에 대해 강조한다. 전면적이지는 않지만「두 승객과 가방」에서 공장 노동자의 애환과 분노를 그리면서 자신의 젖을 자기 자식에게 먹이지 못하는 모성 문제를 통해 여성 노동자의 현실을 문제 삼은 것과 같은 맥락이라고 할 수 있다.

미약하지만「헐어진 청년회관」에서도 여성의 주체성을 강조하는 여주인공의 모습이 보이기도 한다. 여주인공 효주는 점점 퇴락해 가는 마을의 청년회관 건물을 보며 그와 비슷하게 타락해 가는 청년들의 현실을 비판한다. 그리고 ML당의 맹렬 당원으로 활동하다 죽은 오빠의 가르침이나 현재 감옥에 있는 남편의 지도 이후에 침체되어 있었던 자신의 모습도 반성한다.「비탈」에서도 보수적이고 허영에 차 있는 수옥과 진보적이며 소박한 주희 간의 대립을 통해 진정한 '현대 여성'의 임무를 역설하고 있다. 물론 아무리 능동적인 여성이라도 남성의 보조자에 머무는 한계는 여전히 극복되지 못한다. 그리고 여성의 이런 보조나 희생을 통해 남성들의 과업이나 임무가 완성되고 있다는 점에서 여전히 박화성의 소설은 세이렌의 유혹을 물리친 오디세우스의 항해와 같은 남성 중심적 서사의 면모를 보여 준다.

『백화』에서도 민족의 수난사를 대표하는 기생 백화의 삶은 남성들의 물질적·정신적 침략으로 더 고달프다. 그래서 백화는 부자인 김장자가 자신 때문에 상사병과 울화병에 걸려 죽자 "이것이 백화라는 일개 여성이 금전 중심의 횡포한 남성에게 모든 희생당한 여성을 대표하여 복수하여 준 것이다."라고 말한다. 물질과 권력에 의해 가장 많은 피해를 입은 것이 바로 여성들이기에 "인간의 모든 죄과는 남성들에게 돌릴 것이다."

라며 여성 중심적 사고를 보여 준다. 물론 백화의 정인(情人)인 왕생이 우왕의 마수로부터 과연 그녀를 구해 낼 수 있는지의 여부가 부각되는 결말 부분부터 소설은 남성에 의해 여성의 운명이 좌우되는 한계를 다시 보여 준다.

이런 박화성의 여성 의식의 특징을 집약적으로 보여 주는 것이 바로 『북국의 여명』이다. 이 소설에서 박화성은 "한 여자의 파란 많은 반생(半生)"을 통하여 운명을 개척하고 이상을 달성하는 투사적 여성상을 보여 주고 있다. 영숙, 숙희 경채, 순정 등 여주인공 효순의 주변에 있는 여성 인물들을 통해 당대 여성들의 다양한 삶을 부각시키면서 작가는 강하고 용감한 여성, 구도덕과 봉건 사상으로부터 벗어난 여성을 옹호한다. 사회주의 운동을 하던 남편의 변절에 실망한 후 가족마저 버리고 홀연히 자유로운 활동이 보장되는 북국을 향해 떠나가는 효순의 행동에서 '남성적 여성'의 전형을 확인할 수 있다. 이런 효순을 보고 후배 영숙은 "형님은 별나게두 남자 같단 말야."라고 말한다.

문제는 이처럼 강한 효순에게도 여성으로서의 한계가 있다는 것이다. 효순은 아픈 자신을 간호한 최진과 한방에서 여러 날을 같이 지냈다는 이유로 그와 약혼을 한다. 그리고 후배 영숙에게 처녀성을 빼앗겼다면 그 상대와 결혼해야 한다고 말한다. 그리고 자신의 삶이 남성들의 연인이나 아내가 되는 과정을 통해 형성되는 것에 한계를 느끼면서도 그것이 모두 남성들의 "구연(求戀)의 총습격"을 받은 때문이라며 합리화한다. 그리고 그 속에서 자신을 지켰다는 우월감까지 느낀다. 이것이 바로 적극적이고 주체적인 여성상이 관념화되거나 도식화될 때 발생하는 문제라고 할 수 있다.

이처럼 박화성 소설에서 여성은 프롤레타리아였지만, 일본 자본주의의 지배를 받는 식민지 조선의 국민이었다. 그러므로 박화성은 여성보다 계급을, 계급보다 민족 전체를 우선 고려할 수밖에 없었다. 하지만 그

것이 박화성에게 여성 문제가 덜 중요했다거나 중요하지 않았다는 의미는 아닐 것이다. 오히려 여성 문제가 더 큰 문제를 체험하거나 해결하려는 출발점이자 원체험에 해당한다고 할 수 있다. 물론 그 자체로 부각되지 못한 여성 문제는 민족이나 계급이 요구하는 여성, 그래서 추상화되고 관념화될 수밖에 없는 부작용을 낳기도 한다. 여성이지만 여성일 수만은 없었던 여성 작가이기에 성적 초자아를 위해 여성적 에고를 반납한 '슈퍼우먼' 박화성의 비애는 바로 여기에 있다.

5 왜 박화성은 여성 작가인가

민족을 후퇴시킨 젠더 논의가 위태로운 것과 마찬가지로 젠더를 후퇴시킨 계급 논의 역시 위태롭다. 때문에 민족과 계급, 젠더 문제가 서로 첨예하게 갈등했던 박화성의 해방 이전 소설을 통해 우리는 그 세 문제를 복합적으로 바라보아야 한다는 교훈을 얻을 수 있다. 그리고 그렇게 하기가 얼마나 어려운지도 실제로 확인할 수 있다. 이런 이유로 '박화성은 여성 작가인가'라는 질문보다 '왜 박화성은 여성 작가인가'로 우리의 질문은 바뀌어야 한다. 박화성은 여성 문제를 말하지(talk) 않고, 여성 문제에 말을 거는(speak) 여성 작가에 더 가깝기 때문이다. 그래서 박화성의 소설은 페미니즘인 척하는 'Pseudo Feminism(의사(擬似) 페미니즘)'이 아니라 'Shadow Feminism(그림자 페미니즘)'에 해당한다고 할 수 있다. '가짜'가 아니라 '그림자'이기에 여성 문학이 아닌 것이 아니라 숨겨져 있거나 억압되어 있는 여성 문학의 어두운 측면을 보여 주는 것이 바로 박화성의 소설이라는 것이다.

또한 박화성에게 있어 민족·계급·여성의 문제는 '이미 주어진 것'이 아니라 '변할 수 있는 것'이었다는 점에서 역사적이고 시대적인 개념이었다. '지금 이곳'에서 요구하는 현실에 충실한, 그래서 "주제 설정을 우선"[29]하는 창작 태도를 보일 수밖에 없는 작가가 바로 박화성이다. 이런 작가이기에 해방 이후의 소설에서는 민족주의에 대한 신념이 민주주의에 대한 갈망으로 바뀐다. 그리고 민족 문제가 해결되어도 사라지지 않는 가부장제의 모순을 확인하고 난 후 해방 이후의 소설들에서는 여성소설적인 면모를 더욱 강하게 보이기도 한다. 실체가 변하면 그림자의 모양도 바뀌기 때문이다.

그렇다면 박화성 소설에서 찾아볼 수 있는 유일한 실체는 "생리적으로 타고난 정의감"[30]뿐이라고도 할 수 있다. 약자에 대한 연민이나 불의에 대한 저항이 시대나 상황이 변해도 변하지 않고 그대로 유지되는 박화성 소설의 요체이다. 그래서 박화성 소설에서 보이는 건강함이나 희망, 신념은 '관념'이 아니라 '생리'에 더 가깝게 된다. 박화성을 '리얼리스트'가 아니라 '아이디얼리스트'로 평가하는 것[31]이 절반만 타당한 것도 이 때문이다. 박화성은 '리얼'할수록 '아이디얼'해진다. 그럴 때 박화성은 리얼리스트이기도 하고 아이디얼리스트이기도 하다고 평가해야 한다. 이런 모순과 양가성이 바로 박화성 소설의 빛과 그림자를 형성한다.

---

29) 박화성, 「작가 노우트」, 『한국 여류 문학 전집 1권』(삼성출판사, 1967), 7쪽.

30) 박화성, 「문학 산책」, 《한국일보》, 1975년 10월 10일.

31) 서정자(2001), 앞의 책, 428쪽.

동물성

동물성의 수사학
─ 1990년대 소설에 나타난 문명의 은유

1 '그림자'로서의 동물성

1990년대 들어와 소련으로 대표되는 동구권이 해체되고 포스트모더
니즘 사조가 유행하면서 한국 문학에서는 모더니즘을 대변했던 이성·합
리·질서 등의 거대 담론이 도전받는다. 그리고 이와 동일한 맥락에서 감
성·내면·개인 등을 중시하는 개인성과 내면성의 문학이 새롭게 부각된
다. 1980년대의 민중·민족·집단을 중심으로 했던 '광장'의 문학에서 벗
어나 사인화(私人化)된 '밀실'의 문학으로 그 중심축이 이동한 것이다.[1]
이런 문학적 변화의 기저에는 기계 문명이나 자본주의의 발달이 인간의
존엄성이나 행복을 보장해 주지 못했다는 반성이 자리 잡고 있다. 모더
니즘의 역설로 인해 문명이나 기술의 발전이 오히려 불행을 초래했다는
것이다. 그래서 모더니즘이 중심이 되었던 지난 20세기를 '폭력의 세기'
로 명명하면서[2] 그 20세기의 끝에서 문명·기술·발전의 이면에 대한 재

---

1) 황종연 외, 『90년대 문학 어떻게 볼 것인가』(민음사, 1999), 11~80쪽.
  김재용 외, 「90년대 소설의 지형」(특집), 《문예중앙》, 1995년 가을호, 102~153쪽 참조.
2) 한나 아렌트, 김정한 옮김, 『폭력의 세기』(이후, 1999), 15~21쪽 참조.

고와 비판이 이루어지고 있다.

　더욱이 '이성적 동물'인 인간에 의한 문명화나 자본주의화가 초래한 부정적 결과에 대해 최종적으로 인간 스스로에게 책임을 돌릴 수밖에 없을 때 '이성'과 '동물'은 등가가 된다. 가장 비이성적이고 위험한 것이 바로 인간이라는 것이다. 인간의 이성이 오히려 인간을 동물로 만들었기 때문이다. 이럴 때 '인간의 동물성'에 대한 논의가 시대나 역사, 사회와 인간의 관계를 문제 삼는 효과적인 방법이 될 수 있다. 인간의 '인간성'에 대한 반대 개념으로서의 인간의 '동물성'에 대한 논의를 통해 인간의 위상을 점검할 수 있고, 1990년대의 시대정신을 가늠해 볼 수도 있다는 것이다. 당연히 이때의 동물성은 동물 자체가 아니라 인간이 지닌 동물적 속성을 의미한다. 우리의 관심을 끄는 것이 독립된 동물이 아니라 동물이 인간과 관계 맺는 방식이거나 상징하는 바이기 때문이다.[3]

　한국 소설사를 살펴보면, 일찍부터 동물을 끌어와 인간의 상태를 비유하거나 상징적으로 표현했다. 단군 신화에서 시작해 전설이나 민담에 이르기까지 토템(Totem)이나 애니미즘(Animism)의 대상으로서 동물이 주로 등장했다. 그러다가 조선 후기 영·정조 이후부터 직설할 수 없는 인간 사회의 모순을 풍자하거나 인간의 내면에 숨어 있는 약점을 동물의 행위에 결부시켜 형상화하는 경우가 많았다. 『호질』, 『토끼전』, 『두껍전』 등 실학 사상을 배경으로 하여 현실을 풍자하거나 비판했던 동물 우화적 소설들이 이 시기에 집중적으로 창작된 것이다. 이런 풍자적 우화 소설의 전통이 그 이후 안국선의 신소설 『금수회의록』을 거쳐 1950년대 김성한의 「개구리」와 「중생」으로 연결되면서 그 맥을 이어 갔다.[4] 한국 문학의 특수성으로 인해 알레고리적 특성과 풍자적 특성이 강하게 결합

---

3) 도미니크 르스텔, 김승철 옮김, 『동물성: 인간의 위상에 관하여』(동문선, 2001), 7, 54쪽 참조.
4) 김재환, 『우화 소설의 세계』(박이정, 1999), 11~53쪽 참조.

하여[5] 인간의 동물화가 지속적으로 이루어졌다고 볼 수 있다. 카프카의 『변신』에서 성공적으로 이루어진 서양의 실존주의적이고 심리주의적인 동물성에 나름대로 한국 문학적 특성이 가미되면서 확대 재생산된 것이라고 할 수 있다. 물론 이 모든 전통이 동물을 인간화하는 것보다 인간을 동물화하는 것이 인간의 비인간화를 문제 삼는 데 좀 더 유리하고 보다 현실적이라는 인식이 작용한 결과일 것이다.

이때 심리학이나 정신분석학에서 사용하는 용어인 '그림자(The Shadow)'가 문학 속에 나타나는 동물성의 개념과 결합될 수 있게 된다. 그림자는 우리 마음속에 존재하는 '어두운 반려자'로서 의식에 가장 가까운 무의식의 내용을 일컫는다. 즉 그림자는 의식적인 자아의 어두운 면이기에 자아에 의해 배척되거나 억압되는 무의식적 측면에 해당한다. 그래서 카를 구스타프 융(Carl Gustav Jung)은 그림자를 '아직도 인간이 그의 뒤편에 달고 다니는 보이지 않는 파충류의 꼬리'라고 설명한다. 때문에 그림자는 자아와 비슷하면서도 대조되는, 자아가 가장 싫어하는 열등한 성격을 지니게 된다.[6] 그리고 다른 심리 유형보다도 인간의 동물적 본성을 많이 포함하기에 정상적인 사회생활을 위해서는 억압해야 하는 것으로 간주된다. 혹은 사회적 가면인 '페르소나(persona)'를 이용해 그 힘에 대항하기를 요구받는다. 동물적 본능으로서의 그림자 의식을 억제해야 문명인이 되기 때문이다.

이 글은 이런 인간의 어두운 무의식으로서의 '그림자'가 인간의 '동물성'과 결합하는 양상을 1990년대 소설을 중심으로 살펴보는 것이 목적이다. 그 어느 때보다도 인간의 야수적이고 야만적인 본성에 대한 지각과 반성이 주를 이룬 것이 1990년대이고, 그것이 인간의 내부 심리에 억압되어 있었던 동물성의 발현으로 소설 속에 등장했기 때문이다. 1990년

---

5) 존 매퀸, 송낙헌 옮김, 『알레고리』(서울대학교 출판부, 1980), 82~89쪽 참조.
6) 이부영, 『그림자』(한길사, 1999), 40~42쪽 참조.

대 이전까지의 소설이 인간을 동물과 차별화하려는 노력의 소산이었다면 1990년대 이후의 소설은 인간과 동물의 유사성을 확인하는 좌절의 기록이기 때문이기도 하다. 이런 작업을 통해 인간과 동물, 의식과 무의식, 문명과 야만, 발전과 후퇴 등에 대한 새롭고도 객관적인 관계 설정이나 인식이 가능해질 것이다. 그중에서 백민석은 동족까지 잡아먹는 육식 원숭이의 야만성을 통해 본격적으로 현대 문명을 고발하고 있고, 김소진은 쉽게 접할 수 있는 동물인 쥐를 통해 거대 담론의 대체 이데올로기인 일상의 해방적이고도 억압적인 이중적 면모를 문제 삼고 있으며, 오수연은 벌레의 짐승스러움을 1990년대 속에서도 소외자나 국외자로 존재하는 여성들이 처한 억압적 현실의 상징으로 사용하고 있기에 특별한 주목을 요한다.

2 백민석의 『목화밭 엽기전』: 문명의 야만성

백민석의 『목화밭 엽기전』[7]은 제목에 드러나는 바와 같이 엽기전적인 소설이다. 흔히 '고도 소비 사회'나 '후기 자본주의'라고 일컫는 포스트모던한 사회에서 일어나는 비인간적이고 반문명적인 사건을 충격적으로 그리고 있다. 용서나 구원조차 더 이상 불가능하다는 종말론적 세계관을 우울하고도 충격적으로 보여 주는 악마주의적이고 세기말적인 '검은 소설'[8]이 바로 『목화밭 엽기전』이다.[9] 야수 같은 인간을 등장시켜 황량한 디스토피아의 비전을 창출한다는 점에서 고딕 소설적인 요소도 지니고 있다. 고딕적 분위기를 지님으로써 계몽주의가 인간과 인간 사회로부터

7) 백민석, 『목화밭 엽기전』(문학동네, 2000). 앞으로 이 소설의 본문 인용은 이에 의거해서 제시한다.
8) 백지연, 「세기말을 향한 '검은 소설'이 의미하는 것」, 《문학사상》, 1997년 7월호.
9) 김동식, 「코믹하면서도 비극적인 괴물의 발생학: 백민석론」, 《문학동네》, 2000년 봄호.
   손정수, 「투명한 세계 밑바닥의 불투명한 자아」, 『미와 이데올로기』(문학동네, 2002).

몰아내고자 했던 야만과 광기, 폭력, 패악을 다시 불러들이는 '소설의 악몽'을 연출하고 있기 때문이다.[10]

이 소설에서 부부 사이인 한창림과 박태자는 아웃사이더적인 엘리트들이다. 한창림은 대학 강사이고, 박태자는 수학 과외 교사이다. 하지만 이런 지식인들이 하는 일이란 불특정한 인간을 희생양으로 삼아 포르노 필름을 찍은 후에 그 인간을 '거름'처럼 땅에 매장하는 것이다. 무엇을 위한 거름인가. 목화밭을 만들기 위한 거름이다. 목화밭은 동물원과 대비되는 식물성의 공간이기에 자연과 순수, 평화를 상징한다. 그 목화밭은 어디 있는가. 과천의 '서울 랜드' 바로 옆에 있는 한창림의 집 마당에 있다. 때문에 이 소설에서 목화밭과 서울 랜드는 현대의 물질문명이 제공하는 희망의 공간이자 꿈의 공간이라고 할 수 있다. 하지만 이런 공간의 이면에는 이들 부부가 온갖 엽기 행각을 벌이는 지하 작업장이 있고, 거기서 만들어진 필름을 필요로 하는 삼촌의 '펫숍'이 있다. 화려하고 행복해 보이는 천국 같은 공간의 이면에 은폐되어 있는 것이 바로 광기와 죽음에 휩싸여 있는 이런 지옥의 공간이다. '문명'이라는 이름의 유토피아 속에는 '야만'이라는 이름의 디스토피아가 도사리고 있다는 것이다.

그런데 이처럼 목화밭의 허상 속에 실존하고 있는 지하 지옥을 만든 것은 바로 '수컷'들이라는 것이 작가의 생각이다. 이 소설에서 한창림을 비롯해 남근을 가진 남성들에게서는 이른바 '수컷 냄새'가 난다. 그것은 수천 세대 이전부터 남성들의 몸속에 존재했던 비활성 유전 물질이 다시 깨어난 것이다. 그래서 피 냄새를 즐기기 위해 가학 충동을 참지 못하는 것이 수컷들이다. 심지어 같은 수컷들끼리도 영역 다툼을 하며 서로를 공격한다. 왕수컷임을 자부하는 한창림은 새끼 수컷이자 거름이 될 아내

---

10) 황종연, 「소설의 악몽」, 『목화밭 엽기전』(해설)(문학동네, 2000), 288~289쪽 참조.

의 옛날 제자인 윤수영이나, 아내의 선배인 '뷰티플 피플'이라는 가게 여주인의 폭력적인 남편에게는 강자이다. 그러나 그를 펫(pet), 즉 애완동물처럼 취급하는 펫숍의 삼촌에게는 한낱 힘없고 유치한 약자일 뿐이다. 먹이 사슬처럼 연결되어 있는 약육강식의 위계적 질서를 지닌 것이 바로 수컷들의 세계이다. 이런 사실을 고려할 때 문명화에 의해 억압되었던 야만성이 문명화의 최대 정점인 시공간에서 다시 부활한 아이로니가 발생했다고 할 수 있다.[11] 서양의 문명은 이런 수컷들이 중심이 되어 이룩한 문화이므로 이런 문화는 당연히 폭력적이 될 수밖에 없음을 비판하는 것이기도 하다.[12]

이 소설 속의 한창림으로 대표되는 이런 수컷성은 그가 매혹을 느끼는 서울 랜드 동물원의 '만드릴 육식 원숭이'를 통해 가시화된다. 본래 원숭이는 총명하고 지혜롭기에 인간과 가장 유사하고 근접한 동물로 취급된다. 독특한 행동 유형, 손재주, 모방 능력과 더불어 사람을 닮은 외모 때문에 원숭이는 인간의 선악을 비추는 거울의 역할을 담당해 왔다.[13] 하지만 이 소설 속에 등장하는, "오줌만큼이나 독하고 된 가래만큼이나 진득진득한" 수컷 냄새를 풍기면서 가족인 암컷마저 공격한 후 잡아먹는 만드릴 원숭이는 그 자체로 문명을 배반하는 야만, 이성을 비웃는 비이성, 인간이기를 포기한 반인간의 상징이라고 할 수 있다.

　　그는 여느 날과 마찬가지로 우리 안을 기웃거리고 있었는데, 암컷이 어슬렁거리다가 발가락을 빨고 있는 수컷의 등과 부딪쳤다. 수컷은 화가 났고, 발작하듯 개 짖는 소리를 내며 암컷의 뺨을 후려쳤다. 그가 성난 수컷을 본 것

---

11) 최애영, 「무의식과 문명의 억압」, 《세계의 문학》, 2002년 가을호, 54~71쪽 참조.
12) 리처드 랭엄, 이명희 옮김, 『악마 같은 남성: 인간 폭력성의 기원을 찾아서』(사이언스북스, 1997), 131~150쪽 참조.
13) 니콜라스 J. 손더스, 강미경 옮김, 『동물의 영혼』(창해, 2002), 60쪽 참조.

은, 그때가 처음이자 끝이었다. 수컷의 그 길고 하얀 눈썹이 이마 위로 말려 올라갔다. 그 무성한 새하얀 털이 까뒤집히며, 좁은 이마 전체를 덮었다. 암 컷은 놀라 비명을 지르며 철골 구조물 위로 튀어 올라갔다. 그런 암컷을 향 해, 수컷은 견치를 드러내곤 짖어 댔다. 놈의 견치는 거의 그의 새끼손가락 길이만 했다. 처음 놈들과 만났을 때, 수컷의 키는 60센티미터 정도였다. 이 젠 성체가 됐고, 키는 일 미터에 가까웠다. 송곳니도 그만큼 길어지고, 날카 로워진 것이다. 수컷은 곧장 암컷을 뒤쫓아 올라가, 구조물 아래로 후려쳐 떨 어뜨렸다. 그다음의 일은 한꺼번에 벌어졌다. 수컷은 떨어진 암컷을 향해 중 기갑차처럼 돌진했고, 무기력하게 웅크린 채 울부짖고 있는 암컷을, 잡아먹 기 시작했다. 처음에는 무턱대고 할퀴어 대기만 하더니, 암컷의 몸이 뒤집어 지자, 목을 물어뜯었다. 육식 포식자가 먹이의 숨통을 끊어 놓고 싶을 때 하 는 행동이었다. (중략) 거칠던 암컷의 경련이 차차 잦아들고 완전히 숨이 끊 어질 때까진, 꽤 오랜 시간이 걸렸다. 떨림이 멈추자 수컷은 주저앉아, 암컷 의 배를 찢어 내장을 먹기 시작했다.

하지만 더욱 심각한 것은 이런 원숭이의 수컷성조차 비극으로 받아들 여지지 않는 세계의 더 강한 수컷성이다. 한창림 부부가 저지른 엽기적 인 행각은 매스컴에서 선거전이나 금융 정보보다 덜 중요하게 취급된다. 그들은 이이제이(以夷制夷)의 방법으로 세상의 악을 공격하고, 청소하려 한 괴물들이다. 괴물 같은 세상에 테러를 가하기 위해 스스로 괴물이 될 수밖에 없었던 비극적 존재들이기 때문이다. 그런데 그들은 "사회 체계 바깥의 존재"였기 때문에 사회에 아무런 경각심을 불러일으키지 못한다. 그래서 그들의 '조그마한' 악은 사회 전체가 옹호하는 더 '큰' 악에 의해 장난감 수준으로 전락하고 만다. 한창림과 박태자가 각각 그들을 추적하 는 형사의 공권력과 펫숍 삼촌이 가진 최강의 수컷성에 의해 몰락하는 것이 이 사실을 증명해 준다. "즐거운 비명이 아닌, 진짜 비명"으로 세계를 가득 채워 세상의 정의와 질서를 다시 채우려 했던 그들의 비극적 희생은 그런 비극조차 허락하지 않는 사디즘적인 사회에 의해 무력화되는 것이다. 이럴 때 사디즘적인 인간보다 더 사디즘적인 것이 바로 사회라고 할 수 있다. 야수 같은 인간보다 더 야만적인 것이 법과 제도이고, 이런 합법적인 권력을 통해 인간의 야수성을 조장하거나 훈육하는 것이 문명화된 사회이기 때문이다. 이런 맥락에서 인간을 동물로 만들고 인간 사회를 정글로 만드는 것은 오히려 문명화된 사회 자체라고 할 수 있다.[14] 즉 이 소설에 의하면 문명의 또 다른 이름이 바로 야만이 되는 것이다.[15] 근대에 들어와 인간은 초인의 환상으로 오만해져서 자신의 어두운 그림자를 무시하기 시작했고, 무시된 그림자가 오만한 인간에게 가한 복수가 바로 인간을 동물로 만든 것이라고 할 수 있다.[16]

이처럼 백민석의 소설은 무의식의 해방이나 어두운 힘의 부활을 통해 인간과 문명 사이에 일어난 갈등의 원인 자체에 눈을 돌리게 하고, 이를 통해 인간 조건에 새로운 전망이나 가치들을 발견할 수 있게 해 준다.[17] 이런 맥락에서 문명으로 인해 소외된 인간성의 틈에서 피어나는 일종의 '악의 꽃'과 같은 것이 바로 백민석 소설 속의 동물성이라고 할 수 있다. 환상보다 더 끔찍한 현실을 보여 주거나 이성 중심의 문명에 대한 불만을 문제 삼기 위해서는 잔혹하거나 엽기적인 소설을 쓸 수밖에 없다는 것이다. 문명이 인간을 소외시킬수록 인간의 동물성도 강화된다고 생각하기 때문이다.

그래서 작가의 문명에 대한 이런 '야만적인' 저항은 그 하부에 그로테

---

14) 프리드리히 니체, 이진우 옮김, 『비극적 사유의 탄생』(문예출판사, 1997), 11~44쪽 참조.

15) M. 호르크하이머, Th. W. 아도르노, 김유동·주경식·이상훈 옮김, 『계몽의 변증법』(문예출판사, 1995), 15~22쪽 참조.

16) 이부영, 앞의 책, 299쪽.

17) 프랑코 토넬리, 박형섭 옮김, 『잔혹성의 미학: 앙토넹 아르토의 잔혹 연극의 미학적 접근』(동문선, 2001), 13~48쪽 참조.

스크[18]나 캠프,[19] 엽기적인 요소[20]를 포함하게 된다. 그로테스크는 괴이한 것이나 비정상적인 것을 통해 잔인함과 비극을 더 강하게 만든다. 캠프는 진지한 것을 경박한 것으로 만드는 감수성과 연결되면서 인위적이고 부자연스러운 것에 대한 경도를 보인다. 엽기는 부조리하고 모순적인 현실에 대한 일종의 도발과 전복을 수행하는 불온한 상상력을 토대로 하여 강력한 비판과 풍자로서 기능한다. 이 소설은 기존의 반어나 풍자, 아이러니로는 그 비판의 강도가 너무 약하다고 생각한다. 그래서 이처럼 여러 하부 장르들과 관련된 온갖 끔찍하고 괴기스러운 것, 과장되고 비정상적인 것 등을 끌어와 기존의 익숙한 세계를 공격하거나 뒤흔든다. 체계나 질서, 규칙을 어지럽히거나 무시하는 것들을 과장해서 보여 줌으로써 제도나 이성, 법을 공격하는 것이다.[21] 이럴 때 독자들은 긴장감이나 소외감을 경험하게 된다.

이렇게 볼 때 백민석 소설의 동물성은 이성과 진보, 발전, 합리성의 이중 자아나 분신에 해당한다고 할 수 있다. 때문에 이런 동물성은 단지 낮은 것, 저급한 것, 미개한 것, 적응이 안 된 것, 다루기 힘든 것일 뿐이지 절대적으로 악한 것은 아니다.[22] 백민석은 단지 반문명적인 동물성을 통해 문명의 어두운 그늘이나 추악한 이면을 공격하고 비판한다. 때문에 백민석 소설의 동물성은 주체의 소외나 단절, 현실의 잔혹함을 또 다른 잔혹함으로 극복할 수밖에 없는 현대 사회의 자기모순의 반영에 다름 아니다. 즉 백민석은 '폭력을 속이는 폭력'[23]인 문명의 야만성을 비판하기 위해 동물성을 사용하는 위반과 전복의 문학을 보여 준 것이라고 할 수 있다.

---

18) 필립 톰슨, 김영무 옮김, 『그로테스크』(서울대학교 출판부, 1986), 86쪽 참조.

19) 수전 손택, 이민아 옮김, 「캠프에 관한 단상」, 『해석에 반대한다』(이후, 2002), 408~437쪽 참조.

20) 김진수, 「엽기 혹은 도발과 전복의 상상력」, 《문학판》, 2001년 겨울호, 49쪽 참조.

21) Julia Kristeva, *Power of Horror: An Esssay on Abjection*, Trans, Leon S. Roudiez.(New York, Columbia U. P., 1982), 4쪽.

22) 이부영, 앞의 책, 80~81쪽 참조.

23) 르네 지라르, 김진식·박무호 옮김, 『폭력과 성스러움』(민음사, 1993), 499쪽.

3 김소진의 「쥐잡기」 : 일상의 이중성

김소진의 등단작인 「쥐잡기」[24]는 구체적이고 현실적인 일상의 영역에서의 동물성에 주목하고 있는 소설이다. 거대 담론으로서의 '역사'와 미시 담론으로서의 '일상'이 충돌하는 지점에서 '집단'의 역사가 아니라 '개인'의 역사가 부각되는 1990년대성을 확인할 수 있는 시금석과 같은 작품이기 때문이다. '아버지'의 서사에서 '아들'의 서사로 그 초점이 이동한 것을 대표적으로 보여 주는 작가가 바로 김소진이라고도 할 수 있다. 한국 현대 문학사 속에서의 아버지의 계보를 '아버지는 종이었다→아버지는 남로당이었다→아버지는 자본가였다'로 정리할 수 있다면, 김소진에 이르러 '아버지는 개흘레꾼이었다'가 된다.[25] 이때의 개흘레꾼은 수치심을 불러일으키거나 타도해야 할 대상인 천민이나 이념인, 자본가로서의 아버지가 아니라, 그런 증오나 미움조차 불가능한 힘없고 나약한 일상인으로서의 아버지를 의미한다.[26]

「쥐잡기」에서는 이런 '아버지'의 의미 변화와 연관되어 쥐가 세 번 등장한다. 첫 번째는 주인공인 민홍의 아버지가 북쪽의 포로로서 거제도 수용소에 있을 때 아버지의 목숨을 살려 주고 남쪽에 남아 있게 만든 쥐이다. 민홍의 아버지는 함경도 출신이었지만 "우리가 뭐 앞에 총이 뭔지나 알았겠니."라는 말에서 드러나듯이 남북 이데올로기와는 상관없는 사람이다. 그런데 포로 수용소에서 우연히 상처 입은 흰쥐를 보살펴 주게 되고, 그 흰쥐 때문에 돌에 깔려 압사할 뻔했던 위험을 피하게 된다. 그 때부터 아버지는 흰쥐를 생명의 은인으로 생각하면서 정성껏 보살핀다.

---

24) 김소진, 『열린 사회와 그 적들』(솔, 1993). 앞으로 이 소설의 본문 인용은 이에 의거해서 제시한다.

25) 김소진, 「개흘레꾼」, 『고아떤 뺑덕어멈』(솔, 1995).

26) 이광호, 「아버지의 존재론」, 『소설은 탈주를 꿈꾼다』(민음사, 1998).
　　김치수, 「아버지 부재 속에서 살기」, 《문학과 사회》, 1995년 가을호.
　　김종욱, 「또다시, 아버지를 찾아서」, 《문예중앙》, 1995년 겨울호.

그 후 휴전 협상이 진행되자 미군 측에서 갑자기 포로들에게 10분 동안 생각한 후에 남과 북 중에서 어느 한쪽을 선택하라고 강요한다. 아버지는 처음에는 아무 생각 없이 북쪽을 선택한다. 그러나 가까이 지내던 사람들이 남쪽을 선택하면서, 아버지에게 북쪽을 선택하면 생명이 위험하다고 만류한다. 겁이 난 아버지는 다시 남쪽을 선택한다. 그런데 고향에 두고 온 부모와 처자식을 생각해서 다시 북쪽 자리로 넘어간다. 그 순간 자신의 목숨을 구해 주었던 흰쥐가 남쪽으로 움직이는 것을 보고 아버지는 최종적으로 남쪽을 선택한다. 쥐는 보통 예지력이 있는 동물로 간주된다. 흔히 쥐의 이동이 식량을 확보하기 위한 이동이었다는 점과 연결시켜 보면, 쥐가 움직인다는 것은 곧 생존과 결부된 행위에 해당한다.[27]

그만 하는 소리와 함께 호각이 삑 울렸다. 아버지는 둔기로 뒷머리를 얻어맞은 사람처럼 온몸이 굳어져 왔다. 저 복도는 이미 단순한 복도가 아니라 삼팔선 바로 그것이었다. 아 이를 어쩐단 말이냐. 그때 아버지는 자신의 두 눈을 의심했다. 차오르는 숨을 가누지 못해 고개를 쳐든 아버지의 눈동자에는 콘세트 들보 위를 살금살금 걸어가는 희끄무레한 물체가 들어왔다. 폭동의 와중에서 우연히 아버지를 깨우는 바람에 목숨을 건지게 해 준 그 흰쥐가 꼬랑지를 살랑살랑 흔들며 이남 쪽으로 걸음을 떼고 있었다. 아버지의 눈에 힘이 들어갔다. (중략) 내이가 왜 그랬겠니? 여기 한번 나와 있으니까 못 가갔드란 말이야. 어디 간들 하는 생각 때문에 도루 못 가갔드란 말이야. 기거이 바로 사람이야. 웬 쥐였냐고? 글쎄 모르지. 기러다 보니 맹탕 헷것이 눈에 끼었는지두.

여기서 중요한 것은 아버지로 하여금 남쪽을 선택하게 만든 것이 흰쥐였다는 사실이다. 흰쥐는 이념이나 사상, 시대를 대표하는 이데올로기

---

27) 김종대, 『33가지 동물로 본 우리 문화의 상징 체계』(다른 세상, 2001), 376~378쪽 참조.

와는 반대되는 것으로서, 생명이나 일상의 축을 대표하는 동물이다. 투철한 이념이나 역사의식에 의한 선택이 아니라 생명의 보존을 위한 것이었거나 상황 논리에 의한 개인적 선택이었음을 나타내고 있기 때문이다. 이것은 "그런데 기거이 메야? 저쪽으로 가겠다는 사람이 꼭 사상이 벌개서인가 말이다. 기거이 아니었단 말이다."라는 직접적인 아버지의 토로에서도 확인되는 바이다.

이 소설에서 두 번째로 등장하는 쥐는 아버지가 남한에서 새로 가정을 꾸리면서 살다가 63세로 돌아가시기 1년 전에 아버지와 "추악한 전쟁"을 벌였던 쥐이다. 산동네에 자리 잡고 있던 아버지의 궁색한 구멍가게에 쥐가 나타나 가게를 난장판으로 만든다. 이때의 쥐는 "게릴라" 같은 존재로서, 아버지를 중심으로 하는 가족의 일상을 여지없이 유린하는 공격자에 해당한다. 때문에 아버지가 그 쥐에게 보이는 적의나 살의는 곧 평범한 일상적 삶조차 허락하지 않는 세상에 대한 분노라고 할 수 있다. 쥐라는 동물 자체도 창고에 살면서 곡식을 축낼 뿐 아니라 질병 등을 옮기는 수탈자의 이미지를 갖는 것도 이와 상관있다.[28]

소설 속에 등장하는 세 번째 쥐도 마찬가지다. 아버지는 돌아가셨지만 현재의 민홍도 가게 안에 출몰하는 쥐 때문에 생전의 아버지처럼 노이로제에 걸릴 지경이다. 특히 민홍의 어머니인 철원네는 대학생 때 시위를 하다가 부상까지 입은 경력이 있는 민홍이 쥐 한 마리 시원하게 잡지 못하자 "기름병을 들고 불구덩이 속으로까지 뛰어들었다는 애가 그래 그깟 쥐 한 마리를 못 잡는데서야 말이 되니?"(30쪽)라며 핀잔을 준다. 이는 아버지로부터 이어진 이 집안의 역사를 "개 칠 몽둥이도 없는 집구석에서 무슨 넘나게스리 나라일에 간섭을 하고 찡기고 한다는 건지…… 털도 없는 강아지 풍성풍성한 격이야."라는 "유려한 풍자"로 비난하는 어머니

---

28) 앞의 책, 389쪽.

의 입장을 대변하는 말이다. 독재를 타도하는 것보다 쥐 한 마리 타도하는 것이 더 중요하다거나 더 힘들 수 있다는 '생활의 논리'를 펴고 있는 것이다. 때문에 이 소설에서 철원네는 생활인이나 일상인, 현실인의 모습을 대변하면서 이데올로기의 축과 대립되는 입장을 보여 주는 인물이라고 할 수 있다. 하지만 아버지와 민홍은 이런 일상인으로서의 철원네와 불화하면서 완전히 일상의 영역으로 진입하지 못한 '경계인'으로서의 이중성을 보여 주는 인물들에 해당한다.

이렇게 볼 때 이 소설에서의 쥐는 피가 물보다 진하다면 이데올로기가 그 피보다 더 진하지만, 그런 이데올로기조차 일상 앞에서는 무력하다는 사실을 보여 주는 상징물이라고 할 수 있다.[29] 개인의 삶을 지배하거나 좌우하는 것은 추상적인 이데올로기가 아니라 구체적인 일상이라는 것이다. 그리고 여기서 더 나아가 그런 일상이 제대로 영위되지 않으면 인간의 삶에 이데올로기보다 더한 억압을 가져올 수 있다는 사실을 동시에 강조하고 있다. 때문에 앙리 르페브르(Henri Lefebvre)의 말처럼 일상은 "현대인들이 가장 지겨워하면서도 동시에 그것을 놓칠까 봐 전전긍긍해하는 이상한 물건"[30]이라고 할 수 있다. 이런 일상의 이중성은 이 소설에 등장하는 쥐가 역사적 폭력으로부터 구해내 일상적 삶을 영위하게 해 준 구세주였다가, 그다음에는 그런 일상적인 삶조차 방해하는 훼방꾼으로 변하는 것과 연결된다. 때문에 이 소설 속의 쥐는 인간의 인간다운 삶에 '닻'도 되고 '덫'도 되는 일상의 이중성을 가시화시켜 주는 효과적인 동물이라고 할 수 있다. 배부른 돼지로 살 수만은 없으면서도 배가 부르지 않으면 살 수도 없는 인간의 모순과 갈등을 쥐라는 동물을 통해서 효과적으로 형상화한 것이 바로 김소진의 「쥐잡기」이다.

---

29) 정홍수, 「허벅쥐와 흰쥐 그리고 사실의 자리」, 《문학사상》, 1996년 1월호, 314~320쪽 참조.

30) 앙리 르페브르, 박정자 옮김, 『현대 세계의 일상성』(《세계일보》, 1990), 13쪽.

4 오수연의 「벌레」: 여성의 억압성

인간을 '남성'과 '여성'이 아니라 '남성'과 '비(非)남성' 혹은 '결함 있는 남성'으로 나눌 때 여성은 인간으로서 소외와 불평등을 경험한다. 이런 여성의 경험을 토대로 여성 문학은 사회의 모순 속에 특수한 형태로 내재해 있는 여성 문제를 포착해 내고, 올바른 전망을 제시하려고 한다. 즉 여성 억압에 대한 관심에서 출발하여 그 타파를 지향하는 것, 여성을 억압하는 객관적 현실을 올바르게 파악하고 그 해결을 모색하는 것 등의 움직임을 그 내부에 포함하는 것이 바로 여성 문학이라는 것이다.[31] 특히 1990년대의 여성 문학은 포스트모더니즘의 유행과 맞물려서 새롭게 부각된다. 포스트모더니즘에서 'post-'의 의미를 통해 '백인 이후', '인문주의적 시대 이후', '청교도 이후' 등의 세계를 문제시하듯 여성 문학이 '남성 이후'의 세계를 문제시하기 때문이다.[32] 포스트모더니즘이 그동안 억눌려 왔던 여성의 목소리를 복원시키는 논리를 제공한다는 것이다. 그리고 한국에서는 1970년대부터 거세게 일기 시작한 미국 여성 해방 운동의 도입과 1980년대 이후 활발해진 여성 작가들의 활약에 힘입어 여성 문학의 '르네상스기'를 맞은 것이 1990년대의 여성 문학이라고 할 수 있다.[33]

오수연의 「벌레」[34]는 이런 배경 아래서 여성의 억압적 현실을 여성의 벌레로 둔갑해야 하는 상황을 통해 충격적으로 제시한다. '사람답게 사는 것'에 대한 남편과 아내의 시각 차이를 통해 남녀 불평등 이데올로기를 문제 삼고 있기 때문이다. 남편은 아내에게 '남들처럼' 살자고 한다. 그런데 그 말 속에는 결혼 후에는 그에 맞게 아내가 더 변해야 하고, 아

---

31) 메기 험, 심정순 · 염경숙 옮김, 『페미니즘 이론 사전』(삼신각, 1995), 316~318쪽 참조.
32) 이소영 · 정정호 공편, 『페미니즘과 포스트모더니즘』(한신문화사, 1992), 52쪽.
33) 송지현, 『다시 쓰는 여성과 문학』(평민사, 1995), 141~144쪽 참조.
34) 오수연, 『빈집』(강, 1997). 앞으로 이 소설의 본문 인용은 이에 의거해서 제시한다.

이도 낳아 길러야 한다는 의미가 포함되어 있다. 그렇지 않으면 '온전한 가정'이 아니라는 것이다. 그러나 아내는 결혼 후에 왜 자신이 변해야 하는지, 그리고 왜 꼭 아이를 낳아야 하는지 이해할 수가 없다. "우리 부부가 사람답게 살기 위해서는 아내인 내가 우선 변해야 하며, 어떻게 변해야 하는지는 나만 빼고 정상적인 모든 여자들이 알고 있고, 그걸 모르기 때문에 나는 사람이 아니다."라는 아내의 자조적인 한탄이 사회에 만연한 결혼과 여성에 대한 편견을 그대로 드러내 주고 있다. 남들이 지극히 '정상'이라고 생각하는 일에 대해 그 이유를 수긍하지 못하는 아내는 "징그러운 물건"처럼 취급당한다. 그래서 이처럼 '비정상적인' 아내 때문에 남편은 가출까지 감행하고, 아내는 그 이후 심인성 질병인 피부 가려움증을 앓는다.

이 소설에서 가장 압권인 부분은 이처럼 사람이 아닌 물건, 정상이 아닌 비정상의 여성으로 격하된 아내가 그들 부부의 아파트에 출몰하는 벌레로 둔갑 혹은 변신하는 소설의 마지막 대목이다. 피부의 가려움증을 호소하며 피부과 병원에 다녔지만 아무런 효과를 보지 못하고 오히려 몸에 비늘까지 났던 아내는 결국 자신의 몸이 점점 자신의 집에 있는 벌레처럼 변하고 있음을 발견한다. 물론 이때 아내의 몸에 일어난 벌레로의 변화는 고도의 문학적 상징이기에 그것이 직접적이고 가시적인 실제 변신인가는 중요하지 않다. 단지 작가는 인간의 형상을 하고 있어도 인간으로 대접받지 못하면 벌레와 다를 바 없다는 메시지를 전하려는 것이기 때문이다. 그리고 더 나아가 벌레로 변한 여성의 아픔에 대한 남성들의 몰이해나 사회적 냉담함의 심각성을 비판하는 것이기 때문이다. 애 낳기를 거부하는 여성은 인간도 아니라는 것, 애를 낳지 않는 여성은 벌레만도 못하다는 것을 다음의 예문에서 확인할 수 있다. 생식이나 재생산의 가치로만 여성의 몸을 평가하는 유교적 가부장제에 대한 상징적 고발이 엿보이는 소설의 결말이다.

절체절명의 순간에 내가 해야 할 일을 나는 알고 있다. 나는 눈을 지그시 감고 뱃구레에 힘을 주어 희고 빛나는, 밥사발만 한 알을 뽀옥뽀옥 내깔기기 시작했다.

문이 활짝 열리고 나갈 때 그대로의 모습으로 양복 윗도리를 옆구리에 끼고 검은 가방을 든 남편이 나타났다. 그는 나를 보더니 크고 짧게 외마디를 질렀다.

—아!

그는 눈물을 글썽이며 툭툭 손에 든 것을 떨어뜨리고 부르짖었다.

—당신 정말 많이 달라졌군!

—고마워, 정말 고마워. 당신 정말 장해! 우린 이제야말로 사람답게 살 수 있게 된 거야!

그는 나를 부둥켜안고 사랑해, 사랑해, 라고 연거푸 속삭였다. 나는 똑같이 속삭였다. 삐리리리릿.

몸에 털이 나고, 침까지 흘리며, 언어조차 잃어버려 "삐리리리릿"하며 울어 대는 아내를 보고도 남편은 벌레로 변한 아내가 알을 낳았다는 이유로 고맙다, 장하다, 사랑한다고 말한다. 작가는 여기서 아내가 남편으로부터 인간이었을 때는 듣지 못했던 말들을 인간보다 못한 벌레가 되어서야 듣게 된 아이러니를 통해 여성을 인간다운 인간으로 살지 못하게 하는 현실을 비판하고 있다. 때문에 이 소설에서 벌레로 변한 아내의 변신은 동물성 자체가 여성이 거부하고 싶어 하는 인간 이하의 그림자적 속성임을 알려 주고 있다. 벌레보다도 못한 취급을 받는 여성의 불평등성과, 성교의 대상이나 자식의 재생산에 의해서만 가치를 인정받는 여성의 열악한 지위를 가시화시켜 주는 것이 벌레로 변한 여성의 동물성이 지닌 상징적 의미라는 것이다. 이럴 때 여성들의 마조히즘적 동물성은 그녀들의 초자아가 어떻게 그리고 무엇에 의해서 파괴되며, 그 파괴의 결과가 무엇인가를 알려 준다.[35] 여성들은 자신의 자유를 철회하고, 자신을 동물화함으로써 마치 타자가 사물을 소유하듯이 자기를 소유하기를 바라기까지 한다.[36] 즉 남성들이 여성들을 동물로 만들려 하듯이 여성들은 스스로 자신을 동물로 만들려고 한다는 것에 여성들의 억압의 심각성이 있는 것이다.

물론 여성의 동물성이 야성성이나 야생성, 본능성을 통해 적극성이나 운동성, 활력, 생명력, 자유를 상징할 때는 긍정적인 자아나 초자아로서 기능할 수도 있다. 부정적인 현실에서의 초월이나 변성(變成)의 과정과 맞물린 동물성은 자유나 해방을 통해 새로운 삶을 추구하려는 여성들의 욕망을 대변하기 때문이다. 늑대나 호랑이, 새, 나비 등으로 변신하거나 동일시된 여성의 모습은 그 자체로 자신들을 억압하는 식민지적 현실에서 벗어나 새로운 영토를 찾으려는 초월적 행위에 다름 아니라는 것이다.[37] 그래서 여성들은 흔히 여성다움의 이미지 속에서 강요되었던 집안의 천사 이미지나 희생적인 모성 이미지에서 탈피하여 보다 자유롭고 해방된 동물적인 여성 자아를 추구하게 된다고 할 수 있다.[38]

하지만 카프카의 『변신』의 패러디 소설이라고 할 수 있는 오수연의 「벌레」에서 벌레로 변한 여성의 모습은 '부정적인' 로트레아몽 콤플렉스의 전형을 보여 준다. 원래 로트레아몽 콤플렉스는 식물적인 부동성을 거부하면서 동물적인 공격 에너지를 통해 활력이나 운동성을 추구하는 적극적인 삶에의 의지를 나타낸다.[39] 그러나 이에 반대되는 부정적인 로

---

35) 질 들뢰즈, 이강훈 옮김, 『매저키즘』(인간사랑, 1996), 146쪽.

36) 이종영, 『가학증 · 타자성 · 자유』(백의, 1996), 48쪽.

37) 김미현, 「존재론적 변신과 동물성의 수사학: 최근 여성 소설에 나타난 변신 모티프」, 김상태 편, 『현대 소설의 언어와 현실』(국학자료원, 1997), 47~51쪽 참조.

38) 클라리사 P. 에스테스, 손영미 옮김, 『늑대와 함께 달리는 여인들』(고려원, 1994), 7~8쪽, 334쪽 참조.

39) G. 바슐라르, 윤인선 옮김, 『로트레아몽』(청하, 1989), 17~21쪽 참조.

트레아몽 콤플렉스는 운동이 아닌 정지, 성공이 아닌 실패, 화합이 아닌 소외 경험을 통해 현실의 부정축을 강조한다.[40] 특히 여성에게 있어 이런 부정적인 로트레아몽 콤플렉스는 거부하고 싶거나 인정하기 싫은 여성의 그림자로서의 동물성과 연결되기 쉽다. 긍정적인 동물성이 추방당하거나 억압된 상황에서 살아 있어도 시체와 같거나 인간 이하의 대접을 받는다면 그 자체로 억압받는 여성의 현실을 가시화시켜 주고 있기 때문이다. 이럴 때 '벌레'라는 형태는 '기호'가 아니라 그 자체로 '현실'이 된다.[41]

5 1990년대 소설과 동물성

원래 '그림자'란 용어는 '등잔 밑이 어둡다.'라는 격언에서 비유되듯이 자아의 어두운 무의식의 측면을 일컫는다. 그래서 자아의식이 강하게 조명되면 될수록 그림자의 어둠은 오히려 짙어진다.[42] 즉 그림자는 가장 싫기 때문에 절대로 그렇게 되지 않으려고 노력해 온 인간의 본성에 해당한다. 그런데 1990년대의 한국 소설은 '인간이란 무엇인가'라는 문제에 천착할수록 비인간적이거나 반인간적인 그림자로서 동물성을 확인하는 아이러니를 보여 준다. 때문에 동물성이 1990년대 소설의 '집단적 그림자(collective shadow)'[43]로서 상정될 수 있다. 이때의 동물성은 자연 친화적이거나 평화 지향적인 식물성과 대조되는 말로서, 야만성이나 이중성, 억압성을 나타내는 부정적인 용어이다. 인간이 더 이상 인간적인 주어나 주체일 수 없음을 나타내는 것이기도 하다. 그래서 1990년대 소설

---

40) 김현·곽광수, 『바슐라르 연구』(민음사, 1976), 214쪽.

41) G. 바슐라르, 앞의 책, 163쪽.

42) 이부영, 『분석심리학』(일조각, 1998), 71쪽.

43) 같은 책, 74쪽.

의 다른 측면에서는 이런 동물성의 부정적 측면으로부터 벗어나기 위해 오히려 '식물성'의 저항을 새롭게 부각시키기도 한다.[44]

하지만 우리는 1990년대가 재생·자족·평화의 상징인 식물성에 대한 목마름이 첨예화될 정도로 인간의 동물성이 맹위를 떨친 시기이기도 하다는 역설을 무시할 수 없다. 엄청나게 발전한 문명 자체가 야수가 되어 인간을 공격한 폭력의 시대(백민석)였고, 이성·발전·진보·합리 등으로 대표되는 거대 담론의 허구성을 대신한 긍정적 가치로서의 일상성이 한편으로는 이데올로기의 명분과 신념을 빼앗아 가 인간을 왜소하게 만든 탈이념의 시대(김소진)이기도 했으며, 인간들 중에서도 특히 여성을 벌레만도 못하게 취급한 여성 억압에 대해 예민하게 반응한 시대(오수연)였다는 것이다. 그래서 1990년대의 젊은 작가들은 인간성의 '어두운 반려자'이자 '검은 대리인'으로서 동물성에 주목해 그것을 자신들의 그림자로 인정했다. 그리고 그 그림자에 빛을 들이대며 원인과 실체를 규명하기 위해 노력했다. 인간의 숨겨진 무의식적 본성으로서의 동물성에 주목함으로써 지난 20세기 동안 인간과 사회를 형성해 온 이성과 법, 일상의 안락함, 남성 중심적 사고에 대해 의문을 제기해 본 것이다.

물론 그림자는 사라지는 법이 없다. 억압해도 쉽사리 사라지지 않으니까 그림자이다.[45] 그러나 그림자를 너무 억압하면서 돌파구나 출구를 마련해 주지 못하면 오히려 그것이 더 큰 위험을 초래할 수 있다. 그림자가 가지고 있는 동물성을 억누르거나 회피하지 않고 솔직하게 인정할 때 우리의 삶이 한 차원 높게 고양될 수 있기 때문이다.[46] 즉 부정적인 그림자의 존재를 인정하고 성찰하면 의식의 변화가 생기며, 그림자의 부정적

---

44) 이남호, 『녹색을 위한 문학』(민음사, 1998).
　　이인성, 『식물성의 저항』(열림원, 2000).
45) C. S. 홀, 최현 옮김, 『융 심리학 입문』(범우사, 1985), 63~67쪽 참조.
46) 니콜라스 J. 손더스, 앞의 책, 17쪽 참조.

작용도 해소될 수 있다. 우리 마음속의 어두운 그림자를 하나씩 해결해 나갈 때 우리의 의식은 그만큼 넓어지며, 자기 자신에 대한 통찰이나 사회와의 관계도 그만큼 성숙해진다는 것이다.

이런 인식이 바로 1990년대 소설에 등장한 그림자로서의 동물성이 독자들에게 던지는 화두이자 의도라고 할 수 있다. 모든 재앙의 근원이 인간이라면, 그 재앙으로부터의 구원도 인간에게서 발견할 수밖에 없기 때문이다. 우리가 거부하고 싶거나 부정하고 싶은 어두운 무의식도 우리가 책임져야 할 우리 몸의 일부이기 때문이다. 무엇보다도 인간이 자신의 동물성을 자각하고 반성하는 만큼 인간은 동물성으로부터 벗어날 수 있기 때문이기도 하다. 이것이 바로 1990년대 소설에 나타난 동물성이 우리에게 요구하는 '인간적인, 너무도 인간적인' 성찰일 것이다.

윤리

변온(變溫)의 소설

1 순진함의 거부

 젊어서 마르크스주의자가 아니면 바보고, 나이 들어서도 마르크스주의자면 더 바보라는 말이 있다. 이렇게 달리 말해 보자. 젊어서 절망에 빠지지 않으면 바보고, 나이 들어서도 절망에 빠져 있으면 더 바보라고. 그래서인지 요즘 젊은 작가들의 문학은 지독하게 절망적이다. 세상을 용서할 수 없고, 인간을 신뢰할 수 없을 때 절망에의 유혹은 크고, 문학은 고통스럽다. 그래서 요즘 소설들은 반항을 보여 주면서도 의외로 순응적이다. 고통은 문학을 쉽게 포기하도록 한다. 때로는 웃는 것이 더 공포스럽거나 힘들 수도 있기 때문이다. 인간은 울면서 태어나기에 우는 법을 따로 배우지 않아도 되지만, 제대로 웃는 법은 배우고 익혀야 하기 때문이기도 하다.
 더욱 문제가 되는 것은 '나는 고통받는다, 고로 존재한다.'라는 명제가 빠질 수 있는 '순진함'에의 유혹이다. 순진함은 죄가 없거나 악을 모르는 천진한 상태를 말한다. 그러나 그런 순진함의 상태는 어떠한 불편도 감수하지 않으려 하거나 존재의 어둠으로부터 도망가면서 무책임하게 행복을 추구하는 전략이 되기도 한다. 인생의 어두운 모든 것에 대해 책임을 면제받으면서 동시에 무한한 욕망이나 자유의 혜택을 추구하고자 하는 시도일 수 있기 때문이다.

이런 순진함의 전략에는 유년기적 행동 경향과 희생화 경향의 두 가지가 있다. 유년기적 행동 경향은 어린 시절의 무심 및 무지를 흉내 내면서 아무것도 책임지지 않으려는 것이다. 인간은 자신이 지어야 할 무거운 짐이나 책임을 의식하면 할수록 과거 자신의 어린 모습을 투영시키면서 '단념하는 것을 단념'하는 환상 속에 빠져 성장을 거부할 수 있다. 희생화 경향은 자신의 불행을 내세우며 특별한 대우를 요구할 때 발생한다. 자신을 절대 죄를 지을 수 없는 천사로 간주하면서, 부주의로 죄를 저질렀을 때조차도 자신은 순수하다며 운명을 한탄한다. 희생화 경향이 위험한 이유는 불행을 흉내냄으로써 진정 아무런 혜택도 받지 못한 자들의 위치를 빼앗기 때문이다. 고통으로 보상받으려 하고, 슬픔으로 동정받으려 한다.[1]

정이현의 두 번째 소설집 『오늘의 거짓말』(2007)과 박완서의 열 번째 소설집 『친절한 복희씨』(2007)에서는 등장인물들이 순진함을 위장하면서 아이에 머물러 있으려 하거나 무죄를 주장하는 희생자의 논리를 더 이상 이용하려고 하지 않는다. 그녀들의 소설은 오히려 고통에 대한 숭배가 고통을 회피거나 고통과 공모하게 되는 위험성을 '어른'과 '박해자'의 입장에서 적나라하게 보여 준다. 더 이상 젊지 않고, 도저히 바보일 수 없다는 신호일까. 이와 맞춤하게 그녀들은 자본주의에서 자본주의의 잉여를 제거하지 않고, 사랑에서 불순물을 분리하지 않으며, 정의감에서 위선을 배제하지 않는다. 반대가 아닌 부정, 희생이 아닌 궁핍을 추구함으로써 순진함을 거부한다.

---

1) '순진함'에 관한 개념이나 유형, 한계에 관한 이 글의 논의는 파스칼 브뤼크네르의 『순진함의 유혹』(동문선, 1999)을 참조했다.

그리고 이를 위해 그녀들의 비판은 대상과 적당한 '거리'를 두어야 한다는 고정관념을 깨부순다. 진정한 비판은 오히려 적당한 '가까움'을 유지해야 가능한 일임을 입증하기 위해 또다시 순진함을 거부한다. 가까이 있는 대상에게서 순진함을 발견하는 사람은 바보뿐이다. 이번 소설집에서 'natural born cool girl'에서 'warm oriented woman'으로의 변모 조짐을 보여 주고 있는 정이현도 "은희경 세례를 받은 세대의 박완서"[2]라는 평가에 걸맞게 점점 박완서의 소설과 가까워지고 있다. 그녀들은 서로가 순진하지 않음을 알아본다.

2 유죄의 윤리학

정이현의 『오늘의 거짓말』은 이성 자신에 의한 이성의 처참한 자멸극으로 채워져 있다. 정이현은 소비 사회의 성곽인 도시에서 진행되는 비정한 은폐와 교묘한 봉합을 문제 삼는다. 고도로 전략화된 자본주의 체제 아래서는 보이는 것이 전부가 아니다. 그러니 폭로가 아닌 은폐, 비판이 아닌 봉합이 더 문제되어야 한다는 의식이 이 소설집을 지배한다. 자본주의 사회를 유지시켜 주는 것은 시스템 자체의 문제이기도 하지만, 그것을 방조하는 도시인들의 책임도 크다. 타인들은 우리가 원하는 대로 우리를 대해 주고, 우리는 속고 싶기에 타인들을 속인다. 그렇다면 이 거대한 도시의 천성인 자본주의는 시스템과 인간의 공모 관계로써 유지되는 상호 기만극에 다름 아니다. 이제 정이현은 가면 밑에 있는 얼굴의 순진함이나 피해 의식을 문제 삼지 않는다. 얼굴 밑에 있는 가면의 더러움이나 공격성을 문제 삼는다. 그들은 자신이 행하는 것을 모르지 않는다.

---

2) 신형철, 「한국 문학은 더 진화해야 한다 ― 젊은 작가들이 말하는 우리 시대의 문학」, 《문학동네》, 2007년 여름호, 250쪽.

그들은 자신이 하는 일이 무엇인지 안다. 그런 만큼 그들은 어른이고 박해자이며, 그래서 유죄다.

하지만 이렇게 말하면, 이 소설집에서 보이는 정이현 소설의 변모 양상을 절반만 이야기한 것이 된다. 박완서는 『오늘의 거짓말』 추천사(표지글)에서 다음과 같이 말한다. "여태까지 나는 정이현을 발칙할 정도로 위악적인 작가로만 알고 있었다. 그게 나쁘다는 게 아니라 그런 특성이 지닌 한계가 있기 마련인데 이번 작품에서는 그의 다른 면, 따뜻하고 깊이 있는 시선을 보여 줌으로써 앞으로의 가능성을 기대하게 만들었다." 이 언급에 의하면 정이현의 소설은 첫 소설집인 『낭만적 사랑과 사회』(2003)에서보다 덜 발칙해졌고, 더 따뜻해졌다. 이런 변화는 깊이의 문제라기보다는 선택의 문제이고, 분량의 문제라기보다는 정도의 문제일 것이다. 두 번째 소설집에서 정이현은 강남 문화의 차별화된 취향이나 도발적인 여성들의 위장술에 덜 주목하는 대신 초계급적인 문제로 체험되는 자본주의의 음모나 보편적 개인의 은폐술에 더 주목하고 있기 때문이다. 이런 변화를 대표적으로 느낄 수 있는 소설이 「삼풍백화점」과 「비밀과외」다.

먼저 「삼풍백화점」에서 정이현은 "대한민국이 사치와 향락에 물드는 것을 경계"하기 위해 삼풍백화점의 붕괴를 문제 삼지 않는다. 그녀는 강남의 초호화 백화점이 지니는 계급적 상징이 아닌 그 속에 사는 인간의 일상에 주목한다. 강남이라는 허구적 이데올로기 자체를 문제 삼으면서 강남에도 백화점에 가서 냉면을 사 먹는 백수가 살고, 단지 저녁 반찬거리로 두부를 사러 가는 주부도 있으며, 생계를 위해 백화점에서 점원으로 일하는 고졸 출신의 판매원이 있다는 사실을 알려 준다. 이전에 「낭만적 사랑과 사회」에서 중심이 되었던 신분 상승을 완성시켜 줄 남성을 찾아 '유리의 성'에 해당하는 '하얏트 호텔'을 전전했던 서초구 반포동 출신의 젊은 여성 이야기와는 완전 다르다.

「비밀과외」에서의 10대 또한 이전의 10대와는 다르다. 이전의 10대는 『낭만적 사랑과 사회』에 실려 있는 「소녀 시대」에서 드러나듯이 돈을 벌기 위해 헤어누드모델이 되거나 부모로부터 돈을 뜯어내기 위해 자작 유괴극을 벌였다. 물론 그것이 아버지의 영계 애인을 낙태시키기 위한 수술비 마련 때문이라는 점에서 기성세대의 속물성과 위선은 여지없이 비판당했다. 하지만 『오늘의 거짓말』에 실려 있는 「비밀과외」에서는 오히려 적금과 저금통을 털어 부도가 난 부모가 청산하지 못한 자신의 비밀 과외비를 지불한다. '광주'와 '학생 운동'으로 대변되는 대학 캠퍼스 현장에 있었던 과외 선생에게도 그 돈은 부도 낸 채 도망 다니는 엄마만큼이나 중요한 '물질'이기 때문이다. 더 이상 정이현 소설에서 "촌빨 날리는 딴 동네 애들과 눈이 마주치면 차갑게 쌩까 준다."면서 영원히 '소녀 시대'를 구가하려는 강남 아이의 순진함은 불가능하다.

이처럼 정이현은 이제 안에서 안을 보거나 밖에서 밖을 보지만은 않는다. 안에서 밖을 보거나, 밖에서 안을 본다. 그만큼 부분이 아닌 전체가 문제이고, 타율적 권력이 아닌 자발적 종속이 더 문제임을 안다. 이럴 때 도덕적 인간과 비도덕적 사회로 이분화시켜 대립적으로만 파악하기에는 삶이 너무 복잡하다. 마치 르네 마그리트(René Magritte)의 그림 「빛의 제국」에서 집의 안과 밖, 낮과 밤, 빛과 어둠이 서로 교차되듯이 인생에는 언제나 이면과 배후가 있다. 희생양의 배후에 박해자가 있는 것처럼 말이다.

정이현이 「빛의 제국」에서 문제 삼는 것도 '빛'이라는 밝음 속에 내장되어 있는 그림자와 어둠이다. 너무 빛나기 때문에 그림자가 없어 보이는 '제국'의 허구성에 주목하는 것이다. 소년원 수용생이었던 열일곱 살 장유희의 죽음을 둘러싸고 다성적 시각에서 정치적 해석과 음모의 전말을 파헤쳐 가는 이 소설에서 우리는 두 명의 희생자를 만날 수 있다. 장유희가 국가의 위탁 이데올로기가 지닌 폭력성을 고발하기 위한 제물로서의 희생양이라면, 그곳 출신으로서 성공한 여배우가 된 이마리는 "그래도 우리나라는 아직 살 만한 곳"이라는 대중의 환상 충족을 위한 희생양이다. 다시 희생양이 문제이다. 이 소설에서처럼 2022년의 시점에서 2004년을 돌아다봐도 바뀐 것은 거의 없기 때문이다.

자본주의의 외부가 존재하지 않는다면 거기서 벗어나야 한다는 당위성을 관념적으로 강조하기보다는 어떻게 거기에 공모하게 되는지를 밝히는 것이 더 중요할 수 있다. 그래서 『오늘의 거짓말』에서는 추리 소설적 기법을 주로 동원하면서 자본주의 체제의 공범을 의심하고 추적하는 서사가 많이 등장한다. 이때 범인은 자기 자신에 다름 아니며, 속아 주기는 속이기에 다름 아니라는 아이러니를 확인하는 과정 자체가 주요 플롯이 될 수밖에 없다. 자신의 상처는 자신이 낸 것이라는 것, 범죄는 부메랑처럼 되돌아와서 반복된다는 것을 확인하기에 정이현 소설에서는 한계가 초월을 앞선다. 자본주의와의 공모 자체가 중요한 것이 아니라 그런 공모를 통해 욕망이 구성된다는 것이 더 문제가 되기 때문이다. 자본주의에 봉합됨을 비판하기는 쉽다. 그러나 정이현은 그 봉합이 아무런 흉터 없이 자본주의와 일체가 되는 동일화 과정이 아니라 꿰매진 자국을 흉측스럽게 남기는 비동일화의 과정을 거친다는 사실을 추리 소설적으로 전달한다.

「타인의 고독」과 「어금니」에서 교통사고의 전말을 무마하는 데서 나타나는 인간의 치부는 차라리 외면하고 싶을 정도이다. 「타인의 고독」에서 이혼한 부부는 "친하지 않은 친구"처럼 쿨하게 지내다가, 키우던 개를 서로 맡지 않겠다며 이전투구를 벌이는 과정에서 교통사고를 내고는 뺑소니친다. 이런 "공통의 비밀을 공유"한 이후에 그들은 비로소 화해 아닌 화해를 하게 된다. 공범이 되었기 때문이다. "자유의 대가로서 고독을 지불해야 하듯 이곳은 '기브 앤 테이크'의 계약으로 이루어진 거대한 네트워크"임을 여실히 보여 주고 있다. 「어금니」에서도 어린 여학생과 원조 교제를 하다가 음주 운전까지 해서 자동차 사고를 내 그 여학생을 죽게 만든 대학생 아들을 보호하기 위한 부모들의 몰염치함은 극에 달해 있다. '유전 무죄'의 논리로 약자의 죽음까지 돈으로 사고파는 인간의 부도덕함은 이미 모성이나 부성으로 면죄부를 받을 단계를 넘어서 있다. 자본주의에서 살아남은 자는 모두 박해자이다. 희생양을 필요로 하는 자는 이미 희생양이 아니기 때문이다. 그래서 희생자 담론은 살아남은 박해자의 입장에서 재구성된 알리바이일 뿐이다.

그래서인지 정이현은 주인공들의 범죄를 피해자의 입장에서 단선적으로 비판하는 데서 그치지 않고, 오히려 가해자의 입장에서 어떻게 박해의 논리가 작동하는지를 문제 삼는다. 자신의 상처를 향해 되돌아오는 자신이 쏜 화살을 통해 명백히 유죄임을 스스로 인정하게 함으로써 책임감과 윤리 의식을 더욱 부각시키고 있기 때문이다. 「타인의 고독」에서 자신의 범죄를 무마하기 위해 할 수 없이 데려다 기르게 된 개를 보면서 살의를 느끼는 결말이나, 「어금니」에서 적극적으로 사태 무마에 나서는 남편을 통해 "아마도, 나는 나와 영원히 화해하지 못할 것이다."라며 자신과 불화하는 결말을 보여 줌으로써 정이현은 피동적인 희생자가 아니라 능동적인 참여자로서 자본주의와 결탁하는 인간의 자발적 세속성이나 보신주의를 강하게 비판한다.

「어두워지기 전에」와 「익명의 당신에게」는 보다 적극적으로 체제 유지나 신분 상승을 도모하는 공범들이 등장한다. 「어두워지기 전에」에서 섹스리스 부부로 지내는 남편이 연쇄 유아 살인범일지도 모른다는 의심을 하면서도 아내인 '나'는 자신의 "인공 낙원"을 지키기 위해 안간힘을 쓴다. 살인이 아닌 불륜으로 남편의 죄목이 변경되었어도 사정은 마찬가지다. "완전한 가정"을 위해 임신을 해야겠다는 "긍정적인 사고방식"이 겨냥하는 바는 그토록이나 불안정하고 허구적인 중산층 의식이다. 「익명의 당신에게」는 환자의 항문 사진을 찍은 변태 의사가 자신의 약혼자

일지도 모르는 상황에서 그를 구하기 위해 거짓 알리바이를 조작해 주는 여성의 이야기다. "사랑하는 사람을 위해, 사랑을 지키기 위해, 제 안의 부적절한 욕망과 대면해야 하는 순간은 누구에게나 있을 것이다. 지금이 바로 그 숭고하고 비루한 때라는 것을 연희는 깨달았다." 이처럼 인간은 능동적으로 희생양이 되기를 자처할 수 있다. 그런 희생양은 더 이상 순진할 수 없고, 무죄일 수 없다.

하지만 여기서 끝난다면, 정이현의 소설은 기존의 자본주의 비판을 보다 내성화했다는 정도로만 평가받을 것이다. 다시, 정이현의 소설이 따뜻해졌다는 박완서의 언급을 잊지 말자. 시대의 교차나 착란과 연결되면서 각각 억압의 동시대성과 순수의 비동시대성을 문제 삼는 「오늘의 거짓말」이나 「위험한 독신녀」는 가느다란 한 줄기의 따뜻한 빛으로 인해 소설 전체가 달라진다.

「오늘의 거짓말」에서 박정희 정권 시절의 폭력이 독재이고, 그때의 거짓말이 국가와 민족을 위한 것이었다면, 오늘의 폭력은 아파트 층간 소음이고, 오늘의 거짓말은 인터넷 사용 후기다. 그래서 오늘날에는 거짓말 자체가 독재에 맞먹는 폭력일 수 있다. '나'가 거짓말로 쓴 인터넷 사용 후기를 보고 러닝머신을 산 '오늘'의 박정희 대통령이 오히려 피해자일 수 있고, 거짓말을 한 '나'가 가해자일 수 있는 것도 바로 이 때문이다. 하지만 '나'는 오늘의 진실을 위해 '빨리빨리'나 '하면 된다'라는 과거의 거짓말을 거부하면서 "헛되고 헛되니 모든 것이 헛되면 좀 어때."로 대응한다.

「위험한 독신녀」에서 사랑과 배신의 상처로 인해 현재 서른여덟 살이지만 스물다섯 살 때에 고착되어 있는 친구를 위해 지극히 합리적이고 이성적이었던 '나' 또한 위험한 선택을 한다. "유행을 무시하며 살 수는 없는 줄 알았다. 이제는 그렇게 생각하지 않는다. 삶은 유행보다 더디게 지나간다. 채린과 나는 얼마나 더 이곳을 견딜 수 있을까. 하지만 위험하지 않은 길은 어디에도 없을 것이다. 이제 나는, 그녀에게 간다." 이런 '나'의 선택은 「그 남자의 리허설」에서 자기 소모적인 경쟁을 거부하면서 "십분 먼저 살겠다는 게 반칙이 아니라면, 십분 늦게 사는 것도 페어플레이일 것이다."라고 말하는 또 다른 인물의 결심과 다르지 않다. 정이현이 '트랜드'와 '스피드'를 포기한 것이다.

정이현은 이처럼 아이나 희생자이기를 거부하며 자본주의의 수혜자가 되기 위해 자본주의의 발신인이 되어야 했던 주체의 자발적 종속을 문제 삼는다. 아이나 희생자인 척한 것일 뿐 사실상 자본주의적 조작이나 착취에 가담한 발신자이기도 하다면, 그래서 억압된 것이 다시 돌아올 수밖에 없다면, 더 이상 남의 탓만은 할 수 없다는 윤리가 새롭게 태어난다. 이런 윤리는 부정적인 것에 대해 눈을 감는 절대적 긍정을 거부한다. 오히려 부정적인 것들과 함께 머물며 그것을 정면으로 바라본다. 그래서 부정적 현실에 대한 불만을 통해 그렇게 살지 않으려는 '근원적인 불복종성'을 보여 준다. 그만큼 정이현의 소설은 윤리적이다.

3 비참과 위대

파스칼은 '비참'과 '위대'를 서로 맞물려 돌아가는 인생의 두 축으로 본다. 비참은 겉으로 표출된 외양이고, 이 겉포장을 한 꺼풀 벗기면 보이지 않던 또 하나의 실체인 위대가 그 모습을 보인다는 것이다. 그래서 인간은 비참하면 비참할수록 위대하고, 반대로 위대하면 위대할수록 더 비참하다는 역설이 가능해진다. 인간이 스스로를 비참하다고 느끼는 것 자체가 스스로 위대하다는 가장 확실한 반증이라는 것이다. 이를 위해 파스칼은 폐왕의 비유를 든다. 원래 평민이었던 인간은 비참함을 느끼지 않는다. 왕위에서 쫓겨난 사람만이 왕이 아닌 것을 불행으로 여긴다. 인

간은 더 높은 곳에서 떨어지면 떨어질수록 더 비참하다.[3]

스캔들은 상식과 교양의 외피를 뒤집어쓴 편견이자 폭력이다. 그래서 인간을 비참하게 만든다. 믿고 싶은 것만 믿고, 자신과 다른 것은 범죄시하기 때문이다. 박완서 소설집 『친절한 복희씨』에서는 이런 스캔들이 난무한다. 특히 「대범한 밥상」에서의 스캔들은 더 망측하다. 시한부 인생을 선고받았지만 유산 분배 문제로 고민하고 있는 '나'에게 친구 경실의 스캔들은 새롭게 다가온다. 비행기 사고로 딸과 사위를 잃은 후 외손자 남매를 거두기 위해 상처한 지 1년도 안 된 바깥사돈과 한 지붕 아래에서 부부처럼 지내며 외손자들에게 남겨진 거대한 보상금을 챙긴다는 비난에 대한 그녀의 대답은 다음과 같다. "아이들에게 설명할 수 없는 이 세상 상식은 무시해도 좋다는 식으로 생각이 단순하게 정리가 되더라고."

이런 맥락에서 이 소설은 비슷한 주제를 다루면서 죽음을 앞두고 차분하게 물질적 배분과 죽음 이후의 삶을 정리하는 데 골몰했던 김훈의 「강산무진」과 겹쳐 읽게 만든다. 김훈 소설은 박완서 소설의 앞부분에 해당한다. 박완서 소설에서 '나'의 남편이 마치 김훈 소설의 주인공처럼 건조하고 차분하게 자신의 죽음을 관리한 후 죽었기 때문이다. 그러나 박완서는 죽음 이후를 신경 쓰는 것 또한 삶에 대한 욕심일 수 있다는 통찰까지 보여 줌으로써 진정한 세속주의를 가늠하게 한다. 인생이 본래 차가운 것이라면, 차갑게 사는 것이 더 쉽다는 역설을 확인할 수 있기 때문이다.

박완서의 소설은 「대범한 밥상」의 가족들에게서 잘 드러나듯이 인생의 따뜻함을 확보하기 위해 '레질리언스(resilience)'의 효용을 소설적으로 형상화하고 있다. 탄력성이나 회복력을 의미하는 레질리언스는 위기나

---

3) 이환은 『몽테뉴와 파스칼』(민음사, 2007)에서 인본주의자 몽테뉴와 신본주의자 파스칼을 대비적으로 살펴보고 있다. 이 글에서는 신본주의적 입장은 아니지만 "신음하며 추구하라."라는 명제 아래 인간의 초월성과 위대함을 강조하는 파스칼의 입장에서 박완서 문학의 긍정성을 찾아보고자 한다.

지속적인 고난을 통해 단련되는 것으로서, 대응이나 문제 해결을 넘어서서 긍정적 변화와 성장을 의미한다. 역경으로부터 다시 일어나 더 강해지는 과정이 레질리언스다. 여기서 중요한 것은 상처 입지 않음과 강인함을 등식화할 수 없다는 것이다. 레질리언스는 역경이 있음에도 '불구하고'가 아니라 역경 '때문에' 형성된다.[4]

「마흔아홉 살」에서의 스캔들도 만만치 않다. "위선에는 엄하고 위악에는 너그러운 세태"를 반영하듯, 무의탁 할아버지들을 목욕시켜 주는 봉사 활동에는 열심인 '그 여자'가 정작 시아버지 속옷 빨랫감은 집게로 집어서 처리할 정도로 진저리 친다는 사실이 구설수에 오른다. "그렇게 성기를 주름 주머니와 다름없이 여길 수 있는 사람이 어떻게 다만 성기가 닿았다는 이유 하나로 시아버지의 팬티를 그렇게 엽기적으로 학대할 수 있냐"는 것이다. 하지만 이 일은 바로 그 점이 포인트임을 보여 준다. 차라리 '남'의 일이라면 무심할 수 있으나 바로 남이 아닌 '나'의 일이기에 더욱 힘들 수 있다는 인간적 고뇌와 솔직함이 토로되고 있기 때문이다. "으레 그러리라고 정해진 고정관념과 사실과의 상관관계"를 따져 본다면 이런 인간의 이중성과 위선을 인정할 수 있다는 것이다. 현실과 추상의 간극만큼 인간은 이중적일 수밖에 없다. 그리고 "모든 인간관계 속엔 위선이 불가피하게 개입하게 돼 있어. 꼭 필요한 윤활유야."라는 친구 동숙의 말에서 드러나듯이 오히려 이런 이중성을 정의감으로 극복할 수 있는 것이 인간의 위대함이라는 성찰이 더욱더 돋보이고 있다.

물론 박완서는 박완서니까 인간의 비참함에 가차 없이 성능 좋은 내시경을 들이댄다. 「촛불 밝힌 식탁」은 박완서 소설의 트레이드마크인 신랄한 풍자와 냉소를 여지없이 드러낸다. 아들네 집과 가까이 살고 싶어서 정년퇴직 후 서울로 올라와 같은 아파트 앞뒤 동에 거주한 노부부의

---

4) 프로마 월시, 양옥경 · 김미옥 · 최명민 옮김, 『가족과 레질리언스』(나남출판, 2002), 31~44쪽.

쓸쓸한 일상이 리얼하게 묘사된다. "수프가 식지 않는 거리"도 며느리가 가끔이라도 따뜻한 음식을 해 날라야 할 것 같은 부담을 줄까 봐 서로의 안부를 멀리서나마 확인할 수 있는 "불빛을 확인할 수 있는 거리"로 바꿔 부를 정도로 노부부는 아들네 집에 부담을 주지 않으려 한다. 그러나 아들이 좋아하는 음식을 장만해서 나르는 아내의 방문 횟수가 잦아지자 아들네는 급기야 불이 아닌 촛불을 켠 채 밥을 먹으면서까지 자신들의 귀가를 은폐한다. 세상의 자식들은 대개 부모를 비참하게 한다.

「친절한 복희씨」에서의 늙은 남편의 성적 집착도 인간의 존엄성을 의심하게 한다. 중풍으로 인해 반신불수가 되었으면서도 망설임이나 수치심 없이 자신의 강한 성욕을 만족시키려는 늙은 남편에 대해 '나'는 "동물에 대한 연민"과 "늙은 왕의 죽음과 함께 순장당한 어린 궁녀"와 같은 자괴감을 동시에 느낀다. 그러나 남편에게는 '나'에 대한 최소한의 인간적 연민도 없다. 그런 부자유스러운 몸으로 약국에 찾아가 비아그라를 부탁했기에 "마누라가 그걸 너무 좋아하니 좀 봐 달라시는 거예요."라는 약사의 말을 들었을 때 '나'의 남편에 대한 살의는 극에 달한다. 더 이상 인간에 대한 최소한의 위선적인 친절함으로도 감당할 수 없는 원초적인 분노와 혐오가 복희씨를 지배한다. 인간의 동물성은 늙지도 않는다.

박완서는 이토록 지독한 작가이다. 한 치의 낭만과 환상을 허락하지 않는다. 인간은 인간일 뿐이다. 「그 남자네 집」에서처럼 첫사랑의 아스라한 추억을 간직하고 있으면서도, 당시의 자신의 감정이 전시(戰時)의 혼란이 가져다준 "닮은 불운을 관통하는 운명의 울림"이었음을 직시한다. 그리고 첫사랑 남자와의 이별을 슬퍼하면서도 "졸업식 날 아무리 서럽게 우는 아이도 학교에 그냥 남아 있고 싶어 우는 건 아니다."라며 감정을 객관화시키고, "우리가 신봉한 플라토닉은 실은 임신의 공포일 따름"이었다면서 탈낭만화시킨다. 그 남자와 헤어진 이유 또한 그 남자가 제공할 수 없는 "하자 없이 단단하고 안전한 집에서 알콩달콩 새끼 까고 살고 싶"은 유전적 생존 본능이나 모성애였다고 고백한다. 이처럼 낭만과 탈낭만의 경계에서 그 남자네 집은 여전히 남아 있다.

하지만 이런 인간의 비참함은 역으로 인간의 위대함을 증명해 준다. 파스칼의 말처럼 "인간의 위대는 자기가 비참하다는 것을 아는 점에서 위대하다. 나무는 자기의 비참을 모른다. 따라서 자기가 비참하다는 것을 아는 것은 바로 위대함이다."[5] 박완서는 위대한 인간이란 말하는 대로 사는 인간이 아니라 살아온 대로 말하는 인간임을 강조한다. 그래서 비참함에도 불구하고 위대한 것이 아니라 비참하니까 위대할 수 있음을 보여 준다. 이것이 바로 박완서가 비참의 '지경'을 위대함의 '경지'로 전치시키는 이유이다.

「거저나 마찬가지」에서 세태 비판적 전반부에 드러나는 인간의 비참함 속에서도 희망을 찾을 수 있는 것도 이 때문이다. 이 소설에서 선배 언니로 대변되는 386 운동권 세대의 허위의식이나 권력 지향성을 발견하는 것은 쉽다. 그러나 박완서는 여기서 더 나아가 자신을 패배주의에 빠진 희생자로 남겨 두지 않으려는 주인공의 결단으로 마무리한다. '거저나 마찬가지'인 집에서 안주하게 될 자신에 대한 경계를 늦추지 않기 위해 "거저는 사절이야. 우리 거저 근성부터 고치자."라는 다짐과 결심을 보여 주는 것이다.

이처럼 박완서는 인간성을 신뢰하고 따뜻함을 옹호한다. "아아, 이 냄새, 이 편안함, 몇 생을 찾아 헤맨 게 바로 이 냄새가 아니었던가 싶은 원초적인 냄새"의 상징으로 어머니가 지어 준 밥 냄새가 풍겨 나오는 「후남아, 밥 먹어라」, 우여곡절과 좌충우돌로 인해 세상만사에 지쳐 있을 때 거스름돈까지 챙겨 주며 친절하게 대해 줘서 "우리나라 참 좋은 나라네."라는 감탄사가 절로 나오게 만드는 택시 기사가 등장하는 「그래

---

5) 이환, 앞의 책, 159쪽.

도 해피엔드」에서도 치유와 긍정의 파노라마가 펼쳐지고 있다. 정이현의 「빛의 제국」에 나오는 "그래도 우리나라는 아직 살 만한 곳"이라는 말에 드리워져 있는 그림자를 '그래도' '해피엔드'로 극복하려는 작가의 혜안과 지혜가 빛을 발한다.

이제 비참과 위대의 역전극은 「그리움을 위하여」에서 절정에 이른다. 열두 살이나 더 먹은 유부남과 열렬한 연애를 해서 정식 결혼까지 한 후 경제적으로는 어렵지만 금슬 좋게 평생 살다가 과부가 된 사촌동생이 환갑 넘은 나이에 또 다시 사랑에 빠져 재혼을 한다. 그런 사촌동생에게 우월감과 상전 의식을 가졌던 '나'에게 사촌동생은 항변한다. "언니는 그 사람이 마누라 잃은 지 일 년도 안 돼 새장가 들었다고 욕하지만 외로움을 이기지 못하는 게 왜 나빠." 그때서야 나 또한 "그립다는 느낌은 축복이다. 그동안 아무것도 그리워하지 않았다. 그럴 것 없이 살았음으로 내 마음이 얼마나 메말랐는지도 느끼지 못했다."라고 인정한다. 그리움에도 나이 제한은 없다. 그리움도 늙지 않기 때문이다. 박완서 소설 속의 노인들은 '오래' 산 사람들이 아니라 '잘' 산 사람들이다.

4 냉소에 대한 냉소

"시대는 온통 냉소적이 되었다."[6] 페터 슬로터다이크(Peter Sloterdijk)가 냉소적 이성을 비판하면 한 말이다. 그는 어떤 사물이나 사태에 대해 쌀쌀한 태도로 비웃는 냉소주의를 위선적 계몽주의나 현대화한 불행의식으로 간주하면서 뻔뻔한 견유주의(Kynismus)의 입장에서 저항할 것을 주장한다. 냉소주의는 고급 문화적인 윤리의 자기 부인과도 연결되기에

---

6) 페터 슬로터다이크, 이진우 · 박미애 옮김, 『냉소적 이성비판』(에코리브르, 2005), 5쪽.

순진함과 결합되기 쉽다. 냉소주의는 자신이 희생자라고 생각하면서 스스로에게 이해심을 보이기 때문이다. 따라서 이런 냉소주의적 순진함을 극복하기 위해서는 뻔뻔함이 필요하다. 이때의 뻔뻔함은 진리를 말할 만큼 공격적이고 염치없는 사람들에 의해 구현된다.

정이현과 박완서의 소설들은 차갑다기보다는 뻔뻔한 인물들을 등장시켜 순진함을 거부한다. 그래서 그 뻔뻔함만큼 냉소에 대한 냉소를 보낼 수 있고, 더 따뜻해질 수 있다. '뻔뻔스러운'이라는 말이 부정적인 의미를 지니게 된 것은 몇 세기 전부터의 일일 뿐이다. 그 이전에는 '생산적인 호전성', '적에게 다가감'과 연결되면서 '용맹한, 대담한, 활기찬, 당돌한, 길들여지지 않은, 강한 욕구를 가진' 등을 의미했다.[7] 정이현과 박완서는 따뜻해지기 위해 호전적으로 적에게 다가가는 용기를 보여 준다. 다가가지 않으면 냉소를 극복할 수 없고, 따뜻해지지 않으면 냉소를 비판할 수 없다. 아무리 시대가 냉소적이더라도, 아니 시대가 냉소적이니까 더 따뜻해질 필요도 있다.

물론 소설의 따뜻함은 차가운 이성의 마비나 종말과 연결될 때 추상적인 관념이나 낭만적인 이상으로 추락하고 만다. 하지만 차갑기만 한 소설 또한 현실 적응력이나 문학적 응전력을 상실하기는 마찬가지다. 순수함은 항온과 냉장을 요구한다. 그래서 비현실적이다. 인간은 변온 동물이기 때문이다. 심지어 정이현이나 박완서 소설의 따뜻함은 냉소 이전이 아니라 냉소 이후에 얻어진 것이라는 점에서 지극히 구체적이고 현실적인 감각이다. 그래서 인간의 삶과 긴밀한 관계를 유지하면서 소설의 온도를 자동적으로 적절히 조절한다. 그러니 그녀들이 언제 다시 차가워질지는 알 수 없다. 아마 세상이 따뜻하면 그녀들의 소설은 오히려 다시 차가워질지도 모른다. 그런 가변성과 불확정성이 그녀들의 소설을 진정

7) 앞의 책, 206쪽.

한 '변온(變溫) 소설'로 만들고 있다.

이런 정이현과 박완서 소설의 변온성이 페미니즘 윤리의 문제와 연결될 수도 있다. 캐럴 길리건(Carol Gilligan)은 공리주의(밀), 보편주의 윤리학(칸트, 롤즈), 발달심리학(피아제), 도덕 발달 이론(콜버그)에서 제안된 도덕 이론이 합리성, 자율성, 정의를 중시했다고 비판하면서, 배려와 보살핌과 같은 여성적 가치를 내세운 페미니즘 윤리를 대안으로 제시한다. 자본주의 사회의 전형적 윤리인 공리주의가 최대 다수의 최대 행복을 궁극적 이상으로 삼는 것과는 반대로 페미니즘 윤리는 상대방을 배려하고, 지속적인 유대 관계를 유지, 발전시켜 나간다는 사실을 부각시킨 것이다. 이것은 위계적 인간관계를 중시하는 남성들에 비하여 여성들은 그물 구조적 인간관계를 중시한다는 사실을 반영한 결과이다. 물론 길리건은 이런 남성 중심적 '정의'의 윤리와 여성 중심적 '배려'의 윤리가 '대체'가 아닌 '보완'의 관계임을 강조한다. 그러나 길리건의 주장 이후 페미니즘 윤리학에서는 보편주의 윤리학/맥락주의 윤리학, 동등성의 윤리학/차이의 윤리학, 의무론적 윤리학/목적론적 윤리학 사이의 논쟁이 활발하게 진행되고 있다.[8]

페미니즘 윤리를 논할 때 중요한 것은 내부에서도 비판받고 있는 정의의 윤리가 과연 남성만의 전유물인가, 동일한 맥락에서 여성만의 절대적 윤리가 과연 존재하는가, 만약 '배려'가 그런 여성적 윤리라면 그 또한 분파적이고 일면적인 가치는 아닌가라는 근본적이고도 순환론적인 난제의 우선 해결이라고 할 수 있다. 하지만 정이현과 박완서의 소설을 통해 확인할 수 있는 유의미한 변화는 남성적 가치와 여성적 가치가 서로 배타적이지 않다는 것, 관계성 혹은 맥락성을 통해 구체성과 추상성이 결

---

8) 페미니즘 윤리학에 대한 논의는 캐럴 길리건의 『다른 목소리로』(동녘, 1997)와 『기쁨의 탄생: 새로운 사랑의 지형학』(빛살무늬, 2004), 안네마리 피퍼의 『페미니즘 윤리학은 있는가』(서광사, 2004), 김진의 『페미니즘 윤리학』(울산대학교 출판부, 2007) 등을 참고할 것.

합된 윤리 의식이 드러난다는 것, 이런 변화에는 동시대의 사회적 문제에 대한 유연하고도 수행적인 대처가 침투하고 있다는 것, 개인의 자율성에 대한 무조건적인 승인보다는 개인의 책임에 대한 자발적인 고려가 배태되고 있다는 것 등에서 드러나는 남다른 윤리 의식이다. 이런 윤리 의식이 페미니즘적 윤리인지 아니면 새로운 제3의 윤리인지에 대한 논의는 이들 소설이 지닌 변온성을 충분히 고려할 때에야 비로소 의의가 있을 것이다.

페미니즘이 포스트페미니즘에게

1 젠더 트러블[1]

페미니즘이 있었고, 페미니즘에 대한 오해도 있었다. 그리고 포스트페미니즘은 페미니즘에 대한 오해로부터 시작한다. 페미니즘에 대한 첫 번째 오해는 페미니즘이 한때 유행했던 일시적 상품에 불과하다는 것이다. 여성의 가치는 유통 기한이 지난 통조림과 같다. 페미니즘에 대한 두 번째 오해는 이미 페미니즘이 승리했다는 것이다. 요즘은 남성들이 오히려 피해자나 약자이다. 그러니 여성들의 독주를 막아야 할 정도이다. 페미니즘에 대한 이런 과소평가나 과대평가가 페미니즘 '이후'를 생각하게 한다. 물론 포스트페미니즘에 대한 오해 또한 존재한다. 포스트페미니즘은 페미니즘에 대한 비판과 피로감을 표현하면서 페미니즘을 보수화하려는 퇴보 모델이라는 것이다. 그러나 페미니즘에서의 'post-'

---

1) '젠더 트러블(Gender Trouble)'은 미국의 페미니스트이자 퀴어 이론가인 주디스 버틀러(Judith Butler)의 책 제목이자 이 글의 시발점이 되는 용어로서, 남성성이나 여성성이라는 기존의 젠더 정체성의 이분법적이고 고정된 의미에 일어난 혼란과 교차, 해체 양상을 의미한다. 이 글에서 앞으로 논의될 페미니즘과 포스트페미니즘, 성과 젠더에 관한 이론은 버틀러의 논의에 토대를 둔다. 결론에서 사용될 '안티고네의 주장' 또한 마찬가지 사례에 해당될 것이다.

는 변화와 변형의 과정을 나타내는 접두사로서, 페미니즘과의 비판적 연계를 통해 페미니즘에서 다루어야 하는 의제나 패러다임 자체가 바뀌었음을 나타낸다.

이런 페미니즘과 포스트페미니즘 '사이'에 천운영과 조경란, 한강의 소설이 있다. 이들은 신경숙, 은희경, 공지영, 전경린 등으로 대변되는 1990년대 여성 소설의 끝과, 정이현, 김애란, 편혜영, 한유주 등으로 대변되는 2000년대 젊은 소설이 겪고 있는 포스트페미니즘의 선두 '사이'에 위치하면서 페미니즘에서 페미니즘'들'로의 변화를 주도하는 여성 작가들이라고 할 수 있다. 최소한 이들은 여성의 우월성을 본질주의적으로 가정하면서 '페미니즘 중의 페미니즘'을 추구하는 '페미니니즘(femininism)'으로부터 자유롭다. 여성성 자체를 완전히 거부하지 못하기에 여성이라는 범주를 '필요한 오류(necessary error)'나 의도적인 '범주 착오(category mistake)'로 소환하면서 전략적 혹은 일시적으로 여성성을 설정하고 있기 때문이다. 이 작가들의 소설에서는 젠더를 없애기 위해 젠더를 사용하는 '젠더 패러독스'를 활용하고 있다.

그렇다면 이 작가들의 소설에 등장하는 불안정하고 다양한 젠더 주체들의 정체성을 살펴봄으로써 포스트페미니즘의 특성을 확인할 수 있을 것이다. '포스트모더니즘'의 영향을 받아 형성된 수행적이고 해체적으로 '열린 주체'의 특성을 유지하면서 어떻게 '페미니즘'에서 중시하는 실천적이고 해방적인 정치성을 동시에 확보할 수 있는지 그 가능성을 타진해 보려고 하기 때문이다. 이런 이중적 작업을 위해서는 주디스 버틀러의 다음과 같은 언급이 중요하다. "내가 추천하는 것은 이 정체성의 위기를 해결하려는 것이 아니라 이 위기를 더 증폭시키고 강화하는 것이다." 지금 페미니즘에게 필요한 것은 젠더에서 일어나고 있는 '트러블'에 대한 유토피아적 중재가 아니라 그 기형성과 혼란에 대한 현실적 주목이기 때문이다.

2 레즈비언 팔루스: 천운영의 「그녀의 눈물 사용법」

천운영의 소설 「그녀의 눈물 사용법」(『그녀의 눈물 사용법』, 2008)의 맨 끝에서 이 글의 처음을 시작하자.

> 나는 여자에게 내 속에 살았던 소년의 얘기를 해 주었다. 눈물을 흘리지 않는 여자들의 이야기도 해 주었다. 그리고 그애가 남기고 간 양말 한 짝을 선물로 주었다. 내 위에 누운 여자가 나를 바라보며 눈물을 흘렸다. 여자의 눈물이 내 눈꺼풀을 적셨다. 눈꼬리로 떨어진 눈물이 내 것인지 여자의 것인지 분간이 되지 않았다. 여자의 눈가에 혀끝을 갖다 댔다. 눈물은 짜고 시고 달았다. 나는 아직도 눈물이 나올 때면 오줌을 싼다. 오줌을 싸면서 나는 자그마한 고추를 내놓고 오줌을 싸는 일곱 살 소년을 생각한다. 내 안에 여전히 살고 있는 울지 않는 소년.

서른일곱 살 여자인 '나'의 속에는 일곱 살짜리 울지 않는 소년이 살고 있다. '그애'는 일곱 달 만에 태어났으나 인큐베이터에 들어갈 돈이 없어서 하루 동안 장롱 안에 갇혀 있다가 죽어 버린 '나'의 남동생이다. '그애'가 죽었을 때의 '나'의 나이가 일곱 살이었지만, '그애'의 죽음을 막지 못했다는 죄의식으로 인해 '나'는 '그애'를 떠나보내지 못한다. '그애'를 내 몸속에 간직하고 있는 한 '나'는 '나'의 죄를 잊지 않을 수 있다. 그리고 잘못을 잊지 않는 자가 오히려 윤리적이기 때문에 용서받을 자격도 유지된다. 더군다나 '그애'는 '나'가 아프거나 힘들 때마다 찾아와 '나'를 쓰다듬어 주고 뜨거운 입김도 불어넣어 준다. 이처럼 위로와 평안까지 주는 '그애'는 더 이상 분리될 수 없는 '나' 안의 '나'이다.

여기까지 이야기하면 이 소설의 주제는 대강 파악할 수 있다. 트라우마로 인한 고통과 그 치유, 슬픔에 대한 공감과 승화가 아름답게 그려지고 있는 소설로 읽으면 별 무리가 없다. 신형철이 이 소설이 표제작으로 실린 소설집 『그녀의 눈물 사용법』을 해설하면서 "욕망에서 사랑으로"라는 제목을 붙이며 파국으로 치닫는 '욕망의 서사'가 아니라 성찰과 성숙을 불러오는 '사랑의 서사'로 천운영 소설의 변화를 지적하는 것도 이와 관련 있을 터이다. 이에 걸맞게 더 이상 천운영 소설 속의 여성 인물들은 무섭지 않고 아름답다. 강렬하지 않고 따뜻하다. 하지만 이런 주제 혹은 결말에 이르는 과정은 만만치 않다. 천운영의 개성은 '둥근 사각형'을 그리는 데서 드러나지 않고 '모난 동그라미'를 그리는 데서 발휘되기 때문이다. 변해도 천운영은 천운영이다.

우선 '그애'에 얽힌 '나'의 아픈 이야기를 들어주며 "내 위의 누운" 사람은 얼마 전 아들을 잃은 엄마, 즉 남자가 아닌 여자이다. 그렇다고 여자와 여자 사이의 성관계를 묘사한 레즈비언 소설이라고 간단히 치부하기에는 이 소설은 보다 복잡한 성 정체성으로 구성되어 있다. 기존의 남성성과 여성성으로 젠더화되는 특성들의 교차와 반란, 역전 현상이 수시로 일어나고 있기 때문이다. 흔히 말하는 남성적 여성이나 여성적 남성의 면모가 이 소설 속 인물들에서 많이 발견된다. 그러나 이것이 여성의 남성화나 남성의 여성화에서 드러나는 게이 혹은 레즈비언적 속성에서 머물고 있지 않다. 동성애 속에서도 유지되는 남성성과 여성성에 대한 이분법적 구분이 무효하고, 본질주의적이고 고정적이며 생물학적인 젠더 정체성에 대한 의문이 제기되고 있기 때문이다. 이 소설 속에서의 젠더 정체성은 퀴어(queer)적이고, 수행적이다. 남성과 여성의 구분 자체가 무의미하고 유동적이기 때문이다.

대표적인 예가 '눈물'의 사용법이다. 대개 여성은 눈물이 많고 남성은 눈물을 흘리지 않는다고 젠더화된다. 그러나 이 소설 속에서 나의 아버지와 오라비(올케)는 눈물이 많다. 반면 할머니와 어머니, '나'는 눈물을 흘리지 않는다. '나'가 눈물을 싫어하는 이유는 굴복과 복종을 의미하기 때문이다. 혹은 이기심과 두려움을 감추기 위한 위장술일 수 있기 때문이다. 특히 아버지는 일이 잘 풀리지 않으면 자신이 갖다 버린 '그애' 때문이라며 자주 운다. "눈물을 흘리는 아버지는 비굴해 보였다. 나는 아버지가 짜내는 이기적인 눈물에 염증이 났다. 원하는 것은 기어이 얻어 내고야 마는 탐욕스러운 눈물." 반면 시앗을 들인 할아버지 때문에 평생 가슴으로 피눈물을 흘린 할머니나, 자식들에게 젖을 물리지 않았던 유방마저 수술로 절제한 어머니는 눈물을 흘리지 않는다. 이것은 눈물의 사용법에 관한 한 젠더 역전된 상황을 보여 준다. 물론 '나'의 게이 친구가 "변심한 애인을 위한 레씨피"로 의도된 눈물을 사용하기도 하지만, 최소한 레즈비언들은 "여자의 눈물은 원초적으로 남자를 향한 거"라는 통념을 거부한다. 그러니 더 이상 눈물 사용법으로 남녀를 구분하는 것 자체가 무의미하다는 젠더 교란의 상황까지 간 것으로 볼 수도 있다. 다시, 젠더는 선천적으로 정해지는 '얼굴'이 아니라 후천적으로 구성되는 '가면'이다.

하지만 무엇보다도 이 소설에서 가장 압권은 '나'가 눈물을 흘리는 대신 오줌을 싸는 장면이다. '나'는 굴종과 복종을 상징하는 눈물 흘리기를 단연코 거부한다. 오히려 '나'에게 눈물을 강요하면, '나'는 오줌을 싼다. 눈물이 아닌 오줌을 배설함으로써 '나'는 섣부른 동정이나 화해, 용서를 거부한다. 그 기원에는 동생의 죽음을 목격할 때 오줌을 싼 경험이 자리한다. 더욱 문제적인 것은 이런 오줌 싸는 행위가 남성성과 연결될 때이다.

엉덩이를 까고 오줌을 쏟아 낼 때면 내 몸이 점점 더 단단해지고 있음을 느꼈다. 물기가 빠지면서 단단히 굳은 진흙처럼 씨멘트처럼. 나는 오줌을 싸면서 더 단단하고 건조해지고 딱딱해지길 바랐다. 그래서 어떤 물기에도 풀어지지 않고 질척거리지 않고 무너지지 않기를 바랐다.

눈물은 감정의 늪이다. 유약한 인간들만이 제가 만든 늪에 빠져 허우적거리는 법이다. 눈물은 굴복의 다른 이름이다. 아픔과 고통에 대한, 조롱과 비판에 대한, 슬픔과 고독에 대한 굴복의 징표이다. 나는 눈물 대신 오줌을 싼다. 울고 싶을 때 오줌을 싸다가 문득문득 돌출된 성기를 가지고 태어났으면 좋았을 거라는 생각이 들 때도 있다.

'나'가 눈물이 아닌 오줌을 쌀 때 원하는 몸의 변화는 "단단히 굳은 진흙"이나 "씨멘트"처럼 "더 단단하고 건조해지고 딱딱해지"는 것이다. 수분, 물기, 눈물이 배설되면 내 몸 전체가 남근처럼 단단하고 딱딱해질 수 있기 때문이다. 여기서 더 나아가서 '나'는 아예 "돌출된 성기"를 가지고 태어났다면 좋았을 거라고 생각한다. 이것은 여성에게 없는 페니스(penis)를 가짐으로써 남성적 권력, 즉 팔루스(phallus)를 가지겠다는 것이 아니다. 혹은 레즈비언 중 남성 역할을 하는 여성(butch)이 되어 이성애를 재연하겠다는 것 또한 아니다. 레즈비언 팔루스(lesbian phallus)는 페니스 자체가 남성만 소유할 수 있는 전유물이 아니라 떠도는 기표에 불과하다는 것, 페니스를 가지지 못한 여성들에 의해서도 팔루스는 탈영토화될 수 있다는 것, 이성애적 관계 자체가 본질적이거나 근본적인 '원본'이 아니라 누구나 패러디할 수 있는 '복사본'에 불과하다는 것을 알려 주는 상징물이다. 동성애와 이성애는 복사본과 원본의 관계가 아니라 복사본과 복사본의 관계라는 것이다.

이러한 수행적 젠더 정체성은 '나'가 사실은 모든 여성성을 부정하고 모든 눈물을 부정하려고 한 것이 아니라는 사실에서 재확인된다. '나'는 여성성을 추구하기도 하고, 남성성을 추구하기도 한다. 그러니 정해진 여성성이나 남성성 자체는 아무런 의미가 없다. '나'는 그냥 '나'이다. '나'는 '그애'에게 말한다. "내 젖을 물어. 내 젖은 달고 안전해. 옥도정기도 안 발랐어. 내 젖을 먹고 쑥쑥 자라." 하지만 '나'는 '그애'가 '소년'

이 아닌 수음하는 '남자'가 되기를 바라지는 않는다. 엄마이고 싶지 여자이고 싶지는 않은 것이다. 그래서 '그애'는 영원히 '일곱 살 소년'이어야 한다. '그애'의 죽음을 막아 주고, '그애'에게서 받은 위로와 따뜻함을 다시 돌려주기 위해서라도 '그애'는 '나'의 몸에 머물러 있어야 한다. 그렇다면 '나'는 사실 눈물 자체를 거부한 것이 아니라 손쉽고 감상적인 여성적(이라고 젠더화된) 눈물을 거부한 것이 된다. '나'는 제대로 된 눈물을 흘리고 싶다. 마치 '그녀'가 지금 '나'의 몸 위에서 흘리는 눈물처럼. 그녀의 눈물은 '나'의 고통과 슬픔에 동화된 '인간적' 눈물이다. 이기적이고 탐욕스러운 (남성적) 눈물도 아니고, 연약하고 순수하지 않은 (여성적) 눈물도 아니다. "내 것인지 여자의 것인지" 분간이 되지 않는 눈물은 곧 여성/남성, 눈물/오줌, 부드러움/단단함, 죄/용서 등의 이분법적 경계를 해체하면서 또다시 재구성하는 과정 그 자체를 보여 준다고 할 수 있다.

이런 젠더 경계의 해체를 통한 수행적 젠더 정체성은 천운영의 첫 창작집 『바늘』(창작과비평사, 2001)에 실려 있는 「월경」과 이 소설을 대비해 볼 때 그 변화가 더 뚜렷해진다. 「월경」에서도 열세 살에서 성장을 멈춘 여자 아이가 등장한다. 이 여자 아이의 금기 침범은 어머니와 낯선 남자의 성교 장면을 목격했다는 것, 그로 인해 두 남녀에 대한 아버지의 칼부림을 불러왔다는 것이다. 그러나 더욱더 치명적인 월경(越境)은 아버지에 대한 여자 아이의 엘렉트라적인 사랑이다. 이 소설에서 '그'와 '그녀'로 철저하게 대체되고 있는 '아버지'나 '어머니'라는 호칭에서 '나'의 근친상간적 욕망은 확인된다. '나' 속에서는 사랑하는 '그(아버지)'가 있다. 때문에 은하수집 여자와 '나'의 레즈비언적 성관계는 사실 은하수집 여자와 (나의) '그'가 행하는 이성애적 성관계라고 할 수 있다. 이때의 '나'는 동성애적 주체이기보다는 근친상간적 주체에 더 가깝다. '나'는 '그'가 되어 은하수집 여자를 탐한다. 그것은 은하수집 여자 혹은 '나'의 엄마가 지녔던 "날짐승"적 야생성과 원초적 생명력 때문이다. 남성과 여성

사이의 전치가 일어나는 것이 아니라, 풍요로운 여성과 메마른 여성 사이의 전치가 일어나고 있다. 은하수집 여자의 풍요로움과 풍성함이 '나'의 '나', '그'인 '나'의 그녀에 대한 욕망을 부른다. 이때 '여성성＝본능성＝원초성＝대지＝풍요로움'의 기존 여성 젠더 정체성은 그대로 유지된다. 레즈비언 관계라도 남성과 여성의 이분법적 성 역할 또한 뚜렷하다. 때문에 「월경」으로 대변되는 천운영 초기 소설 속 여성들은 '동물성', '육식성', '일탈', '과잉', '비체', '거세'와 연관되더라도 반문명적 사유를 위한 원초적이고 본능적인 창조적 여성성을 벗어나지 않는다. 그래서 이때의 젠더는 본질적이고 이분법적이며 고정적이다. 기존의 여성성을 뒤집는 것 같지만, 다시 돌아온다. 혹은 뒤집혀도 남성성과 여성성의 이분법은 유지된다. 여성적이지 않음으로써라도 여성성을 환기시키기 때문이다.

하지만 최근의 소설 「그녀의 눈물 사용법」에서는 고정되고 이분화된 젠더 정체성이 거부되고 있다. 동일하게 레즈비언적 관계를 보여 주더라도 「월경」에서처럼 여성화된 여성 혹은 남성적 여성으로 고정된 젠더 정체성을 가진 채 다른 여성에 대한 욕망을 보여 주지는 않는다. 오히려 이 소설 속의 '나'는 상처에 대한 기억과 공감에 따라 남성성과 여성성을 오간다. 눈물을 흘리는 여자들이라면 질색했던 '나'가 "울 일이 생겼으면 좋겠어. 그럼 그애도 다시 올 것 같구."라고 바라는 식이다. 여성성이 무조건 근원과 생명을 상징하지도 않는다. '나'이자, '나'의 "게이년" 친구이자, 아들을 잃은 엄마도 되는 소설 제목 속 '그녀' '들'의 눈물 사용법은, 그래서 그녀들의 개체 수만큼 다양하고, 그녀들의 상황 수만큼 복잡하다. 무용(無用)도 용불용설(用不用說)을 상기시키면 불용(不用)이 아니다. 그리고 전용(轉用)도 사용(使用)이다. 그러니 어쩌면 그녀들의 눈물 사용법은 무궁무진할 것이다. '나' 또한 "아직도" 눈물이 나올 때면 오줌을 싸고, "여전히" 소년과 같이 살고 있다고 말하지 않는가. 다시, 처음이다.

3 두 입술: 조경란의 『혀』

조경란의 『혀』(2007)는 사랑이 끝난 곳에서 시작된, 사랑 '이후'에 오는 것들에 관한 소설이다. 영원하고 절대적인 사랑을 속삭이던 남자가 똑같은 입으로 사랑의 종말을 고하며 떠나갔다. '나'의 꿈인 쿠킹 클래스와 키친을 함께 만들고 기뻐해 주던 사람이다. 그래서 '나'는 말한다. "식도락가라는 이유만으로 한때 열심히 읽곤 했던 헤밍웨이가 한 말은 틀렸다. 물리적인 고통을 견디고 나서야 자신을 알게 되는 것은 남자만이 아니다." "이제 키친은 나에게 더 이상 모든 맛있는 음식이 시작되는 곳이 아니다." "주방은 얼마든지 살육의 장이 될 수 있다." 이 소설은 이처럼 가장 여성적인 공간인 키친에서 가장 대조적으로 여성성을 상실해 가는 여성 주체의 이야기이다. 그리고 음식에 관한 이야기이면서 성과 사랑에 관한 이야기이기도 하다. 입술과 성기와 혀는 동위소를 이루는 몸들이기 때문이다.

신이 모든 곳에 존재할 수 없어서 어머니를 만들었다면, 세상의 모든 음식은 신이 만든 것이다. 음식은 생명과 창조, 베풂의 대명사이다. 이 소설에서는 어머니보다 더 강력한 할머니의 손으로 행복하고 따뜻한 음식이 제공된다. 음식으로 상상할 수 있는 최대치의 쾌감을 선사하는 것이 바로 할머니의 음식이다. '나' 또한 할머니의 음식에서 유래하는 "유년 시절의 맛과 씹히는 생생한 느낌과 경험들"에 바탕을 둔 "기쁨에 대한 목록"으로 채워진 요리 책을 쓰고 싶었던 요리사이기도 하다.

이전에 조경란은 『식빵 굽는 시간』(1996)에서 이미 그 목록을 보여 주었다. 빵 중의 빵, 정통적인 빵, 가장 기본적인 빵, 첨가물이 배제된 빵, 그래서 가장 만들기 힘든 빵, 식빵. 그런 식빵을 구움으로써 여주인공 '나'는 맛있는 냄새를 풍기며 부풀어 오른다. 많은 빵들이 버려지고 굳어 갔지만, 어쨌든 근친상간(이모와 아버지)의 결과물인 '나'의 존재와, 이복

여동생과의 근친상간적 사랑에 빠졌던 옛 애인과의 사랑은 「강여진 베이커리」에서 승화되고 숙성된다. 식빵이지 않은가. 따뜻하고 부드럽다. 그래서인지 이 소설의 끝은 먹음직스럽다. "저 나무들의 수많은 이파리 사이로 차츰 푸르게 번져 들고 있는 세상의 빛이 보이고 있었다. 나는 천천히 창가에서 등을 돌렸다. 그리고 잊고 있었다는 듯 주방을 향해 걸어가기 시작했다. 지금은 다시 식빵을 만들어야 하는 시간이었으므로." 다시, 식빵이다.

『혀』는『식빵 굽는 시간』이 끝나는 곳에서 다시 요리를 시작한다. 식빵이 아닌 연적(戀敵)의 혀로 만든 음식을 배신한 애인에게 만들어 주고 있기 때문이다. 식빵 굽는 냄새가 아니라 혀를 굽는 동물성의 냄새가 진동하고 있다. 이런 재료의 변화만큼 조경란은 음식을 너무 많이 만들고 맛봐 왔을 것이다. "삼촌, 때때로 난 이해가 안 될 때가 있어. 우린 세상에서 더 가질 수 없도록 좋은 할머니 밑에서 사과나 배 같은 걸 먹으면서 조용히 성장해 왔는데, 그런데 왜 둘 다 이렇게 실패한 거지?" 거식증을 앓다가 자살한 숙모 때문에 알코올 중독 치료를 받고 있는 삼촌에게 '나'가 하는 말이다. 왜 그들은 할머니의 음식을 계속 먹거나 만들 수 없는가.

한때는 찬사와 예찬으로 이루어진, 내 몸을 읽고 더듬던 친밀하고 잘 빚어진 혀였다. 나는 그것을 꿀떡 삼킨다. 그의 혀는 내 입 속에서 펄떡거리는 생선처럼 저항한다. 나는 입을 꽉 다물어 그것이 밖으로 나가지 못하도록 막는다. 내 이는 그것을 잽싸게 가로채 으깬다. 내 혀는 넘치는 분비물로 그것을 촉촉하게 적시고 뒤집고 근육처럼 힘차게 움직여 목구멍 깊숙이 밀어 넣는다. 더 깊숙이 더 완전하게 밀어 넣기 위해 내 혀는 빳빳하게 일어선다. 한 조각, 한 방울도 입 밖으로 새어 나오지 않는다. 그 것은 내 위 속으로 완벽하게 미끄러져 들어간다. 온몸의 감각이 바늘 끝처럼, 미세하게 떨리며 이윽고 나는 숨을 토해 낸다. 마지막으로 내 혀는 방금 전 요리의 맛을 되새기기 위해 쩝쩝, 입맛을 다신다.

'나'는 '나'를 떠난 '그'에게 집착한다. 한 입으로 두 말을 할 수 없는 사람들에게는 이미 식어 버렸더라도 그 사랑으로부터 벗어날 길이 없다. 이것은 이해나 의지의 차원이 아니라 감각과 기억의 차원이다. 그러나 변하지 않은 '나'에 비해, '나'보다 더 예쁘고 세련된 전직 모델 출신 여자에게 반해 '그'는 변했다. 그래서 더 이상 "뭐 좀 먹어야지."라는 '나'의 말은 '그'에게 축복이 아닌 저주, 애무가 아닌 고문의 언어로 변했다. '나'는 더 이상 '그'와 음식도, 몸도, 사랑도 나눌 수 없다. 그래서 '나'는 인용된 예문에서처럼 상상 속에서 '그'의 혀를 먹는다. 안타깝게도 '그'와 '나'의 혀는 서로 에로틱하게 교환되지 않고 잔인하게 먹거나 먹히고 있다.

흔히 남녀 간의 사랑이 이루어지는 마지막 단계가 상대방의 몸과 하나가 되는 것이고, 그 극단적인 경지가 상대방의 몸을 먹는 행위이다. 하지만 이 소설에서는 이런 극단적인 합일 상태에 대해 조롱하는 패러디가 이루어지고 있다. 소설 속에서도 인용되듯이 소설 「케이크를 굽는 여자」에서 여주인공 마리안은 자신을 파괴하려고 했던 남자에게 자신의 나체 모양의 케이크를 구워 주지만 남자가 거절하자 스스로 자신의 몸(케이크)을 자른다. '나'는 여기서 한발 더 나아간다. '나'의 몸이 아닌 연적의 몸을 케이크로 구워서 '그'와 같이 먹을 것이라고 다짐한다. 그리고 실제로 소설 끝에서 연적을 납치해 와 혀를 자른 후 그 혀로 만든 최후의 만찬을 '그'에게 대접한다. '나'대로의 이별 의식을 치른 셈이다. 왜 '나'는 '나'의 혀가 아닌 연적의 혀를 선택했을까. 혹은 왜 인용된 예문처럼 '나'가 '그'의 혀를 먹지 않고 '그'가 연적의 혀를 먹게 했을까. 우선 '나'나 '그'가 서로의 혀를 먹는 것에 드리워질 '합일'이라는 환상을 철저하게 거부하기 때문이다. '나'와 '그' 사이에 더 이상의 합일은 불가능하다. 서로에 대한 탐닉을 통해 하나가 된다는 것은 허구에 불과하다. 그러니 '나'나 '그'가 서로의 혀를 먹는 것은 아무런 의미가 없다. 오히려 앞에서 인용한 예문에서처럼 분노와 저항에 토대를 둔 폭력적 관계를 현시할 뿐이다. 또한 굳이 연적의 혀를 '그'가 먹게 하는 것도 서로를 사랑한다고 믿고 있는 '현재'의 연인 관계가 취약하고 허구적인 환상임을 경고하기 위해서이다. "두 사람이 서로의 혀를 입속에 찔러 넣고 있을 때 마치 입속에 숨을, 노래를 불어넣고 있는 것처럼 보였죠."라는 말을 부정하기 위한 "레씨피"인 것이다. 서로의 혀를 나누는 행위가 더 이상 화합과 일체의 제의가 아니라 공격과 분노의 결과물임이 처절하게 드러나고 있다.

이럴 때 '나'는 기존의 여성 정체성을 반복적으로 모방 혹은 인용하면서 그런 반복 혹은 인용을 통해 기존의 여성 정체성에 균열을 가하는 저항적 주체라고 할 수 있다. 그녀는 음식이라는 여성적 영역을 유지하면서도 그 영역을 침범한다. '나'는 '그'를 위해 음식을 만든다. 그러나 행복이 아닌 불행, 사랑이 아닌 증오의 음식을 만든다. 이런 음식도 생명과 베풂, 충만과 재생이 중심이 되는 '여성적' 음식이라고 할 수 있을까. 또한 이런 음식을 통해서도 타인과의 합일과 일체가 가능할까. 동일한 음식을 먹어도 그 결과가 다르다면 음식과 연관된 기존의 (여성적) 젠더 정체성은 도전받아야 한다. 더 이상 음식의 원본은 없다. 새롭게 만들어지고 다르게 만들어지는 '패러디된' 음식만 있을 뿐이다.

입은 기쁨이 들어오는 장소이기도 하지만 걸어 나가는 장소이기도 하다. 입은 육체의 문을 열어 주기도 하지만 안에서 걸어잠근다면 아무도 들어올 수 없는 내부의 어둠에 갇히게 된다. 사람을 자신이 한 말을 지키는 사람과 그렇지 않은 사람으로 구분했을 때 만약 후자에 얽혀 있는 사람에게는 입은 그저 빛이 없는 컴컴한 동굴일 뿐이다.

입은 입술과 혀로 구성되어 있다. 뤼스 이리가라이에 의하면 입술은 하나이면서 둘이다. 혹은 둘이면서 하나이다. 마치 한 가지 말만 하지 않고 정반대의 말도 내뱉을 수 있는 혀처럼 입술은 '하나이지 않은 성'을 나타낸다. 특히 조경란의 『혀』에서는 음식에 대한 양가적 가치와 사랑의 모순성과 연결되면서 입술(혀)의 이중성이 더욱 강조되고 있다. 모성성과 공격성의 양 극단을 오가는 성이나 사랑을 '여성성'이라는 젠더 정체성으로 고착시킬 수는 없기 때문이다.

물론 이리가라이의 '두 입술'은 일원론적이고 남성 중심적인 '남근'을 대체하면서 그것을 역전하고 재배치한 '여성적 남근'에 다름 아닐 수도 있다. 여전히 본질적인 여성성을 고수하면서 추상적이고 형이상학적인 여성을 재생산해 낼 위험이 있기 때문이다. 그러나 정체성에 대해 저항하기 위해서는 정체성에 대한 인정이 필요하다. 그래서 남성적 위치를 해체시키기 위해서는 남성적 질서를 모방하는 일도 필요하다. 때문에 이리가라이의 모방은 본질주의적이고 원본 중심주의적인 플라톤의 이데아 모방과는 다르다. 원본에 대한 저항과 조롱을 위한 비판적 책략이기 때문이다. 조건부 항복을 통해서만이 저항의 발판을 마련할 수 있기 때문이기도 하다. 비슷하면서 똑같지는 않게 음식을 만드는 조경란의 '여성 아닌 여성'은 지금도 타자를 배제하지 않는 두 입술을 지닌 채 열리지도 닫히지도 않은 불명확한 언어를 토해 내면서 불안하고 변덕스러운 음식을 계속 만들고 있다.

4 날카로운 가슴: 한강의 『채식주의자』

한강의 『채식주의자』(2007)는 1997년에 발표되었던 「내 여자의 열매」(『내 여자의 열매』, 2003)가 변주된 소설이다. 스스로도 '작가의 말'에서 "10년 전의 이른 봄, 「내 여자의 열매」라는 단편 소설을 썼다. 한 여자가 아파트 베란다에서 식물이 되고, 함께 살던 남자는 그녀를 화분에 심는 이야기였다. 언젠가 그 변주를 쓰고 싶다는 생각을 했다. 10년 전의 내가 짐작했던 것과는 퍽 다른 모습이 되었지만, 이 연작 소설이 출발한 것은 그곳에서였다."라고 밝히고 있다. 이후의 분석은 그 변주에 대해 확인해 보면서 한강 소설에 일어난 변화의 징후를 파악하는 것이 목적이다.

먼저 「내 여자의 열매」는 에코페미니즘(eco-feminism)적 입장에서 파악될 수 있는 문명 비판 소설이자 여성 생태 소설이라고 할 수 있다. 도시의 문질문명을 거부하면서 자유로운 공기를 마시며 "먼 데"로 가고 싶어 하는 여주인공의 식물화는 그 자체로 현대 문명과 기술 자본주의에 대한 여성적 비판으로 읽힐 수 있기 때문이다. 이런 맥락에서 이 소설은 '남성=문명=자본=소비' '여성=자연=생명=생산'의 이분법적 대립 구조나 본질주의적 결정론을 벗어나지 못하고 있다. 약육강식의 세계나 현실 안주적 일상에 매몰되어 있는 속물적 남편의 대척점에서 햇빛과 바람과 물만으로 생존하는 아내의 모습에는 "한때 두 발 동물이었던 흔적"이 거의 남아 있지 않다. 추상적이고 초월적인 환상성을 통해 아내는 식물이 되어 현실 '저편'에 있다. 그러니 남편과의 갈등이 첨예화될 필요도 없고, 식물이 되기 위해 처절하게 투쟁할 필요도 없다. 아내는 어느 날, 그냥 식물이 된다.

여기서 '남성성=동물성', '여성성=식물성'의 대립이 선명해진다. 왜 여성성은 식물성과, 남성성은 동물성과 연관되는가. 제러미 리프킨(Jeremy Rifkin)의 『육식의 종말』에 의하면 경작 문화는 성장과 재생, 수렵

문화는 도살과 죽음이 기본 특성이다. 그리고 식물의 경작에는 동물 수렵에 요구되는 추적이나 격리의 이미지와는 상반되는 관리와 육성이 요구된다. 식물들은 먹이나 자산이 아니라 살아 있는 지구의 베풂이나 선물로 여겨진다. 그래서 농경 사회는 자연의 생명 주기와 결합되어 있기 때문에 '재생-생명-본능'이 항상 핵심적 세계관을 형성한다. 흔히 여성적 자질이라고 여겨져 왔던 특성들이다. 반면 동물들의 사육과 사냥과 연관된 수렵 문화는 고기에 대한 다양한 요리법을 통해 문화를 형성하면서 호전적이고 남성 중심인 복잡한 육식 문화를 형성한다. 그러니 여성들은 채식주의를 통해 식물적 농경 사회에 대한 향수와 남성 중심적 문화에 대한 반란을 도모할 수 있다.

하지만 『채식주의자』에 오면 상황은 「내 여자의 열매」에서보다 더 치열해진다. '환상'이 아닌 '현실'의 차원에서 '식물성의 추구'가 아닌 '동물성의 제거'에 더 초점을 두는 여성 주체가 등장하기 때문이다. 더 이상 당위론적이고 필연적으로 식물로의 변신에 성공하는 여성 주체는 존재하지 않는다. 완전한 식물이 되려는 여성에게 가능한 것은 '나무-되기'가 아닌 '시체-되기'일 뿐이다. 「내 여자의 열매」에서 자신의 "나쁜 피"를 갈고 나무가 되었던 여성은 『채식주의자』에서는 완전히 피를 갈고 나무가 되려고 하다가 죽는다. 보다 적극적으로 채식주의를 '선택'하지만, 그에 대한 편견과 공격, 배제 또한 강력하게 이루어지고 있기 때문이다. 더욱 심각한 것은 이토록 상황이 악화된 이유를 외부적 폭력에서만 찾을 수 없다는 데 있다. 남편 또한 이전처럼 화분에 여자를 옮겨 심어 주는 이해와 사랑을 더 이상 보여 주지 않는다. 하지만 더욱 중요한 문제는 식물이 되려는 여성 자체의 내부에 내재한다. 여성은 식물이기도 하지만 동물이기도 하기 때문이다. 즉 식물이 되려는 동물이지 식물 자체는 아닌, 인간이기 때문이다. 아무리 채식을 해도 인간의 육식 본능을 완전히 제거할 수는 없다.

얼어붙은 계곡을 하나 건너서, 헛간 같은 밝은 건물을 발견했어. 거적때기를 걷고 들어간 순간 봤어. 수백 개의, 커다랗고 시뻘건 고깃덩어리들이 기다란 대막대들에 매달려 있는 걸. 어떤 덩어리에선 아직 마르지 않은 붉은 피가 떨어져 내리고 있었어. 끝없이 고깃덩어리들을 헤치고 나아갔지만 반대쪽 출구는 나타나지 않았어. (중략) 내 손에 피가 묻어 있었어. 내 입에 피가 묻어 있었어. 그 헛간에서, 나는 떨어진 고깃덩어리를 주워 먹었거든. 내 잇몸과 입천장에 물컹한 날고기를 문질러 붉은 피를 발랐거든. 헛간 바닥, 피웅덩이에 비친 내 눈이 번쩍였어.

그날 저녁 우리 집에선 잔치가 벌어졌어. 시장 골목의 알 만한 아저씨들은 다 모였어. 개에 물린 상처가 나으려면 먹어야 한다는 말에 나도 한 입을 떠넣었지. 아니, 사실은 밥을 말아 한 그릇을 다 먹었어. 들깨 냄새가 다 덮지 못한 누린내가 내 코를 찔렀어. 국밥 위로 어른거리던 눈, 녀석이 달리며, 거품 섞인 피를 토하며 나를 보던 두 눈을 기억해. 아무렇지도 않더군. 정말 아무렇지도 않았어."

앞의 예문은 여주인공 영혜의 육식 거부가 본격화되기 시작할 때 그녀가 반복적으로 꾸게 되는 꿈이고, 뒤의 예문은 실제로 영혜가 유년 시절에 겪은 경험이다. 과거가 현재를 지배한다. 기억이 망각을 뚫고 나온다. 자신을 문 개에 대한 응징으로 그 개를 도살해서 먹어 버린 영혜의 과거는 그녀를 채식주의자로 만듦과 동시에 육식주의자에서 벗어날 수 없게 하는 양면성을 지닌다. 가부장적이고 폭력적인 아버지나 세속적인 남편의 억압과는 별도로 영혜는 정육점 앞을 지나면 무조건적 반사로 침을 흘린다. 그러니 이것은 채식을 하느냐 육식을 하느냐의 문제가 아니다.

그래서 영혜는 「몽고반점」에서 다음처럼 말한다. "고기만 안 먹으면 그 얼굴들이 나타나지 않을 줄 알았어요. 그런데 아니었어요." "그러니까…… 이제 알겠어요. 그게 내 뱃속 얼굴이라는 걸. 뱃속에서부터 올라온 얼굴이라는 걸." 외부가 아닌 인간 내부에 유전자처럼 존재하는 육식성을 제거할 길은 없다. 자신의 피를 완전히 바꾸지 않는 한. 이처럼 영혜는 순수함과 야생성을 간직한 자연 생태를 나타내 주는 '몽고반점'을 지닌 여성이기도 하지만, 고기를 먹고 입술에 피를 묻히기도 하는, "광합성을 하는 돌연변이체의 동물"이기도 하다. 그래서 꽃들이 보디 페인팅된 나신으로 그녀와 식물적 교합을 이룬 형부조차도 "이 모든 것을 고요히 받아들이고 있는 그녀를 어떤 성스러운 것, 사람이라고도 그렇다고 짐승이라고도 할 수 없는, 식물이며 동물이며 인간, 혹은 그 중간쯤의 낯선 존재"로 느낀다. 자신의 몸속에 절대로 무기가 될 수 없는 '둥근 가슴'을 지님과 동시에 포식자처럼 작은 동박새를 거칠게 물어뜯는 '이빨'을 지닌 여성이 바로 영혜이다.

번들거리는 짐승의 눈, 피의 형상, 파헤쳐진 두개골, 그리고 다시 맹수의 눈. 내 뱃속에서 올라온 것 같은 눈. 떨면서 눈을 뜨면 내 손을 확인 해. 내 손톱이 아직 부드러운지, 내 이빨이 아직 온순한지.

내가 믿는 건 내 가슴뿐이야. 난 내 젖가슴이 좋아. 젖가슴으로 아무것도 죽일 수 없으니까. 손도, 발도, 이빨과 세 치 혀도, 시선마저도, 무엇이든 죽이고 해칠 수 있는 무기잖아. 하지만 가슴은 아니야. 이 둥근 가슴이 있는 한 난 괜찮아. 아직 괜찮은 거야. 그런데 왜 자꾸만 가슴이 야위는 거지. 이젠 더 이상 둥글지도 않아. 왜지. 왜 나는 이렇게 말라 가는 거지. 무엇을 찌르려고 이렇게 날카로워지는 거지.

흔히 남성이 여성에게 느끼는 거세 공포증과 연결되는 '이빨 달린 질'과 여성이 스스로에게 느끼는 무기 공포증과 연결되는 '날카로운 가슴'은 외형적으로는 비슷할지 몰라도 그 의미는 정반대이다. '성녀'와 '마녀'라는 여성에 대한 기존의 이분법적 분류에 근거해 마녀처럼 강하고 공포스러운 델릴라 같은 여성에게 머리를 잘릴까 봐 두려움에 떠는 삼손과 같은 남성 주체와 연관되는 것이 '이빨 달린 질'이다. 따라서 '이빨 달린 질'은 남성과 여성, 성녀와 마녀라는 극히 가부장적이고 남성 중심적인 젠더 의식을 대변하는 몸이다. 그러나 인용된 예문에서 드러나 있듯이 '날카로운 가슴'은 절대로 무기가 될 수 없는 '둥근 가슴'을 지닌 여성적 식물성 속에 내재하는 육식성을 상징하는 몸이다. 둥근 가슴도 무기가 될 수 있다. 마치 손톱과 이빨처럼 뾰족해져서 상대방을 찌를 수 있기 때문이다.

버틀러에 의하면 이럴 때 여성은 우울증적 주체가 된다. 우울증적 주체는 자신의 내부에 '구성적 외부(constitutive outside)'를 포함하고 있는 주체를 말한다. 주체 형성 과정에서 자기 동일성 형성을 위해 배제되거나 거부되어야 하지만, 그 배제나 거부를 위해 반드시 필요한 타자 혹은 부정성, 불행한 의식, 필요한 금기 등이 바로 '구성적 외부'이다. 충분한 애도로 떠나보내야 할 대상을 떠나보내지 못해 자신의 몸 안으로 그런 '구성적 외부'를 불러들이는 것이 우울증적 주체이다. 채식주의자들은 자신의 정체성을 위해 거부해야만 하는 동물성을 자신의 내부에 불완전하게 합체하고 있기에 이중적이고 모호하다. 이럴 때 채식과 육식의 대립은 무의미하다. 그러니 우울증적 채식주의자들은 불가능성을 상징하는 주체이자 비순수성을 지닌 주체가 될 수밖에 없다.

이런 우울증적 주체가 됨에도 불구하고 채식주의자들은 채식주의를 멈출 수 없다. 채식주의자는 여성성 혹은 남성성의 문제가 아니라 조르조 아감벤(Giorgio Agamben)이 말하는 '호모 사케르(Homo Sacer)'로 존재하기 때문이다. 육식 문화 혹은 동물성의 세계에서 살아도 살아 있는 것이 아닌 주변부 타자로 존재하지만, 살아 있는 공동체의 삶에 꼭 필요한 조건이자 '구성적 외부'로 존재하는 자들이 바로 채식주의자들이다. 아무리 자신의 내부에 동물성을 지니고 있을지언정 거꾸로 물구나무서기를 해서라도 "나는 이제 동물이 아니야."라고 외칠 수밖에 없는, 남성도 아니고 여성도 아닌, 동물도 아니고 식물도 아닌 존재가 바로 '나무가 되고 싶은 인간'이기 때문이다.

5 안티고네의 주장

천운영과 조경란, 한강에게 여성 정체성은 본질이 아닌 행위, 피부가 아닌 옷이다. 어떤 본질을 전제로 하는 고정된 정체성이 아니라 가변적으로 구성되는 환상적 인공물이 바로 여성 주체이다. 부정되어야 할 '구성적 외부'를 안고 있는 우울한 이질적 합체물이기도 하다. 이처럼 옷을 갈아입듯 잠정적이고 일시적으로만 가질 수 있는 것이 여성 정체성이기에 여성이라는 젠더 또한 범주화할 수 없다. 오히려 패러디적 반복을 통해서 어떤 역할을 수행하거나 연기(演技)하는 속에서 자기 저항과 재의미화의 메커니즘을 작동시킬 수 있게 된다.

이에 대한 대표적인 예가 바로 안티고네이다. 버틀러에 의하면 안티고네는 오빠에 대한 사랑으로 국가법으로 금지된 시체 매장을 감행하면서 국가법에 저항하는 영웅이 아니다. 오이디푸스의 딸이기에 오빠이면서 아빠이기도 한 남성을 사랑하는 난잡한 딸(동생)은 친족법을 대표할 수 없다. 반대로 삼촌 크레온으로 대표되는 국가법에 희생당하는 여성 주체 또한 아니다. 안티고네는 오빠 중에서도 에테오클레스가 아니라 폴리네이케스라는 특정 남성만을 사랑하고, 그에 대한 합당한 애도에 실패해서 그를 자신의 자아에 부분적으로 합체한 우울증적 주체이다. 안티고네가 남성의 언어를 잘 활용하는 여전사이고, 아들 노릇을 하는 딸이고 보면, 여성 아닌 남성에 가깝다. 그렇다면 안티고네는 오빠에 대한 근친상간적 금기보다는 남성적 여성으로서 오빠를 사랑하는 동성애적 금기를 범한 우울증적 주체라고 할 수 있다.

물론 이런 모호하고 이질적인 젠더 정체성 이론에 기초한다면 '여성 없는 페미니즘'에 빠질 위험성도 늘 존재한다. 그러나 포스트페미니즘은 '보편적인 여성(women)'이 아니라 '개별적인 여성(woman)'의 차이와 다양성을 확보하기 위해 수행적 정체성이나 전복적인 반복을 강조한다. 포스트페미니즘의 입장에서 버틀러의 젠더 정체성 이론이 중요한 것도 구성주의적이고 비본질적인 젠더 주체를 상정하면서도 이런 주체가 상실하기 쉬운 정치적 거점 또한 확보하게 해 주기 때문이다. 무엇보다도 안티고네를 중심으로 파악한 우울증적 주체는 권력에 역설적으로 복종하면서도 자신의 내부에 자기 부정성을 가지고 있는, 모호하고 불확실한 잉여물로서의 가치를 지니기에 중요하다. 이런 우울증적 주체는 단일한 자기 정의를 통해 타자를 배제하지 않는다는 점에서 윤리적 주체이기도 하다.

천운영과 조경란, 한강은 기존의 규율 담론이 주입한 여성성과 남성성이라는 젠더 자체가 모방의 모방이자 상상적 허구라는 사실을 인정하는 포스트페미니스트들이라고 할 수 있다. 그리고 여성 속에 남성(천운영), 사랑 속에 증오(조경란), 식물성 속에 동물성(한강)이 '내부의 내부'나 '안의 바깥'으로 존재할 수밖에 없음을 아는 우울증적 주체들이기도 하다. 이는 단순히 여성성과 남성성이라는 젠더가 교차, 공존, 혼합되어 있다거나, 동성애적인 양상을 보여 준다는 소극적 의미가 아니다. 이런 양상조차 다시 부정되고 해체될 수 있음을 보여 주는 적극적 의미까지를 포함한다. 자리만 바뀌었을 뿐 고정된 이분법을 그대로 유지하는 남성적 여성과 여성적 남성이 문제가 아니라, 여성성과 남성성 사이의 경계 자체를 무화시키거나 해체시키며 재구성하는 것이 더 중요하기 때문이다. 그래서 포스트페미니즘에서의 젠더 정체성은 계속 움직이고 있다. 원본 없는 패러디의 드라마가 연속되고 있기 때문이다. 그러므로 이 작가들의 소설에는 포스트페미니즘을 내장한 '검은 태양'이 비추고 있다. 우울하지만 울창하다.

ㅂ

ㅅ

김미현

1965년 서울에서 태어나 이화여자대학교 국어국문학과를 졸업하고 동 대학원에서 박사 학위
를 받았다. 현재 이화여자대학교 국어국문학과 교수로 재직 중이다. 1995년 《경향신문》 신춘
문예 평론 부분에 당선되어 평론 활동을 시작했으며, 1999년부터 계간 《세계의 문학》 편집위
원으로 활동하고 있다. 『한국 여성 소설과 페미니즘』, 『판도라 상자 속의 문학』, 『여성 문학을
넘어서』 등의 저서와, 『페미니즘과 소설 비평』(근대편, 현대편), 『우리 문학의 여성성·남성성』, 『페
미니즘은 휴머니즘이다』 등의 공저가 있다. 소천비평문학상, 현대문학상 등을 수상하였다.

젠더
프리즘

1판 1쇄 찍음 2008년 11월 5일
1판 1쇄 펴냄 2008년 11월 10일

지은이 | 김미현
발행인 | 박근섭, 박상준
편집인 | 장은수
펴낸곳 | (주)민음사

출판등록 | 1966. 5.19. (제16-490호)
주소 | 서울시 강남구 신사동 506 강남출판문화센터 5층 (135-887)
대표전화 | 515-2000 팩시밀리 | 515-2007
홈페이지 | www.minumsa.com

값 18,000원

ISBN 978-89-374-1221-9 03810